CIDADE BANIDA

CIDADE BANIDA

Cidade Banida
Copyright © 2024 by Ricardo Ragazzo
Copyright © 2024 by Novo Século Editora Ltda.

EDITOR: Luiz Vasconcelos
COORDENAÇÃO EDITORIAL: Silvia Segóvia
PREPARAÇÃO DE TEXTO: Viviane Akemi
REVISÃO: Andrea Bassoto
PROJETO GRÁFICO E DIAGRAMAÇÃO: Dimitry Uziel
CAPA: Dimitry Uziel
IMAGENS: Shutterstock

Texto de acordo com as normas do Novo Acordo Ortográfico da Língua Portuguesa (1990), em vigor desde 1º de janeiro de 2009.

Dados Internacionais de Catalogação na Publicação (CIP)
Angélica Ilacqua CRB-8/7057

Ragazzo, Ricardo
 Cidade Banida / Ricardo Ragazzo. -- Barueri, SP : Novo Século Editora, 2024.
 256 p.

ISBN 978-65-5561-860-0

1. Ficção brasileira 2. Distopia

24-3519   CDD B869.3

Índice para catálogo sistemático:
1. Ficção brasileira

uma marca do
Grupo Novo Século

GRUPO NOVO SÉCULO
Alameda Araguaia, 2190 – Bloco A – 11º andar – Conjunto 1111
CEP 06455-000 – Alphaville Industrial, Barueri – SP – Brasil
Tel.: (11) 3699-7107 | E-mail: atendimento@gruponovoseculo.com.br
www.gruponovoseculo.com.br

À MINHA FAMÍLIA. VOCÊS SÃO MINHA MELHOR HISTÓRIA.

PRÓLOGO
Terra
Ano Indefinido

Após séculos de guerras, grande parte da população mundial foi exterminada. Essa drástica redução dos habitantes da Terra aconteceu pela ação de armas químicas e nucleares, mas também pela força da natureza, que, como sempre previram muitos cientistas, atuou sem clemência contra aqueles que a usurparam por tantos anos. Durante décadas, tsunamis, furacões e terremotos tornaram inúmeras regiões inabitáveis ou simplesmente as riscaram do mapa. O temor por uma nova era glacial levou os sobreviventes a se enclausurarem dentro dos muros de grandes cidades, construídas a partir dos escombros das civilizações que antes ali existiram.

Mas o gelo e o frio não eram as únicas consequências aterrorizantes do pós-guerra. A radiação que resultou dos conflitos trouxe também outros temores. À medida que os anos foram passando, alguns seres humanos desenvolveram poderes psíquicos poderosos e assustadores. Podiam mover objetos a distância, comunicar-se por pensamento, prever acontecimentos. Essas pessoas ficaram conhecidas como "cognitos". Não demorou muito para que esses poderes incitassem a cobiça e novas disputas territoriais, que ficaram conhecidas como a Grande Guerra Psiônica. Como resultado desses conflitos 99,99% da população da Terra desapareceu. Os poucos sobreviventes, comandados por Di-Baid (implacável, em galês), passaram a viver na Cidade Soberana de Prima Capitale.

Sob o pulso forte desse novo governante, que a todo custo impediu que os erros do passado voltassem a se repetir, construiu-se uma nova sociedade. Dividida pelo governo em quatro classes distintas – Castas, Auxiliares, Cidadãos e Desertores –, a nova ordem social tinha como preceito banir a violência e a superpopulação, condições nomeadas pelo novo governo de "Inconveniências Ascendentes".

Para garantir o controle dessas inconveniências foi estipulado que cada casal poderia ter apenas um filho, e para assegurar que toda criança nascida nesse novo ambiente satisfizesse essa principal regra, foi criada a câmara de adiantamento, conhecida como "Glimpse". Dentro dela, com a ajuda de um cognito arúspice (que prevê o futuro – cada cognito tem seu poder particular), o governo teria acesso a *flashes* do futuro de cada criança nascida, podendo, dessa forma, decidir por poupá-la ou vetá-la. Caso fosse aceita, a criança receberia um *chip* na nuca com seu respectivo Código de Identificação Existencial (CIE), sendo seus pais criminalmente responsáveis por todos os seus atos futuros e que viessem a quebrar o Lema POSD – Paz, Ordem, Segurança e Disciplina.

Contraventores eram punidos com a morte ou o exílio, sendo encaminhados para a cidade satélite de Três Torres – uma espécie de subsociedade –, também conhecida como a Cidade Banida. Às crianças vítimas do veto governamental estava reservado um destino muito mais cruel...

GLOSSÁRIO

ACINONYX
Considerado o felino mais perigoso da região de Confins. Apesar de seu habitat de origem ter sido a savana, após as Guerras Tríplices o animal teve de se adaptar ao novo cenário natural e passou a ser visto tanto nas densas matas próximas ao Rio Poke, como no deserto que cerca a cidade banida de Três Torres. Possui garras aerodinâmicas que lhe permitem movimentar-se com perfeição em alta velocidade e uma longa cauda que lhe dá estabilidade nas curvas. Vive solitário, não em bando.

ALAK
Bebida alcoólica produzida pela fermentação do sumo de viníferas.

ALPINIA
Erva medicinal cujo uso é voltado para recreação (devido aos seus efeitos psicoativos) ou como medicamento para estimular apetite e melhorar náuseas e vômitos.

ANDRÓFAGO
Caçador e guerreiro violento que vive de pilhar as pequenas comunidades da região de Confins. Tem o costume de se alimentar de carne humana e mostra-se implacável quando se depara com qualquer ser humano, seja homem, mulher e, principalmente, criança, cuja carne é mais apreciada. É nômade e vive em bandos.

BIZON
Grande mamífero quadrúpede de chifres curtos, negros e curvados para cima. Muitos desses animais têm uma juba de pelos negros, motivo de cobiça entre os humanos que, com ela, confeccionam vestimentas normalmente usadas por representantes de castas mais elevadas. Podem atingir um metro e sessenta de altura e quase 4 metros de comprimento. O peso pode chegar a quase 4 toneladas nos espécimes mais robustos. Os bizons são animais gregários e se organizam em grupos. Muitos consideram o estouro de uma manada desses animais como sendo o evento mais aterrorizante já visto. Apesar das grandes proporções, esse animal pode atingir 62 km/h de velocidade.

CATUS
Também conhecido como montês ou cabeçana, é um pequeno felino arisco que ocupa habitats diversificados como savanas e orestas. Possui cabeça grande e arredondada, com um focinho curto e poderosas mandíbulas para o seu tamanho. Não são raros os casos de crianças que têm o

dedo decepado por um desses animais em pequenas comunidades. Apesar de carnívoro, pode ser domesticado. Sua pelagem acastanhada lhe permite se camuflar em diversos ambientes. Em geral, tem o comportamento tímido e esquivo, tornando-se, todavia, agressivo quando faminto. Alimenta-se primordialmente de pequenos roedores, aves e animais de pequeno porte (incluindo insetos).

COGNITO
Após as primeiras guerras químicas e nucleares, algumas pessoas passaram a desenvolver poderes parapsíquicos. Esse poderoso fenômeno deu origem à terceira parte das Guerras Tríplices, também conhecida como Batalha Psiônica. Nesses confrontos, a energia da mente era usada para dizimar, destruir, matar, resultando na eliminação de quase 99% da humanidade. Poucos seres psiônicos restantes foram batizados de cognitos. Eles passaram a servir o novo governo e ajudam a manter o lema POSD – PAZ-ORDEM-SEGURANÇA--DISCIPLINA, que impera na cidade soberana de Prima Capital.

CUNÍCULO
Mamífero roedor e altamente prolífico, que pode chegar a pesar dois quilos. Costuma habitar tocas em terrenos arenosos ou em florestas. Chega a ter três ou quatro ninhadas anuais com até dez filhotes cada uma.

FASIANÍDEO
Ave onívora, de bico pequeno e corpo atarracado e pesado – razão que a faz viver praticamente no solo. Possui afiados esporões na parte posterior das patas e sua plumagem é densa e agradavelmente colorida. Muitas vezes apresenta crista. O macho é mais vistoso que a fêmea.

HIPOMORFO
Mamífero quadrúpede e herbívoro, possui hábitos sociais e vive em grupos liderados por fêmeas. Consegue desenvolver alta velocidade quando em fuga de seus predadores. O convívio com humanos é pacífico, uma vez que hipomorfos são essenciais às comunidades por sua força, habilidade e docilidade. São úteis no transporte de mercadorias e nos trabalhos agrícolas, além de serem ótimas montarias. Os mais encorpados, conhecidos como hipobélicos, são utilizados em batalhas.

LANTELA
Fruta cítrica de casca esverdeada, grossa e rugosa. Sua polpa, em gomos, é vermelha e levemente doce, por isso seu suco é muito apreciado. Fonte rica em nutrientes, também é muito usada por viajantes para matar a sede e recuperar as energias.

MÁLUS
Fruto pomáceo, suculento e de casca vermelha da árvore da família das Rosaceae, que floresce ao final do inverno. Além de saborosa, sua polpa é muito utilizada no combate a algumas doenças.

MELÍFERA
Pequeno inseto polinizador de cinco olhos – dois maiores frontais e três menores no topo da cabeça. Possui um longo par de antenas, que atuam como órgãos de tato e olfato extremamente sensíveis. É capaz de mover-se em locais completamente escuros farejando o caminho com suas antenas. Vive em comunidade de trinta a quarenta mil espécimes em locais conhecidos como bóings.

NOSOROG
Animal de grande porte, usado principalmente como montaria pelos andrófagos devido ao seu poder de resiliência e destruição em uma batalha. A pele espessa e os dois largos e longos dentes de marfim o tornam um inimigo indigesto para ser enfrentado frente a frente.

ONI
Criatura com quase três metros de altura, seis braços e uma centena de dentes afiados, utilizada pelo Chanceler nas areias do Sablo (arena de combate da cidade de Três Torres).

PALMAE
Planta perene, arborescente, com caule cilíndrico e não ramificado. Atinge grandes alturas e apresenta folhas pinadas ou palmadas. Sua seiva, quando destilada, produz uma bebida alcoólica conhecida como "licor dos deuses". Não produz frutos, mas suas fibras e folhas são manipuladas por artesãos para produzir utensílios domésticos e ornamentos.

RACUM
Mamífero quadrúpede e carnívoro de cerca de setenta centímetros de comprimento. Habita preferencialmente locais úmidos. Pequenos animais e insetos fazem parte da sua dieta.

TE HOKIOI
Uma das maiores aves de rapina da Terra pós-Guerras Tríplices. Antes de serem praticamente extintas, ocupavam o topo da cadeia alimentar. As fêmeas chegavam a pesar entre dez e catorze quilos e suas asas apresentavam uma envergadura de cerca de três metros. Já os machos eram consideravelmente menores, com um peso de, no máximo, dez quilos. Para matar as presas, essas aves usavam seu bico encurvado e suas patas fortes, que terminavam em longas garras perfeitas para dominar e matar.

TILKI
Animal quadrúpede de porte médio, caracterizado por seu focinho fino e alongado e sua cauda longa e peluda. Caçadores oportunistas de animais de menor porte, os tilkis sofrem com a caça predatória dos humanos de Confins, que utilizam sua pele avermelhada para fabricar roupas que os protegem do rigoroso inverno e apreciam sua carne, que, apesar de não muito saborosa, passou a ser mais consumida desde que a região começou a sofrer com a escassez de cunículos.

VINÍFERA
Bago suculento usado para fazer sucos e alak, bebida levemente alcoólica. Cresce em cachos que chegam a conter até trezentos bagos, podendo ser vermelhos, pretos, azuis-claros, verdes, laranja ou rosa. Também é usado na produção de geleias.

YUXARI
Todo ser humano a quem é designado um cognito particular, o que é considerado uma grande honraria.

1

O fogo se alastrava pelas longas cortinas brancas trazendo uma fumaça negra para dentro do enorme *hall* sustentado por uma dúzia de pilares de mármore. O cheiro de queimado começava a inebriar os sentidos da garota, que lutava para conseguir chegar à escada que levava até o andar de cima. Ela se jogou em cima de um guarda que agredia um aliado estático no chão. O homem caiu para trás com o peso da garota, batendo a nuca no piso reluzente. Apesar de jovem e franzina, ela tinha um lado destemido que surpreendia seus oponentes. Com agilidade, esticou o braço para se apoderar da espada que o guarda havia deixado cair, e ao perceber que o homem uniformizado tentava erguer o corpo ainda cambaleante, desferiu nele um golpe fatal no rosto.

– Venha! Precisamos seguir em frente! – ela disse esticando a mão para o companheiro caído.

Assim que chegou ao primeiro degrau da escada, um grupo de três guardas postou-se entre ela e o andar de cima. Espadas, lanças, maças apontadas para a garota em tom ameaçador. Ela se virou para trás, buscando ajuda, mas, pela primeira vez, percebeu a verdadeira proporção daquela invasão. Diversos núcleos humanos espalhados pelo *hall* estavam engajados em pequenas batalhas particulares e distintas. Em um canto, seus companheiros invasores haviam prevalecido e um mar de soldados uniformizados amontoava-se no chão do palácio. Do outro lado, as coisas se invertiam e dezenas dos seus companheiros acumulavam-se inertes no solo de mármore, destinados ao esquecimento do limbo histórico reservado aos anônimos caídos em batalha.

A garota voltou a focar a atenção nos homens à sua frente. A ajuda não viria e ela não podia se dar ao luxo de desistir agora. Não quando tantos haviam dado sua vida para que alcançasse seu objetivo. Marchou firme em direção aos três oponentes, que, com ódio visível brilhando em seus olhos, pareciam ansiar por aquilo.

– Não! – Uma voz eclodiu do lado direito da escada tortuosa. – Você não pode enfrentá-los! Sua missão é outra!

– O Chanceler está lá em cima! Eu tenho que subir! – disse a garota ao companheiro que surgiu do seu lado.

– Não se preocupe. Você irá subir!

O garoto assoviou e mais dois colegas apareceram. Um deles, pálido como a neve. Os três urraram ao correrem na direção dos homens bloqueando a passagem. Deixaram a menina para trás e, armados, jogaram-se contra espadas, lanças e maças. O barulho das armas já servia como indício para que ela prosseguisse com sua missão, mas, mesmo assim, a voz do garoto pareceu acordá-la de um transe.

– Corra! Agora!

A garota obedeceu à ordem do colega, passando imaculada pela pequena disputa que ocorria nos degraus da escada. Em pouco tempo chegou ao topo da escada, deparando-se com um pequeno *hall* de pedra que funcionava como antessala à frente de uma enorme porta de madeira. Trancada.

Não levou muito tempo até que seu amigo estivesse novamente ao seu lado.

– Onde estão os outros? – disse a garota, e, mesmo antes de qualquer resposta, uma feição amarga assombrou-lhe o rosto. Nada mais precisava ser dito.

– Oh, Deus! O que estamos fazendo aqui? Todos estão morrendo. E por quê?

O garoto pegou-a pelo braço, chacoalhando-a com força.

– Você sabe muito bem o porquê. Todos que estão aqui sabiam do risco que corriam. Vieram dispostos a dar a própria vida para que sua missão fosse cumprida. Agora, afaste-se. Vou arrombar esta porta.

A menina encostou-se na parede ao lado, testemunhando cada golpe de espada desferido contra a madeira maciça. Lá embaixo, os gritos de dor tinham o efeito de lanças pontiagudas em seus pensamentos, atormentando-a para que encontrasse uma solução o mais rápido possível e, assim, acabasse com todo aquele sofrimento. Percebeu que a dezena de golpes do garoto havia causado pouco mais que pequenos arranhões no alvo e sabia que o tempo jogava a favor do inimigo. Quanto mais ela demorasse, mais cresceriam as chances de insucesso. Empurrou-o para o lado antes que mais um golpe inócuo fosse dado.

– Deixe comigo! – ela disse, fechando os olhos e se concentrando.

– Não! Você não pode fazer isso! – ele gritou.

– Olhe lá para baixo. Quanto tempo acha que temos? Quanto tempo acha que eles têm?

O garoto pareceu compreender seus motivos, mas, ainda assim, alertou-a.

– Você pode morrer se usar demais o seu poder. Não sabemos o que nos espera lá dentro. Você tem que economizar cada pingo de energia que ainda tem.

A garota abriu os olhos e aproximou-se dele. Colocou a mão em seu rosto com uma ternura que, pouco tempo atrás, jamais imaginaria sentir por alguém. Não conseguia se recordar de algum dia em que se sentisse tão plena quanto agora, mesmo em um cenário tão trágico.

– Minha vida não vale mais do que a de ninguém – ela disse, apontando para os companheiros caídos no *hall* do andar de baixo.

– Sou igual a qualquer um de vocês. Muitos perderam suas vidas aqui hoje e seria uma honra juntar-me a eles.

– Tenha cuidado – ele murmurou. Os olhos inundados. – Demorei muito para encontrar você.

Ela aproximou seus lábios dos dele, colando-os por não mais que um segundo.

– Não se esqueça de mim, OK?

– Nunca! – ele respondeu. Ela sorriu.

Sem dizer mais nada, fechou os olhos e concentrou-se na frente da porta. Em pouco tempo, os cabelos voavam para trás acompanhando o vento circular que vinha de lugar indefinido. O corpo tremia. De súbito, a porta do quarto abriu-se, lentamente, abrindo-lhe passagem como se estendesse um tapete vermelho. Lá dentro, um homem vestido com uma túnica dourada, adornada por um manto vermelho, estava sentado na cama. Sobre a cabeça, uma coroa de tecido, pedras preciosas e pérolas acompanhavam a ostentação presente no cetro dourado que segurava com a mão direita.

A garota entrou no quarto e virou-se para o rapaz do lado de fora antes que a porta fechasse. Do seu nariz escorria um filete de sangue.

Appia Devone saltou ofegante quando as imagens introduzidas em seu cérebro cessaram. Arrancou os eletrodos presos ao corpo e fez o mesmo com a filha recém-nascida, que rompeu o silêncio com um choro agudo e soluçante. Virou-se para o lado e viu o marido encarando-a. O rosto pálido e tomado pelo terror dava a ela a certeza de que o que vira tinha sido mesmo real. Na sua frente, a figura flutuando sobre a piscina de gel permanecia imóvel, como se nada tivesse acontecido. Cabos com espessura de cerca de 3 cm saíam de seu torso e se conectavam aos eletrodos agora caídos no chão.

– Por todas as forças do Ser Superior, o que faremos agora, Jonah? – a mulher perguntou enquanto retirava seus fios de cabelo suados da frente dos olhos.

– Eu não sei. – O marido respondeu, ainda estático.

– Como assim *não sabe*? – ela perguntou afoita antes de tentar acalmar a criança no colo com um balançar ritmado.

– Deixe-me pensar, Appia. Eu ainda preciso digerir tudo isso que vimos – ele respondeu.

O homem levantou-se, indo em direção a uma das paredes da sala onde se encontravam. Apoiou a testa no cimento e começou a sussurrar algumas palavras. Depois, virou-se para a esposa.

– Precisamos ter a certeza de que vimos a mesma coisa. O que o cognito te mostrou?

A mulher também se levantou, ainda chacoalhando a criança em seu colo. O choro havia diminuído, mas não dava sinais de que cessaria tão cedo.

– Eu não tenho certeza. Vi cortinas pegando fogo, pessoas se enfrentando com violência, corpos no chão. Tudo muito vago, meio esfumaçado.

O homem deu um soco na parede. Depois, colocou as mãos sobre o rosto. Até que voltou a falar.

– Droga! Eu vi a mesma coisa, Appia. E no meio de tudo isso estava nossa filha. Pelo amor do Ser Superior, Appia, eu vi quando nossa filha invadiu os aposentos daquele homem! Ela queria matá-lo!

– Deve haver alguma coisa errada, Jonah. Nossa pequena não seria capaz de fazer isso – a mãe disse beijando a testa da criança.

– E como você pode ter certeza disso? Ela está conosco há pouco mais de uma hora. Merda! Por que isso tinha que acontecer justo conosco?

A mãe aproximou-se do marido, ainda balançando a criança, que começava a se acalmar.

– E agora, Jonah? O que faremos?

– O que podemos fazer, mulher? Não há outra escolha – ele disse, agitado por um medo visível. – Eles irão vetá-la.

– Não! – Appia gritou, afastando-se do marido com o rosto desfigurado pelo desespero. – Não! Não! Ela é minha princesa! *Nossa* princesa!

— Ela é uma assassina, Appia. Ao menos, irá se tornar um dia. Eles não vão permitir que ela viva. Não há o que possamos fazer para impedir isso.

A mulher caminhou em direção ao marido. Chegou bem perto dele, erguendo a criança na altura de seus olhos.

— Olhe para ela, Jonah! Olhe para sua filha indefesa e me diga se tem realmente coragem de deixar alguém condená-la à morte com um veto! Pois é isso que eles fazem com as crianças vetadas! Eles as matam! — Percebendo a confusão nos olhos do esposo, Appia mudou o tom de voz, deixando-o mais doce e gentil, perfeito para quem busca negociar algo. — Agora que sabemos, podemos evitar que aconteça. Podemos convencê-los a deixar nossa menina viver. Deve haver algo que possamos oferecer a eles para evitar isso.

Jonah não disse nada. Seguiu até a porta, colocando a mão sobre a caixa que continha dois botões sinalizando o final da sessão. Appia sabia que o marido já tinha se decidido e, pior de tudo, ele havia tomado a decisão errada.

— O que os cognitos veem não pode ser mudado, Appia. Você sabe disso. Temos a possibilidade de ter outra criança, uma que ambos amaremos com todo nosso coração, sem temer o dia em que nossas vidas irão virar de cabeça para baixo. Não podemos colocar nossas vidas nas "mãos" de uma futura assassina. Você entende isso? Isso aqui não é o fim, meu amor. Mas pode ser se agirmos com a emoção e não com a razão.

O desprezo no rosto da mulher exteriorizou-se. Entre tantas coisas que borbulhavam em sua cabeça, a dúvida sobre como um dia podia ter admirado um homem tão fraco ganhava destaque. Olhou a criança com culpa. Nada disso estaria acontecendo se ela tivesse escolhido melhor o seu parceiro. Agora, seu erro custaria a vida daquela pequena menina, que já seria punida por algo que nem havia feito ainda. Haveria injustiça maior do que essa?

Appia encarou o marido.

— Se você aceitar esse absurdo eu vetarei você da *minha* vida. Isso pode não parecer muito, mas, na verdade, vai significar que você nunca terá um herdeiro, Jonah. Suas chances de ser pai cessarão com ela! — Appia esbravejou. — E vai ser muita sorte se conseguir uma autorização para casar-se com outra mulher. Nunca vi isso acontecer, então sua linhagem acabará com você. Isso eu te prometo!

O homem pareceu refletir sobre as ameaças. Appia podia vê-lo analisando prós e contras, tentando chegar a uma decisão equilibrada. E esse era justamente o problema. Se a decisão fosse pender para o seu lado, ela jamais poderia ser tomada de forma racional. Tinha que vir do coração, algo que o marido acabara de lhe provar que não tinha.

Ele abriu a pequena capa de acrílico que cobria os dois botões. Verde para "Aceite" e vermelho para "Veto".

— Isso é seu instinto materno falando, mulher. Quando a dor passar você mudará de ideia e até me agradecerá por isso.

Então ele apertou o botão. E uma luz vermelha começou a piscar dentro da câmara. E Appia chorou pelo destino da filha.

Pouco tempo depois de Jonah ter acendido a luz vermelha, um par de homens vestidos de branco dos pés à cabeça chegou para retirar seu bebê. Ela caminhou alguns passos para trás, encostando-se na parede e torcendo para que, de alguma maneira, fosse engolida por ela. Quando isso não aconteceu, a mãe partiu para outra tática, quase tão desesperada e sem sentido quanto a anterior.

– Por favor! Em nome de tudo que é mais sagrado, pelo amor que vocês têm no Ser Superior, não tirem minha filha de mim! – ela implorou enquanto apertava com força a filha em seus braços.

– Dê-me a criança, Sra. Devone. A luz vermelha significa que ela não pertence mais a você – o homem mais baixo disse, incapaz de levar em consideração por um segundo que fosse o que a mulher lhe suplicava.

– Como não? Ela sempre será minha filha! Vocês não podem fazer isso comigo! Não! Não! Jonah, por favor! Ela é sua filha também!

O pai tinha no rosto um semblante triste, porém decidido. Por causa daquele homem, Appia perderia a coisa que mais amava no mundo. Naquele momento, mesmo que em silêncio, ela jurou para si mesma que Jonah teria o mesmo destino que sua filha.

O homem mais baixo tocou com os dedos a perna da criança e Appia, antes que ele pudesse agarrá-la, girou o tronco acertando uma cotovelada na boca do rapaz. Ele cambaleou para o lado, colocando a mão no maxilar atingido. Tão logo recuperou-se do golpe, partiu para cima da mulher, que o mantinha afastado com chutes desordenados e potentes, turbinados pela raiva.

– Droga! Fique quieta, mulher! – ele ordenou, ao desviar-se do bico do sapato que quase atingira sua virilha.

O outro homem, um pouco mais alto e com o dobro de massa muscular, afastou o amigo, retirando um aparelho do bolso.

– Se ela quer do jeito mais difícil...

– O que você vai fazer com isso? – Jonah perguntou assustado.

– O que acha, senhor? – o rapaz respondeu ao testar o aparelho e alterar a voltagem para a carga máxima.

– Você está louco? Vai machucar a criança! – Jonah retrucou.

Os dois homens de branco o encararam com cenho franzido, parecendo não acreditar no que ouviam.

– A luz vermelha significa que a menina não é mais sua filha, senhor. Pertence a nós. O que lhe importa se ela vai ou não sofrer com a carga elétrica? – disse o mais baixo.

O homem paralisou por um momento, sem saber bem o que responder. Já Appia não precisou de mais do que alguns segundos.

– Ele nunca foi homem suficiente para assumir seus atos. Pois venham! Usem essa porcaria na gente logo. Ao menos, vamos dar a ele uma boa lembrança nas noites em claro consumidas pela culpa. Venham!

O homem mais alto deu dois passos para a frente. O aparelho soltava uma leve descarga elétrica toda vez que ele apertava o botão embaixo do seu polegar direito. Ao vê-lo se aproximar, Appia virou-se, deixando a menina entre ela e a parede. Com as costas expostas, o homem não teve dificuldade em dar o primeiro choque. O movimento foi rápido, não mais do que um segundo. A mulher gemeu alto, sem notar em qual momento seu marido deixara a sala. *Covarde!* Sua atenção estava toda voltada à criança que, por sorte, parecia não ter sido muito incomodada pela descarga elétrica.

– Vamos, senhora, nos dê a criança. Não queremos machucá-la.

– Não há nada pior que vocês possam fazer comigo do que tirar minha filha de mim. Por favor, eu imploro, deixem-me ir embora com ela.

– Eu que lhe peço, senhora. Não há nada que possamos fazer. Nos dê essa criança. AGORA!

A mulher virou-se novamente para a parede, usando o corpo para proteger a filha de mais um ataque direto. Ouviu um "Dane-se" vindo de trás e preparou-se para o pior. Mas antes de um novo choque, uma voz surgiu do lado de fora da câmara.

– O que está acontecendo aqui? – O tom parecia severo e irritado.

Appia olhou para trás e avistou um homem de cabelos grisalhos, aparentando pouco mais de cinquenta anos. Ele entrou na câmara e arrancou o aparelho de choque das mãos do funcionário.

– Você está louco? Ela tem uma criança nas mãos!

– Mas ela se recusa a nos entregar a menina, senhor – disse um dos homens de branco, com o olhar envergonhado mirando o chão.

– E por causa disso você achou melhor eletrocutar as duas aqui mesmo? Com essa inteligência, eu me espanto como você não foi vetado quando nasceu – o homem grisalho disse, voltando sua atenção para Appia. – Peço perdão pelo comportamento desses dois Auxiliares, senhora. Mas não se preocupe, de agora em diante eu cuidarei da sua situação. Eu sou Giuseppe Salento, Barão da Cura.

Appia respirou aliviada por um segundo, na esperança de que aquele homem lhe desse a chance que tanto buscava de salvar a sua filha.

– Barão Giuseppe – ela disse, ajoelhando-se à sua frente. – Eu lhe garanto que não vou permitir que ela faça nada daquilo que foi mostrado. Você tem que me ajudar a...

Appia parou de falar quando a mão do Barão da Cura ergueu-se, fazendo-lhe um sinal. O homem fitou a criança com um olhar de ternura, algo que ela não tinha visto em mais ninguém ali. *Nem mesmo no pai...* Ele afastou a manta branca que deixava apenas o rosto da menina descoberto, expondo uma pequena mancha no ombro direito, no formato de uma pequena borboleta.

Giuseppe Salento levou os lábios até o ouvido de Appia, sua voz escapando como o mais leve dos sussurros.

– Torço para que esteja errada, Sra. Devone. Nós esperamos de sua filha exatamente tudo aquilo que lhe está predestinado.

Giuseppe virou-se para os dois Auxiliares, que permaneciam parados perto da porta da câmara de adiantamento.

– Levem a Sra. Devone para a sala de pacificação. E me aguardem lá. – Depois, voltou-se para ela e fez um gesto para que ela lhe entregasse a criança.

E por algum motivo que Appia não conseguia sequer começar a explicar, foi exatamente o que ela fez.

A sala de pacificação tinha a atmosfera interna totalmente preparada para acalmar ânimos exaltados. As paredes eram pintadas de branco, a sala era decorada com cadeiras de relaxamento confortáveis e uma música envolvia o ambiente em um volume que era um convite ao relaxamento. Apesar de tudo isso, Appia não conseguia deixar seu coração tranquilo. Não havia relógio dentro da sala – tempo sempre fora um dos principais causadores de estresse em humanos –, entretanto, cada segundo longe da filha assemelhava-se a uma martelada em seu peito, e Appia sabia que já tinha tomado marteladas suficientes para transformar aquele tempo em uma eternidade.

Confiar naquele homem foi a coisa mais estúpida que você já fez!

Caminhou de um lado para outro, tentando se lembrar de pensamentos positivos. Não havia necessidade daquele teatro todo apenas para separá-la de sua filha. Bastaria força. Por isso, confiar naquele homem tinha sido seu "salto de fé".

Confiar naquele homem foi a coisa mais sensata que você já fez!

Sentou-se na cadeira de relaxamento em busca de algo que a distraísse. Pela primeira vez notou a música ambiente. Um som doce e melodioso, acompanhado de uma batida leve e ritmada. Fechou os olhos e deixou o massageador da cadeira aliviar a tensão das costas em um movimento lento e circular. Ergueu-se quando a porta da sala foi aberta. O Barão da Cura, Giuseppe, entrou na sala com uma seringa na mão. Depois, fechou a porta.

– O que você pretende fazer com isso? – Appia perguntou, assustada.

– Isso não é para você, mas vou precisar da sua ajuda agora. Comece a gritar e a espernear, como se lutasse para evitar que eu aplique essa injeção, OK?

– O quê? Como assim?

– A senhora pretende ver sua filha de novo? Então faça o que eu mando. Grite!

Appia obedeceu. Esperneou, batendo pernas e braços à medida que o homem de cabelos grisalhos se aproximava dela. Parte dela estava atuando, enquanto outra parte sentia um temor real. Ele encostou a mão em sua canela e gritou.

– Auxiliares! Preciso de ajuda!

A porta abriu mais uma vez e o rapaz de branco que havia lhe aplicado o choque na câmara de adiantamento entrou correndo.

– Ela está agindo como uma louca de novo. Segure ela enquanto eu aplico o sedativo.

O homem moveu-se até Appia, jogando-a no chão. Depois, colocou as pernas sobre ela e agachou até que seus braços estivessem presos pelo peso do seu corpo. A mulher ainda dava coices no ar, mas não havia muito mais o que ela pudesse fazer agora. Os olhos de Appia não conseguiam encontrar o Barão, causando nela uma aflição verdadeira. Mas, antes que pudesse se arrepender da decisão de obedecer a Giuseppe, foi surpreendida quando a agulha da seringa penetrou o pescoço do homem que a mantinha presa ao chão. Ele nem percebeu o que estava acontecendo. Seu olhar vívido se ausentou como os de uma boneca. Suas pupilas retraíram-se e ele despencou para o lado. Giuseppe pegou o cartão magnético preso ao cinto do homem desfalecido e esticou o braço para erguer Appia do chão.

– Venha comigo! Temos pouco tempo antes que percebam o que estou fazendo.
– Onde está minha filha? – Appia perguntou, afastando a mão dele com rispidez.
– Esperando por nós. Venha comigo.

O homem fechou a porta da sala e ambos começaram a correr por um longo corredor que parecia não ter fim. O cansaço já deixava sua respiração falha e acelerada, mas a ideia de salvar seu bebê mantinha Appia com energia suficiente para correr quantos quilômetros fossem necessários.

– Venha! Rápido! Falta pouco! – disse o homem ao entrar em um novo corredor à esquerda.

Uma porta de vidro fosco interrompia a passagem pelo corredor. Mas Giuseppe passou o cartão por uma barra magnética fazendo com que a porta se abrisse automaticamente.

– Daqui pra frente as coisas podem complicar bastante – ele advertiu.

Os dois seguiram apressados pelo novo corredor até um homem surgir de uma das portas laterais. Ele vestia o mesmo uniforme branco dos dois Auxiliares de antes. Giuseppe acalmou a passada e pediu que ela fizesse o mesmo.

– Não importa o que ele fale, não abra a boca, entendeu?

Appia acenou com a cabeça. Mesmo que quisesse, ela não seria capaz de falar sem antes recuperar o fôlego. Os dois continuaram andando calmamente pelo corredor até chegarem ao estranho. Ela na frente e ele atrás, segurando-a pelos ombros.

– Barão – o homem disse, fazendo uma leve reverência.
– Auxiliar – o homem grisalho respondeu sem dar muita atenção.

Appia já respirava calmamente quando o Auxiliar se manifestou outra vez.

– Posso perguntar o que o senhor faz aqui? E quem é essa mulher?

Giuseppe parou. Appia viu em seu rosto a expressão de lamento de quem quase escapara ileso. Antes de se virar, modificou o semblante, simulando estar indignado com a pergunta.

– Desde quando um Barão deve satisfações a um Auxiliar?
– Me desculpe, senhor, é que essa é uma situação bastante inusitada. Este local é apenas para pessoas autorizadas. Portanto receio que devo insistir nas perguntas.
– Essa mulher é uma querida amiga que acabou de ter seu bebê vetado. Ela me pediu para levá-la até a Zona de Despejo para acompanhar os procedimentos finais – Giuseppe respondeu, curiosamente, falando mais verdades do que mentiras.
– Senhor, isso é uma violação direta do nosso código de conduta. Nenhum pai ou mãe deve ter contato com a criança após o veto para evitar reações emotivas. Esse é o Dogma número um da cartilha.

Giuseppe chegou perto do Auxiliar, olhou para os lados como se o que estivesse prestes a falar fosse um grande segredo somente para aquele par de ouvidos. O homem pareceu intrigado.

– Olhe aqui, eu entendo o que quer dizer e sei que tem razão, mas esta é uma amiga íntima. Ela vinha tentando ter um filho faz tempo. Na câmara de adiantamento ficou sabendo que seu bebê nascera com um problema de saúde, tendo apenas alguns meses de vida, razão do veto. Consegue imaginar o que representaria apenas mais alguns minutos com a criança para ela?

– Claro que consigo, Barão – o Auxiliar respondeu com o rosto tomado por pena. Giuseppe já se preparava para ir embora quando o homem voltou a falar. – Ainda assim, não posso deixá-los passar sem uma autorização.

– Você quer a autorização? Então aqui está! – Giuseppe começou a mexer nos bolsos como se procurasse por algo. – Tome sua autorização, rapaz!

O barão sacou uma seringa do bolso do jaleco, mirando-a direto no pescoço do rapaz. Ele conseguiu desviar o corpo para o lado a tempo, segurando a mão direita de Giuseppe. Os dois continuaram a luta corporal, que não durou mais do que alguns segundos, até que o Barão foi jogado para trás pelo homem mais jovem, ágil e forte. A queda fez com que a seringa escorregasse pelo piso, deslizando para longe. O Auxiliar começou a atingir o rosto do Barão com golpes sucessivos. Appia não sabia o que fazer, petrificada por um medo inexplicável. Até que o medo foi substituído pela imagem de sua filha em seu colo e da felicidade que sentira quando a trouxera junto ao seu corpo. Faria de tudo para ter isso mais uma vez.

Olhou para os lados à procura de algo que pudesse ajudá-la. Apesar de resistir bravamente, a mulher sabia que Giuseppe duraria pouco tempo antes que fosse subjugado de vez pelo porte físico de seu oponente. Viu a seringa mais à frente. Correu em sua direção, passando pelos homens, que continuavam a se enfrentar no chão. Pegou a seringa e aproximou-se o mais rápido que pôde sem chamar a atenção do Auxiliar. Enfiou a seringa no pescoço do rapaz, inserindo todo o conteúdo.

– Não! Não coloque tudo! – Giuseppe gritou, levantando-se do chão no momento em que o Auxiliar, com as mãos no pescoço, tombava para o lado. – Oh, Deus! – ele disse aflito. – Não podemos deixar ele morrer!

– Do que está falando?

– O alarme está ligado ao batimento cardíaco de cada um de nós. Se ele morrer, o alarme dispara! Rápido! Quando eu mandar, você assopra ar dentro da boca dele, entendeu?

Appia observou o homem massagear o peito do rapaz uma dezena de vezes, até que recebeu a ordem de assoprar. Repetiram o procedimento algumas vezes, até que, antes que ela pudesse assoprar outra vez, o Barão da Cura parou completamente a massagem cardíaca. Uma sirene ecoou pelos corredores ao mesmo tempo que uma luz vermelha começou a piscar incessantemente.

Giuseppe enxugou o suor que escorria da testa.

– Estamos perdidos.

Appia observou Giuseppe em total silêncio. Não que isso fizesse alguma diferença com o barulho da sirene atolando seus ouvidos até ficarem entupidos, mas entendia que o homem precisava de tempo para refletir sobre o que fazer.

– Droga! – ele lamentou, passando a mão pelos cabelos grisalhos. – Pense, Giuseppe! Pense! – O homem deu três tapas na testa que, por incrível que pareça, aparentaram trazer algum resultado. – É isso! Primeiro temos que pegar sua filha e depois seguimos para o meu consultório – ele finalizou, revistando o Auxiliar caído e retirando a arma de choque presa ao cinto de sua calça.

Os dois correram até onde uma nova porta separava as alas. Giuseppe usou o cartão magnético roubado na Sala de Pacificação, disparando até uma larga porta dupla ao final do corredor. Por uma grande janela de vidro era possível ver ao menos uns 10 berços ocupados por bebês chorando como se estivessem com fome ou cientes de seus destinos. Ao fundo, Appia viu o que parecia ser um enorme forno com labaredas incandescentes.

– Pelo Ser Superior! É isso que eles fazem com as crianças? – Appia perguntou, tapando a boca com a mão.

Giuseppe não respondeu à pergunta.

– Precisamos encontrar sua filha! Logo! – ele disse, correndo para dentro da sala onde estavam os bebês.

Uma mulher também vestida de branco parecia apressada, marcando os bebês com uma caneta fosforescente e injetando uma solução em seus braços que, depois de alguns segundos, cessavam o choro. Appia começou a procurar pela filha, berço por berço. Em alguns casos, as crianças pareciam tão semelhantes que ela abaixava a blusa para conferir se a marca da borboleta no ombro da filha estava lá. Ao chegar ao último berço, fitou Giuseppe com desespero nos olhos.

– Onde está a menina com a marca de borboleta no ombro? – Giuseppe encostou a arma de choque no pescoço da mulher.

– Não sei do que está falando – ela disse com a voz trêmula, tentando afastar o pescoço.

Giuseppe apertou o botão e a mulher despencou no chão com a voltagem que atingiu seu corpo.

– O que você está fazendo com essas crianças?

– Apenas cumprindo o procedimento de emergência em uma situação em que o alarme é acionado – ela respondeu. A voz fraca e sussurrada.

– Vou perguntar mais uma vez: onde está a menina com a marca de borboleta no ombro?

– Eu não sei. Ela... Ai! Ai! – O Barão encostou o aparelho mais uma vez, desferindo mais uma descarga elétrica no pescoço da mulher. Só parou quando ela começou a acenar. – OK... OK... Eles a levaram daqui – ela confessou.

– Eles quem? – Appia perguntou.

– Dois Auxiliares. Não sei seus nomes.

– Para onde? – Appia insistiu.

– Eu não sei! – A Auxiliar começou a chorar e seu desespero parecia genuíno.

– Pense, infeliz! – Giuseppe ordenou, aproximando o aparelho dela mais uma vez.

A mulher fechou os olhos, buscando a resposta em algum lugar da memória. Parecia atordoada com as descargas elétricas sofridas, e Appia temia que outra dose pudesse significar o mesmo fim do rapaz que dera início ao caos sonoro. Quase tentou impedir Giuseppe quando ele apertou o botão da arma, ameaçando a mulher mais uma vez. A Auxiliar, entretanto, foi mais rápida que ela.

– Criogenia! Para a Sala da Criogenia!

– O quê? Tem certeza disso? – disse Giuseppe quase histérico e com os olhos arregalados.

– Sim, eu juro! Por favor, não me machuque mais.

Ele virou-se com o rosto tão pálido quanto o branco de seus olhos. Appia teve medo de saber o motivo, mas seu instinto falou mais alto.

– O que isso significa, Giuseppe?

– Eles vão congelar sua filha.

Appia seguiu o Barão de Cura pelos corredores e escadas do prédio sem dizer uma só palavra. Na cabeça, apenas aflição e desespero. Precisava abraçar de novo sua filha e faria tudo que fosse necessário para que isso acontecesse. Após subirem as escadas, depararam-se com um enorme número 6 na parede ao lado da porta. Giuseppe virou-se para ela.

– Espere aqui um segundo. Preciso ver se a barra está limpa. – O Barão da Cura saiu, retornando alguns segundos depois. – Tudo tranquilo. Venha.

Ambos seguiram por mais alguns metros, até uma porta de vidro. Giuseppe a abriu e eles entraram na sala. Depois, fechou as cortinas para impedir que os vissem lá dentro. Ligou o computador e após digitar algo voltou a falar.

– Aqui está. Essa é a planta da instalação em que estamos. Precisamos chegar à Sala da Criogenia, que fica do outro lado do prédio, mas pelo caminho normal será impossível. Temos que ir pelos dutos de ventilação do banheiro masculino.

– O que eles querem com a minha filha? Você disse que eles irão congelá-la?

Giuseppe parou o que estava fazendo apenas para dar atenção a ela. Seus olhos acumulavam uma compaixão evidente.

– A mesma coisa que nós, provavelmente, Appia.

– Como assim?

– Sua filha... Ela... é especial.

– Especial como?

Antes que pudesse haver alguma resposta, um barulho no corredor fez com que Giuseppe agachasse, puxando Appia para baixo. Esperaram por alguns segundos embaixo da mesa, até ouvirem a porta abrindo. Appia apertou as costas contra a escrivaninha, tentando manter-se o mais escondida possível. Giuseppe tinha uma caneca na mão e um semblante determinado no rosto.

– Ninguém aqui! – afirmou a voz dentro da sala. Appia podia ver a bota do sujeito pelo vão entre mesa e chão.

– *Entendido. Proceda para a ala cinco. Temos que encontrá-los* – ordenou uma voz que aparentava vir de um comunicador.

A porta fechou e Appia se acalmou. Encostou a cabeça na parte de baixo da mesa por alguns segundos, enquanto Giuseppe ficava de pé. Assustou-se quando ouviu uma voz dentro da sala gritando.

– Parado! Mãos para cima!

Appia percebeu Giuseppe chacoalhando de leve a mão que segurava a caneca e a pegou para si. O homem repetiu o comando e, dessa vez, Giuseppe obedeceu.

– Venha para cá! Devagar! Você está sozinho? – Appia não ouviu a resposta de Giuseppe, mas podia imaginar qual ele havia dado. Ficou estática, segurando a respiração pelo tempo que pôde.

Observou Giuseppe seguir para o outro lado da mesa. Queria espiar pelo pequeno vão, mas teve medo de se mover. E agora? O que deveria fazer? Não podia deixar que o homem levasse Giuseppe embora. O Barão da Cura era a única esperança de ter sua menina de volta. Decidiu agir rápido, antes que outros chegassem. Ainda segurando a caneca, ela postou as mãos e joelhos no chão e começou a engatinhar pelo lado oposto do qual Giuseppe saíra. Assim que passou pela cadeira vazia e virou à esquerda, deparou-se com o cano de uma arma apontada para a sua cabeça.

– Onde você pensa que vai?

Ela olhou para o homem sem conseguir enxergar seu rosto. Ele usava um uniforme laranja, por baixo de um colete bege que cobria todo seu torso. Na cabeça, um capacete branco e óculos retangulares e espelhados encobriam praticamente todo o seu rosto. Apenas a boca podia ser vista. A mulher olhou para a caneca e pensou como deveria parecer idiota com aquilo na mão. O único jeito de agredi-lo com aquilo seria se ela o fizesse comer a caneca.

– Mãos para cima! Os dois! – o homem disse, antes de baixar uma das mãos em busca do comunicador que ficava preso à cintura.

Assim que ele pegou o aparelho, Appia partiu para cima dele por impulso. Não pensou, apenas agiu, algo que depois creditaria ao seu instinto materno. Apesar da surpresa, o homem conseguiu acertar de raspão seu rosto com a arma, jogando-a no chão perto da parede. Giuseppe, então, veio por trás, agarrando-o pelo pescoço e apertando-o com força. Appia, ainda cambaleante, observou do chão enquanto o oficial girava o corpo na tentativa de desvencilhar-se do homem agarrado ao seu pescoço. Depois de algumas voltas, o homem andou para trás jogando o peso do corpo na direção da parede, fazendo com que Giuseppe fosse acertado em cheio na cabeça. Com o golpe, o Barão da Cura afrouxou o braço, deixando que ele fugisse de seu alcance. Appia levantou-se ao ver o oficial apontando a arma para o amigo caído. Correu e arremessou o corpo nas costas do homem, jogando-o de encontro com a parede, a arma fugindo de seu domínio. Giuseppe agarrou a pistola, colocando-se em pé e apontando-a para o guarda.

– É a sua vez de ficar parado! – disse Giuseppe com um leve sorriso irônico.

– Vocês não vão conseguir sair daqui – ele assegurou, ainda caído no chão.

– Cale a boca! – Appia gritou, surpreendendo não só Giuseppe, mas ela mesmo. – Tire o seu capacete!

O homem retirou os óculos e o capacete. Assim como todos os outros, ele tinha uma aparência jovem e traços suaves que jamais combinariam com a profissão escolhida. Appia chegou a imaginar o dia em que veria a filha entrando em casa com seu namorado, contando a ela sobre seus planos de casamento. Teria considerado o oficial caído no chão um ótimo partido. Caminhou até o outro canto da sala. Agachou-se e pegou a caneca que repousava no chão. Voltou até onde se encontravam Giuseppe e o rapaz.

– Você não deveria nunca se meter entre uma mãe e sua filha – ela disse antes de quebrar a caneca na cabeça do rapaz.

Giuseppe sugeriu que a mulher vestisse o uniforme do rapaz desmaiado. Apesar da largura, a roupa havia servido melhor do que imaginava.

– Vamos! Temos que seguir pelo duto.

Ambos deixaram a sala.

Os minutos passados dentro do duto de ventilação poderiam ser definidos, no mínimo, como claustrofóbicos. À medida que avançavam pelas entranhas do prédio, ela na frente e Giuseppe atrás, a mulher podia sentir os efeitos do enclausuramento acelerando sua respiração e refreando seus sentidos. Não fossem os constantes pensamentos sobre a filha recém-nascida, Appia já teria tido algum tipo de surto psicótico dentro da apertada tubulação de alumínio.

– Siga em frente até a próxima bifurcação. Depois, vire à direita. A Sala de Criogenia deve estar próxima.

Mesmo sem um mapa, o Barão da Cura parecia conhecer bem o funcionamento das instalações. Pelo menos até agora, eles tinham percorrido um caminho significativo nos eternos minutos dentro do pequeno espaço rarefeito. Joelhos e cotovelos já reclamavam como se engatinhassem sobre um mar de pequenos e afiados cacos de vidro. Precisava descansar, sabia disso, mas tempo era um artigo de luxo que sua filha não tinha. Appia rastejou-se por mais alguns metros até se deparar com uma grade, que a permitia vislumbrar uma espécie de vestiário, e apesar de não conseguir ver ninguém, um par de vozes ecoava até o teto onde estava.

– O que fazemos agora? – ela sussurrou.

– Deve ser a sala de preparação para a criogenia. Você consegue ver alguém? – sussurrou de volta Giuseppe.

– Não, mas ouço vozes. Talvez se eu fosse até o outro lado da grade conseguiria vê-los.

– Boa ideia. Mas cuidado, esses respiros da tubulação não são muito...

Antes que Giuseppe pudesse completar a frase, o corpo da mulher foi sugado para baixo, vencido pela gravidade. O impacto com o chão fez com que ela perdesse o controle sobre os sentidos por algum tempo. A cabeça girava e o corpo, ainda sobre a grade de ferro que cedera, parecia ser uma uníssona sinfonia de dor. Girou o corpo para o lado, até que ficasse de costas para o chão. O primeiro sentido com o qual restabeleceu contato foi a visão, o que permitiu a ela associar imagens ao par de vozes que ouvira há pouco, seus rostos mostrando que mulheres despencando de dutos de ventilação não era algo cotidiano.

– O que está acontecendo aqui? Quem é você? – um deles perguntou, apontando para Appia uma daquelas armas de choque com a qual ela tivera mais intimidade do que gostaria.

– Você acreditaria se dissesse que estava procurando algo lá em cima? – ela respondeu com uma ironia trêmula.

Os dois olharam um para o outro, primeiro com um semblante surpreso, depois com um ar decidido e impiedoso.

– Procurando o quê? – O homem que carregava a arma mantinha o cenho franzido indicando que sua paciência estava se esgotando.

Appia conseguiu se arrastar alguns metros para trás, saindo de cima da grade e trazendo ambos para onde havia caído.

– Procurando por ele – ela respondeu, apontando para cima.

Antes que os homens pudessem acompanhar seu dedo, Giuseppe soltou o peso do seu corpo sobre eles, levando-os ao chão. Apesar da dor, Appia moveu-se com agilidade, partindo para cima do homem que carregava a arma de choque. Ela pegou a arma e a pressionou contra as costelas dele. O choque fez com que o corpo do homem tremesse com intensidade, só parando quando ela teve certeza de que ele havia perdido os sentidos. Virou-se para o lado e viu Giuseppe asfixiando o adversário.

– Qual é o código de entrada? – O homem não respondeu e o Barão da Cura voltou a asfixiá-lo. – Me passe essa arma, Appia. Hoje teremos cérebro frito para o jantar!

Giuseppe assegurou-se de que não tocava mais o homem e disparou a primeira carga elétrica contra o torso dele, que sacolejou como se estivesse no epicentro de um terremoto. Depois, alterou a carga do aparelho e mirou-o contra a cabeça do sujeito.

– Qual o código de entrada?

– 1121! O código é 1121! Por favor, faça ele parar! – o homem implorou para Appia.

Antes que ela pudesse falar algo, o corpo do Oficial sacudiu mais uma vez, até o ponto em que ele, assim como o amigo, aventurou-se pelo reino do sono profundo.

– Temos que colocar aqueles trajes para não congelarmos lá dentro – Giuseppe disse assim que retirou outro cartão magnético do bolso da calça de um deles. – Temos pouco tempo.

Enquanto se vestia, Appia refletiu sobre tudo o que tinha acontecido até ali. O dia mais feliz da sua vida havia virado, de uma hora para outra, uma caça à filha, arrancada de suas mãos de forma covarde. Nada era mais importante para ela do que estar com seu bebê, mesmo que isso significasse a perda do *status* e das regalias da vida em Prima Capitale. Só não tinha conseguido entender o que motivava Giuseppe a ajudá-la. Depois de hoje, ele também não poderia mais levar a mesma vida de antes. Queria lhe perguntar sobre seus motivos, mas só o faria quando estivesse com sua filha no colo outra vez.

– Venha! – o homem grisalho ordenou, caminhando para fora da sala de preparação, sua voz já abafada pelo traje que cobria todo o seu corpo.

Os dois caminharam até uma nova porta de aço com a palavra *PERIGO* em vermelho. Logo abaixo, outro aviso permitia a entrada apenas de pessoal autorizado. Giuseppe passou o cartão magnético na tarja ao lado da porta e, depois, digitou o código fornecido: *1121*. *O número da liberdade*, Appia pensou antes de ver a porta se abrindo.

Dentro da Sala de Criogenia, vários tubos grossos estavam perfilados verticalmente por toda a extensão de uma das paredes da sala. Por uma pequena fresta de vidro, Appia pôde ver um adolescente – que não aparentava ter mais do que 13 anos – enrijecido, congelado dentro de um dos tubos. Procurou a filha pelos outros tubos, mas todos pareciam estar vazios.

– Aqui!

Ouviu a voz do amigo chamando por ela.

Appia correu até um berço colocado no canto da sala. Sua filha estava imóvel dentro dele.

– O que aconteceu com ela? Eles congelaram minha filha? – Appia disse ao tentar tirar seu traje.

– Não tire a roupa, mulher! Você irá congelar se fizer isso. Sua filha está bem. Isso é uma incubadora, a temperatura do corpo dela está estável. Procure algo para a cobrirmos. Precisamos tirá-la daqui antes que alguém chegue.

Começaram a revistar o local em busca de algo que pudesse envolver a recém-nascida, mas as opções pareciam tão escassas quanto o tempo que tinham.

– O que faremos agora? – Appia perguntou após ter revirado a sala por completo.

– Vamos abrir sua roupa e colocá-la no seu colo. É o único jeito.

– Mas você disse que eu congelaria se tirasse a roupa.

– Não se você fizer isso perto da incubadora e por pouquíssimo tempo. Precisamos de não mais do que alguns segundos para colocá-la junto ao seu corpo.

Appia aproximou-se do local onde a filha repousava, inclinando-se para baixo como se fosse pegá-la no colo. Giuseppe parou ao seu lado e abriu lentamente o zíper do traje. Depois, pegou a menina e a acomodou dentro do traje de Appia, que a aguardava com ansiedade. Ela já podia sentir seu pulso celebrando o momento. Seu traje foi, então, fechado, e Appia segurou sua filha com um dos braços, aninhando-a de maneira a não escorregar pelo traje. Um longo suspiro esvaziou seus pulmões, reciclando ansiedade em alívio. Por pouco tempo, porém.

– Como vamos fazer para sair daqui, Giuseppe? Há muita gente nos procurando.

– Nós vamos fugir por ali.

Os dedos do Barão da Cura apontaram para uma pequena cápsula no canto esquerdo da sala. Giuseppe apertou um botão na lateral do objeto e sua tampa de vidro se abriu. Appia e a filha entraram na cápsula, que ficava do lado oposto da porta. O homem ligou o painel e apertou alguns botões.

– Vocês estarão a salvo nessa coordenada. Assim que pousarem, fiquem perto da cápsula e aliados irão encontrá-las. Vocês ficarão bem desde que sigam a orientação deles. Appia, você confia em mim?

– Confio, Giuseppe.

Ele sorriu.

– Vai ficar tudo bem. Vocês vão ficar bem – o homem disse com um tom aliviado, ainda mexendo em alguns botões.

Appia abraçou-o com força. A atitude foi tão inesperada quanto impulsiva. Por causa daquele homem teria a chance de viver ao lado da filha, seja aonde fosse. Mas apesar da gratidão, dúvidas ainda recheavam sua cabeça. Uma em especial.

– Por que você está nos ajudando, Giuseppe? Não quero parecer rude, mas isso não faz sentido.

– Nem tudo faz algum sentido, Appia. E este é o primeiro passo em direção a um grande futuro.

– Mas por que nós? Havia tantas crianças lá. Por que a minha filha?

O Barão apontou para onde a criança estava, escondida pelo traje.

– O ombro dela. A borboleta. Foi por ela que esperamos todos esses anos.

A conversa dos dois foi interrompida quando a porta da sala foi aberta e dois homens usando os mesmos trajes que eles entraram na sala.

– O que vocês estão fazendo aí? Não podem usar o ejetor sem autorização!

Giuseppe não olhou para trás, apenas parou por um segundo, como se refletisse sobre o que faria. Depois, encarou a mulher por trás do visor do traje. Appia podia sentir a determinação em seus olhos.

– Cuide bem dela, Appia. Sua filha fará tudo isso valer a pena um dia – disse o Barão da Cura antes de apertar um botão vermelho, que fechou a tampa de vidro da cápsula, com mãe e filha dentro.

– Não! Não! Giuseppe, não! Você tem que vir conosco! – Appia desesperou-se.

– Você consegue fazer isso sozinha. Eu acredito em você, Appia. Cuide bem da sua menina.

– Seppi – Appia disse, chorando.

– O quê?

– O nome dela é Seppi.

Então, Appia viu o homem se afastar da cápsula e apertar um botão ao lado. O aparelho começou a tremer e ela agarrou a filha com ainda mais força. O Barão da Cura estava estático, acompanhando o lançamento do ejetor com a mão direita erguida em um adeus. Apesar da gratidão estampada em seus olhos, os lábios da mãe formularam um "muito obrigado" assim que a cápsula começou a se mover. A última coisa que viu foi Giuseppe sendo jogado ao chão pelos homens que haviam entrado na sala.

Depois, ela e a filha foram arremessadas para fora da instalação. E de Prima Capitale.

2

Eu andava na ponta dos pés. Caminhar em silêncio era crucial durante qualquer caçada. O que nós tínhamos de racionais, os animais tinham de instintivos. Seus sentidos, muito mais apurados que os nossos, percebiam coisas invisíveis para nós. Segui agachada pelo meio de uma mata com cerca de meio metro de altura até uma figueira alguns passos adiante. Postei-me de costas para a árvore e levantei-me um pouco até que minha cabeça ficasse exposta. Lá estava ela. O meu alvo era, sem sombra de dúvidas, o maior predador existente na região. Uma leoa com quase 3 metros de comprimento e mais de 200 quilos.

Diva – *era assim que eu a batizara* – era um dos raros exemplos de animais mutantes espalhados pelo mundo desde que as Guerras Tríplices dizimaram a população mundial. Olhando de longe ela parecia uma leoa comum, mas uma alma corajosa ao se aproximar o bastante perceberia as pequenas membranas localizadas próximas às suas axilas. O medo de intoxicação fazia com que humanos não caçassem animais mutantes, e sem a presença de um predador como o homem, Diva reinava ainda mais absoluta naquela selva.

Eu a observava de longe. À distância, a leoa pastava – *acredite, atualmente nenhum animal podia se dar ao luxo de ser exclusivamente carnívoro*. Eu me agachei, retirando a mochila das costas. Um bolso na lateral guardava um bumerangue com duas bolas pretas presas nas pontas. Minha arma favorita, mesmo com o arco – especialmente quando eu queria capturar, não matar minha presa. Ainda precisava de mais alguns metros para que minha tentativa de a aprisionar se tornasse possível, o que fazia com que eu flertasse vertiginosamente com o perigo de ser descoberta. Deixo minha mochila no chão e caminho com o objeto em forma de V na mão. Diva continuava banqueteando-se com plantas e frutas jogadas ao chão pela natureza. Só precisava dar alguns passos para me aproximar um pouco mais. Para isso contava com a fome do animal para relaxar seus outros sentidos.

Finalmente cheguei à posição desejada. Antes de iniciar minha manobra de ataque, abri os botões da minha blusa e cocei a faixa que cobria e apertava toda a parte superior do meu torso. Meus seios começavam a se desenvolver, o que era péssimo para uma menina que precisava convencer a todos de que era da turma dos meninos. A faixa ajudava a esconder o volume, mas em breve, pelo andar da carruagem do meu desenvolvimento físico, perderia sua eficácia. Viver essa mentira atormentava minha cabeça todos os dias, mas era algo que minha mãe sempre estabeleceu como prioridade máxima. Segundo ela, mesmo tanto tempo depois, sempre haveria alguém procurando por nós – eu, em especial –, e viver reclusa, como um menino, aumentava minhas chances de permanecer no anonimato. E, principalmente, viva.

Girei o corpo, arremessando o bumerangue um pouco acima do animal. A velocidade do arremesso dava ao objeto a aparência de uma roda alada. No momento exato em que ele sobrevoou o corpo de Diva, apertei o botão do controle em minha mão e uma rede foi jogada sobre o animal, que, instintivamente, pulou tentando se livrar da iminente captura. Por longos segundos a leoa fez de tudo para se desvencilhar da rede, mas o tempo é o maior inimigo das ações ininterruptas e ela caiu de lado na grama, exaurida. Por causa da espessa vegetação, não conseguia mais vê-la. Caminhei com cuidado até onde eu a havia rendido. A cada passo uma sensação de conquista acalentava meu peito, ainda incomodada pela coceira provocada pelo contato da minha pele com aquela faixa apertada. O gosto da vitória invadia a minha boca como um *menu* refinado. Eu havia me tornado, oficialmente, uma grande caçadora.

O calor do meu peito deu lugar a um congelar instantâneo quando a leoa se levantou com metade do corpo já para fora da rede. Ela chacoalhou o tronco com força, livrando-se do pedaço restante da rede. Então, manteve os olhos fixos em mim.

Mesmo após três guerras que eliminaram quase toda a população mundial, nós, humanos, continuávamos na base da cadeia alimentar, principalmente quando não conseguíamos usar nossas ferramentas tecnológicas. Por isso, diante daquela cena, fiz o que qualquer um no meu lugar faria: fugi.

Tentei não olhar para trás – parecia-me errado olhar na direção que colocava risco à minha existência –, mas era quase impossível manter-me indiferente a um ataque iminente pelas costas. Antes que eu pudesse chegar até onde havia deixado minha mochila, senti duas patas gigantes empurrando meu corpo para baixo, derrubando-me de cara no chão. A baba fedida e pegajosa que escorria da boca do animal atingiu a minha nuca.

Apesar do peso do animal, consegui girar meu tronco, ficando de costas para o chão. Com as duas patas sobre o meu peito, observei a língua da leoa percorrendo sua extensa boca, como se saboreasse o momento. Então ela rugiu e pude ver, de camarote, o conjunto de dentes mais assustadores da minha vida. Ali, com vista privilegiada, observei sua língua áspera servir de escorregador para a baba viscosa que inundava meu rosto. Tentei me levantar, mas as enormes patas da minha amiga felina continuavam a prender-me contra o chão – sim, Diva e eu éramos amigas, parceiras, comparsas de caça já há muitos anos. E apesar da sensação incômoda do contato da língua de Diva em minha pele e da proximidade com seus dentes afiados, confesso que me diverti ao vê-la manifestar toda a sua "alegria em me ver", como um cachorro que abana o rabo.

Nenhum ser humano se comportava de forma tão aberta comigo – ou com qualquer outra pessoa. Não estávamos acostumados a demonstrar nossos sentimentos positivos. Minha mãe sempre disse que o amor nos enfraquece e que nunca podemos mostrar o que sentimos para não ficarmos muito vulneráveis. *Mas não havia sido justamente o amor dela por mim que a fizera tomar a atitude mais corajosa de toda a sua vida?* Outra vantagem que os animais tinham sobre os seres humanos: eram muito menos complicados. A racionalidade nos enche de máscaras e medos, enquanto animais têm apenas uma camada e sobrevivem confiando em seus instintos.

Fechei os olhos e me concentrei.

Diva, sai de cima de mim. Eu não estou conseguindo respirar direito, pedi em pensamento.

Ela saiu em seguida, indo para o lado, sem dar fim, claro, à interminável sessão de lambidas.

Esse poder era outra coisa que poucos – ou melhor, ninguém – sabiam sobre mim. Além de ser uma fugitiva e viver como um menino, eu conseguia, por alguma razão ainda desconhecida, me comunicar com animais. Bastava um pouco de concentração para que eles captassem o que eu estava pensando. Eles me entendiam e, por algum motivo, eu os compreendia também.

Diva começou a pular, flexionando as patas dianteiras e empinando a traseira de seu longo corpo e seu rabo, nitidamente me atiçando para mais uma disputa que inevitavelmente terminaria com suas patas sobre meu peito e meu rosto banhado por sua baba.

Estou muito cansada para correr atrás de você agora. Além do que preciso caçar o jantar de hoje. Minha mãe está esperando – mentalizei. Antes que continuasse a elencar motivos para não brincar, a felina saiu em disparada, desaparecendo no meio do mato. Por um momento, ponderei se ela tinha ficado chateada comigo, mas antes que o arrependimento pousasse em meus ombros, Diva retornou com um animal pequeno preso em seu maxilar. Ela colocou o animal morto sobre a minha mochila e depois postou-se na mesma posição de antes, apenas aguardando a hora em que eu começaria a "caçá-la".

Sorri. Quem poderia imaginar que a brincadeira preferida de um animal daqueles com um ser humano seria "caça e caçador"?

Enquanto eu caminhava disfarçando meu inevitável ataque, Diva pulava de um lado para o outro, ansiosa pelo momento eu que eu gritaria "Rááááááá" e partiria pra cima dela. A brincadeira seguiu por alguns minutos, com ambas pulando, suando e rolando abraçadas pela mata selvagem. Por mais que amasse a minha família – e por família entenda-se minha mãe –, não havia momento em que me sentisse mais livre e em paz como os passados com minha amiga felina. Sua pureza e inocência eram cativantes. A forma com que os animais viviam o presente, sem se preocuparem com o futuro, fazia com que parte de mim desejasse que minha mãe fosse um pouco mais animal. Entendia seus motivos para ver o futuro com desconfiança, mas, às vezes, viver uma mentira podia ser mais duro do que bater de frente com uma verdade nua e crua.

Por mais que ela pudesse significar seu fim.

Prosseguimos com nosso jogo até o momento em que nos deparamos com um enorme vale esverdeado abaixo de nós. O sol começava a anunciar sua despedida diária, tornando o amarelo um pouco mais laranja. A brisa que batia no rosto assemelhava-se ao sopro de uma mãe no machucado do filho. Lá embaixo, o "mar" de folhas bailava ao som da melodia imposta pelos deuses do vento. Aqui em cima, o silêncio imperava como se o mundo pertencesse somente a nós duas. A leoa deitou-se no meu colo enquanto eu acariciava seu peito arquejante. Fechei os olhos, aproveitando o frescor da brisa no rosto. Uma sensação de plenitude ascendeu sobre meu corpo como uma chama incandescente. Por um segundo, imaginei-me livre, voando pelo céu, capaz de seguir para onde meu coração desejasse, bastando, para isso, um simples bater de asas. A verdadeira independência. A essência da vida.

Diva deu um leve rugido, deitando-se sobre as quatro patas, com a barriga no chão, oferecendo-me suas costas. Às vezes, esqueço-me que os animais são capazes de compreender o que mentalizo. E sua mutação havia dado a ela um dom especial: as membranas em suas axilas não a permitiam voar, mas permitiam que ela planasse. Montei em suas costas e dei um beijo no topo da sua cabeça.

Ela correu e saltou na direção do abismo. Nós duas planamos como um só ser. Livres de verdade.

Mesmo que por pouco tempo.

O problema em planar sobre o que depois descobrimos ser uma mata fechada revelou-se somente quando fomos perdendo altitude e nos aproximando do solo. Diva flutuava por sobre as árvores, tentando encontrar ao menos uma pequena clareira na qual pudéssemos pousar de forma segura. A leoa inclinava o corpo para os lados, usando as membranas para tentar nos levar a alguma área mais aberta, entretanto, tudo que observávamos do alto eram as enormes copas das árvores formando uma espécie de telhado fotossintético impenetrável.

Temos que encontrar um local seguro para pousar, Diva. Se batermos contra essas árvores podemos nos machucar bastante.

A leoa rugiu, inclinando o corpo um pouco mais para a esquerda.

Você encontrou alguma coisa?

Diva rugiu mais uma vez. Agora, mais alto.

Eu sei, mas você poderia ter pensado nisso antes de se oferecer para me levar para "passear", certo? E não se esqueça de que a ideia, na verdade, foi sua.

Diva tentou virar o rosto para trás, mas o movimento quase fez com que meu corpo fosse jogado para baixo.

Ei! Preste atenção! Você quer que eu caia?

A leoa soltou um leve grunhido.

Eu sei que você não fez por mal. Não adianta ficarmos discutindo agora. As árvores estão se aproximando. Vamos tentar minimizar o dano. Você consegue enxergar aquelas árvores à direita? Acho que há uma entrada por entre elas, logo ali. Você consegue chegar até lá?

Diva voltou a inclinar o corpo, seguindo na direção do pequeno buraco negro entre o conjunto de árvores. Começou a fazer movimentos para cima e para baixo, na tentativa de diminuir nossa velocidade. O problema era que, dependendo do grau de sucesso, poderíamos simplesmente parar de planar, elevando nossa situação de risco a alguns graus acima da nossa atual escala de infortúnios.

Não demorou até alcançarmos o pequeno espaço entre as árvores. Diva foi perfeita. Talvez seus instintos de sobrevivência tivessem ajudado de uma forma que um humano jamais conseguiria compreender, mas ao entrarmos no buraco, nossa velocidade já havia reduzido consideravelmente e o ângulo escolhido por ela permitiu que escapássemos dos galhos mais altos. Chocar-se com um deles resultaria em uma queda cabulosa.

Ainda assim, entramos mais rápido do que gostaríamos. Podia sentir os pequenos galhos passando rentes ao meu corpo, pintando minha pele de vermelho, expondo pequenos e finos cortes por todo o meu corpo. E pelos grunhidos de dor vindo da minha amiga, Diva também não havia escapado incólume.

Já podia ver o chão bem próximo quando algo me atingiu na testa, jogando meu corpo para trás. Não consegui me segurar e antes que pudesse perceber o que acontecia, já beijava o solo com violência. Por um segundo tudo pareceu calmo. Não sentia meu corpo nem conseguia controlar meus pensamentos. Por alguns momentos desejei que a dor me consumisse e trouxesse com ela a certeza de que ainda estava viva. Quando ela veio, foi na forma de uma ardência estranha. Recuperei meu foco e observei Diva lambendo um a um os machucados do meu corpo. Era assim que felinos cuidavam daqueles que amavam. Eu a amava também. Tentei dizer isso a ela, mas logo que fechei meus olhos, uma voz familiar rompeu o silêncio da natureza.

– Olha ele ali! Aquela Leoa vai comê-lo vivo!

Quis virar meu pescoço para ver o que estava acontecendo, mas uma primeira pedra atingiu o torso de Diva com força.

– Mira na cabeça, Petrus! – a voz gritou.

Timmo!

Outra pedra passou voando por entre mim e Diva, acertando em cheio o tronco da árvore enraizada atrás de nós. A lasca arrancada demonstrava que os dois não estavam de brincadeira. Diva saiu de perto, focando sua atenção nos meus amigos agressores. Eu já a conhecia muito bem. Os dentes expostos significavam uma coisa: ela estava prestes a disparar na direção deles. Petrus e Timmo eram bons caçadores, mas Diva tinha pouca coisa em comum com o que eles costumavam levar para casa.

Eu fechei os olhos buscando foco mais uma vez.

Diva, eles são meus amigos. Você sabe disso. Não os machuque. Eles acham que você está tentando me machucar. A leoa rugiu alto. Com os olhos fechados eu não podia vê-los, mas se o barulho arrepiou a minha nuca, ponderei se ambos não precisariam de um novo par de calças. *Eu sei que doeu, minha amiga. Mas peço para que não faça nada com eles. Se gosta mesmo de mim, vá embora. Eles não irão te seguir. Terminamos nosso passeio depois.*

Uma nova pedra passou rente ao corpo da leoa, que se virou e me encarou por um segundo antes de disparar para dentro da mata. Eu tentei me levantar rapidamente, mas os machucados, que agora começavam a "apitar" por todo o meu corpo, impediram-me de fazer qualquer movimento brusco e repentino.

– Uau! Se não fosse a gente, você já tinha partido para visitar o Ser Superior, hein Seppi! – Timmo disse ao se aproximar.

– Você está bem? – Petrus tirou um frasco de dentro da mochila. – Aqui ó, passe isso aqui sobre esses arranhões. Foi aquela coisa mutante que fez isso com você?

Permaneci em silêncio enquanto passava o líquido ardido nos machucados. Buscava tempo para saber a coisa certa a ser dita. Diva não fora a responsável por aqueles ferimentos, entretanto culpá-la parecia algo bem mais lógico que a alternativa: *"Como converso com animais, pedi a minha amiga mutante para planar comigo sobre a mata, só que não encontramos um lugar ideal para pousar e acabei me arranhando nos galhos."*

– Sim. Foi ela – eu menti.

– Você deu sorte que estávamos por perto e ouvimos o barulho. Quando viemos checar, encontramos o animal te atacando. Um minuto mais tarde e poderíamos montar um quebra-cabeças com seus ossos – Timmo concluiu, com seu jeito delicado de sempre. – Agora, temos que seguir em frente. Acho que o que ouvimos foi uma ninhada de *cunículos*. Não devem estar longe daqui. Se encontrarmos, teremos comida para um bom tempo.

Eu tive vontade de dizer que o barulho nada tinha a ver com ninhada de animais, apenas com o término desastroso de uma ideia estúpida – *deliciosamente estúpida*. Porém não poderia fazer isso sem revelar toda a história. Fiquei em pé com a ajuda de Petrus e abri minha mochila presa às costas, mostrando a eles o animal com que Diva havia me presenteado pouco antes do nosso passeio alado.

– Obrigado por tudo, rapazes, mas meu jantar já está garantido. Agora, preciso ir para casa.

Ao perceberem minha determinação em ir embora, Timmo e Petrus acharam melhor também desistir da caçada, uma vez que, assim como eu, após um bom tempo caçando, também já tinham conseguido carne para o jantar da família. Partimos em direção à pequena comunidade em que morávamos, no meio da região conhecida como Confins, um lugar afastado de qualquer sinal de civilização, frequentado apenas por Proscritos, pessoas que, assim como minha mãe, haviam vivido em Prima Capital, mas tinham sido banidas ou desertado.

Segundo algumas das histórias que minha mãe costumava contar, todas as pessoas nascidas na capital tinham enxertado na nuca, ainda bebê, um *chip* com seu Código de Identificação Existencial ou CIE. Nesse *chip* eram inseridas todas as informações sobre cada indivíduo, desde local de trabalho até *hobbies* preferidos. Cada proscrito, banido ou desertor, passava a ter o *status* inativo em seu código, impedindo-o de cruzar os altos muros da grandiosa cidade.

Eu e meus amigos não tínhamos o tal *chip*. Havíamos nascido fora da Cidade Soberana ou sido arrancados de lá ainda bebês – *como havia acontecido comigo*. Isso nos transformava em "formas de vida ilegais", ao menos essa era a classificação dada a nós pelo governo. Desnecessário dizer o que acontecia quando um de nós se deparava com um caçador de recompensas, por exemplo. Meu caso era ainda mais grave que o deles. Eu era a filha vetada de uma desertora com *status* de procurada, o que me tornava um *Royal Street Flush* de carne e osso. Nossa única chance, segundo minha mãe, era mantermos a cabeça baixa e a guarda alta. Com isso, estranhos nunca eram bem-vindos e sempre olhados com desconfiança. Além disso, havia a necessidade de manter a minha troca de gênero, mesmo para os poucos conhecidos com quem convivíamos no dia a dia.

Isso tornava Timmo e Petrus meus grandes – e únicos – amigos. Não que me importasse. Para falar a verdade, preferia muito mais passar o dia como menino do que como menina. Garotos caçavam, pescavam, exploravam novos lugares, enquanto as garotas passavam o dia costurando, cozinhando e cuidando da horta. Eu nunca poderia ser *apenas* uma garota. Eu precisava de ação e de momentos como esse que tive com minha amiga felina há pouco. Eram os combustíveis que alimentavam meu ânimo toda vez que o sol surgia na linha do horizonte. A forma que eu havia encontrado para colocar para fora algumas coisas e impedir que algo dentro de mim explodisse como um barril de pólvora. Ser menino, entretanto, também vinha acompanhado de desvantagens, e ao ouvir Timmo enquanto caminhávamos pela mata, soube que um desses momentos havia chegado.

– Então, o que vocês acham da filha do velho Wallace? – ele perguntou.

– Qual delas? – Petrus devolveu.

– A mais velha, oras. Aquela que tem os peitos grandes e suculentos.

Todos nós completaríamos quinze anos na próxima mudança de estação, atingindo a maioridade. Talvez por isso as conversas sobre anatomias femininas tornavam-se cada vez mais rotineiras, especialmente com Timmo por perto. *Nojento!*

– Ravena – eu disse enquanto acelerava o passo para chegar o mais rápido possível em casa e fugir da conversa. – O nome dela é Ravena, não Peitos Grandes e Suculentos.

– Tanto faz – Timmo retrucou. – Contanto que eu coloque meu rosto no meio daquelas belezuras, por mim ela pode se chamar Adolfo.

Minha mãe havia me alertado que garotos nessa idade não passavam de idiotas inconsequentes com nada na cabeça, enquanto garotas tinham um senso de percepção mais apurado e desenvolvido. Comparando Timmo a mim, devo admitir que, mais uma vez, ela tinha total razão.

– Cala a boca, Timmo. Você não saberia o que fazer nem se ela te quisesse – Petrus respondeu com um sorriso no rosto. – Além do mais, se alguém aqui fosse passear naqueles *montes* seria nosso amigo Seppi aqui. Ravena tem uma visível queda por ele.

Sim, essa era mais uma desvantagem do gênero. A forma como as pessoas interagiam com você era determinada pelo seu sexo, o que me ocasionava alguns infortúnios, vez ou outra. Ravena era um deles. Permaneci calada, na esperança de que o assunto fosse levado pela brisa vespertina. A tática deu certo e seguimos em silêncio por mais um par de quilômetros.

– Preciso tirar água do joelho – eu anunciei, tentando eliminar aquela visão sórdida da minha cabeça.

– Boa ideia! – Petrus celebrou, já abrindo a braguilha e urinando no tronco de uma das árvores que nos cercavam. Timmo fez a mesma coisa.

Eu, obviamente, enfiei-me dentro da mata, onde pudesse fazer xixi sem levantar suspeita para questões, digamos assim, anatômicas.

– Por que ele sempre se esconde quando vai mijar? – Pude ouvir Timmo questionando Petrus.

– Algumas pessoas precisam de privacidade, só isso – Petrus respondeu.

– Ou porque têm o equipamento muito pequeno – o amigo complementou, dando uma gargalhada em seguida.

De fato, Timmo tinha razão. Meu equipamento era tão pequeno que chegava a ser invisível a olho nu.

– Cala a boca, Timmo, e me deixa mijar em paz – Petrus encerrou a conversa.

Atrás de uma moita, eu fechei meus olhos e comecei a me concentrar. Sempre tive dificuldades para urinar em locais públicos. Admito que a questão da troca de gênero sempre fazia desse um momento tenso. Senti-me aliviada quando o primeiro jato de urina saiu. De cócoras, minha preocupação agora era não acertar minha roupa com o líquido. Ergui a cabeça quando um barulho no mato rompeu o silêncio.

Abri os olhos e vi Timmo mais amarelo que a minha urina. Seus olhos arregalados e pálidos.

– Você... Você é uma menina! – ele gritou, antes de sair correndo.

Eu gritei para que ele parasse. Em vão. Coloquei a roupa de volta e fui atrás dele.

Droga! Minha mãe ia me matar quando chegasse em casa.

Ao avistar Petrus e Timmo parados na pequena trilha entre as árvores, meus pulmões já clamavam por oxigênio. Flexionei o corpo e coloquei as mãos no joelho em busca de fôlego, evitando encará-los enquanto buscava uma justificativa que parecesse plausível para a cena testemunhada por Timmo. *Justificativa plausível? O que poderia explicar a ausência de um pênis?*

– O que está acontecendo aqui? – Petrus perguntou, interrompendo meu pensamento.

– Não sei... – eu retruquei, ainda com o peito arquejante. – Esse aí saiu gritando... Eu achei que tivesse algum bicho... Corri feito um louco... – Tentei disfarçar.

– Louco não. *Louca*! Você é uma menina! Eu vi, Petrus! Eu vi!

– Do que você está falando, moleque? – Sacudi as mãos para demonstrar uma falsa indignação.

– Eu vi! Seppi não tem um *picolino*. Ela estava fazendo xixi sentada! – Timmo afirmou. Os olhos esbugalhados, como se uma assombração estivesse ali.

– E quem disse que eu estava fazendo xixi, seu animal? – respondi com a única coisa que me veio à cabeça. – Eu que deveria ficar irritado com você aparecendo do nada enquanto faço minhas necessidades. Já ouviu falar de número 2? Ou você caga em pé?

– Não importa o que você estava fazendo – Timmo insistiu. – Você não tem seu *equipamento*!

Petrus aproximou-se de mim, fitando meus olhos como se quisesse arrancar a verdade de dentro deles por hipnose. Meus joelhos bambearam como a copa de uma árvore em uma tempestade.

– Sei que essa pergunta vai parecer idiota, mas, enfim, do que ele está falando, Seppi?

– Como posso saber?

Petrus continuou me avaliando de maneira incisiva. Eu apenas pensava em minha mãe e na reviravolta que esse episódio causaria em nossas vidas.

– Porque confesso que muitas vezes achei seu jeito um tanto estranho. De alguma forma bizarra, isso explicaria muita coisa – Petrus insinuou.

– Jeito? Que jeito?

– *Ele* é uma menina! – O grito vindo de trás fez com que Petrus fuzilasse Timmo com uma expressão que parecia ter *cala a boca* datilografado na testa. Timmo afundou os ombros e esperou.

– Isso não importa – ele disse, virando-se para mim. – O que importa é se posso confiar em você.

Eu acenei que sim. Petrus prosseguiu.

– Nunca achei que fosse falar isso um dia, mas, neste caso, não vejo outra alternativa. Você vai ter que mostrar sua *ferramenta*.

Eu não esperava por isso.

– O quê?

– Seu picolino... Mostre para nós. Assim resolvemos essa história de uma vez e posso dar uns cascudos nesse imbecil aqui atrás. – Petrus fez um leve aceno com a cabeça na direção de Timmo.

Minha mãe sempre havia dito que indignação é a cartada final de um desesperado. O momento para tirar o ás da manga havia chegado.

– Só me faltava essa agora... Além daquele ali ir bisbilhotar minhas intimidades, o outro aqui agora quer me ver pelado. E ainda me acusam de ser uma menininha. Afinal de contas, quem é a menininha aqui, hein?

Petrus não respondeu. Antes que eu pudesse reagir, Timmo avançou na minha direção, colocando a mão por dentro da minha calça. O movimento foi rápido, mas suficiente para comprovar aquilo de que me acusava. Os olhos de Petrus tomaram o tamanho e brilho de duas enormes luas cheias que já pareciam influenciar a maré de choro que eu percebia tomar conta de mim.

– Espere um pouco, Petrus! Eu posso explicar... A culpa não foi minha...

– A culpa é de quem então? – O grito ecoou pela mata, assustando alguns pássaros, que voaram dali.

A pergunta parecia simples, a resposta, entretanto, era bem mais complexa do que ambos poderiam imaginar. Em primeiro lugar, eu mesma não sabia muito sobre minha história, além do pouco que minha mãe, vez ou outra, usava para saciar a fome da minha curiosidade. Ainda assim não podia dividir com eles o pouco que sabia. Se falasse demais, isso poderia significar o fim do nosso ciclo na comunidade com a qual tinha convivido toda minha vida. Recordei-me dos inúmeros alertas matinais de minha mãe: *"Quanto menos os outros souberem, mais poderemos conviver com eles"*. O mantra que durante anos repeti e que ajudara a me manter atenta a quase todos os detalhes. Até agora.

Droga! Eu deveria ter tido mais cuidado, ido mais longe! Como você é idiota, Seppi!

Os pensamentos foram cortados por Timmo mais uma vez.

– Você vai explicar de quem é a culpa para tantos anos de mentira, Seppi? Se esse é mesmo seu nome verdadeiro...

Eu não sabia o que responder, por isso disse a primeira coisa estúpida que veio à cabeça.

– Seppi é meu nome de verdade. Serve para os dois gêneros.

Calei-me depois disso, mantendo os olhos fixos no chão. Por alguma razão, tinha vergonha de encará-los. Petrus, especialmente. Com minha situação exposta, toda vez que os olhava, via somente os anos de mentira.

– Vamos, Petrus. Deixa essa garota aí. Ela não passa de uma mentirosa – Timmo sugeriu usando uma entonação de doença contagiosa para a palavra garota.

Petrus não falou nada. Nem precisava. A decepção em seus olhos marcava minha pele como o sol do meio-dia. Ele era meu melhor amigo humano, mas talvez agora o sentimento não fosse mais recíproco. Ele virou-se de costas, caminhando em direção ao nosso vilarejo sem olhar para trás. Sem olhar para mim. Timmo foi atrás dele. No rosto, um sorriso que enunciava: "Agora eu serei o melhor amigo dele". Num impulso, gritei antes que eles se afastassem:

– Por favor, Petrus. Não conte a ninguém por enquanto. Eu te imploro.

Ele parou e, dessa vez, olhou para trás. Deu um leve sorriso misturado com um suspiro, parecendo surpreso com a ousadia do pedido. Sem dizer nada, voltou a caminhar em direção ao vilarejo. Eu fiz o mesmo. Só que mais rápido.

A lua já abraçava o céu escuro quando avistei minha mãe pela janela. Ela preparava o jantar, colocando os pratos de cerâmica sobre a pequena mesa quadrada no centro da sala, enquanto assoviava sua canção predileta. A ideia de que, em breve, ela estaria com o semblante preocupado em função do meu descuido partia meu coração. Eram raras as oportunidades em que presenciara minha mãe num estado de espírito tão leve como aquele.

– Finalmente, querida! – Ela celebrou quando entrei pela porta. – Estava ficando preocupada já. Como foi a caça?

Retirei o cunículo sem vida da mochila. Minha mãe fez um sinal de satisfação e correu em direção ao pequeno caldeirão que já aquecia sobre o fogo da lareira.

– Teremos ensopado, então – ela se aproximou de mim, beijando minha testa. – Obrigado, querida. Vá colocar algo mais confortável enquanto término de preparar o jantar. – Ela pegou o bicho, uma faca afiada e dirigiu-se para a tábua de madeira bem ao lado do caldeirão.

Quando ela falou em vestir algo mais confortável, eu sabia que se referia à faixa presa ao meu torso. O alívio e o prazer que sentia ao retirar aquele *inferno sarnento* quase fazia valer a pena colocá-lo. Eu peguei uma blusa larga e confortável e voltei para a sala. Pouco tempo depois, o cunículo já tinha sido todo limpo e borbulhava em pedaços no caldeirão, a pele inerte e murcha sobre a pia. Minha mãe olhou para mim e sorriu. *Droga! Por que justo hoje ela tinha que ser tão simpática?* Fechei os olhos, tentando elaborar algum roteiro mágico para a revelação bombástica que viria logo a seguir.

Mãe, então, preciso te contar uma coisa. É o seguinte, eu decidi mijar na moita errada e agora teremos que ir embora daqui... Parecia tão estúpido, mas preciso o suficiente para enunciar nosso holocausto particular.

Ela pegou o prato fundo sobre a mesa, foi até o caldeirão e encheu-o até a boca. Depois, colocou-o na minha frente. Minha mãe era assim, nunca se servia primeiro.

– Tanto tempo fora, você deve estar morrendo de fome – ela disse.

Morrendo de medo talvez se encaixasse melhor aqui.

Ela continuou.

– Como foi o dia, Seppi? Algo interessante?

Você nem imagina o quê! pensei, antes de acenar negativamente com a cabeça. Sabia que havia perdido a chance, mas se tinha algo que minha mãe sabia fazer bem – além de me salvar das garras tirânicas de uma sociedade impiedosa – era cozinhar. E se tinha que enfrentar a ira dela, decidi que o faria depois de saborear meu jantar.

Ela tentou manter uma conversa informal, perguntando sobre trivialidades do meu dia. Eu, entretanto, limitei-me a respondê-la com a "complexidade" de *ahãs e nahãs*. Ela desistiu depois de um tempo, passando a prestar mais atenção no ensopado do que em mim, o que me deu preciosos minutos para elaborar uma versão da história que ausentasse parte da culpa – ou quem sabe toda – que recaía sobre mim e não me fizesse parecer tão estúpida.

Quando acabamos de comer, ajudei-a a tirar a mesa e fomos até a pia da cozinha. Lá, ficamos lado a lado, lavando e enxaguando tudo aquilo que havíamos usado no jantar. Mamãe sempre dizia que deixar as coisas para depois significava perder a batalha para a preguiça. No que diz respeito à minha protelação, falta de coragem parecia ser a inimiga mais poderosa.

– Mãe, precisamos conversar – eu introduzi o assunto já na ponta dos pés.

– Ué, não é isso que estávamos fazendo até agora? – ela respondeu com um sorriso.

– Sim, mas eu tenho um assunto sério para discutir com você.

Ela parou de lavar a louça e virou-se para mim, dedicando toda a sua atenção ao que eu tinha a dizer. Infelizmente. Eu coloquei o prato de lado e levei as mãos sobre o rosto.

– O que foi, querida? Você parece aflita. – Sua expressão ficava ainda mais bonita quando ficava preocupada. Isso era algo que sempre admirei nela. Não importava o que acontecesse, ela conseguia manter sua pose. Seus cabelos cacheados até os ombros ajudavam a cobrir a lateral do rosto, um pouco mais marcada pelos anos difíceis desde que deixara a capital por minha causa.

Eu voltei a falar.

– É que hoje algo, digamos, inusitado, aconteceu. E eu não sei bem como te contar.

O semblante dela fechou e seu sorriso deu lugar a um olhar compenetrado.

– O que aconteceu, Seppi?

Engoli seco. A hora tinha chegado. Não tinha mais volta. Appia Devone tinha duas características marcantes: curiosidade e teimosia. E já podia notar que nada seria capaz de fazê-la esquecer esse assunto. Ou quase nada.

Antes que pudesse começar a cuspir as novidades, um pássaro marrom surgiu do nada, voando entre nós. Pousou na madeira redonda que fazia parte da janela de casa. Apesar de não ser nenhum milagre, um animal aproximar-se assim da casa de um humano era, no mínimo, incomum. Sugeri que nos afastássemos, mas a ave deu um rasante entre nós. Minha mãe pegou a colher de madeira dentro do caldeirão e permaneceu observando o pássaro, agora dentro de casa, por alguns segundos. Se ele desse outro rasante daqueles, possivelmente teríamos garantido o almoço de amanhã. Ele decolou mais uma vez, mas, agora, para fora em direção ao céu. Appia colocou a colher de volta no caldeirão e virou-se para mim, esperando pela continuação de nossa já iniciada e inevitável conversa.

Eu comecei a falar, mas a ave marrom ressurgiu pela janela, parando sobre os ombros de minha mãe e espremendo sua cabeça contra a nuca dela. Eu tentei acertá-lo com as mãos, mas o pássaro foi mais ágil, fugindo para a janela.

– Que foi isso? – perguntei enquanto colocava as mãos na nuca dela. De repente, o animal abriu o bico, seus olhos ficaram vermelhos e uma sirene disparou de sua boca, quase estourando meus tímpanos.

Os olhos da minha mãe dobraram de tamanho e seu rosto deu um novo significado à palavra palidez.

– O que está acontecendo? – perguntei outra vez. Agora, em um tom mais desesperado.

– Eu acabei de ser escaneada, Seppi. Eles nos descobriram.

A porta da frente de casa foi arrombada violentamente segundos depois. Um homem franzino invadiu nossa sala com uma besta engatilhada nas mãos. Sua cabeça enorme e sem um só fio de cabelo contrastava com o resto do seu corpo. Os olhos escondiam-se atrás de um par de óculos espelhados acoplados a uma pequena máscara de gás que cobria seu nariz e boca. O homem, que parecia pronto para um holocausto – ou vinha direto de um –, apontou a arma para nós.

– A garota vem comigo, por bem ou por mal – a voz grave e distorcida sentenciou.

Minha mãe postou-se à minha frente, tentando bloquear qualquer fresta por onde aquele invasor pudesse me atingir a distância.

– Ninguém vai a lugar nenhum! – ela afirmou.

– Por que as pessoas sempre optam pela segunda opção? – ele lamentou com um sorriso jocoso exposto.

Eu tentei me mover e tomar a frente. Minha mãe caiu antes, uma flecha encravada no meio da sua coxa esquerda. A expressão de dor cicatrizada em seu rosto deixou-me ainda mais assustada. Ela não se arriscaria por mim mais uma vez. Eu não permitiria. O homem franzino deu alguns passos para frente. A mira da arma focando a cabeça de minha mãe, quase desmaiada.

– Espera! Pelo amor que tem pelo Ser Superior! Deixe-a em paz! Eu vou com você para onde quiser! – Eu me coloquei entre minha mãe e a arma.

– Muito bem. – Ele flexionou o braço, apontando a arma para o teto. – Venha comigo, então. E sem gracinhas! Ou vou decorar sua mãe de forma bastante original. Compreende?

Eu acenei com a cabeça e caminhei até ele.

– Quem é você? O que quer comigo? – perguntei, apesar de deduzir o motivo.

– Você tem algo de valor por aqui?

– Sim. E você acabou de enfiar uma flecha na perna dela.

O franzino acertou minha nuca com a parte de trás da arma. Caí de joelhos, colocando a mão atrás da cabeça. Para alguém tão magro, ele tinha mais força do que eu poderia supor.

– Qual parte de "sem gracinhas" você não entendeu? Agora, vou perguntar de novo e, se não gostar da sua resposta, meto uma flecha no meio dos olhos da sua mãe e nem cobro extra pelo serviço. Só pelo prazer de ver a dor entalhada na sua cara. Compreendeu?

E como não compreenderia? Uma pessoa não poderia ser mais clara do que isso.

– Então? – ele continuou.

– Não temos nada além de roupas no armário. E comida no fogo.

Podia ouvir sua respiração pela máscara enquanto o silêncio tomava conta do ambiente. O som macabro penetrava meus ouvidos como finas agulhas espetando o tímpano.

– Você ainda não me disse o que quer com um joão-ninguém como eu – perguntei, torcendo para que ele interrompesse o ritmo cadenciado da sua respiração.

– Desde quando um joão-ninguém precisa fingir que é um menino, garota?

– Do que você está falando? – Quis disfarçar.

A enorme cabeça caminhou na minha direção. Dei alguns passos para trás até ser fisicamente impossível recuar mais. Ele colocou a mão sobre a minha blusa, perto do ombro direito, rasgando a parte de cima, expondo por completo a marca da borboleta.

– Isso aqui – ele apontou para a minha marca de nascença – é o que faz você valer tanto, *garota*. – A última palavra saltou de sua boca recheada de ironia. – Pode acreditar.

Uma segunda voz rompeu o ar, fazendo-nos olhar para o lado. Um outro homem, mais forte e menos cabeçudo, estava parado sob o batente da porta arrombada. Na mão, uma espada com a lâmina rodeada por dentes pontiagudos.

– Obrigado por fazer o serviço sujo pra mim, Crânio. Agora, pode me passar essa belezura – o homem disse sem elevar o tom de voz.

– Pareço sua mãe para você vir querer mamar na minha teta, Gladius? As regras são claras. Meu pássaro escaneador, minha recompensa.

– Esqueceu que sem minha presença você nunca teria o indulto para passar pela terra dos comedores de humanos, caçador de recompensas?

O homem franzino manteve a besta apontada para o gigante sob a porta. Sem dúvida alguma, ele se tornara a maior ameaça naquele momento. Bem mais do que eu.

– É exatamente por isso que vou deixá-lo colher a recompensa pela velha, Gladius – disse o cabeçudo franzino, virando sua cabeça para a minha mãe, caída no chão. O escaneador mostrou que também há uma recompensa pela captura dela. Não tão polpuda, mas, ainda assim, melhor do que ficar de mãos vazias.

– Não sou homem de migalhas, Crânio. Já deveria saber disso – o gigante retrucou, passando o dedo pela lâmina da sua espada. – Você não vai sair vivo daqui com ela. Isso eu posso te garantir.

– E o que pretende fazer para me impedir?

Gladius deu dois passos até nós. Pude notar a tensão acumulando-se no rosto do sujeito franzino. Apesar de ser mais forte do que aparentava, suas chances em um combate cara a cara com aquele adversário eram menores que o meu *picolino*.

– Eu sou mais forte que você.

– E eu sou mais rápido do que você, Gladius. Mas isso não importa, pois tenho algo que é mais rápido que eu e mais forte que você, meu amigo. E está apontado direto para a sua cara. – Crânio balançou a besta como um troféu.

– OK, caçador de recompensas. Você venceu. Pode ficar com a garota. Mas, antes, gostaria que respondesse a uma pergunta.

Crânio permaneceu impassível ao meu lado. Olhos fixos na mira da arma.

– Que pergunta?

– Sua flecha faz curva, arqueiro?

Crânio pendeu a cabeça para o lado, sem entender exatamente o que o oponente queria dizer com aquilo.

– Do que está falando?

– Sua... flecha... faz.... curva? – Gladius abriu um enorme sorriso antes de continuar. – Pois somente assim sua única flecha engatilhada será capaz de deter dois de nós – ele concluiu.

Dois? Que dois?

Um segundo sujeito, parecendo uma cópia fiel do homem à nossa frente, surgiu por trás de nós. O mesmo semblante de poucos amigos. Notei quando os olhos de Crânio se fecharam. A boca soltando um único suspiro.

Pelo visto, eu e minha mãe não éramos mais as únicas em apuros.

Os dois irmãos pularam sobre nós como se quisessem trocar o *status* de gêmeos para o de siameses. Crânio até conseguiu disparar sua arma a tempo, mas a flecha engatilhada passou raspando a lateral do colete de couro que cobria o torso de Gladius, insuficiente para impedir que os dois fizessem dele um "Sanduíche de Crânio".

Com a atenção de ambos voltada ao meu captor, engatinhei até onde minha mãe estava, já praticamente inconsciente, a flecha ornando a perna. Coloquei sua cabeça sobre o meu colo, percebendo sua testa pelando o bastante para esquentar o caldeirão de comida que havia nos alimentado há pouco.

– Mãe, você está bem? – Eu passei a mão suavemente sobre seus cabelos encaracolados.

– Co... rra...

A voz, apesar de quase ausente, fez-se clara o suficiente.

– Não! – eu respondi com ênfase.

– Você... tem... que... fugir.

Eu levei o ouvido perto de sua boca para conseguir ouvir a última palavra. Entendia a razão daquele pedido, mas ela também teria que entender os meus motivos para não o atender.

– Uma vez, mãe, você teve a oportunidade de me abandonar e pensar somente em si mesma. Você não conseguiu. Agora, chegou a hora de eu retribuir o favor. Venha! Vamos sair daqui.

Levantei-a, colocando meus braços embaixo de suas axilas. Apesar da aparência tênue, ela era mais forte e pesada do que eu poderia imaginar. Percebi que meu esforço seria em vão, que não poderia ir muito longe antes que os dois *clones siameses* notassem a nossa ausência. Mas o que eu poderia fazer? Ficar deitada à espera do predador só porque ele era mais veloz do que eu?

Não havíamos sequer deixado a cozinha quando um deles manifestou-se do outro lado da sala.

– Onde o garotinho pensa que vai?

– Ele não é um garoto, imbecil. Só parece com um – Gladius corrigiu o irmão.

– Mas ele se veste como garoto.

– Eu sei, mas é uma menina.

Pela expressão do Gladius 2, percebi o embate de neurônios ocorrendo no interior de sua massa encefálica. O cenho franzido tentando interpretar as informações contraditórias, de forma a deixá-las mais claras e compreensíveis. Pelo visto, a força dos músculos contrapunha o cérebro atrofiado pela falta de uso. O meu azar foi sua próxima ação exigir dele exatamente aquilo que parecia ser seu ponto forte: força bruta. Mal tive tempo de colocar a cabeça da minha mãe no chão antes que a minha própria cabeça fosse atingida por uma clava de madeira bem na altura da têmpora, levando-me ao chão. A queda fez com que eu batesse a outra têmpora contra o chão. *Duplamente sorteada*. O homem da clava colocou-se sobre meu corpo, seu peso impedindo qualquer movimento. Os olhos mesclando ódio e prazer em uma perigosa e explosiva combinação.

Ao menos para mim...

– Chegou a sua hora, garoto-*menina* – ele disse ao levantar a clava mais uma vez.

Pelo menos será rápido, pensei, espremendo os olhos com força aguardando o impacto final.

– O que está fazendo? – Gladius perguntou.

– Terminando o serviço, oras. A recompensa menciona "viva ou morta" e, mortos, eles dão menos trabalho.

– Ela é requisitada viva, seu energúmeno. Se você a matar, ela não terá valor nenhum para nós.

– Tem certeza?

– Claro que tenho, seu idiota. Agora bata o suficiente para apagá-la e vamos embora daqui. Depois, se quiser descontar sua frustração em alguém, use este aqui à vontade.

– Vocês não podem fazer isso comigo, Gladius. Somos parceiros. – Ouvi Crânio protestar, indignado.

– Cale essa boca imunda, seu verme! – o irmão postado em cima de mim gritou. – Assim que eu resolver a situação dela vou me divertir com...

A ameaça foi interrompida por um objeto que atingiu em cheio a testa do brutamonte, tirando-o de cima de mim. O gigante de colete de couro caiu no chão da cozinha, colocando as duas mãos sobre o rosto. Os gemidos davam ideia do tamanho do estrago. Levei alguns segundos para perceber que o objeto em questão havia sido um bumerangue.

Bem familiar, diga-se de passagem.

– Seppi, você está bem?

A voz chegou alguns milésimos de segundo antes de Petrus. Meu amigo entrou pela cozinha com um arco e flecha apontado para qualquer um que não fosse minha mãe ou eu. Seu olhar tinha uma contradição visível, como se medo e bravura batalhassem pelo mesmo espaço.

Bravura 1 x 0 Medo.

– Quem são eles? – Petrus perguntou sem descuidar-se da mira.

– Caçadores de recompensa – minha mãe balbuciou.

– Caçadores de... – Ele estancou como se, de uma hora para outra, percebesse a falta de *timing* para aquele interrogatório. – Venha! Vamos sair daqui!

Eu voltei até onde minha mãe permanecia deitada e comecei a carregá-la para fora da casa.

– Eu vou matar você, garoto intrometido. Sim, sim, sim. Pode acreditar que vou – Gladius ameaçou enquanto dávamos passos lentos para trás.

Percebi as pernas de Petrus tremendo como varas de pescar duelando contra um peixe resiliente. A expressão arregalada no rosto deixava claro que a confiança começava a esvair-se para longe do seu corpo.

Bravura 1 x 1 Medo.

De trás de Gladius, uma pequena flecha despontou na direção de Petrus. Ele conseguiu mexer-se a tempo de evitar um contato mais penetrante da arma. Petrus tentou agachar-se, mas foi incapaz de evitar um segundo contato, dessa vez mais brusco e obtuso. Ao ver meu amigo no chão protegendo-se de uma chuva de socos implacáveis que abatia todo o seu corpo e rosto, algo se apoderou de mim. Uma queimação quase insuportável transformava em magma cada gota do meu sangue. Sentia-me prestes a entrar em erupção, colocando para fora anos de mentiras e angústias. Aqueles homens eram os responsáveis por tudo de mal que havia na minha vida e iriam pagar por isso.

Bravura 1 x 1 Medo... Ódio: 1.000.

Meu ombro direito esporeou como se uma faca quisesse surgir de dentro do meu corpo. A dor ainda sugava minhas energias, conduzindo-me para o que parecia ser uma inevitável perda de consciência. Foquei meus pensamentos em minha mãe e Petrus, agarrando-me firmemente ao último naco de vivacidade que consegui encontrar. Tudo se apagou por um segundo – ou mais – e meus olhos pularam de susto quando algo me levou ao chão.

– O que está acontecendo com meu irmão? – Gladius bradou, perdido.

Virei o rosto para o lado e vi o gigante clonado caído no chão, o corpo trêmulo como o de um epiléptico. A pele do corpo branca como a neve, os olhos vazios e silenciosos como o próprio vácuo.

Pelo Ser Superior... O que era aquilo?

Eu havia desejado que ele saísse de cima do meu amigo, essa parte eu me lembro. O resto fugia da minha compreensão.

– É a garota! Ela tem poderes! Acabe com ela! – ouvi a voz de Crânio alertar.

Eu o quê?

– Você vai morrer, garota! Não importa o quanto você valha viva, sua cabeça, agora, pertence a mim! – Gladius sentenciou.

Ele levantou a espada denteada acima do meu peito. Meu corpo mole como geleia desde o momento em que o irmão de Gladius tornara-se terremoto humano. Não tinha forças para revidar. Resolvi, então, aguardar pela morte de olhos abertos. A decisão corajosa veio com bônus. Testemunhei de camarote o momento em que algo pulou entre nós, rápido como uma bala, quase tão imperceptível quanto uma aparição. Quando recuperei o foco, Gladius, o gigante, gemia como criança. Uma parte do seu corpo ausente. Ouvi um rugido potente e familiar e virei o rosto para o lado.

Diva estava dentro da minha casa. Preso à sua boca, o braço arrancado ainda segurava a espada.

A escuridão foi dando espaço a pequenos feixes de luz. Tudo estava embaçado, como se o mundo tivesse decidido manter-se fora de foco. Eu podia ver semblantes, mas não determinar feições. Por alguns momentos, escuridão e luz duelaram enquanto meus olhos abriam e fechavam, ainda sem saber se optavam pelo trabalho ou pelo descanso. Uma voz surgiu rompendo o silêncio e trazendo paz de espírito. Minha visão podia não estar 100%, mas meus ouvidos já trabalhavam a todo vapor.

– Seppi, querida, você está bem? – Minha mãe parecia preocupada ao se ajoelhar ao meu lado e pegar minha mão.

– Estou... Eu acho – O corpo extenuado parecia me empurrar para baixo com o dobro da força da gravidade. – Sua perna... Como está?

Aguardei até que minha visão retornasse por completo, o que não demorou muito. A primeira coisa que enxerguei com clareza foi a coxa avermelhada de minha mãe com um lenço amarrado sobre o ferimento, provavelmente estancando alguma possível hemorragia. Seu rosto iluminou-se, vasto e tranquilizador. Minha mãe tinha o poder de deixar tudo mais brando com apenas um sorriso. Um dom para poucos.

– Que bom que está bem, querida. Eu não sei o que teria feito se algo lhe acontecesse.

– Ainda não é o momento para celebrações, Sra. Devone. Seppi não está completamente fora de perigo. Se o grupo deles pôde achar vocês, certamente outros conseguirão também.

A voz vinda da cozinha pertencia a um rapaz que nunca havia visto antes. Os cabelos negros arrepiados davam a impressão de que cada fio de cabelo buscava uma posição de destaque. Os pelos da barba, ralos, davam a ele um aspecto sujo e desleixado. Os olhos verdes como esmeraldas destoavam de seu semblante sisudo, de poucos amigos. Ele caminhou lentamente com uma xícara nas mãos. Os braços musculosos dando a impressão de que a louça de cerâmica quebraria a qualquer momento.

– Aqui está. – Ele ofereceu a xícara para mim. – Um chá de *glamória* para deixá-la mais animada. – Ele finalizou com o que apenas suspeitei ser um sorriso no canto da boca.

– Não quero ser grosseira, mas quem é você?

– Eu me chamo Lamar, Seppi. Saiba que é um prazer enorme finalmente conhecê-la. – Ele esticou a mão em cumprimento.

Quando nossos dedos se entrelaçaram por breves segundos, algo no meio do meu peito acelerou, como se o tempo tivesse pressa em desvendar meu futuro. Imagens estranhas poluíram minha mente, piscando e alternando-se de forma caótica e irracional, a maioria delas envolvendo nós dois, como se meu futuro estendesse um enorme tapete vermelho, com a palavra "bem-vindo" bordada em dourado, como um irrecusável convite.

Até que nossas mãos se separaram e o presente ressurgiu tão marcante quanto um balde de água fria no inverno.

– Lamar está aqui para nos ajudar, querida – minha mãe disse ao retirar a xícara de chá da minha mão e colocando-a sobre a mesa de centro.

– Ajudar no quê?

– A mantê-la viva.

Encarei minha mãe com surpresa, seus olhos fugindo dos meus. Sempre soube que corríamos algum tipo de perigo, até por causa disso tinha passado minha vida inteira fingindo ser algo que nunca fui. E, agora, as coisas pareciam ter uma gravidade inevitável.

– Do que estão falando?

Lamar dirigiu-se até o corpo sem vida – e sem braço – de Gladius. O sangue em volta do corpo contrastava com a pele alva que havia tomado conta dele. O rapaz abriu a pequena bolsa, tirando um papel de seda com um desenho no centro. Ao desenrolá-lo, percebi ser um retrato de uma versão mais nova de minha mãe.

– Esses são caçadores de recompensa, Seppi. Estão aqui para levar vocês a Prima Capitale para enfrentar julgamento. E por julgamento entenda-se condenação e execução em praça pública – ele disse ao limpar as mãos após tocar o corpo sem vida do grandalhão.

Minha mãe ergueu o rosto lentamente, parecendo buscar a coragem necessária para enfrentar meu olhar penetrante e cheio de dúvidas. Aquele sorriso descontraído tinha dado lugar a uma expressão pesada, chorosa.

– Me desculpe, querida. Acreditei de verdade que pudéssemos viver em paz aqui. Pura ilusão. No fundo, sabia que um dia eles nos achariam, não importa para onde fôssemos. Droga! Faltava tão pouco para que você atingisse sua maioridade e eu pudesse provar que você não seria capaz de fazer aquilo que eles a viram fazer. Oh, pelo Ser Superior! Me perdoe, minha filha!

O abraço desesperado apertava meu tronco como se fosse o último. As lágrimas, agora, escorriam do seu rosto sem timidez alguma. Os ombros tremiam, lembrando o homem convulsivo que havia atacado Petrus há pouco.

Isso mesmo! Petrus!

– Onde está Petrus? Ele está bem? – perguntei, girando a cabeça para todos os lados à procura dele.

– Ele está bem, apenas um pouco assustado. Sua mãe pediu a ele que nos aguardasse do lado de fora – Lamar respondeu com tranquilidade. Depois, prosseguiu. – Veja bem, Seppi, eu sei que tudo está sendo muito confuso para você, mas, acredite em mim, precisamos tirá-la daqui. Um dos caçadores de recompensa conseguiu escapar e não demorará muito até que volte para terminar o serviço.

Girei a cabeça mais uma vez, até perceber a ausência do homem franzino – aquele que chamavam de Crânio - que havia causado o ferimento na perna da minha mãe.

– Por que estão atrás da gente? Só porque minha mãe fugiu comigo? Nunca fizemos mal a ninguém.

Lamar aproximou-se de mim e moveu de leve a parte superior direita da minha camiseta. A mancha marrom em forma de borboleta ficou à mostra, como se estivesse esperando o momento apropriado para abandonar seu *casulo* e voar para longe dali.

– Esta é a razão. – Ele apontou para a minha marca de nascença.

– Isto? – eu respondi com descrédito. – Isto aqui não passa de uma mancha na pele.

Lamar esboçou um leve sorriso, erguendo o corpo e distanciando-se de mim e minha mãe.

– Isso é muito mais do que apenas uma mancha, Seppi. O que você carrega no ombro pode ser resumido em uma palavra: esperança. Você, minha querida, é uma *totêmica*. Mais que isso. Você será a primeira totêmica a lutar efetivamente do nosso lado.

Eu ainda não fazia a mínima ideia, mas aquele momento redefiniria toda a minha vida.

Um amontoado de perguntas rondava meus pensamentos. Por que a marca no meu ombro era tão importante? O que significava ser uma totêmica? Por que ninguém havia me contado isso? O que Diva estava fazendo ali? Ainda assim, a primeira pergunta que fiz a Lamar não foi nenhuma dessas.

– Por que todo esse tempo?

– Do que está falando? – Ele franziu o cenho com ar de desentendido.

– Se somos tão importantes, por que levaram tanto tempo para nos achar? Sei que vivemos em um local isolado, mas há lugares muito mais inóspitos e longínquos do que este para quem realmente quer se esconder.

Ele pegou a caneca de chá em cima da mesa, dando um longo gole. Depois, falou.

– Quem disse que não tentaram?

– Do que está falando? – Inclinei o corpo para a frente, dedicando todo o meu interesse à conversa.

Lamar encarou minha mãe como se pedisse para que ela assumisse a conversa. Ela circulou a língua pelos lábios, soltando um grande suspiro. Eu a conhecia o suficiente para saber que nada de bom estava por vir.

– Querida, sei que deveria ter contado toda a verdade para você, mas precisava que você se sentisse segura.

Meu rosto devia estar estampado com o retrato da desorientação. Ela pegou minha mão e prosseguiu.

– Algumas pessoas aqui sabem quem nós somos.

Algo se mexeu dentro de mim, como se minhas entranhas estivessem se transformando em algum tipo de animal feroz. Como assim "algumas pessoas aqui sabiam"? Eu passei toda a minha vida sofrendo por ter que enganar os outros, e, agora, percebia que eu é quem tinha feito papel de tola.

– Quem sabe? – perguntei.
– Querida, isso importa agora?
– Quem sabe? – Aumentei o volume.
– Eu sei. – Uma voz familiar veio da porta da cozinha.

Vi Petrus parado sob o batente, como se esperasse permissão para entrar na casa. A expressão carregada no rosto demonstrava que aquela revelação não era uma das tarefas mais fáceis para ele. Um *flash* da nossa infância projetou-se à minha frente, lembranças de uma época em que a vida parecia mais simples e sincera do que agora.

– Você sempre soube que eu era uma menina? – perguntei tentando controlar o ódio que brotava dentro de mim.

– Há algum tempo. Desde que os primeiros caçadores apareceram – ele respondeu com frieza e objetividade.

– Que caçadores? Do que está falando?

Lamar interrompeu.

– Ele foi capturado por caçadores de recompensa que estavam atrás de você. Não demoraria muito para que eles conseguissem as respostas que buscavam. Apesar de você ser nossa prioridade, tivemos que intervir. Mas seu amigo demonstrou imensa coragem e decidimos recrutá-lo e treiná-lo para poder nos ajudar em nossa missão.

– Aquela viagem que você fez...

– Não havia tio algum, Seppi. Eu fiquei todo o tempo com eles – Petrus admitiu.

– Mas isso foi há três anos. Você está querendo dizer que eu passei todo esse tempo asfixiada por essa faixa idiota no peito, vestindo-me como um garoto, usando esse corte de cabelo estúpido e ouvindo conversas vulgares sobre meninas sem necessidade? É isso que você está me dizendo?

Minha tentativa de esconder irritação começava a se frustrar.

– Timmo não sabia. Os outros também não sabem. Tínhamos que fazer isso por causa de todos eles. Você viu o que aconteceu hoje quando ele percebeu que, bem, você sabe.

– Então aquilo tudo na mata, sua reação ao descobrir sobre mim, foi tudo uma encenação?

– Me desculpa, Seppi.

Eu coloquei as mãos sobre o rosto. Decepção é um sentimento que pode ser comparado ao tronco cortado de uma árvore caindo sobre sua cabeça, deixando-o imóvel, atordoado e vulnerável.

– Querida, por favor, tente entender... – Minha mãe me consolou, colocando a mão sobre meu ombro.

Dei um salto para cima, ficando de pé. Minha vontade era sair dali, desaparecer e nunca mais voltar. Todas as pessoas que eu amava haviam mentido para mim a vida inteira. Não apenas isso, tinham feito com que eu sofresse por achar que estava mentindo para eles esse tempo todo.

– Não toque em mim! – ordenei, enquanto caminhava pela sala de um lado para outro.
– Vocês não passam de mentirosos! Todos vocês! – a cabeça girava com a velocidade de um tornado. Foquei minha atenção em Petrus. – Como você pôde fazer isso comigo?

— Tudo que fizemos foi por você, Seppi. Você pode não enxergar isso ainda, mas logo entenderá. Tudo o que importa aqui é você. E faríamos tudo de novo se fosse preciso. Inclusive, mentir de novo. — Petrus andou até Diva, deslizando a mão sobre seus pelos macios.

Amigos? Ele e Diva eram amigos? Justamente quando eu pensei que nada mais fosse capaz de me surpreender, o universo deixava claro o tamanho colossal da minha inocência, da minha ignorância. Diva também fazia parte dessa teia de decepções que me impedia de mover um pensamento sequer.

— Nada nesses anos foi verdadeiro na minha vida? — Eu escorreguei as costas pela parede, ao mesmo tempo em que a revolta deixava rastros molhados por todo o meu rosto.

Meu amor por você é verdadeiro. A voz, alta e clara, vinha de dentro de mim, não de fora. *Você é minha melhor amiga, Seppi.* Percebi os olhos de Diva fixos em mim. Uma sinceridade inquestionável emanava de sua pupila dilatada.

— Você não é minha amiga, Diva. Ninguém aqui é — respondi em voz alta, afastando-me de todos. — Amigos de verdade não mentem um para o outro.

— Você tem certeza disso, Seppi? — Lamar tomou a frente e caminhou na minha direção. No rosto, uma mistura de surpresa e determinação. — Então por que mentiu para eles durante todo esse tempo?

— Do que está falando? Vocês que mentiram para mim!

— Verdade — ele concordou. — Mas você não sabia disso. Ainda assim, passou anos fingindo ser quem não era, escondendo seu sexo, não falando a ninguém sobre seu poder de conversar com animais. Por quê?

— É diferente. Minha mãe tinha me proibido de falar qualquer coisa. Além disso, quem iria acreditar em mim...

— Eles fizeram o que *eu* pedi, querida. Se for culpar alguém, culpe a mim.

Tudo ainda era muito nebuloso, muitos fios mantinham-se desconexos, como duas retas paralelas que caminham lado a lado sem nunca se encontrarem. Eu podia perceber que algo em mim era diferente — ou jamais teriam armado todo esse circo para me proteger. Ainda assim, ninguém conseguia me mostrar o quê. Conversar com animais? E daí? Minha mãe mesmo dizia que os moradores da grande cidade jamais tinham contato com eles. Não podiam conviver com animais, criá-los, muito menos comê-los. Alimentavam-se, segundo ela, de comidas sintéticas preparadas e distribuídas pelo governo todos os dias. Então, um estalo veio à cabeça. Recordei-me do homem que eu acabara de inutilizar apenas com a força do pensamento. Um desejo e *bum!* Lá estava o corpo estendido no chão. Enquanto eu não descobrisse quem eu era de verdade e qual a extensão do meu poder, as retas paralelas da minha vida jamais se cruzariam.

— Temos que ir embora! — Lamar se pronunciou. — Você e sua mãe estão mais expostas do que nunca aos radares de Prima Capitale. Temos que sair daqui antes que outros apareçam, em maior número e força. E, acredite em mim, Seppi, se eles puserem as mãos em você, será seu fim.

Encarei minha mãe, dirigindo-me depois a Lamar, em um tom frio e triste.

– E por que eu deveria temer meu fim? Ao menos, ele não carrega ângulos ou objetivos obscuros. Não trama nem engana. A diferença entre a minha morte e a minha vida é que a primeira, ao menos, seria mais honesta comigo.

E ao fundo, mesmo de costas, pude ouvir minha mãe soluçar.

A noite abraçava o mundo com o cuidado de uma mãe. Em meio ao oceano escuro, a lua se destacava como um grande olho brilhante sem pupila. A temperatura amena do lado de fora da casa fazia-me alternar sensações, como uma batalha por vezes vencida pelo frio, outras vezes pelo calor. Recordei-me dos momentos com Diva naquela mesma tarde, quando o mundo ainda era simples e não havia despencado toda a sua verdade e crueldade sobre minha cabeça. O voo planado sobre a mata, o vento batendo no rosto e a liberdade inebriante em cada poro do meu corpo contrastavam com o cheiro entorpecedor das mentiras e da ideia de que nunca seria verdadeiramente livre.

– Como você está se sentindo, querida?

Minha mãe se aproximou com visível receio de me tocar. Sabia que passava por um processo e que muito do que havia sido despejado sobre mim poderia ter sido evitado se ela apenas tivesse contado a verdade. A descoberta de uma traição seguia uma elaboração com diferentes fases. Negação, ira e, então, impotência.

– Como você acha que estou me sentindo?

– Imagino que deva estar passando por um momento difícil, mas tente entender nossas razões. Tudo o que fizemos foi pelo seu bem, mesmo que assim não lhe pareça.

Eu queria ver verdade nos olhos dela, mas como seria possível enxergar isso em alguém que mentiu para você a vida inteira?

– Como assim *"para o meu bem"*? – Evitei encará-la por mais do que alguns segundos. A vontade de chorar crescia.

– Você está viva, não está? Para mim, isso sempre foi o mais importante. Sempre será. Mesmo que me odeie para sempre.

Soltei um leve suspiro, abrindo um esboço de sorriso no canto da boca.

– Como pode achar que algum dia eu serei capaz de te odiar? Sem você não estaria aqui. Somos parceiras, companheiras, amigas. Por isso mesmo não entendo as razões para tantas mentiras.

– É mais fácil viver uma mentira quando achamos que ela é a nossa verdade, Seppi.

Os olhos estremeceram, pesados pelas lágrimas que se acumulavam no centro. Pequenos leitos de rios espalharam-se pelo seu rosto, alagando os poros e conduzindo tristeza para outros lugares. Eu podia testemunhar a amargura roendo seu coração, invadido pela dúvida de ter ou não tomado a decisão correta. Não deveria ser fácil mentir para alguém por toda uma vida. E, talvez, se eu estivesse do outro lado dessa moeda, tivesse feito a mesma coisa. Ainda assim, o gosto acre da traição tornava quase impossível esquecer o assunto. Para esquecê-lo, precisaria, antes, adocicá-lo, o que significava entendê-lo.

– Me diga o porquê. Não consigo entender.

Ela concordou com a cabeça antes de se sentar na cadeira da pequena varanda da casa. Por um momento, ela fitou a lua, talvez buscando nela inspiração suficiente para iluminar nossa escuridão. "Onde houver verdade haverá luz", ela havia me dito uma vez. Chegava a hora de transformar em prática, a teoria.

– Quando você nasceu e sua existência foi vetada pelo governo, seu pai nada fez para impedir. Na verdade, ele também quis isso. Seu pai nunca foi um homem ruim, mas sempre foi fraco e, acima de tudo, covarde. De uma hora para outra minha vida virou de cabeça para baixo. O homem com quem eu vivi por tantos anos, meu companheiro, havia se transformado em meu maior e mais íntimo inimigo. E o grande amor da minha vida... – ela pegou minha mão com firmeza, tentando conter inutilmente um choro – ... a pessoa por quem eu havia esperado toda a minha existência, estava prestes a ser arrancada de mim sem que eu nem tivesse a possibilidade de conhecê-la direito. Não há nada mais aterrorizador do que isso, minha filha.

Ela se levantou e caminhou para fora da varanda, pés descalços sentindo a terra batida. A leve brisa fazia seu vestido simples dançar no ar, seguindo o ritmo e a direção desejados pela natureza. Os cabelos cacheados acompanhavam o movimento. Ela nunca esteve tão bonita como agora. Definitivamente, beleza e simplicidade falavam a mesma língua. Naqueles segundos, apesar de toda a sua imponência e generosidade, o satélite radiante acima de nós ficou em segundo plano. Ao menos para mim. Ela continuou.

– Tudo parecia perdido, quando um anjo apareceu em nossas vidas. Seu nome era Giuseppe. Ele é a razão do seu nome. *Seppi*. Esse homem, que nunca tinha visto antes, fez mais por você que seu próprio pai. Sacrificou-se por nós. Só fui entender o motivo quando aterrissamos em um quadrante muito distante da cidade. Fiz o que Giuseppe, pai de Lamar, havia pedido e esperei. Depois de um tempo, um pequeno grupo de pessoas apareceu. Sabiam quem nós éramos. Sabiam sobre a marca e explicaram como aquele era o primeiro passo para um novo mundo, Seppi. Um mundo sem injustiças, sem diferenças. E como você era nossa maior esperança. Nesse mundo de escuridão velada, Seppi, você é a nossa lua – ela disse olhando para o céu.

Antes que eu me desse conta, já me deixava envolver pelos seus longos e suaves braços. O abraço forte e carregado de emoção fez com que me sentisse protegida. Importante. Amada. E, apesar de todas as outras mentiras, essa eu tinha certeza de ser a mais pura e cristalina verdade. E, no fim das contas, podia haver algo mais importante do que isso? Muitas coisas ainda tinham que ser explicadas e reveladas, eu sabia disso, mas como ignorar uma vida toda de sacrifícios por mim?

De repente, o gosto ácido da traição foi sendo substituído pelo adocicado sabor do afeto incondicional. O poder do foco. Por alguns momentos, tão breves quanto intensos, nossos corações pareceram bater sob a mesma regência pulsante do evidente amor que sentíamos uma pela outra. E que, como eu estava prestes a descobrir, tornaria o ato de abandonar minha mãe uma missão ainda mais impossível.

A labareda vermelha fulgurou no céu rompendo não apenas a escuridão da noite como também nosso acalentado abraço. Ao atingir seu ápice, pipocou no ar, fragmentando-se em dezenas de pequenos pedaços que, agora, rumavam na direção do solo em câmera lenta.

– Rápido, querida. Vamos entrar – minha mãe disse, com uma expressão sisuda marcando seu rosto.

– O que está havendo?

Lamar apareceu, respondendo à pergunta, como se estivesse o tempo todo com ouvidos atentos à nossa conversa.

– Appia, temos que tirá-la daqui. Agora. Outros estão vindo.

Nós entramos em casa, todos já em pé, prontos para a batalha. Diva chegou perto, aconchegando-se de mansinho entre minhas pernas. Eu fechei os olhos. *Claro que eu também te amo e te perdoo, minha amiga.* Ela lambeu minha mão.

– Aconteceu alguma coisa? – Eu parecia ser a única perdida e a não saber o que estava acontecendo.

Como sempre...

– A luz vermelha indica que há estranhos por perto, Seppi – Petrus explicou. Seus olhos permaneceram focados em mim por algum tempo, tentando desvendar se as coisas entre nós já haviam voltado ao normal.

Ainda não...

– O que fazemos agora, então?

– Saímos daqui. – Lamar tomou a frente e seguiu para porta.

– OK. Vamos, mãe.

Ela não me seguiu. Tinha o rosto corado, prestes a explodir. Uma última verdade precisava ser revelada.

– Eu não vou com vocês, Seppi.

– O quê?

– Preciso ficar aqui, minha filha.

– Do que está falando?

– Confie em mim, Seppi. Nos veremos em breve.

– De jeito nenhum. Sem você eu não saio daqui.

Lamar voltou assim que percebeu o dilema.

– Temos que ir – ele disse de forma seca.

– Vocês são surdos? Eu não saio daqui sem ela.

Minha mãe envolveu-me com os braços, colocando meu rosto perto do peito.

– Querida, vocês têm muito o que caminhar. Eu não conseguirei acompanhá-los com esse ferimento na perna. Você precisa sair daqui antes que outros cheguem.

Eu me afastei do abraço com raiva. Ela não podia estar sugerindo isso.

– Você arriscou sua vida para me proteger e agora pede que eu a abandone quando o perigo é iminente? Quem você pensa que eu sou? Meu *pai*? – A última palavra veio recheada por desprezo. E raiva.

Ela tentou responder, mas eu a atravessei para concluir meu pensamento.

– Se você não consegue andar, nós te carregaremos. Montamos uma maca e seguimos. O ritmo vai ser mais lento, mas totalmente possível.

– Não temos tempos a perder, garota. – Lamar voltou a usar aquele tom de quem não se importava muito. – É de você que eles estão atrás, não da sua mãe. A melhor coisa que podemos fazer pela segurança dela é mantê-la longe de você.

Lamar encarou Appia como se pedisse desculpas pela dura realidade. Ela fez sinal para que ele não se preocupasse. Não havia como negar sentido àquilo que ele dizia. Talvez me distanciar dela fosse a coisa mais sensata a fazer mesmo. Minha mãe havia me afastado do perigo uma vez, finalmente chegava a hora de retribuir o gesto.

– Ela não pode ficar aqui sozinha com a perna desse jeito – ponderei.

– Eu fico com ela.

Petrus deu um passo à frente, como se tivesse se oferecido para o mais difícil e importante trabalho. Por mais que minha vida fosse tomada por mentiras, sabia que o carinho que ele tinha por ela era verdadeiro. Ainda assim, alguma coisa me incomodava.

– Você é capaz de protegê-la? – perguntei, com o rosto repleto de cicatrizes formadas pela dúvida.

– Petrus é um guerreiro formidável, Seppi – Lamar enfatizou.

Antes que eu pudesse dizer mais alguma coisa, Petrus arrancou dois bumerangues da cintura, arremessando cada um para um lado. Agachado, com os olhos fixos no chão, esperou. Cada bumerangue viajou em direção oposta, mas com um objetivo em comum. Ao mesmo tempo, acertaram xícaras de chá que se encontravam na pia da cozinha e na mesa de centro da sala, partindo-as ao meio. Ele não se moveu um centímetro sequer, confiante no resultado de seu ataque. Os dedos esticaram no momento em que os pequenos triângulos de madeira retornaram às suas mãos. Ele os pegou no ar, girou-os e os fixou novamente à sua cintura.

Levantou o rosto, buscando, provavelmente, por algum tipo de aprovação minha.

– Sua mãe ficará bem – ele disse. – Pelo menos, eu acho. – Um sorriso irônico rasgou seu rosto.

– Parece que sim – respondi, seguindo em direção à porta. – Contanto que nossos oponentes tenham a destreza e a velocidade de xícaras de chá, ela estará bastante segura.

Ela assoprou um beijo. Eu fingi agarrá-lo no ar, colocando-o contra o peito, como sempre fazia. Segui para fora da casa. Diva continuava ao meu lado. E uma pergunta rondava a minha cabeça: qual era a diferença entre a verdade e a mentira? Simples. Só a segunda podia ser misericordiosa.

3

O sol a pino indicava que metade do dia já havia ido embora. Caminhávamos há horas, sem direito a descanso, exceto rápidas paradas para hidratar o corpo e evitar uma completa fadiga muscular. Nunca, em toda minha vida, tinha ido tão longe de casa. Nada que ultrapassasse duas, três horas mata adentro. A trilha que eu sempre percorria ao andar pela floresta já tinha desaparecido há algum tempo e agora, sem ter a mínima ideia do meu paradeiro, dependeria de Diva para encontrar qualquer saída daquela imensidão verde. Avistei uma grande pedra, com o topo liso como uma mesa, e me joguei sobre ela, buscando recuperar o que me restava de fôlego.

– Eu preciso parar... agora.

– Ainda não. Temos um longo caminho pela frente e poucas horas para percorrê-lo. Descansamos quando anoitecer – Lamar retrucou sem ao menos parar enquanto conversávamos.

– Ao anoitecer estarei morta – respondi sem conseguir me erguer da pedra. – Eu preciso descansar. E comer. Não como nada desde que saímos de casa.

– OK, garota. Coma essa malus e descanse por cinco minutos. Depois, seguimos.

Lamar arremessou a fruta vermelha na minha direção. Surpreendi-me com meus reflexos apurados ao evitar que ela me atingisse no rosto. A casca vermelha da fruta brilhava sob o Sol forte. A primeira mordida foi como uma viagem aos céus. Um suco transparente e refrescante misturou-se à saliva que caía da boca e escorria pelo queixo até despencar rumo ao chão. Cada vez que abocanhava a fruta suculenta eu resgatava não apenas parte da minha energia, mas também lembranças de minha mãe. Ela adorava saborear essa iguaria que, segunda ela, funcionava como um santo remédio para manter sua pele mais lisa e jovem. Se a fruta tinha algo a ver com isso não fazia ideia, mas "lisa" e "jovem" eram dois adjetivos que poderiam, tranquilamente, definir a aparência da minha mãe.

– Pra que a pressa? Entendo que temos que chegar logo ao nosso destino, onde quer que seja isso, mas você age como se um exército estivesse em nosso encalço – resmunguei antes de fechar os olhos para saborear mais uma mordida.

Lamar apoiou-se no tronco de uma árvore, tirou das costas a bolsa que carregava e dali retirou outra fruta. Com um facão bem afiado cortou um grande pedaço, levando-o direto à boca. Depois, limpou o queixo com a mão.

– Nós apenas estaremos a salvo quando chegarmos à Fenda. Até lá, a palavra de ordem é prontidão.

– Fenda? Do que está falando? – Ele me ignorou. – Além do mais, estamos enfiados no meio do mato. Ninguém pode nos encontrar aqui...

Lamar mastigou mais um pedaço da fruta. Então sua atenção pareceu toda canalizada em mim. Se os olhos fossem mesmo a janela da alma, a dele, agora, estaria gritando "Garota estúpida". Ele voltou a falar, dessa vez, com um tom condescendente.

– Caçadores de recompensa de primeiro nível, como os que atacaram a sua casa, utilizam-se de aparatos tecnológicos bastante evoluídos. Rastreadores com leitura de calor humano, por exemplo. Eles não precisam saber nossa localização exata, garota. Basta que alguém indique a direção que pegamos e que eles andem mais rápido do que nós. Para que nos encontrem é só uma questão de tempo.

– E quem poderia indicar a eles a nossa direção? – Eu continuava sem entender a preocupação excessiva.

– Se eles encontrarem sua mãe...

– Minha mãe? Você acabou de dizer que ela estaria segura longe de mim.

– Há coisas que você ainda não sabe, Seppi.

– Então, por favor, esclareça para mim.

– Eu não posso fazer isso. Não ainda.

– Ou você me conta tudo agora ou nossa breve jornada junto termina aqui.

– Você não saberia voltar.

– Diva pode me ajudar, não pode, querida?

A leoa veio até mim, apoiando a cabeça no meu colo. A respiração pesada e ofegante mostrava que aquele descanso também tinha sido bem-vindo para ela. Passei a mão em sua cabeça e depois cocei-lhe o pescoço. Aquele sempre fora um de seus carinhos preferidos. Tê-la ao meu lado trazia um sentimento de segurança e de felicidade difícil de explicar, como a criança que se sente protegida embaixo de um cobertor. Exceto que esse "cobertor" pesava mais de 200 quilos, tinha dentes afiados e planava no ar. Colocá-la na jogada fez pensar que minhas chances ao lado do animal cresceriam bastante. O blefe tinha conseguido uma sobrevida.

– Quero que você entenda que o que estou prestes a te contar foi um pedido da sua mãe. Era o desejo dela. – Lamar evitou meus olhos. Essa sua introdução fez minha pele da nuca arrepiar. – Quando separamos você de sua mãe fizemos por causa dela, não sua.

– Não estou entendendo.

Ele veio até mim e ajoelhou-se bem na minha frente. Fez um carinho em Diva e penetrou meus olhos com a força de um tornado. Seja qual fosse a verdade, por um segundo eu desejei não a conhecer.

Apenas por um segundo...

– Fale logo! – exigi.

– Quando separamos vocês duas não foi para afastar você de sua mãe. Ao contrário. Era você que corria perigo com ela por perto.

– Do que está falando? Isso não faz nenhum sentido.

– Quando sua mãe foi escaneada, ela se tornou um alvo fácil dos caçadores de recompensa. Seu *chip* foi ativado, fazendo dela um ponto brilhante no radar de qualquer caçador de recompensa com um bom rastreador. Se ela viesse conosco, seria o mesmo que pintarmos o peito com um enorme *X* vermelho e ficarmos sentados esperando para sermos atacados.

– Você está querendo me dizer que minha mãe continua em perigo?

Ele não disse nada, mas seus olhos foram incapazes de esconder a verdade.

– Como vocês puderam me enganar desse jeito? Nós temos que voltar! A-GO-RA!

Eu saltei da pedra girando o corpo em busca de alguma referência que me lembrasse a direção correta para o caminho de volta.

– Não podemos voltar, Seppi. Esse foi o desejo de sua mãe. Ela colocou você em primeiro lugar porque você, queira ou não, é mais importante que ela. Você é mais importante que qualquer um de nós – Lamar disse, segurando meu braço.

Eu me desvencilhei dele. Não havia nada que ele pudesse falar para tirar da minha cabeça a ideia de retornar até onde minha mãe estava.

– Eu tenho que voltar!

O grito ecoou pelo ar carregado pelo vento e o silêncio. Havia outras formas de colocar um *X* vermelho no peito.

– Me diga uma coisa, então – Lamar falou em um tom mais irritado. – Para onde você iria? Sua mãe não ficará parada no mesmo lugar por muito tempo. Não até que...

Ele parou de falar, girando a cabeça como se tentasse ouvir algo. As orelhas em pé de Diva indicavam que ela também tinha captado a mesma coisa.

– Até o quê? – eu perguntei sem me importar com mais nada.

– Silêncio! – Lamar ordenou com um sussurro autoritário. O dedo em riste na frente da boca.

Rapidamente ele tirou sua espada do coldre. Um novo farfalhar de folhas despertou nossa atenção. Lamar colocou-me entre ele e Diva. Ambos pareciam dispostos a ir até as últimas consequências para me proteger. E tudo por causa dessa maldita borboleta marrom no meu ombro?

Nada nisso fazia o menor sentido...

Eu saquei o bumerangue da cintura, ficando em posição de guarda. Seja o que fosse que saísse daquela floresta, nós enfrentaríamos juntos.

O som das folhas balançando aumentava a cada segundo. Alguém se aproximava. Lamar nos posicionou atrás da pedra. Sua expressão tranquila contrastava com a posição tensa e rígida de seus braços, erguidos um pouco acima da cabeça, a espada em posição horizontal e apontada para frente.

– Faça o que eu disser. Se eu gritar *corra*, você corre. Se eu mandar você abaixar, você abaixa. Se, por alguma razão, eu pedir que imite a porra de um macaco, você imita, sem discussão ou questionamentos. Compreendido? – As sobrancelhas curvadas para baixo dando um tom imperial à ordem.

Tive vontade de lhe responder com um tom sarcástico, mas a expressão em seu rosto me mostrou que aquela não era a melhor hora para brincadeiras.

– Compreendi.

– Ótimo. Agora, mantenha-se ao lado da leoa.

Acenei com a cabeça, agachando e enlaçando o corpo de Diva com uma das mãos. Ela se virou e invadiu minha bochecha com sua língua sebosa. O ruído das folhas tumultuando os arredores aproximava-se mais e mais, tornando iminente o confronto. Lamar deu dois passos para frente quando foi possível enxergar os galhos da árvore à nossa esquerda remexendo-se. Ele esperou um pouco e depois caminhou, na ponta dos pés, até conseguir alcançar o sujeito. Rapidamente, conseguiu derrubá-lo. O espião caiu com o rosto no chão, escondido pela grama alta.

– Quem é você? Fale ou morra aqui mesmo! – disse Lamar, ameaçando o sujeito com sua espada.

Pelo tom empregado, tive certeza de que pescoço e lâmina encontrar-se-iam em sentidos opostos caso a resposta não o satisfizesse por completo. *Seria Lamar realmente capaz de matar um completo estranho para me defender?* Por alguma razão, aquilo parecia não encaixar na minha cabeça.

A pessoa tentou falar, mas apenas alguns ruídos incompreensíveis foram cuspidos no ar.

– Fale agora ou cale-se para sempre! – Lamar repetiu a ameaça.

– Talvez se você aliviar um pouco a espada contra o pescoço dele fique mais fácil para ele.

Lamar disparou um olhar mortal contra mim, mas ouviu minha sugestão, e sem perder o controle da posição afastou um pouco a arma pontiaguda.

– Você está louco, Lamar? Quase que me degola!

A voz, ainda fraca, tinha uma nuance familiar. Dei a volta até me colocar de frente com o rapaz capturado. A surpresa dificilmente poderia ser maior.

– Petrus? O que você faz aqui? – perguntei com o coração acelerado à espera de más notícias. – Onde está minha mãe?

O rapaz olhou para mim, ainda roçando a mão na parte do pescoço onde a espada havia sido pressionada. Esfregou o dedo no pescoço à procura de sangue. Não consegui definir se a amargura em seu rosto ocorria em razão da recente agressão ou da explicação que trazia consigo.

– Como nos achou aqui, Petrus? – Lamar perguntou.

– Eu pude ouvir o grito dela a uma centena de metros daqui – ele respondeu, ainda com a mão na garganta.

O tal X vermelho...

– Não desvie da minha pergunta – interrompi, assumindo as rédeas da conversa. – Você deveria estar cuidando da minha mãe. Por que está aqui? O que aconteceu com ela?

– Não se preocupe, Seppi. Sua mãe está... bem. – Ele buscou ar para continuar falando. – Por isso vim atrás de vocês, a pedido dela. Appia não queria que ficassem preocupados.

Lamar e Petrus trocaram um par de olhares misteriosos que pareciam tentar se comunicar sem o uso de palavras. Aquilo me intrigara, mas, pelo momento, havia outro assunto mais urgente demandando minha atenção.

– Eu não estou entendendo. Lamar disse que o *chip* dela havia sido ativado e que isso a transformaria em um alvo ambulante. Por que não a está protegendo? Onde ela está?

A minha voz tornava-se mais aguda a cada palavra.

– Conseguimos desativar o *chip* depois de muito esforço. Sua mãe está fora de perigo. Fique tranquila.

– Onde ela está? – voltei a perguntar.

– Na casa do velho Tani. Segura e fora dos olhos inimigos.

Sismic Tani morava como um ermitão a alguns quilômetros de distância da comunidade onde morávamos. A morte da filha e da esposa o tornou um homem solitário e reservado, mas com sentidos extremamente eficazes, apesar da idade. Reza a lenda que, certa vez, ele havia derrubado um acinonyx apenas com os dentes. Se minha mãe estivesse mesmo com o velho Tani, eu não precisaria me preocupar com sua segurança.

– Você tem certeza de que não foi seguido? – Lamar atravessou nossa conversa.

– Corri em zigue-zague por horas, sempre tendo o cuidado de cobrir o que podia do meu rastro.

– Você não respondeu minha pergunta – Lamar advertiu.

– Sim, tenho certeza de que não fui seguido. Está bom assim?

Lamar não respondeu, apenas ordenou que pegássemos nossas coisas e voltássemos ao trajeto. Ainda teríamos muito tempo antes que pudéssemos nos considerar fora de perigo. Eu mirei Petrus por alguns segundos, tentando observar nele um indício de mentira sobre minha mãe. Não encontrei. De uma hora para outra tudo ficou mais leve e menos penoso. Provavelmente, o peso da culpa deixando meus ombros. A energia retornou e o desejo de prosseguir para fora daquela mata fechada também. Petrus passou por mim, dando uma amável tapinha nas minhas costas antes de prosseguir.

– Vamos, Seppi. Finalmente chegou a hora de conhecermos a Fenda.

Fenda... Nenhum nome poderia ser mais apropriado agora que minha vida parecia despencar dentro de um enorme buraco negro.

Eu ajeitei a mochila nas costas e segui o grupo.

Os dias naquela paisagem árida pareciam mais longos do que o normal. O sol estacionava sobre nossas cabeças, lá no alto, de forma impiedosa, como se nossos pecados fossem tão volumosos que um novo inferno tivesse sido criado especialmente para nós. Nesse cenário, a velocidade do nosso caminhar diminuía, consequência natural da energia que esvaía por cada poro do nosso corpo em forma de suor. Nosso organismo fazendo questão de colocar para fora toda a água que mandávamos para dentro, em um ciclo vicioso de esgotamento e perdição.

Lamar, contudo, aparentava estar bem. Certamente aquela não era sua primeira viagem por aquele deserto e, provavelmente, não seria a última. A todo momento desferia palavras de incentivo, na tentativa quase em vão de nos motivar durante o trajeto. "*Andem, seus idiotas*", saía de forma constante de sua boca.

Meu coração se aliviava a cada pôr do sol, como se eles trouxessem todas as soluções para os nossos problemas. Mas a verdade era que, com o surgir da Lua, irrompiam novas mazelas. O frio da escuridão nos abraçava de forma gritante, fazendo tremer o corpo, antes exausto pelo calor intenso. E no ápice da madrugada, quando a impressão de que tudo a nossa volta congelaria, incluindo nossas emoções, eu orava para que o sol ressurgisse no horizonte. E, ao surgir, o calor nos convencia do contrário.

Dois dias haviam se passado nesse ritmo quando a noite mais uma vez nos envolveu. A tenda mal servia para abrigar todos nós e não fosse pelo calor do abraço maternal de Diva, há muito meu coração teria petrificado. O silêncio tentava embalar nosso sono, sendo apenas quebrado pelo estalo da madeira sendo consumida pelo fogo. Abri os olhos quando algo que se assemelhava a uma hélice rompeu próximo ao meu ouvido. Girei a cabeça para os lados, mas a escuridão e a visão embaçada atuavam de forma coordenada contra qualquer possibilidade de identificação. Repousei a cabeça sobre a pequena almofada que me separava da crueldade do solo áspero, até que o barulho ressurgiu mais intenso.

Levou pouco tempo até que algo surgisse em meio ao breu do lado de fora da cobertura, no lado oposto da fogueira. A princípio, pensei que pudesse ser algum tipo de animal, mas sua forma metálica afastou logo essa presunção. A hélice em cima da cabeça – se aquilo realmente pudesse ser chamado de cabeça – girava a uma velocidade que mantinha aquele objeto metálico flutuando no ar. Logo abaixo dela um enorme "olho" vermelho. A criatura metálica voou para perto de onde eu onde estava, seu olho vermelho piscando lentamente. Quis gritar, mas tive medo de que isso fizesse com que a carcaça flutuante à minha frente tomasse uma postura agressiva. Ao meu lado, Diva roncava mergulhada na profundidade inconsciente do esgotamento. Um feixe de luz vermelho começou a iluminar meu rosto de cima a baixo, a luz piscando de forma cada vez mais acelerada. Minha mão arrastou-se pelo chão até atingir o corpo ofegante da leoa ao meu lado, os dedos da outra mão roçando a haste do meu bumerangue. Ao menor indício de perigo, chacoalharia minha amiga ao mesmo tempo em que arremessaria o objeto na direção do metal alado.

Até que uma sirene disparou, puxando todos a minha volta drasticamente de seus sonos pesados. A criatura se afastou, subindo alguns metros. Do seu olho, antes vermelho, via-se uma luz amarelada nos iluminando como se fossem luzes de um helicóptero.

– Droga! Temos que destruir esse rastreador agora mesmo ou estaremos perdidos – Lamar anunciou retirando da bolsa um enorme estilingue.

– O que é isso? – eu perguntei, cobrindo os olhos para fugir da luz que parecia focar em mim.

– Eles nos encontraram, Seppi. Temos que destruir esse robô e sair daqui antes que eles cheguem – Lamar respondeu.

– Eles quem?

– Andrófagos.

Eu não tinha a menor ideia de quem – ou o quê – seriam esses andrófagos, mas o terror estampado no rosto de Lamar indicava que seria melhor não descobrir. Corri para fora da tenda. Diva, ainda assustada, acompanhou-me. Arremessei o bumerangue na direção do pequeno robô flutuante. A luz que vinha dele penetrava meus olhos deixando a tarefa ainda mais difícil. O pequeno corpo metálico tinha agilidade e leveza para escapar dos nossos golpes, mesmo quando feitos de forma simultânea.

– Temos que fugir daqui – eu disse a Lamar, tentando me esconder da luz amarela que me envolvia.

– Não podemos enquanto não o derrubarmos. Essa luz nos torna alvos contínuos. Precisamos destruí-lo.

Uma flecha rompeu o ar, passando perto da criatura brilhante, que se desviou no último segundo.

– Droga! – Petrus cuspiu, desiludido. – Temos que tirar Seppi daqui – ele sugeriu logo depois da tentativa frustrada.

– Não podemos. Foi ela a rastreada, o que significa que será o foco da máquina até ela ser destruída.

– O que faremos, então?

O rosto de Petrus carregava um semblante perdido que combinava com alguém engolido pela vastidão do deserto. Antes que alguém pudesse responder, um som diferente estourou na escuridão. Alternando-se entre momentos graves e agudos, o toque ensurdecedor atingia nossos ouvidos como uma flecha.

Lamar guardou o estilingue e brandiu a espada, postando-se em formação de batalha.

– Agora, nos preparamos para lutar, meus caros. Tarde demais para correr. O inimigo se aproxima.

Meu coração gelou.

E, desta vez, não foi por causa do frio da noite.

O poderoso som grave rompia a escuridão trazendo angústia aos meus tímpanos e gelando minha espinha. Junto àquela balbúrdia que cortava o ar, era possível também captar o barulho de maciças passadas e até mesmo senti-las pelo chão que tremia sob nossos pés.

O que quer que se aproximasse, "vigoroso" e "intimidador" encaixariam como definições bastante adequadas.

– Nosorog! – Lamar gritou, correndo em minha direção. – Protejam-se!

A mesma luz que colocava um alvo pintado sobre minha carcaça ambulante serviu, naquele momento, para expor meu agressor. Cortando a linha do horizonte estava a imagem de uma criatura branca montada em cima de um animal robusto com patas bem grossas. O chifre longo sobre o nariz do animal harmonizava com a comprida trompa branca e curvilínea assoprada pela figura humana que o montava. A cada par de passadas, o som poderoso produzido pelo objeto intensificava-se, acelerando meu pulso e deixando a noite ainda mais fria e mórbida. Lamar ajoelhou-se, ordenando a Petrus que atirasse suas flechas na direção do agressor, que, a cada segundo, convertia-se em uma visão mais vasta e horripilante. Petrus obedeceu, disparando duas flechas. Uma atrás da outra. Ambas cruzaram o céu, formando um arco em parábola e atingindo destinos diferentes. A primeira passou ao lado da dupla, fincando a ponta no solo seco, enquanto a segunda acertou o centro do escudo preso à mão esquerda do ser que montava a criatura.

Pelo pouco que conseguira ver até agora, andrófagos eram criaturas eficientes e coordenadas. A pele branca, quase albina, cortada por desenhos escuros e tatuagens indecifráveis, servia como camuflagem para uma vida dedicada a combates. Manchas vermelhas – sangue, provavelmente – banhavam a parte inferior do rosto, nas laterais da boca, em especial. Ombreiras cobrindo a lateral do corpo davam a impressão de serem feitas com maxilares de caveiras humanas. *Suas últimas refeições?* Sim, andrófagos alimentavam-se de carne humana. Ainda assim, por mais calafrios que aquela imagem pudesse me trazer, o agressor era apenas um, e nós éramos quatro.

Não por muito tempo.

Com aquele sol artificial brilhando sobre mim, foi fácil desvendar o mistério de quem seria o primeiro alvo daquela criatura que marchava de forma vigorosa em direção ao nosso acampamento. Com as duas mãos ocupadas, o homem albino decidiu que a melhor forma de nos atacar seria nos transformando em "terra batida". Não fosse por Lamar nos jogando para o lado pouco antes do encontro anunciado, eu e o solo árido sob nossos pés seríamos um só.

– Nós temos que matá-lo antes que outros se aproximem.

– Outros?

Minha pergunta foi quase em um tom de consternação. Lamar olhou para mim.

– Andrófagos nunca andam sozinhos. Esse é um batedor. Já deu o aviso ao soar seu berrante. Os outros com certeza estão a caminho.

Antes de virar-se para um novo ataque, o batedor assoprou mais uma vez sua longa trompa. Os pelos do meu corpo eriçaram quando uma resposta veio de longe.

Os outros não estavam a caminho. Estavam *chegando!*

O batedor nos encarou, um leve sorriso denunciando o nível de sua confiança. Esporou a barriga cinza do seu animal, acelerando-o em nossa direção. O animal pesado e desajeitado atingiu uma velocidade assustadora em um espaço de tempo muito curto. Nós nunca conseguiríamos fugir dele a pé.

– Precisamos derrubá-lo do nosorog! – Lamar alertou, com a decisão emanando de seus olhos.

– Como? – minha versão monossilábica retrucou.

– Sorte, eu acho – ele respondeu, sem muito ânimo.

O animal não demorou muito para estar frente a frente conosco mais uma vez. O par de chifres, um menor e outro quase do meu tamanho, apontados para nós, prontos para nos atravessar. *Será que eles nos cozinhavam antes de comer? Ou preferiam nossas entranhas cruas e sangrentas?*

Lamar e eu passamos a andar em círculos, mas a iluminação sobre minha cabeça deixava-me sempre em evidência. Quase senti o bafo do animal no meu rosto, quando um vulto surgiu como um raio, derrubando o canibal de cima do bicho. Eu e Lamar pulamos para o lado, ouvindo os berros cobertos pela escuridão. Dei dois passos na direção do barulho, até que a luz que me cobria permitiu ver Diva mastigando nacos do pescoço ensanguentado do homem. Após a terceira mordida, entendi que ela não apenas estava nos protegendo. Também unia o útil ao agradável. O deserto não era um lugar repleto de refeições fartas.

O som dos instrumentos, antes longe, indicava agora que os novos inimigos se aproximavam com rapidez. Hora de bater em retirada.

– Venha, Seppi! Rápido! – Lamar gritou já em cima do animal. – Temos que ir!

Eu subi e estendi a mão para que Petrus também subisse na enorme criatura logo atrás de mim. Ele apoiou os pés na crosta lateral do bicho, buscando a impulsão necessária para a escalada. Forcei meu braço para trás, ajudando-o a montar no animal. De uma hora para outra, o peso dele despencou em cima de mim e eu quase fui ao chão. Consegui me equilibrar no corpo de Lamar, levando alguns segundos para perceber o que havia acontecido. Petrus estava debruçado sobre as nádegas do animal, duas flechas ancoradas nas costas. O corpo inerte fez com que meu coração disparasse em uma velocidade superior ao do animal que antes nos atacara.

– Petrus! Você está bem? Petrus! – Eu balançava aflita o corpo do meu amigo. – Pelo Ser Superior, Lamar! Acertaram ele! Acertaram Petrus! Precisamos fazer algo!

Ele bateu com os calcanhares na barriga do nosorog, que partiu em disparada. Diva nos acompanhava sem muita dificuldade. A boca avermelhada e a energia revigorada. Com a luz ainda sobre nós, eu me virei, dando as costas para Lamar e segurando o corpo desfalecido de Petrus. Ao fundo, revelando-se em meio à escuridão, um grupo com pelo menos dez outros andrófagos.

À frente deles, cavalgava um homem usando um capacete com dois longos chifres pontiagudos apontando para os lados e um arco na mão esquerda. Seu rosto estava coberto por uma caveira, que lhe servia de elmo. Manoplas douradas presas às mãos e pulsos do *Rei Caveira* refletiam o sol, que começava a despontar no horizonte. A volta da luz natural fez com que aquele maldito inseto de metal apagasse o holofote apontado para mim. Ponto positivo. O negativo foi que o outro "holofote", desta vez o natural, praticamente colocava uma placa em nosso peito:

"Alvo aqui. Acerte sem moderação".

Com a luz natural foi possível avaliar o tamanho do desequilíbrio do combate que se firmava. Em primeiro lugar, o Rei Caveira tinha um aspecto tão tenebroso que o transformava, por si só, em um adversário quase invencível. Os longos chifres laterais, o rosto encaveirado, o manto de pele humana que cobria seus ombros, além de uma armadura branca, formada pela junção de ossos humanos, davam uma boa ideia do tamanho do problema que nos perseguia. Além disso, o "homem" não vinha sozinho. Nove outros guerreiros andrófagos o acompanhavam, com uma fome de carne que reluzia em seus olhos. O terceiro ponto, e até o momento o mais preocupante, é que nós estávamos à frente deles, uma posição extremamente desvantajosa quando se está sob a mira de flechas.

Aliás, não demorou muito para uma flecha rasgar o ar do nosso lado. Mostrando destreza, o Rei Caveira cavalgava seu nosorog sem as mãos, concentrando-se na eficiência de seu próximo golpe. Outra flecha passou ainda mais próxima de mim. Ele tinha errado duas vezes, porém tudo indicava que, logo, seus erros seriam coisas do passado.

– Eles estão atirando em nós! – gritei para Lamar.

– Então atire de volta! – ele exclamou o óbvio, sem perder a concentração no caminho.

Uma terceira flecha aterrissou na nádega direita do nosso nosorog, que, apesar de acusar o golpe com um som gutural, manteve-se firme em sua cavalgada rumo ao vazio árido.

– Você já está atirando? – Lamar perguntou.

Ops! Ainda não... Desculpa...

– Mire sempre o chefe! Se conseguirmos derrubá-lo, eles irão parar.

Diva nos acompanhava um pouco mais à frente. Pensei em me concentrar pedindo para que ela fizesse com o Rei Caveira o mesmo que havia feito com o antigo ocupante do nosso nosorog, mas, desta vez, o adversário tinha qualidade infinitamente superior e o que menos queria ver era minha amiga caída no chão com uma flecha encravada no corpo, como Petrus.

Peguei uma flecha, pressionando-a contra a corda. O balanço do animal prejudicava qualquer tipo de precisão, então decidi que movimentos rápidos e longos serviriam mais que a tentativa vã de focar o alvo. A primeira flecha saiu, sem causa ou efeito algum. Percebendo o erro que havia cometido, segurei a segunda flecha com apenas os dois dedos do meio, trazendo a corda para trás e deixando-a deslizar pela pele até ser expulsa dali. O alvo tinha sido o Rei Caveira. O objeto pontiagudo, entretanto, tomou vida própria, fincando sua ponta de metal no peito desprevenido do guerreiro a sua direita. Ele caiu no chão, deixando mais um animal órfão, e, inerte, foi pisoteado pelas patas robustas dos outros nosorogs que vinham atrás em uma corrida desenfreada. Um fracasso mascarado como sucesso.

Mesmo de longe pude ver a surpresa nos movimentos do Rei Caveira. Ele se virou para o lado, acompanhando o nefasto fim do guerreiro, focando, logo depois, a atenção em nós – mais precisamente, em mim. Apesar do meu sucesso acidental, a reação do grupo foi bem diferente do que eu imaginava. Todos dobraram os corpos sobre a montaria, batendo as pernas na barriga do animal de forma ritmada e coordenada.

– Eu derrubei um, mas eles estão vindo ainda mais rápido! – Minha voz saiu aguda pelo medo crescente.

– Atire no chefe! – Lamar retrucou.

– Estou tentando! Você pode não acreditar, mas essa é a primeira vez que uso arco e flecha em cima de um animal gigante! – O tom irônico saindo mais certeiro do que minhas flechas.

Pela primeira vez, Lamar olhou para trás. Seus olhos arregalaram-se sob a visão implacável do inimigo se aproximando. O susto petrificou-se em seu semblante tempo o suficiente para que eu compreendesse que as coisas eram ainda piores do que eu imaginava.

– Eles vão nos alcançar antes de chegarmos à Fenda! Precisamos de ajuda! – ele anunciou com uma voz estridente, tentando olhar para frente e ser ouvido ao mesmo tempo. – Você tem que avisar que estamos chegando, Seppi!

– Eu? Do que está falando?

– Seu poder! Concentre-se e peça por ajuda! É nossa única chance!

– Eu não consigo me concentrar com esse exército cravejando flechas na nossa direção!

– Esqueça as flechas! Esqueça os andrófagos! Você consegue, Seppi! Rápido! Antes que eles nos alcancem!

Apesar de achar difícil fazer o que ele me pedia, a tarefa parecia mais fácil do que acertar uma flecha no peito do Rei Caveira a essa distância – *se bem que ela diminuía a cada passada*. Fechei os olhos e tentei pensar na palavra "socorro". Era assim que sempre funcionara com Diva nas poucas vezes em que precisei de sua ajuda durante minhas aventuras solo na floresta. Abri os olhos ao sentir o olhar de Diva fixo em mim. Fechei-os novamente, pedindo para que ela ignorasse o que estava prestes a pedir. Já havia perdido minha mãe, a vida de Petrus esvaía-se e eu não estava disposta a perdê-la também. Talvez isso se tornasse algo comum daqui pra frente, mas ainda não havia me acostumado com essa ideia. Nunca tinha perdido ninguém durante meus breves anos de existência. Bom, na verdade tinha sim. Nunca tinha tido um pai.

Mas um homem que quer te ver morta não se encaixa muito nesse perfil de pessoas próximas, certo?

Minha mente vagou para o escuro da solidão, mesmo lugar onde sempre ia ao iniciar minhas conversas com Diva. Já na escuridão chamei por socorro. Minha voz ecoava em diversos cantos, assumindo os mais variados tons. *Por favor! Alguém nos ajude!* Eu clamei várias vezes, sem sucesso. Tudo ali parecia tão breve quanto eterno. Uma mistura estranha, em que o tempo parecia perder o controle, deixando de ser onipresente. Tinha a sensação ambígua de quem acabara de chegar, mas, ao mesmo tempo, já caminhava por aquele breu artificial há séculos. O tempo foi passando – *ou estaria ele estático?* – e nem toda a concentração do mundo dava indícios de mudar o panorama atual. Segui caminhando cercada apenas por breu e pelos ecos dos meus suplícios.

Alguém me ajude... me ajude... ajude... jude... ude...

Os gritos enfileirados atravessavam a negridão e me guiavam como feixes de luz.

Enquanto andava, continuei gritando. E continuei me ouvindo. Até que uma luz brilhou ao longe. Sob ela, uma porta branca contrastando com o universo de trevas. Eu me aproximei. E ela, então, abriu-se.

Pequenos feixes de luz invadiram o breu que me cercava quando a porta foi aberta. Uma força estranha tentava me sugar para cima como se um tornado quisesse me resgatar daquela escuridão adesiva. Aos poucos fui recobrando a consciência esquecida. Meus olhos lentos pareciam suturados há séculos. Um tanto tímida e embaçada, a claridade expurgava a temida e envolvente escuridão. Um terremoto particular acompanhava meu corpo à medida que a lucidez reivindicava seu lugar de direito em minha cabeça. Os barulhos, antes indecifráveis, voltavam a fazer sentido, trazendo à tona inúmeras aflições perdidas.

– Eles estão chegando! – Foi a primeira coisa que escutei com clareza.

Infelizmente...

A voz de Lamar fundia-se aos meus ouvidos, recheada de tensão e desespero. Ainda cavalgávamos pelo deserto com o Rei Caveira em nosso encalço.

– Seppi, você está aí? – Lamar gritou, aflito. Eu definitivamente deveria ser sua última esperança.

– Sim, estou de volta.

– O que aconteceu?

Boa pergunta.

– Eu não sei. Fechei os olhos e tudo a minha volta ficou escuro. Gritei por socorro, mas nada. Até que... – O chacoalhar do animal quase me derrubou para o lado. Não fosse o corpo inerte de Petrus para me equilibrar, eu já estaria sob as patas implacáveis de nossos perseguidores. Só agora eu notava que duas outras flechas haviam ficado muito próximas de atingir Petrus, perfurando o lombo do animal, que continuava correndo como se nada tivesse acontecido. Sem sombra de dúvidas, nosorogs poderiam ser grandes aliados ou poderosos inimigos.

– Até o quê? – Lamar insistiu.

– Até que uma porta apareceu no meio da escuridão e se abriu. Depois, senti algo me puxando para cima como um imã e recobrei os sentidos.

Lamar soltou um urro de alívio que não parecia muito condizente com a situação em que nos encontrávamos.

– Você conseguiu, Seppi! Ela te ouviu!

– Quem me ouviu? – eu perguntei surpresa.

– Maori – ele respondeu de forma sucinta.

– Quem?

– Ela te ouviu! Veja!

Eu girei a cabeça para trás e no lugar daquela aterrorizadora imagem do Rei Caveira e seus súditos nefastos aproximando-se de nós, eu observei apenas a distância entre nós e o grupo andrófago aumentando.

– Por que eles estão parando? O que está acontecendo, Lamar?

– Ali! – Ele apontou para o nada, só que, desta vez, à nossa frente.

A princípio, não consegui enxergar nada. Logo depois, vi um imenso borrão. Inúmeros vultos negros juntos materializando-se ao longe. Um exército de sombras brotou do chão, armas em punho, prontos para a batalha. A cada par de passos do nosorog, corpos e rostos ganhavam formato, revelando sua disposição para o combate iminente. Eram mais do que os olhos podiam contar, especialmente no momento em que inclinaram seus corpos, disparando em nossa direção.

– Estamos salvos! – Lamar celebrou, enquanto parecia desacelerar o animal abaixo de nós.

– Quem são eles? – Um alívio espalhando-se pelo meu corpo antes mesmo da resposta.

– Aliados – Lamar respondeu.

Foram as únicas palavras que conseguimos trocar antes que a batalha se iniciasse. O som grave do berrante usado pelos andrófagos cortou o ar como um animal assustado. Podia vê-los parando suas montarias e circulando de um lado para o outro, indecisos entre lutar e correr. O Rei Caveira era o único que mantinha sua posição firme e estática. Empunhou seu arco mais uma vez, ereto e apontado para mim. Mesmo de muito longe, a flecha voou na minha direção, encarando-me por um breve segundo. Tudo foi muito rápido, deixando-me sem reação. Restou torcer para que o final viesse depressa e da forma menos dolorida possível. O abraço da morte já sussurrava em meus ouvidos palavras de desespero e danação. Permaneci imóvel, esperando pelo inevitável.

E o abraço veio, infelizmente, não para mim. Sem que me desse conta, algo me jogou para fora do animal, estatelando minhas costas no chão. Minha cabeça atingiu o chão duro e árido do deserto, mas sem força suficiente para deixar sequelas. Notei um peso sobre minhas pernas. Diva estava deitada, tão inerte quanto Petrus, uma flecha cravada no meio do corpo.

– Diva! Não! Fale comigo! Pelo Ser Superior! Fale comigo!

Chacoalhei seu corpo, sem resposta. A língua para fora banhada por um líquido vermelho e indesejado. O fraco movimento do torso, em uma respiração ofegante e intercalada, servia como uma gota de esperança em um oceano de aflição. Minha melhor amiga estava morrendo por minha causa, sem que eu pudesse fazer algo para ajudá-la. Olhei os corpos se digladiando à frente e foquei minha atenção no Rei Caveira, que, agora, cavalgava em minha direção. O ritmo forte e decidido escurecia meu coração, enchendo meu corpo de medo e desespero. Um dos aliados aproximou-se dele, erguendo o que parecia ser uma clava em sua direção. Mas de cima da montaria, o golpe foi facilmente impedido pelo gigante andrófago, que brandiu sua espada e, com ela, atravessou as entranhas do adversário enquanto o deixava para trás. Outros dois tentaram detê-lo antes que ele chegasse até mim e ambos tiveram o mesmo destino cruel do primeiro.

Beijei o rosto de Diva, repousando-o com cuidado sobre o chão. Ela havia me defendido, chegara a hora de retribuir o gesto. Arremessei meu bumerangue na direção da caveira ambulante, seus enormes braços servindo de escudo, fazendo com que a arma ricocheteasse para o chão. Meu adversário agigantava-se a cada passo dado, encolhendo meu ânimo na mesma proporção. Empunhei uma espada curta, postando-me em posição de combate. Todos lutavam, por que comigo seria diferente? Ele parou bem na minha frente e levou as mãos à máscara de ossos que cobria sua face. Seu rosto, apesar de humano, conseguia ser ainda mais amedrontador. Os dentes pontiagudos como o de um animal faminto e tomado por ira. Os olhos incapazes de alguma complacência, enviando ao cérebro informações sobre seu próximo banquete. A mão, coberta pela luva dourada ornada por globos oculares humanos, foi às costas, retirando de lá um enorme martelo de batalha.

– Chegou a sua hora – ele disse com uma voz grave, inexorável.

Então ele desceu da sua montaria.

O enorme martelo atingiu primeiro minha espada curta, deixando-a ainda menor. Depois, pegou de raspão meu peito, jogando-me para trás com a força. Eu caí no chão, a blusa rasgada na altura do ombro direito, o vergão vermelho anunciando o futuro inchaço. Minha espada, agora não mais do que uma adaga sem ponta, jazia ao meu lado, ainda mais entregue do que eu. O Rei Caveira precisou de apenas dois passos para se postar sobre mim como a sombra de um eclipse solar.

Concentre-se.

Uma voz vinda do nada sibilou no meu ouvido. Não havia indícios de onde surgira – ninguém além do Rei Caveira estava a minha volta.

Foque naquilo que quer e você terá.

O som doce das palavras vinha emoldurado por muita segurança. O tom lembrava minha mãe, o que o deixava ainda mais melodioso para meus ouvidos cansados. Sem muito esforço, entreguei-me à neblina da inconsciência. No mínimo, ela me ajudaria a perecer sem sofrimento. Voltei à escuridão de pouco tempo atrás. A mesma que havia me revelado a porta quando o breu parecia eterno.

Forcei a mente em busca de um desejo. E em meio às divagações da minha falta de consciência, pude descobrir aquilo que realmente buscava para mim, como tantos outros que, naquele exato momento, conheciam seu fim em troca de um ideal, dando seu bem mais precioso, suas próprias vidas, em troca de suas crenças e valores. Percebi que meu desejo podia ser resumido nessas duas palavras: viver livre.

Meu corpo flutuou, inanimado, carregado por uma força invisível que, outra vez mais, encaminhava-me para o outro lado do universo consciente. Minhas pupilas dilataram quando percebi o martelo do Rei Andrófago descendendo como uma tempestade sobre minha cabeça. A arma chegou a poucos centímetros dos meus olhos, explodindo com força para trás como se tivesse atingido um campo de força invisível. O Rei Caveira, assim como sua poderosa arma, foi arremessado para o alto, pousando sobre o solo quase uma dezena de metros para trás. Eu podia ver, pela primeira vez, o medo percorrendo suas veias quase aparentes. Ele se postou de joelhos, agarrando o martelo ancorado no chão e caminhando mais uma vez na minha direção. Exceto que, agora, uma dúvida pairava sobre ele, como a nuvem negra que esconde o azul do céu. A certeza já havia abandonado seu semblante, implodindo visivelmente sua imponência.

Lamar, ao longe, gritou meu nome. Sob seus pés, um par de canibais já tinha iniciado sua jornada até seu criador.

– Seppi, corre! – Ele gritou, acelerando na minha direção. Quis responder para que não se preocupasse, mas minha mente vazia apenas repetia meu novo mantra.

Viver Livre... viver livre... viver livre... viver livre... viver livre...

O martelo desceu mais uma vez sobre minha cabeça e, mais uma vez, a redoma invisível que me cercava bloqueou o golpe. Lamar arremessou-se sobre o corpo do Rei Caveira, ainda atordoado, jogando-o para o lado. A disputa começou equilibrada, tornando-se desigual à medida que o Rei Andrófago recuperava suas forças. Acariciei a pele rubra em torno do ferimento de Diva e depois parti até onde Lamar enfrentava seu potente adversário. Corri com os olhos fechados, tentando materializar um novo desejo. Senti uma energia acumulando-se dentro de mim, pronta para ser liberada, como um gêiser.

Juntei meus braços à frente do meu corpo e os apontei na direção do Rei Caveira, liberando um feixe de energia que atingiu grande parte do seu corpo. Ele se ajoelhou, desarmado pelo poder indefinível que o assoberbava. Suas manoplas douradas derreteram, fundindo-se com a pele pálida. Os berros indecifráveis clamavam por uma ajuda que não viria. Eu podia parar, mas as tristes lembranças de Petrus e Diva caídos apertavam meu coração, deixando pouco espaço para clemência. Todos em volta cessaram suas estúpidas e mundanas batalhas pela vida. Prestavam atenção na imponência do sofrimento, dor e lamento do homem que praticamente derretia. A cada segundo, os gritos tornavam-se mais agudos, mais desesperados e, acima de tudo, mais saborosos.

Como se o sol tivesse deixado o resto do mundo de lado e focasse apenas nele.

O que restara do soberano rei foi mesclando-se ao solo árido. Não mais que um líquido viscoso, sugado pela secura da terra, deixando como lembranças apenas seus espólios de antigas batalhas. Um triste e merecido fim. Ao testemunharem a queda de seu mais forte figurão, os poucos canibais restantes jogaram suas armas ao chão, curvando-se sob meus pés. Os aliados cantarolaram um cântico de guerra, elevando aos céus suas armas vitoriosas. Lamar apenas me encarava com olhos que misturavam espanto e agradecimento – *mais o primeiro do que o segundo.*

Não demorou muito para que sentisse o peso do mundo cair sobre meus ombros. Uma dor lancinante apossando-se de cada músculo do meu corpo, como se meu tempo nesse mundo tivesse expirado. Um gosto estranho e viscoso permeou meus lábios. As costas das minhas mãos se avermelharam quando eu limpei o sangue que despencava do nariz.

O mundo começou a piscar como se dia e noite reivindicassem espaço. Luz e trevas alternando-se na luta pelos segundos. Até que se abriu a contagem. Do dez ao um em um estalar de dedos.

E o vencedor foi a escuridão.

A negridão colava meus olhos numa vil tentativa de se eternizar. Minhas pálpebras, densas, ainda sobrecarregadas pelo peso das minhas escolhas, custavam a se abrir, apesar de clamarem por luz. Além disso, o penoso trabalho de nos livrar do Rei Caveira havia causado danos não apenas psíquicos e mentais, mas também físicos. Não tinha dúvidas de que os sobreviventes daquela batalha campal se sentiam bem menos amarrotados do que eu nesse momento.

Com sacrifício, girei o corpo para o lado. Demorei a notar que meu torso e minha cabeça repousavam sobre algo fofo e acolchoado. O preço do heroísmo podia ser bastante alto, mas também tinha suas regalias. Esforcei-me para erguer o corpo e me sentar. Minhas costas se arquearam e uma dor pontiaguda eclodiu à medida que os músculos enferrujados se alongavam por breves, porém necessários, segundos.

Uma voz quebrou o silêncio, trazendo minhas dores para um plano ainda mais real. O semblante de uma mulher postou-se bem à minha frente.

– Srta. Devone, você ainda não está recuperada. Precisa descansar. – Sua preocupação soava bastante genuína.

– Quem é você? – perguntei sem rodeios.

– Meu nome é Lália, Srta. Devone. Lália Boyrá. Estou aqui para ajudá-la no que precisar.

– Aqui onde?! – esbravejei, dando vazão a parte da angústia que me atormentava.

Nem sempre é possível conciliar heroísmo e paz de espírito, certo?

Lália deu-me as costas sem falar nada. Caminhou alguns passos até a entrada do lugar onde eu estava. Naquele meu estado só conseguia enxergar silhuetas, mas não seus detalhes. Somente quando ela se aproximou de um foco de luz mais intenso que pude observar o tom vermelho de sua pele, opondo-se aos fios de cabelo negro, que se prolongavam até quase sua cintura. Ela não devia ser muito mais velha do que eu, mas tinha um ar de mulher madura. Tive medo de encarar meu reflexo diante de tamanha beleza.

– Seja bem-vinda à Fenda – ela anunciou. Os braços abertos apresentando a vista lá fora.

Levantei-me da cama e segui a passos moderados. Cada centímetro percorrido assemelhava-se a mais uma conquista de um corpo gasto e aflito. Primeiro, perdi-me no abismo negro do olhar penetrante de Lália. Apenas depois, arregalei os meus, ao me deparar com o que havia do lado de fora.

A chamada Fenda era, na verdade, um enorme desfiladeiro. Suas duas paredes estendiam-se, a partir do chão, por uma altura de 100 metros ou mais. A distância entre elas também não era curta e dezenas de pontes feitas de cipó e madeira serviam como meio de locomoção para quem quisesse se aventurar de um lado para o outro sem descer até a parte de baixo do desfiladeiro. Podia-se ver a parede de rocha vermelha do outro lado, recortada por enormes e grossas linhas pretas na horizontal, uma em cima da outra, como as pautas de um caderno, pronto para ser preenchido com novas e emocionantes experiências de vida.

Minhas experiências de vida...

Nichos escavados na pedra acumulavam-se por toda a extensão da interminável parede, abrigando pessoas como as antigas construções humanas, chamadas *edifeceos*, que eu tinha visto nos livros anciãos que minha mãe colecionara ao longo dos nossos anos de exílio – sempre trocados com *berganheiros* por panelas, armas, comida, ervas medicinais e qualquer outra coisa que tivesse muito mais utilidade no nosso dia a dia do que letras rabiscadas em folhas de papel alaranjadas e carcomidas pelo tempo. Pessoas entravam e saíam dessas unidades como ratos apressados e atarefados. Enormes escadas erguiam-se, esculpidas nas paredes da formação rochosa, permitindo, também, que pessoas circulassem como formigas operárias destinadas a cumprir suas funções dentro de sua colônia. Todos pareciam alienados ao que acontecia a sua volta, focados única e exclusivamente em suas tarefas individuais. Assim como Lália, cuja tarefa, ao que tudo indicava, era cuidar de mim.

Uma coisa sobre colônias, entretanto, é que todas elas precisavam ter um líder, e eu já começava a me perguntar quando eu seria apresentada ao mandachuva local.

– Por favor, preciso conversar com a pessoa responsável por tudo isso aqui.

– Você irá – ela respondeu, sem me dar muita atenção.

– Quando?

– Você precisa descansar, Srta. Devone. Foi muito exigida em sua última batalha. Foi recomendado que repouse um pouco mais que o habitual.

Lamar surgiu do nada, dentro de um enorme balde de madeira preso a uma corda aparentemente resistente. Ele desceu no nosso andar e, na sequência, deu dois longos puxões na corda, fazendo o balde, agora vazio, subir. Sorriu para Lália, que se curvou em reverência e um tanto encabulada. Era nítido que ela sentia atração pelo filho do homem que me salvara quando criança.

E, para falar verdade, eu também...

Ele se acomodou numa cadeira acolchoada e pegou um cacho de viníferas na cesta que havia sobre a mesa do quarto. Apesar da fome, eu nem havia percebido as frutas tão perto de mim. Ele degustou as viníferas diretos do cacho, com a indiferença daqueles que nunca tiveram que se preocupar com a próxima refeição.

– Como anda o tratamento preferencial, Seppi? – ele perguntou com a boca cheia. – Espero que a doce Lália esteja cuidando bem de você. Ela pode ser bastante prestativa. – Ele finalizou olhando para ela e dando uma leve piscadela. Desde que o vira em casa, no início da nossa jornada, essa era a primeira vez que via Lamar tão descontraído e relaxado.

– Ela acabou de acordar, mestre Lamar. Eu já ia avisá-lo – Lália informou.

– Sim. – Eu assumi as rédeas. – Acabei de acordar e até agora ela tem sido ótima – frisei, ao perceber a aflição na voz da garota, como se a opinião de Lamar fosse de crucial importância para ela.

– Como está se sentindo? – ele perguntou a mim, ignorando a garota.

– Mais curiosa do que cansada – menti.

– Curiosa? Por qual motivo? – Ele ironizou, degustando mais algumas frutas do cacho.

– Sobre esse formigueiro humano no qual você me enfiou, claro.

Ele parou de comer, erguendo-se da cadeira. Esfregou as palmas das mãos e as limpou na roupa.

– Venha! – ele disse, gesticulando para que eu o seguisse. – Podíamos fazer o passeio pelo elevador, mas é bom que você conheça tudo sobre onde estamos antes que ela a receba hoje à noite.

Ele começou a descer uma das estreitas escadas esculpidas na enorme rocha. Eu o segui.

– *Ela* quem? – perguntei, concentrando-me nos degraus para evitar um encontro prematuro com o chão.

– Você mesmo não disse que isso aqui é um formigueiro? – Lamar falou, parando no meio da escada e virando-se para mim. – Pois então, todo formigueiro tem a sua rainha.

Justamente o que eu havia pensado.

A escada pela qual descíamos formava um zigue-zague até o chão da Fenda e subia do mesmo modo, interminável, como se quisesse alcançar o céu. Após alguns minutos de intenso esforço físico – e já imaginando o tormento que seria a nossa volta –, alcançamos o solo. As pessoas iam e vinham, aparentemente indiferentes à nossa presença. Seguiam seus caminhos, faziam suas tarefas, cabeças baixas e aplicadas em suas respectivas obrigações. Percebi que o trabalho coletivo era fundamental para que tudo ali funcionasse. Continuamos andando por alguns metros até nos depararmos, em uma das paredes da Fenda, com uma entrada ampla. A luz artificial era mantida por tochas que se espalhavam em fileiras ao longo do comprido corredor. Perto do seu final, o topo de mais uma escadaria.

– Onde estamos indo? – Palavras breves e ofegantes escaparam da minha boca.

– É melhor que você veja por si só – ele respondeu, iniciando a descida.

Mais uma série de degraus exaustivos teve que ser vencida até chegarmos ao destino indicado por Lamar: um córrego volumoso, cujo leito, estreito, ziguezagueava pelas entranhas da formação rochosa que nos envolvia. Lamar tocou em uma corrente próxima à parede. Espremi os olhos por um segundo, tentando evitar a forte claridade.

– O que é isso? – eu disse, assustada, e ainda cobrindo os olhos com as mãos.

– Luz artificial, Seppi. Chamamos de eletricidade – ele explicou.

– Como isso é possível?

Lamar me conduziu alguns passos à frente, onde um enorme volume de água acumulava-se em uma espécie de piscina. Ele me explicou que era um dique. Dali, a água represada era redirecionada a uma queda d'água de pelo menos 10 metros de altura, correndo em velocidade até uma roda de madeira gigante, composta por enormes pás, que girava em um movimento contínuo. A grande roda estava acoplada a uma outra, menor, posicionada horizontalmente, que, além da água, também usava a força de pessoas e animais para girá-la no solo.

– Em grandes volumes, Seppi, água pode gerar luz. Sei que é difícil entender, já que sempre conviveu somente com o que o Sol e a Lua podiam lhe oferecer, mas, com o tempo, irá se acostumar.

– Tudo isso para acender esse negócio tão pequeno? – perguntei.

– Isso é uma lâmpada, Seppi. Melhor ir se acostumando, elas estão espalhadas por quase todos os lugares – ele disse, rindo. – É pra isso que serve toda essa estrutura aqui. Levar eletricidade para todo o acampamento.

– Eu não entendo como isso é possível – admiti.

– O processo é complicado de fazer mesmo, mas fácil de entender. O movimento da água cria um tipo de energia chamada cinética. Para obtermos essa energia, armazenamos a água em um dique, construímos uma queda d'água artificial e desviamos o leito do rio para essa queda. Lá embaixo, o movimento da água faz girar a roda grande que, com a ajuda da pequena, e de um gerador solar, localizado do lado de fora da Fenda, convertem esse movimento em energia. Depois, a água é conduzida de volta ao seu leito, seguindo seu curso natural.

Uma enorme interrogação imaginária tatuou-se na minha cara. Descemos mais uma longa escadaria, paralela à queda de água, que, de perto, ficava bem mais interessante e suntuosa – sempre tive medo da força da natureza, principalmente quando tentávamos domesticá-la como um animal abandonado. Assim que chegamos lá embaixo, vi algo de familiar na roda menor. Algo que não me trazia boas memórias.

– Aqui, todos trabalham, Seppi – Lamar disse, apontando para os andrófagos sobreviventes do nosso ataque e acorrentados ao círculo de madeira. – Especialmente nossos inimigos – ele concluiu, empurrando as costas de um deles para a frente com o pé.

Junto deles, também condenados à eternidade de trabalhos forçados, estavam suas respectivas montarias. Por um lado, um trabalho cansativo e desgastante; por outro, os animais eram poupados de participar de batalhas desnecessárias, nas quais eram alvos fáceis. Além, claro, de estarem em pé de igualdade com seus ex-mestres.

– Esses animais têm sido ótimos! Graças à força deles a rotação da engrenagem evoluiu bastante, gerando mais energia para todos.

– Quer dizer que todos têm... Como você as chamou mesmo? *Lâmpadas?* Todos possuem uma daquelas em suas casas?

– Sim, mas a quantidade de energia deve ser controlada, por isso nem todos recebem eletricidade ao mesmo tempo, e, quando a recebem, não abusam.

Eu já tinha ouvido falar da modernidade da grande cidade de Prima Capitale e como seus muros circulares represavam tecnologias que meus olhos jamais sonhariam. Conforto e luxo que minha mãe havia deixado para trás, dedicando-se a uma vida de sacrifício e privações. Uma das razões que me fazia admirá-la tanto, inclusive. Mas suas histórias sobre Prima Capitale não exaltavam o luxo e a comodidade da grande cidade e, sim, muito rancor. Apesar de imaginar que o que via ali não se compararia ao que eu veria na grande e poderosa cidade, fiquei boquiaberta com aquela estrutura construída dentro daquela imensa rocha. Sentia-me pequena e medíocre para carregar um poder tão vasto e intenso quanto o que diziam que eu trazia dentro de mim.

Ouvi Lamar chamar por mim. Ele iniciava a longa subida de volta ao formigueiro humano, afastando-se da rigidez das pedras e da maleabilidade das águas daquele lugar incrível.

– Para onde vamos? – perguntei, galopando na sua direção.

– Tenho muito para te mostrar antes do baile de boas-vindas começar.

– Baile de boas-vindas?

– Sim, Seppi. Você é nossa convidada de honra e será homenageada como tal.

– Eu nunca fui a um baile. Nem tenho o que usar – disse, surpresa.

– Tudo será fornecido a você no momento do seu banho. Aliás, já tomou banho quente antes?

– Banho quente?

Ele sorriu, continuando a subida rumo à luz do dia.

– Você vai amar eletricidade, minha cara.

O banho quente foi uma das experiências mais exóticas e aconchegantes da minha vida. Paradoxalmente, o toque cálido daquelas gotas sobre minha pele me provocava mais calafrios do que qualquer outra coisa. Pena que a experiência não durou mais do que alguns minutos. *Temos que controlar o uso da água e não abusar da energia*, Lália alertou-me, enquanto me trazia de volta ao mundo real e frio. Saber que minha mãe havia abdicado de coisas como essas para viver em um mundo gélido e sem graça comigo renovava meu refil de respeito por ela.

Se existia a perfeição, ela estava confinada em um banho quente, pensei. *E no amor de minha mãe, claro.*

– Venha, Srta. Devone. Temos que deixá-la pronta para o baile.

Enxuguei pernas, nádegas, seios, rosto. Tudo sob a supervisão de minha nova companheira. O fato de eu não ter de esconder mais quem eu era me trazia um estado de euforia aliado ao alívio de não ter que carregar mais aquela mentira sobre os ombros. Ficar nua em frente a uma pessoa desconhecida trazia uma estranha sensação de liberdade.

Ela indicou que eu me sentasse numa cadeira em frente a uma pequena cômoda de madeira com um espelho preso à parede. Eu a obedeci e ela, graciosamente, entrelaçou seus dedos em meus cabelos curtos e molhados.

– Você gosta dele assim? – ela me perguntou, encarando-me pelo reflexo do espelho.

– O que quer dizer?

– Seu cabelo é lindo, mas quero saber se você gosta dele assim, curto.

– Nunca pensei nisso. Deixá-lo crescer nunca foi uma opção para mim – respondi, tentando, pela primeira vez, imaginar-me com um penteado diferente do de um garoto.

– Gostaria de experimentar algo novo, então? – Um largo sorriso iluminou seu rosto.

– Experimentar o quê?

– Um cabelo mais longo, claro – ela respondeu com a naturalidade de quem oferece um copo d'água na beira de um rio.

– Eu não sabia que você tinha o poder de adiantar o tempo – ironizei, sem dar muita atenção.

Ela vasculhou algumas gavetas da cômoda. De dentro de uma delas, tirou um fino e comprido aparelho que conectou ao pequeno gerador que tinha no canto da sala. Pelo espelho, eu podia ver a noite se aproximando pela entrada da nossa caverna particular. Meu coração palpitava como se dezenas de células aplaudissem de pé, ansiosas, a chegada do baile.

– Fique quieta, OK? Vamos deixá-la linda para essa festa, Srta. Devone!

Lália começou a deslizar o aparelho por todo o meu cabelo, da raiz às pontas. A temperatura morna lembrando-me do banho de sonhos de poucos minutos atrás. Os dedos macios de Lália passando pelos fios complementavam o serviço do aparelho, enfeitiçando-me como se lançassem uma magia do sono. Senti meu corpo relaxar, cada músculo se soltando. Segui nesse transe, deixando-me levar por aquela massagem suave, flutuando feito um pedaço de madeira no mar. Sentia que a perfeição me tocava.

– Pronto! O que acha?

Abri meus olhos e os arregalei diante da surpresa que a imagem que refletia no espelho provocou. *Como aquilo era possível?* Meu cabelo tinha crescido e escorria quase até os ombros, com fios lindos, brilhantes e imponentes, como se o tempo tivesse passado apenas para eles. Pela primeira vez na vida descobria-me bela, graciosa, desejável. Pela primeira vez na vida via-me, de fato, como uma mulher.

Lália ofereceu-me um lenço quando gotas em meus olhos cascatearam pelo rosto, como a água que nos gerava eletricidade. Eu lhe agradeci com um sorriso verdadeiro, de pura felicidade. Nunca havia me sentido dessa forma antes. Plena, segura, impecável.

– Espere só um momento, Srta. Devone – ela disse, retirando-se da sala em direção a outro cômodo.

– Por favor, me chame de Seppi – pedi a ela, ainda tocando meus longos cabelos com incredulidade.

Ela sorriu, deixando meu campo de visão por um breve momento. Retornou com um longo vestido amarelo na mão. Eu tirei a toalha que me envolvia e deixei que ela me ajudasse a colocar o vestido. Ele parecia ter sido feito sob medida para mim. A cauda longa estendia-se alguns centímetros pelo chão.

– Você está radiante como o Sol! – Lália elogiou, dando alguns últimos retoques na roupa.

De fato. Se houvesse algo que definisse bem a imagem refletida no espelho, Lália tinha acertado na mosca. O tecido de seda do vestido parecia irradiar luz. O modelo era um tomara que caia, deixando ombros e braços sensualmente à mostra. Porém, uma alça finíssima que ia do colo até o pescoço formando um V dava-me segurança para andar e me abaixar sem ter medo de apresentar meus seios a todos naquele acampamento – ainda mais para alguém que passara a vida escondendo até a existência deles. As minhas costas, apesar de cobertas em parte pelos meus novos e volumosos fios de cabelo, ofereciam-se também de maneira sensual, e eu comecei a imaginar os olhares curiosos que poderiam atrair.

– Como estão minhas damas prediletas?

Virei em direção à entrada do meu aposento, observando o queixo de Lamar afrouxar em câmera lenta à medida que seus olhos percorriam minha silhueta, contornando cada curva do meu corpo. De início, fiquei envergonhada. Depois, com o tempo, acostumei-me com aqueles olhos penetrantes sobre mim, percebendo, pela primeira vez, o poder inebriante do desejo. *E amei estar na parte receptora do processo.*

– Você... Você está... deslumbrante – ele disse, engasgando-se com as palavras.

– Você também não está nada mal – repliquei, tentando disfarçar aquela ansiedade estranha que sentia.

Lamar estava impecável dentro de seu figurino social. Ele trajava uma calça preta que alongava suas torneadas pernas e uma camiseta branca de manga comprida e gola larga, revelando uma pequena parte de seu torso. Seus negros cabelos curtos milimetricamente bagunçados o deixavam com um ar quase lascivo.

– Vamos? – eu disse.

Ele sorriu e me ofereceu a mão em cortesia. Havia chegado a hora de o mundo conhecer a nova Seppi.

A Lua já havia aposentado o Sol, trazendo consigo a noite. Ainda assim, a iluminação artificial a deixava em segundo plano e distante dos olhares humanos, especialmente os meus. Fios com lâmpadas dispostas por toda a sua extensão cruzavam o céu logo acima de nossas cabeças, dando brilho e cor ao agrupamento de pessoas abaixo, que conversavam, comiam, bebiam, sorriam e se divertiam despreocupadamente, como nunca tinha visto antes. Todos os homens trajavam roupas elegantes, calças e *blazers* pretos sobre uma camiseta branca. O pescoço abraçado por um ornamento vermelho em forma de borboleta.
Seria a minha borboleta?
As mulheres usavam vestidos das mais variadas cores e tipos de tecido e modelo, desfilando graciosamente pelo chão de terra. Alguns eram longos e escondiam quase tudo, outros mais curtos revelando formas generosas. Todos de muito bom gosto, mas nenhum tão belo quanto o meu.

– Você gostaria de uma taça de alak? – Lamar perguntou ao se aproximar de uma barraca cercada de pessoas bebendo e cantarolando. – É a bebida feita de viníferas. Você deveria experimentar, é uma delícia! – ele completou ao perceber minha cara de interrogação.

Assenti e ele me serviu uma taça com o líquido de cor púrpura. Lembro-me de ter pensado duas coisas naquele exato momento. *Espero que o gosto seja tão bom quanto a aparência* e *NÃO posso deixar que o líquido suje meu vestido*! Lamar ergueu o copo sugerindo a todos a nossa volta um brinde.

– À verdadeira liberdade – ele propôs, antes que todos tomassem suas doses em uma só golada. Tentei acompanhá-los. No entanto, assim que coloquei o líquido na boca, senti um sabor leve e adocicado, até que, logo depois, minha boca foi invadida por uma sensação amarga e áspera, que parecia arranhar minha língua. Eu tossi, cuspindo o resto da bebida que ainda estava na minha boca.

– Calma, Srta. Devone – Lamar alertou-me, sendo um pouco mais formal ao se dirigir a mim em público. – Essa é uma bebida forte para iniciantes. Nada que o tempo não possa remediar, entretanto.

Eu enrubesci pelas risadas ruidosas dos meus companheiros de brinde.

– Esta é uma das escolhidas? – um homem relinchou enquanto ria segurando a barriga. A impressão que tive era a de que sem o apoio da barraca ao seu lado, o chão seria seu único destino da noite. – Ela não consegue nem segurar a bebida dentro dela – ele completou, provocando mais gargalhadas.

– Cuidado, Borg, ou ela fará com você o mesmo que fez com o Rei Andrófago – Lamar avisou em um tom áspero que logo deu fim às risadas. Depois, virou-se para mim, dando as costas para os demais. Piscando um olho e estampando o rosto com um quase invisível sorriso no canto da boca, disse: – Venha comigo.

– Não seria o primeiro de nós que morreria por causa dela, então... – disse uma voz árida.

A garota caminhou de forma calculada até nós. Seus cabelos dourados chamavam tanta atenção quanto o tecido cor de ouro que me cobria. Ela tinha um nariz pequeno e arrebitado, que dava um ar jovial ao seu rosto simétrico. Seus seios volumosos se espremiam dentro de seu vestido negro insinuante. Suas longas e finas pernas pareciam troncos lisos de uma árvore branca e sua pele alva dava um ar *sexy* ao conjunto da obra. Eu podia ver os olhos de Lamar magnetizados por aquela presença impactante.

– Indigo! Agradável como sempre – ele ironizou, ainda olhando com cobiça para a garota.

– Do que ela está falando? – perguntei, também impressionada com a presença quase magnética daquela mulher.

– Nada que mereça atenção – Lamar sentenciou.

– Desde quando a verdade não merece atenção, Lamar? – ela insistiu.

– Qual verdade? – Dessa vez, minha pergunta veio mais séria e exigente.

– De todas as pessoas que tiveram que perder suas vidas para que você estivesse aqui, Srta. Devone.

O ar em volta ficou mais pesado com as palavras, que pareciam fazer sentido aos ouvidos alheios. A própria reação de Lamar deixou claro que o assunto tinha fundamento, só apenas estava sendo abordado em um momento inoportuno.

Mas como isso era possível? Como eu podia ser responsável pela morte de pessoas que sequer conhecia e que moravam tão distante de mim?

– Eu... Eu não entendo o que você...

– Ah, não entende? Ora, não seja por isso, deixe-me explicar à Vossa Magnitude – ela interrompeu. – Há anos, enquanto você vivia enclausurada em seu mundinho frívolo de conto de fadas, pessoas daqui, nossos companheiros – ela ergueu a voz, circulando os braços ao mostrar todos que nos cercavam –, familiares, amigos, confidentes, todos sendo sacrificados pelo bem da injustiçada garota renegada. Tudo isso por causa de um desenho malfeito em seu ombro. Você vê lógica nisso, Srta. Devone? Várias vidas sacrificadas para proteger uma só! – O tom subiu ainda mais, assustando a todos, inclusive eu. – Me diga, garota, por que sua vida vale mais que a nossa? Convença-me da razão que a faz ser mais importante que meu pai!

Por um momento, temi que ela fosse partir para cima de mim. O ódio no olhar, além de evidente, demonstrava longas raízes fincadas também em seu espírito. Indigo não apenas me odiava; ela me odiava *havia muito tempo*. Lamar, talvez temendo o mesmo que eu, posicionou-se entre nós duas, pedindo à minha opositora que se acalmasse. Ela passou a golpeá-lo com socos no peito que, talvez, tivessem como destino inicial meu rosto surpreso. Ele a deixou extravasar as emoções por um tempo, até que segurou seus dois punhos com as mãos.

– Chega, Indy! Já deu!

Ela parou instantaneamente, como se a ordem tivesse vindo de um superior. Apesar das lágrimas resultantes do seu ataque de fúria, a maquiagem dos olhos mantinha-se intacta. Ele a puxou para si, apertando seus braços em torno dela, com força. E, ali, a garota permaneceu acolhida, segura, tão entregue quanto o ovo que é chocado pela mãe. Até que, com um movimento brusco e repentino, ela o jogou para trás com pujança.

– Sai de perto de mim! Eu te odeio! Odeio vocês dois! – ela bradou antes de correr na direção oposta, sem perceber que o empurrão havia virado a taça de alak em meu vestido, agora coberto por uma mancha púrpura.

– Lamar, o que está acontecendo aqui? – perguntei perplexa.

– Não se preocupe, Seppi. Nós te explicaremos tudo – Lamar limitou-se a dizer, misterioso.

Logo depois, uma nova voz encantou meus ouvidos como uma melodia. Todos se agacharam em reverência – *exceto eu* –, cabeças baixas e olhos mirando o chão.

– Sim, minha querida. Venha comigo e explicarei tudo a você – disse a rainha.

Tentei esconder a surpresa e o espanto que percorriam as sinapses dos meus neurônios na busca de qualquer explicação lógica para o que via. Perguntei a mim mesma se a verdadeira razão pela qual todos se ajoelhavam perante aquela figura bizarra não seria a de poupar os olhos daquela visão tão caótica.

Descrever o que via talvez fosse tarefa mais árdua do que derrubar em batalha o Rei Caveira. Em primeiro lugar, a rainha não era apenas uma pessoa, mas duas. À frente, encoleirada pelo pescoço, vinha uma mulher de cabelos escuros, rosto suave, queixo fino e alongado e um olho sem pupilas, totalmente esbranquiçado. Atrás dela, segurando a coleira com ambas as mãos, uma segunda mulher, mais velha, com a pele enrugada como o mar revolto, cabelos louros, levemente esbranquiçados. O que mais chamava a atenção em todo o conjunto, entretanto, eram seus olhos e bocas tampados por membranas remendadas, que lembravam um ferimento suturado, condenados a toda uma eternidade de escuridão e silêncio.

– Não se assuste, minha querida. Sei que a visão impressiona na primeira vez, mas com o tempo você irá se acostumar.

Meu queixo despencou, quase arrastando no chão de terra. A boca que se moveu soltando a voz adocicada que chegava aos meus ouvidos era da garota encoleirada, mas, por alguma razão que eu não sabia explicar, eu sabia que a voz, na verdade, pertencia à mulher posicionada atrás dela.

– O que aconteceu aqui? – a garota-marionete perguntou em voz alta.

Levei alguns segundos – a maioria deles tentando digerir a bizarrice que testemunhava – até perceber que ela se referia à mancha no meu vestido. Lamar ergueu-se, dividindo comigo o fardo de encará-la.

– Indigo foi a responsável por isso, Maori.

As duas mulheres viraram-se para a multidão ainda ajoelhada.

– Apresente-se, Indigo – a boca da marionete ordenou.

A garota de cabelos dourados levantou-se e caminhou por entre o grupo agachado. Uma leve brisa tocava seu vestido negro, fazendo-o aderir ainda mais no portentoso corpo da garota, tornando-o ainda mais sensual.

Ela, sim, seria uma rainha digna de reverência, pensei.

– Você foi a responsável por isso? – a entidade perguntou. Indigo confirmou com um gesto. – Por qual motivo?

Eu a interrompi antes que ela abrisse a boca. Os poucos minutos que tinha passado com aquela garota aguerrida eram mais do que suficientes para saber que as eventuais palavras que saíssem da sua boca serviriam apenas para deixá-la ainda mais em apuros. A morte do pai já parecia motivo suficiente para que ela me odiasse. Não precisava adicionar mais pimenta à receita.

– Foi um acidente – eu disse sem saber se a tratava como majestade, rainha ou pelo nome proferido por Lamar, Maori.

Ela encarou Indigo com seus olhos brancos – e os suturados também. Ambos pareciam conseguir ler a alma da garota naquele instante.

– Isso é verdade? Tudo não passou de um acidente?

Indigo não disse nada, apenas abaixou a cabeça, talvez percebendo que a melhor coisa a fazer seria engolir o orgulho e deixar o problema desaparecer.

– Ótimo, então – celebrou a rainha, dispensando-a com a mão direita da menina-marionete. Indigo voltou ao seu lugar, mas não sem antes me penetrar com um olhar assustador, que me dizia ser preciso muito mais do que um simples favorzinho para lhe fazer esquecer da morte do pai. Provavelmente, nem todos os favores do mundo.

– Pronto – Maori disse, fazendo um movimento com a mão. – Novo em folha.

Eu olhei para baixo e vi que a mancha vermelha no vestido havia desaparecido.

Como isso era possível?

– Venha comigo – a rainha disse, interrompendo meu questionamento e usando as rédeas para direcionar a menina de olhos vazios. As duas seguiram na direção oposta à festa, andando até as escadas.

Eu a segui. Quer dizer, segui-*as*.

– Como você fez isso? Mágica? – perguntei ao passar a mão pelo lugar onde antes havia um círculo rubro em meu vestido.

As duas pararam de andar e viraram-se para mim, a menina dos olhos alvos com um esboço de sorriso nos lábios.

– Mágica? Isso não existe no nosso mundo.

– Então, o que é? Como fez a mancha desaparecer assim, do nada?

Ela não disse nada, apenas voltou a caminhar em direção à escada.

– Venha, minha jovem. Você tem muito o que aprender ainda. E eu sou a pessoa certa para ensinar tudo a você.

Subimos a escada até uma daquelas aberturas espalhadas pela rocha da Fenda. A única diferença entre essa e as outras era uma espécie de varanda que se estendia ao lado. Lá dentro, linhas avermelhadas espalhadas por toda a extensão da parede de pedra assemelhavam-se a veias pulsantes, como se desse vida ao inanimado. Seguimos até o quarto onde a rainha parecia repousar todas as noites. Ela deixou sua marionete humana do lado de fora do quarto e seguiu, mesmo com os olhos suturados, até o limite da varanda. Fez sinal para que eu a seguisse.

– Venha, Seppi. Deixe-me mostrar algo a você.

Dessa vez, as palavras sibiladas tinham um tom diferente. Mesmo pertencendo a outra pessoa, pareciam nascer dentro de mim. Era a mesma voz que havia ouvido no campo de batalha.

– *Eu não preciso de marionetes para me comunicar com você. Isso é para os ordinários, e você não é uma pessoa comum. Pelo contrário, é especial. Muito especial.* – A voz brotou mais uma vez na minha cabeça.

Eu fui até onde a rainha se encontrava, ainda tentando compreender o que se passava ali. Não precisei de mais do que alguns segundos para realizar que ela estava se comunicando comigo através dos meus pensamentos.

– Eu preciso falar com você da mesma forma ou...

– *Apesar da ausência de ouvidos, eu posso escutá-la perfeitamente, minha jovem* – ela esclareceu.

– E você me diz que não há mágica? Como isso é possível, então?

– *Mágica, assim como coincidência, é uma palavra inventada para explicar aquilo que não entendemos. Alguns de nós somos diferentes da maioria, mais evoluídos. Capazes de utilizar o cérebro de forma mais eficaz e produtiva.*

– Não entendo.

– *Olhe lá embaixo e diga-me o que vê* – Maori pediu.

Dali de cima, eu podia admirar a festa sob um novo ângulo. Procurei por Lamar no meio de tantas pessoas. Primeiro, dizendo a mim mesma que seria bom ver um rosto familiar, quando, na verdade, eu só queria saber se ele e Indigo estavam juntos.

Droga! O que está acontecendo comigo?

– *Lamar é um ótimo garoto, querida. Você não poderia ter escolhido melhor.*

– Como você... Ei, não me diga que pode ler meus pensamentos.

A rainha permaneceu impassível.

– *Peço desculpas, minha jovem. Não faço propositadamente. Mas é impossível deixar de escutar você ou qualquer um deles lá embaixo quando estou nesse estado* – ela se justificou, antes de prosseguir. – *Prometo não me manifestar daqui para a frente. Agora, me diga, o que vê lá embaixo?*

A resposta não tinha sido a mais satisfatória, já que "não se manifestar" não significava "deixar de ouvir". Entretanto optei por entender mais sobre o que ela queria me explicar. Encarei a multidão abaixo de nós, dessa vez sem me importar com Lamar ou aquela garota.

– Vejo pessoas bebendo, dançando e se divertindo – avaliei. *Bem diferente da homenageada que está presa numa varanda sem nada para fazer além...* Eu cessei o pensamento e olhei para Maori. – Você ouviu o que acabei de pensar, não é mesmo?

Apesar da sua boca costurada, eu podia jurar que um sorriso sutil deu vida aos seus lábios. Ela confirmou o que eu temia, aparentemente sem dar muita importância àquilo.

– *E como essas pessoas estão vestidas?* – ela perguntou.

– Não sei o que quer ouvir. Estão todos bem-vestidos. Os homens elegantes, as mulheres reluzentes em seus vestidos coloridos. Tudo como antes – respondi sem me aprofundar nos detalhes.

– E se eu te dissesse que o que seus olhos veem agora não condiz com a verdade? Que tudo isso faz parte de uma ilusão criada por seu cérebro para que veja o que ele quer que você enxergue? E seu eu disser que EU sou a responsável por criar essa ilusão?

– Eu diria que você está louca – retruquei mirando as pessoas, tentando encontrar algo que desse crédito ao que Maori falava.

Ela deu dois passos até mim, passando a mão sobre a minha cabeça. Seu rosto parecia sem vida. A rainha ficou em silêncio por alguns segundos, afastando-se logo em seguida.

– E agora? O que vê?

Eu quis falar, mas meus lábios pareciam costurados, assim como os dela. Lá embaixo, a festa continuava, entretanto o que via agora em nada se assemelhava à elegância de segundos atrás. As pessoas caminhavam com roupas sujas e rasgadas, braços e rostos cheios de lama, como se a festa ocorresse em um gigantesco chiqueiro. Feito uma águia, meu olhar deu um rasante até a nova imagem de Indigo. A menina, ainda bela e de cabelos dourados, havia trocado o *sexy* vestido preto por uma calça marrom, tão suja quanto sua camiseta branca rasgada. Botas de borracha seguindo até o meio da canela. A única maquiagem no rosto eram as manchas de lama espalhadas pelas bochechas. Apesar da distância, podia apostar que o odor voluptuoso do antigo perfume também tinha sido trocado por algo, digamos, mais rústico.

– Como pode isso? Como é possível uma coisa dessas?

– Esse é o meu poder. Posso fazer com que pessoas enxerguem aquilo que eu quero, apenas reprogramando seus cérebros. O tempo desse efeito é limitado, claro, mas, quase sempre, suficiente. Além de, claro, ser extremamente útil para todos nós – ela explicou.

– Útil para todos nós? – eu perguntei dando ênfase à última palavra. Se alguém poderia se beneficiar com essa ilusão seria a rainha. Ninguém mais.

– Sim, minha querida. Como acha que nos mantemos escondidos? Posso sentir quando alguém se aproxima daqui. Crio, então, uma ilusão de que esse é apenas um enorme desfiladeiro vazio e desinteressante. Uma tarefa de criança.

– E quanto àquela ilusão lá embaixo? Qual a função daquilo?

A rainha seguiu para dentro do quarto, deixando-me sozinha na varanda. Primeiro, imaginei que estivesse fugindo da resposta, depois, quando sua voz invadiu de novo minha cabeça, lembrei que para quem se comunica por telepatia, distância não é um obstáculo para a comunicação.

– *Todos aqui têm vidas duras. Muito trabalho e pouca recompensa. A não ser a liberdade, claro. Não vejo mal em, de vez em quando, permitir que se divirtam um pouco. Não concorda?*

As palavras de Maori ecoaram na minha cabeça como as batidas incessantes de um tambor, ritmando meus pensamentos e fazendo-os pulsar em uma linha tênue e dicotômica entre lógica e loucura. Real e imaginário. Vida e sonho. Realmente, não havia nenhum crime nisso, e do que serviria a vida se não tivéssemos um pouco de felicidade, ao menos?

Especialmente quando os breves momentos de felicidade funcionavam como combustível para a alma, aparecendo em pequenas doses que tinham que ser suficientes até a próxima parada, para evitar que a motivação se esvaísse no limbo da depressão. Eu passei a mão no meu cabelo, percebendo que o volume e a beleza que me deram tanta confiança também não passaram de uma mera – *e triste* – ilusão.

Contudo algo importante ainda faltava ser explicado.

– Eu fui capaz de matar um homem com o pensamento. É esse o meu poder? É isso que o destino guarda para mim? Ser uma assassina? – O tom saindo mais choroso do que eu gostaria.

– *É por isso que estamos aqui, minha querida. Venha comigo. Chegou a hora de você descobrir do que é capaz.*

Eu deixei a varanda, ponderando se assim como a festa que ocorria abaixo de nós, minha vida até aqui também não passara de uma grande e dolorosa ilusão.

Seguimos por uma das pontes de madeira que cortavam o desfiladeiro de um lado para o outro, cercada por longos cipós que funcionavam como ponto de apoio por todo o percurso cambaleante. Já do outro lado, dirigimo-nos a uma entrada bem no centro da gigantesca parede. Caminhamos alguns metros para dentro da rocha, até nos depararmos com uma espécie de enfermaria. Ao longo das duas paredes, uma fileira de lâmpadas estendia-se, dando vida a um lugar, no mínimo, melancólico.

– *Um dos poucos lugares no qual não poupamos iluminação nem por um segundo* – a rainha preferiu dizer telepaticamente, apesar de estar de posse de sua marionete humana, visão que, confesso, ainda me causava certo transtorno aos olhos.

O que primeiro vi, ao me aproximar da enfermaria, foi minha amiga Diva deitada ao lado de uma maca, tão silenciosa quanto naquele momento crucial em que cercava sua presa. Ela me viu e pude perceber algo se acender dentro dela. Eu podia jurar tê-la visto sorrir para mim antes de disparar na minha direção. Ela ainda mancava um pouco, consequência da flechada que havia tomado por mim durante aquela fatídica batalha. Graças a Deus, o ferimento tinha sido bem menos grave do que parecera na hora. As enormes patas empurraram meu peito para trás como se eu não passasse de um boneco de papel, jogando-me de costas no chão duro da caverna. O impacto foi doído, mas a alegria de reencontrar minha amiga amenizou a dor. Como não tinha lembrado dela antes? Tantas coisas tinham acontecido e drenado toda a minha atenção que nem por um segundo havia questionado o paradeiro da minha leoa preferida. *Que tipo de amiga era eu?* A resposta veio logo em seguida, na forma de várias lambidas pelo rosto.

– Calma, garota! Assim você vai fazer com que eu precise de outro banho. – O que não seria má ideia com a minha recém-adquirida experiência com água quente.

Ela deu um repouso à minha caixa torácica, permitindo que minha respiração voltasse a ser um exercício natural, e não mais extenuante. Ergui-me com a ajuda dela, apoiando minhas mãos nas suas costas, e voltei-me até onde estava parada a rainha.

– *Eu acredito que ela não seja sua única amiga aqui* – Maori manifestou-se dentro da minha cabeça mais uma vez.

Olhei para a frente e percebi uma pessoa deitada sobre a maca guardada por Diva. Petrus. Ele parecia mergulhado em um sono profundo. Seus ferimentos estavam cobertos por enormes folhas verdes, das quais uma fumaça branca era exalada e flutuava poucos centímetros acima antes de se dissipar completamente no ar.

– Petrus! – Eu corri até ele. Diva junto comigo.

Seus olhos fechados mostravam-me o quanto ele estava longe do nosso mundo consciente, e eu me perguntava se palavras seriam capazes de voar até onde ele se encontrava. Havia tanta coisa que queria dizer a ele. Uma delas era que entendia agora o porquê de ele ter mentido para mim durante todos aqueles anos e que o perdoava por isso. Soprei o doce do perdão para dentro dos seus ouvidos, mas seu rosto permaneceu gélido, apesar do calor que emanava das plantas.

– Como ele está? Ele ficará bem? – eu supliquei em um volume não maior que um sussurro.

Nada que não pudesse ser captado pela rainha, claro.

– *A resposta a essa pergunta depende apenas de você, Seppi* – ela respondeu só para mim, aproximando-se da cama.

– Do que está falando?

– *De como você está disposta a usar o seu poder, claro* – ela disse, encarando-me com sua vista costurada.

– Eu não compreendo, Maori.

A rainha largou uma das mãos da rédea que controlava a menina-marionete e a postou sobre meu ombro. Apesar da expressão morta em seu rosto, eu podia sentir que dentro dela uma seriedade se anunciava.

– *A borboleta em seu ombro. Você sabe o que significa?* – ela disse, esfregando a unha pontiaguda na minha marca de nascença. – *Transformação, minha cara. Você é uma totêmica e tem dentro de si o poder mais importante de todos: o da mudança.*

A voz continuava reservando seu conteúdo apenas para mim, tamborilando dentro dos meus pensamentos, como um cardume de peixes que sobe a correnteza. Seu tom, agora mais dócil e frágil do que antes, dando-me a impressão de que lágrimas só não se tornavam visíveis pelos olhos fechados de forma abrupta e definitiva. *O poder da mudança*. O significado daquilo se perdia de mim, navegando em águas muito distantes da minha compreensão.

Ela prosseguiu.

– *Não importa o quanto somos fortes, ágeis, habilidosos e resilientes, Seppi. Nada disso importa se somos incapazes de mudar quando necessário. O poder da mudança permite-nos a possibilidade de renascer a cada nova experiência, nova aventura, novo acontecimento.*

Por algum motivo, aquelas palavras me remetiam ao rosto suave de minha mãe. Ela, sim, havia sido capaz de mudar quando isso fora exigido dela. E não por sua causa, mas por mim. Pela minha sobrevivência.

A rainha resgatou-me dos meus pensamentos.

– *Você está certa, Seppi. Appia é um grande exemplo disso. Sua mãe foi capaz de mudar por causa do amor que sentia por você, mas me refiro aqui ao poder físico da mudança. A sua capacidade de entrar em seu próprio casulo interno e tornar-se uma nova pessoa, Seppi. Esse é seu poder. Você pode ser tudo o que desejar.*

De todo o seu discurso telepático algo me chamou a atenção. "Appia *foi* um grande exemplo disso". Dessa vez, a rainha estava errada. Minha mãe *é* o maior exemplo que conhecia de determinação e poder de mudança. Sempre seria. Ao menos para mim.

– Você diz que eu posso ser tudo o que desejar, mas acho isso um tanto irreal para alguém que passou a vida enfincada dentro de uma teia de mentiras, para quem a escolha nunca foi uma opção.

– *Isso porque só agora chegou a hora de você descobrir para que serve o seu casulo, minha querida.*

– Eu ainda não entendo o que isso significa e o que tem a ver com Petrus.

– *Diga-me, querida, o que você sentiu quando eliminou seu opositor? Quando tirou a vida de alguém tão poderoso apenas com o seu pensamento?* – a rainha disse, voltando a utilizar-se do seu tom enigmático.

A pergunta, entretanto, fez-me voar. Não para o céu, ainda estrelado lá fora, mas para dentro do abismo escuro que existia dentro de mim. Fechei os olhos, recordando-me de momentos da batalha com o Rei Caveira. O medo da morte como uma navalha contra meu pescoço. O desespero por ver Petrus caído no torso do animal que cavalgávamos e o pavor de imaginar que Diva seria a próxima. Tudo isso se fundindo em apenas um sentimento, quando passei a me concentrar. Percebi, então, e com a mesma clareza de antes, o ódio que havia me possuído naquele momento do enfrentamento. Lembro-me da minha felicidade macabra ao perceber a pele do Rei Caveira derretendo-se, transformando a figura assustadora em um líquido viscoso, sem vida. E no calor da batalha não havia sequer notado como aquilo me fizera bem. O que estava acontecendo comigo?

– *Trevas e luz, a eterna dualidade moral do ser humano, Seppi. Uma coisa importante que deve saber sobre mudança, minha cara, é que ela, assim como uma moeda, tem dois lados. Mas nunca um meio-termo. A qual deles irá se entregar depende inteiramente de você. Por isso estamos aqui. Você precisa descobrir se a luz pode lhe dar tanto prazer quanto as trevas.*

Por mais estranho que pudesse parecer, aquilo começava a fazer total sentido para mim.

– Mas como farei isso?

Ela largou meu ombro e repousou a mão sobre o corpo de Petrus.

– *Pode começar salvando seu amigo.*

Primeiro veio o susto. Então o pavor. Segundo a mulher costurada, residia em mim a única possibilidade de Petrus deixar aquela cama com vida. Depois de urgir pela verdade após uma vida inteira de mentiras, a realidade apresentada agora, ao vivo e em cores, tinha um invólucro cruel e sádico.

"Cuidado com o que deseja", minha mãe havia lido, certa vez, em um de seus livros anciãos, "pois seu desejo pode se realizar".

Agora entendia o significado disso.

– E seu eu falhar? – eu me dirigi à rainha com uma visível fragilidade na voz.

– *Você não pode falhar. Se quiser mesmo seu amigo vivo, claro* – ela respondeu, pela primeira vez desde que nos vimos, de maneira fria e ríspida.

O peso da responsabilidade assolando meu corpo assemelhava-se ao de uma manada de nosorogs tripudiando em cima de mim ao galopar para longe do deserto e da tirania humana. Petrus tinha apenas uma chance de sobreviver e ela dependia de um poder que eu mal conseguia entender e controlar. Quis sentar-me, mas preferi me ajoelhar ao seu lado. Assim, poderia acionar meus poderes enquanto, também, implorava ajuda aos poderes divinos.

– *Concentre-se* – a rainha me aconselhou. – *Visualize bem aquilo que você quer e foque na cura.*

Queria que ela parasse de me atrapalhar com seus conselhos enigmáticos. Nada do que ela falava parecia objetivo, direto. Tudo dava voltas e estava envolvido em uma névoa que confundia a compreensão e a percepção. Como se a estrada mais longa fosse sempre a melhor escolha.

Passei a me concentrar. Fechei os olhos e foquei na minha respiração. Havia percebido, ao longo dessas últimas horas, que contar minha respiração era um ótimo exercício para desligar meu cérebro de todas as outras coisas.

Um... dois... um... dois...inspira... expira... inspira... expira...

Meu corpo balançou, como se flutuasse sobre as ondas incessantes de um oceano imaginário. Ia e voltava. Subia e descia. Ritmado pela vontade das águas, rumando ao desconhecido. Torcia pela escuridão. Não aquela recheada pelas trevas, entretanto. Buscava a escuridão calma das madrugadas de sono, quando meu corpo todo descansava do frenesi trazido pelas insistentes e turbulentas manhãs. Ainda boiando no meio do mar da minha inconsciência, busquei por algo que me remetesse a Petrus. Sem sucesso. Até me deitar de costas, fitando o céu azulado da minha fantasia particular. Aos poucos, pequenos pedaços brancos de algodão aproximaram-se uns dos outros, como que magnetizados. De pedaço em pedaço, uma imagem branca se formou, dando vida a uma versão nívea do rosto do meu amigo desfalecido.

Com o tempo, mais nuvens foram se aproximando, acumulando-se e anuviando uma versão etérea de Petrus. Pouco tempo depois, a obra parecia finalizada, não fosse por dois pontos escuros, destacados na palidez daquela forma. Eles ficavam exatamente no lugar de seus ferimentos nas costas. Senti o vento bater em meu rosto, assoprando para longe a imagem formada do novo Petrus. No rosto, uma expressão de dor e melancolia. Girei meu corpo, dando braçadas na superfície da água, seguindo a nuvem Petrus no céu. A cada movimento dos braços percebia meus músculos enrijecendo, extenuando-se, braçada a braçada, como se, junto com a água, eu deixasse também para trás o próprio mundo. Nadei por minutos, horas. *Dias?* O tempo perdia relevância à medida que o rosto incorpóreo de Petrus mantinha-se a um universo de distância de mim.

Parei ao avistar um par de objetos flutuando na água. Duas caixas abertas iam e vinham à mercê da correnteza e das ondas. Eu nadei até elas e averiguei seu conteúdo. Em ambas, lençóis brancos se emaranhavam feito cobras. Posicionei-me em cima da pequena jangada que, coincidentemente, surgiu atrás de mim. Amarrei cada ponta dos lençóis em uma das minhas pernas.

Sabia o que tinha que fazer. Precisava voar, e asas apareceram. Não em mim, mas para mim. Enormes garras amarelas, afiadas, engancharam-se aos meus ombros, mas sem me ferir. Fui erguida para longe do mar e para perto de Petrus. A águia gigantesca grasnando pelo céu, avisando a todos e a tudo que mantivessem distância de nosso caminho. O bater de asas rufando sobre meus ouvidos, refrescando-os. Em pouco tempo, meu corpo já estava posicionado em frente à variante de meu amigo ferido. Eu apenas pensei no comando e o animal me posicionou próxima ao buraco negro no torso branco e fofo da imagem. Estiquei os braços e a ave me conduziu de um lado ao outro de cada buraco. A cena se repetiu diversas vezes até que, ao final, pude ver o lençol suturando a nuvem, fechando as feridas abertas do Petrus anuviado.

Admirei meu trabalho, notando o rosto celestial do meu amigo com uma nova expressão de alívio e paz. Ergui meu olhar, cruzando-o com o da ave de rapina. Seu bico amarelado e pontudo moveu-se, mas, dessa vez, o grasnar de antes deu lugar a uma voz bastante familiar.

– *Belo trabalho, mas a festa acabou. Hora de voltar para casa.*

Tentei me segurar quando suas garras se abriram, largando-me em pleno ar. Despenquei de uma altura que faria a Fenda parecer uma pequena erosão na terra, enquanto observava o mar revolto lá embaixo, envolvido por um redemoinho invisível, abrindo um enorme buraco negro na água.

Não demorou muito para que eu caísse direto dentro dele.

Feixes de luz abrilhantaram minha visão. Pequenos fogos de artifício estimulando minhas pupilas, resgatando-me da obscuridade do meu inconsciente. As pálpebras abrindo e fechando em ritmo acelerado. O despertar nada mais do que uma coceira insistente. A princípio, tudo parecia fosco, tomado por uma espécie de neblina que deixava todas as silhuetas fora do eixo, transformando rostos em meros esboços humanos. Mas logo tudo voltou ao normal e os pontos foram se ligando corretamente, dando vida a imagens familiares e trazendo, também, uma grande nova surpresa.

– Petrus... Petrus... É você? – sussurrei, ainda cansada da aventura no mar e no ar com a águia.

Meu amigo brincava com Diva, arremessando pequenas bolas de algodão que voltavam encharcadas pela baba pegajosa da minha amiga felina. Pararam a brincadeira no segundo em que ouviram meu resquício de voz cortando o ar. Petrus deixou a leoa e caminhou até mim. Foi quando notei que havíamos trocado de lugar. Ele com Diva, saudável e animado, eu repousando sobre a cama hospitalar, sentindo a fúria da gravidade consumindo minhas energias, severa, dedicada, inexorável.

– Você acordou – ele celebrou, mas de forma contida. Talvez por não se importar tanto comigo, talvez por preocupação com o meu estado delicado. Depois de tudo o que havíamos passado nos últimos dias, esperava sinceramente que fosse a segunda opção.

– Como você está? – perguntei ainda com a voz debilitada.

– Estou ótimo, Seppi. Graças a você. O importante, agora, é saber como você está, minha amiga.

– Me sinto meio... amassada.

Ele sorriu para mim. Um sorriso puro indicando que se importava comigo. Podia ler o alívio anunciado em seus olhos, que prenunciavam algumas lágrimas. Para quem havia sido não apenas rejeitada pelo pai, mas também sentenciada à morte por ele, saborear a compaixão de uma figura masculina, mesmo que apenas de um garoto, era um novo prato no meu cardápio de sentimentos.

É muito bom ser amada... Sinto sua falta, mãe...

– Vejo que seu sarcasmo continua intacto. Ótimo. Isso significa que está bem.

Quis me erguer da posição moribunda, mas as dores borbulhando pelo meu corpo tornaram essa uma tarefa bastante extenuante. Mesmo contrariado, Petrus ofereceu-me ajuda. Conhecíamo-nos bem o suficiente para vez ou outra palavras serem desnecessárias. Sabia que ele preferiria que eu economizasse minhas energias. Mesmo com seu apoio, tive dificuldades em me mexer. Encostei o travesseiro contra a parede, dando conforto às minhas costas. Os olhos arregalados de Petrus fitavam-me como se alguma parte de mim estivesse faltando.

– O que foi? Tem alguma coisa errada comigo? – perguntei apalpando diversas partes do meu corpo à procura de algo que justificasse aquela expressão.

– Você está bem?

– Você quase nos matou de susto, garota!

Lamar surgiu, interrompendo nossa conversa. Ele passou por Petrus como se o garoto fosse nada mais que um espectro, chegando perto de mim. Segurou as minhas mãos de forma gentil e cuidadosa. Eu sorri sem entender muito sobre o que ele estava falando. Tudo ainda me parecia muito estranho, etéreo. A impressão que tinha era a de que realidade e ilusão ainda batalhavam pelo controle da minha mente e a mim cabia apenas esperar pelo vitorioso.

– Estou bem – limitei-me a dizer.

– Depois de uma semana fora do ar... – Lamar retrucou.

– Uma semana? Do que está falando?

– Sua breve aventura pelo seu inconsciente quase termina em umas férias sem volta, Seppi. Todo poder tem seu preço. Seu organismo está cobrando o dele. Por um tempo, achei que a tivéssemos perdido para sempre.

O semblante sisudo e másculo que sempre o acompanhava deu lugar a um ar preocupado. Podia sentir seu coração acelerado através do seu pulso, batendo em um ritmo insinuante e delator. Mesmo que as palavras não viessem – e, diferentemente de Petrus, não o conhecia o suficiente para que elas fossem mero artigo de luxo –, seu organismo se comunicava comigo com a clareza de um riacho límpido.

– Para mim não pareceu mais do que algumas horas – disse, admirando-o por outro motivo. Talvez ele não tivesse percebido, mas sua presença também fazia meu coração acelerar. A razão permanecia tão obscura quanto o período que acabara de passar dentro do meu inconsciente. Ainda assim, meu corpo parecia não precisar de motivos ou explicações. Urgia por outra coisa e cabia só a mim entender o quê.

– Tinha pedido à rainha que não fizesse isso sem que estivesse mais bem preparada – ele soltou minha mão. – Sério, você poderia ter morrido.

– Tudo deu certo – eu o interrompi. – Estou aqui, fraca, mas melhor do que alguns minutos atrás. Entendo o que ela fez. Talvez Petrus não pudesse esperar. Ela sabia que eu não poderia viver sabendo disso e precisava descobrir se eu valia mesmo todo esse esforço.

– Ela não podia ter feito isso com você – ele insistiu.

– Tenho que concordar com ele, Seppi – Petrus anuiu.

– E por que não? Tantos já deram suas vidas por mim. – A imagem de Indigo veio à minha cabeça. Seu sofrimento esfriou meu coração. – Se eles podem correr riscos, por que eu não posso?

Lamar abriu um largo sorriso. Ao mesmo tempo, algo se perdeu em seus olhos. A compaixão que o impulsionava havia se dissipado, embaralhando-se no ar como o último suspiro de um desvanecido. *O que havia mudado?*

– Ela está pronta – ele disse, dando um passo para o lado e olhando para trás.

A figura da rainha despontou pela abertura da caverna dos enfermos, mais uma vez ocupando as mãos com o cabresto de seu títere predileto.

– Então é chegada a hora – ela sentenciou.

– Hora do quê? – A ansiedade de Petrus foi maior que a minha.

– Da sua primeira missão – a rainha complementou.

Mesmo com o anúncio chegando de supetão, minha preocupação não residia no tipo de missão reservada a mim. Pelo que havia observado em meus poderes, provavelmente não seria algo simples ou rápido. O assunto que me incomodava naquele momento tinha sua raiz em um lugar muito diferente.

– Então... Sua preocupação comigo foi apenas uma... encenação? – Minha pergunta afiada fuzilou Lamar como as flechas que haviam penetrado Petrus.

– A culpa não é dele, Seppi – a rainha intercedeu. – O último vértice desse triângulo que traz o bem e o mal a ser testado era o da sua vocação para o sacrifício. Precisávamos saber como realmente se sentiu com tudo isso. Fico feliz em lhe dizer que você está pronta.

"Você está pronta". Ótimo, mas para o quê, exatamente? A dúvida trouxe certa curiosidade. Minha vontade era de deitar e dormir até que o peso da frustração que sentia evaporasse junto ao suor do meu corpo.

– Me deixem sozinha, por favor. – A ordem veio envolta por uma visível fragilidade.

– Quanto tempo precisar, querida. Quanto tempo precisar – retrucou a parte fantoche de Maori.

Deitei-me na cama, torcendo por mais uma semana de total isolamento.

Consegui repousar por poucas horas antes que uma convocação chegasse a mim através da voz telepática de Maori.

– *Seppi, precisamos de você no Conselho em uma hora.*

Minha mente tilintou, afastando-me do meu estado de relaxamento.

Antes de seguir para onde quer que fosse o tal Conselho, revivi a minha deliciosa experiência com banho quente. Depois de quase me perder dentro de mim mesma para salvar a vida de Petrus sem preparo algum, nada mais justo que a possibilidade de passar alguns minutos no *paraíso*. Quinze para ser mais específica. Sem banhos curtos desta vez.

Uma hora depois, lá estava eu diante de um enorme portão de madeira com a imagem de uma gigantesca árvore entalhada nele, cuja copa era formada essencialmente por galhos secos e sem vida. Na parte de baixo, raízes se embaralhavam feito minhocas, alimentando-se de detritos em meio aos restos de terra. Entre o céu e a terra, um tronco erguia-se ereto, imponente, robusto, sem parecer se importar com as mazelas que o cercavam. Se tivesse que descrever o que via em uma única palavra, "colossal" seria a mais apropriada.

– Interessante – exteriorizei, discordando do meu último pensamento.

– Dizem que ela representa o eixo do mundo. E a ligação entre o bem e o mal – o homem que havia me trazido até ali afirmou, claramente satisfeito por poder me dirigir a palavra.

– Humm... Engraçado...

– O que, Srta. Devone?

– Olhando sob essa perspectiva, bem e mal não me parecem assim tão diferentes – afirmei.

– Por isso que Maori diz ser tão difícil perceber a diferença entre um e outro. Temos que nos manter moralmente sempre atentos, já que a maldade bate à nossa porta sempre coberta pela máscara extravagante da oportunidade – o rapaz completou.

Em seguida, bateu a enorme argola brilhante à nossa frente contra a madeira maciça do portão. Três ressonantes batidas. Em qualquer outra porta, a força teria sido suficiente para parti-la ao meio, já, aqui, temia pela possibilidade de sequer sermos ouvidos. Não foi esse o caso. Logo depois a porta se abriu, revelando um descomunal salão que tinha como maiores características o excesso e a desmesura. A luz, vinda de fora, penetrava a sala como um convidado tímido.

– Foi uma honra tê-la conhecido, Srta. Devone – o rapaz disparou ao fechar a porta antes que eu tivesse tempo de perguntar seu nome.

A imensidão perdia-se sob o véu implacável da escuridão, quebrada apenas pela acanhada faixa luminosa que brotava de uns pequenos quadrados na parte superior do salão. Ela descia direto ao centro, aumentando sua amplitude a cada metro que eu caminhava em sua direção. No chão, sob a regência luminosa do refletor natural, observei uma mesa redonda ocupada por quatro pessoas. Lá estavam, em pé, a rainha e seu títere (*OK, cinco pessoas*), Lamar, Indigo e um homem com a cabeça nua e reluzente, olhar frio, penetrante, e um longo cavanhaque anelado que seguia até a altura do peito. Ele usava vestimentas de guerra.

– Sente-se, Seppi – a rainha disse através do fantoche. Nesse momento, percebi que a conversa não seria particular.

– O que é isso aqui?

– Mais respeito ao falar perante este Conselho, garota. – O homem de cavanhaque apoiou-se na mesa, fixando o olhar em mim, arrepiando-me tal qual o Rei Caveira da primeira vez que o vira.

– Ela não quis ofender, Foiro. Agora vamos nos sentar e aproveitar um pouco do conforto – a rainha interveio.

Todos nós obedecemos. Foiro foi o último a se sentar. Os olhos ainda firmes em mim.

– O que fazemos aqui? – perguntei, na tentativa de dispersar o foco do homem.

– Você já ouviu falar em Prima Capitale, Seppi?

Antes que eu pudesse responder à rainha, o homem careca ergueu-se com rispidez, cuspindo no chão. Uma parte da saliva prendeu-se na ponta do seu cavanhaque, mas ele não notou ou não se importou. Se eu tivesse comido algo recentemente, o mais provável seria que grande parte já estaria no chão também, fazendo companhia àquela saliva viscosa.

– Aos Seres Inferiores com essa corja!

Eu esperei Foiro se sentar antes de responder à pergunta.

– Um pouco. Nada mais do que minha mãe quis dividir comigo.

– O que ela dividiu com você? – Indigo perguntou, impaciente.

Eu tive vontade de ignorar a pergunta, mas sabia que ela seria repetida por outra pessoa de qualquer maneira.

– Cidade Soberana, leis pesadas, muita ordem. E, claro, que tivemos que sair de lá quando fui vetada após meu nascimento, e que até hoje eles me querem morta. O básico do básico – ironizei, enquanto dava atenção a todos, menos à garota impertinente.

– Absolutamente nada, então – Indigo caçoou.

Mesmo com os olhos costurados, pude sentir o olhar da rainha perfurando o ego de Indigo através da sua marionete. Ela também percebeu, acanhando o corpo para a frente, quase encostando a testa sobre a mesa circular.

– Deixem-nos – ela requisitou através da menina encoleirada. – Preciso conversar com Seppi a sós.

Ninguém contestou, nem mesmo Foiro, que, apesar do aspecto selvagem e brutal, retirou-se a passos tímidos e contrariados. Quando a porta se fechou e a luz vinda da janela lá no alto serviu, mais uma vez, como única companheira em meio ao quase breu total, a rainha, agora sem utilizar sua dama de companhia, fixou sua atenção em mim.

– *Venha até mim, Seppi. Eu preciso mostrar-lhe uma coisa.*

A voz cortou minha mente de forma gentil, quase como um pedido, apesar de entender que não havia outra opção senão obedecê-la. Circundei a mesa, os passos lentos, indecisos.

Minha cabeça travava uma disputa entre permanecer no curso e disparar para longe dali. Tentei conter os pensamentos. Maori já havia demonstrado mais de uma vez que nada podia manter-se longe de seu conhecimento por muito tempo.

– *Mais perto, querida. Mais perto.*

Acatei o pedido. Seu rosto, marcado pelas cicatrizes na boca e nos olhos, estava regido por uma paz contundente. Esperei por algum novo comando dentro da minha cabeça, exceto que, dessa vez, ela realmente queria que eu visse – e não ouvisse – uma coisa. A fina membrana que cobria sua boca começou a remexer, como se inúmeras pequenas minhocas acordassem de um sono profundo. Por um momento, achei que sua boca fosse explodir e, por instinto, cobri o meu rosto.

– *Abra os olhos! Você precisa observar* – ela exigiu, entrando mais uma vez na minha mente. As linhas que alinhavavam sua boca pareciam ser puxadas para cima e para baixo como se servissem como corda para um cabo de guerra entre duas forças oponentes. Ela gemeu de dor, um som agudo e lancinante. O grito sufocado, favorecido pelo vazio do salão, reverberou como um eco maligno e incansável.

Até que sua boca finalmente se abriu. E o que vi lá dentro fez com que eu despencasse rumo ao chão gelado de pedra do salão. Dentro de sua boca havia um *olho*.

Maori abriu sua boca, agora descosturada, revelando um enorme olho branco com uma pupila negra no centro. Ao menos, duas vezes o tamanho de um olho normal. Podia vê-lo – e senti-lo! – com o olhar fixado em mim, como se apreciasse um grande desfile. Tudo em mim se arrepiou. Sabia que nada poderia ser escondido daquele bizarro globo ocular, que parecia tudo ver.

– *Nem mesmo o fato de achá-lo bizarro.*

– O que... Como isso...

– *Relaxe a cabeça e o corpo, Seppi* – a voz etérea de Maori aconselhou-me. – *Temos muito o que fazer ainda.*

– Como isso é possível?

– *Tem certeza de que essa é uma pergunta importante?*

– Como você se alimenta?

Com tantas coisas inexplicáveis acontecendo, o que a minha mente considerava importante saber naquele momento era sobre os hábitos alimentares da estranha rainha? Mesmo em um rosto livre de expressões, fui capaz de notar um certo divertimento no semblante de Maori, como se seu alimento fosse cada segundo daquele meu visível espanto.

– *Eu me alimento de energia, Seppi. Ao menos, na maior parte das vezes. Outras vezes, uso uma sonda para oferecer ao meu corpo os nutrientes necessários para sua manutenção orgânica. Nada mais que isso* – ela explicou. – *Alguma outra pergunta quanto a minha parte fisiológica?*

Permaneci quieta, ainda um pouco embaraçada pela minha mórbida e inconsequente curiosidade. Tentei me recompor. Passei a vida tendo que esconder quem eu realmente era, torcendo pelo dia em que poderia me revelar como uma garota normal. Hoje meu desejo já havia sido realizado em parte. Todos me viam como uma mulher. Mas em relação à parte "normal" do meu desejo, talvez nunca acontecesse. Por isso mesmo busquei absorver tudo aquilo da maneira mais rápida possível. Se aquele ser excêntrico mostrava o lado mais puro e verdadeiro da rainha, cabia a mim aceitá-lo e respeitá-lo.

– Dar para receber, certo?

– O que você quer que eu faça? – Meu tom foi receptivo.

– Preciso que concentre toda a sua atenção no Olho da Verdade e faça tudo o que a voz lhe mandar. Chegou a hora de você conhecer, de fato, o mundo no qual vive, Seppi.

Eu obedeci, direcionando todo o meu foco para onde havia sido instruída. A boca abriu-se ainda mais e, lá de dentro, o olho começou a se mover com velocidade para todos os lados, como se tentasse se esconder do corpo estranho que o observava. Os lábios separaram-se um pouco, alguns centímetros mais, permitindo que o olho se movesse para fora de seu "habitat natural". A pupila solitária ia de um lado para o outro, avaliando o ambiente e a segurança ao sair de seu esconderijo. Até que flutuou próxima a mim.

A voz, mais uma vez, ressoou em minha cabeça.

– *Mantenha seu foco no Olho da Verdade* – ela instruiu.

O olho seguiu de um lado para o outro, em um movimento pendular que parecia colar meu olhar. Ia e vinha. De um lado para o outro. Repetidas vezes. Sem parar, sem fazer um só barulho, a não ser o som da voz que se manifestava dentro de mim.

– *Você está rodeada por uma luz branca, brilhante* – a voz reiniciou como um sussurro. – *Paz e tranquilidade exalam por cada poro do seu corpo e você permite que a luz a guie por toda a sua vida, desde o passado até este exato momento. À medida que a luz se dissipar, suas lembranças também evaporarão, levando você a um estado de total inconsciência. Vou contar até três e quando a contagem chegar ao fim, você abrirá mão do controle sobre sua mente. Quando eu chegar ao três, você estará livre, Seppi Devone. Um. Dois. Três.*

Com a minha consciência me levando para uma terra incerta e desconhecida, onde o destino controlava minhas pernas e braços, conduzindo-me ao seu bel-prazer – assim como Maori fazia com a garota dos olhos vazios –, deixei-me levar, entregue, submissa. Algo se rompeu em minhas costas, trazendo à tona uma dor adormecida que queimava como lenha na fogueira. Assustei-me ao perceber que asas negras cresciam atrás de mim, tão imponentes quanto a escuridão da noite. Meus braços encurtaram, tornando-se parte do meu novo acessório alado. As pernas também diminuíram, ficando ásperas e amareladas. Os dedos transformando-se em pequenas garras pontiagudas e afiadas.

Crá... crá... crá...

Tentei falar, mas minha boca – agora transformada em um longo e negro bico – foi incapaz de soltar mais do que um estranho grasnar.

O que estava acontecendo? No que havia me transformado? Para onde estava indo?

Todas as perguntas perderam relevância quando as primeiras rajadas de vento atingiram meu novo rosto. A sensação de liberdade grudando em minha alma como um grupo de sanguessugas que sorviam minha energia de forma visceral. Dor e prazer mesclando-se em uníssono. Cada pensamento doído acompanhado de um estado de êxtase inexplicável. Lá embaixo, tudo tinha o tamanho de nada, como se, de onde eu estava, os obstáculos tivessem pouca importância. No vasto azul do céu, todas as coisas perdiam sua dimensão, sua grandeza, submissas à imensidão natural do firmamento. Lembro-me de, naquele momento particular, desejar que aquilo nunca acabasse, estendendo-se para todo o sempre. Por toda a minha existência.

Algo me puxou para baixo, uma espécie de força gravitacional mais ousada e autoritária agindo sobre minhas asas. Lá embaixo, alguma coisa tomava forma. Primeiro, nada mais que um ponto na imensidão, mas, a cada metro descido, o pequeno ia se agigantando, até tornar-se colossal. Agora, eu não passava de um ponto negro cruzando as fronteiras daquela formidável cidade. Os muros cercando toda a sua extensão, além de onde meus olhos de ave conseguiam enxergar. Cortei o céu da cidade, passando despercebida pelos incontáveis guardas espalhados ao longo do enorme portão de concreto mais ao sul. A cidade dividia-se em quadrantes cortados por dois longos muros que se encontravam, formando um grande X. O vento continuava a me conduzir pelo meu passeio aéreo, fazendo do bater de asas um exercício quase desnecessário.

Primeiro sobrevoei o quadrante A. Casas idênticas espalhavam-se por ruas asfaltadas em longos quarteirões quadriláteros. Crianças brincavam nos jardins, celebrando mais um dia de pureza e inocência em suas vidas. Do lado oposto do muro, mais a sudeste, um grande mercado espalhava-se em volta de uma enorme praça infestada de pessoas. Tudo seguindo de forma organizada, como se "ordem" fosse a palavra-chave por ali. Deixei o Distrito Comercial, ainda urgindo por encontrar a força invisível que parecia me atrair como um descomunal ímã.

Cruzei o muro que levava para a parte norte da cidade, seguindo para o terceiro quadrante, mais a nordeste. Um enorme parque arborizado tomava grande parte do espaço, dividindo-o com um grande anfiteatro ao ar livre, museus e grandes mansões de concreto. Um reservatório de água camuflava-se entre as árvores do parque, cercado por enormes rodas de madeira que movimentavam suas águas incessantemente. Uma atmosfera pacífica dominava aquela parte da cidade. O meu chamado não vinha dali.

Atravessando o muro em direção ao lado noroeste, testemunhei a imponência de um enorme palácio de cristal sendo banhado pelos raios solares. Grandes elefantes de concreto conviviam naquele lado da cidade, como que desfilando suas arquiteturas fascinantes. Nunca havia visto nada igual.

Uma construção em especial parecia clamar pela minha atenção. Suas paredes brancas tomando a forma de uma enorme estrela de cimento. Janelas ofereciam-se aos olhos em sua maior parte, exceto em uma das extensões inferiores desse complexo, onde o sigilo parecia dar as cartas. Coincidência ou não, era o destino do meu chamado. Sobrevoei o teto da ala sem janelas, até encontrar uma tubulação de ventilação convidando-me para um passeio solitário em suas entranhas metálicas. Percorri o quadrado de alumínio com cuidado, evitando chamar atenção ou qualquer tipo de colisão. Bifurcações não impunham obstáculo algum, pois em cada uma delas um poderoso senso de direção me conduzia pelo caminho certo a seguir. Mesmo que não soubesse onde exatamente esse "certo" terminaria.

Ao final de um extenso corredor de alumínio, o caminho estava bloqueado por uma grade de ferro. Conseguia ver lá embaixo um enorme maquinário funcionando e ecoando seus *beeps, clangs, cluncs* e *bléns* sem descanso pelo ar. Tentei bicar os cantos da grade de ferro. Soldada. Uma luz acendeu-se do lado esquerdo do meu pequeno corpo. Só então reparei que mesmo na minha forma animal, trazia comigo a imagem brilhante da pequena borboleta que na minha forma humana repousava estática em meu ombro direito. Por instinto, biquei-a um par de vezes. Meu corpo inteiro começou a borbulhar como se tivesse sido jogado em água fervente. Minhas asas foram diminuindo e meu corpo, antes recoberto por uma penugem escura, tomou forma de abdómen, tórax e cabeça. Esta última abrigando dois longos pares de antenas.

De uma hora para outra, a grade de ferro não representava mais um obstáculo. As antenas, dessa vez, guiavam-me na direção correta, influenciadas pelos odores à minha volta. Meus olhos dividiam-se em milhares de pequenas lentes, cada uma sob uma inclinação leve e diferente, dando uma perspectiva distinta da anterior. Tudo muito novo... E confuso!

Segui meu caminho. Os metros percorridos com maior resistência que antes. Atravessei o maquinário, cruzando uma porta dupla e chegando a uma sala repleta de bebês humanos. O choro contínuo e orquestrado cortando o ar feito uma navalha. Uma lareira no centro da sala acalorando os corpos dos infantes.

Onde estava? O que era isso? O que fazia aqui?

Dentro da sala, uma mulher apressada marcava os bebês com uma caneta fosforescente, injetando, depois, uma solução em seus pequeninos braços, que acabava por cessar tanto o choro quanto os movimentos. Uma mulher irrompeu para dentro da sala, vasculhando um a um os berços. Um homem a seguiu, fazendo o mesmo. Ele se dirigiu à mulher que injetava o líquido nas crianças e uma discussão tomou seu curso. Usou algo nela que a fez cair no chão, gritando coisas que não faziam muito sentido para mim. Pensei em me aproximar, mas tive medo. Alguns segundos depois, homem e mulher deixaram a sala correndo. Antes que ela passasse pela porta, nossos olhares se cruzaram, fazendo com que meu pequeno corpo de inseto gelasse, mesmo com o enorme forno aquecendo o ambiente.

Mãe? É você?

Ela não me ouviu. Eu bem que tentei segui-la, mas, dessa vez, a porta dupla que separava os ambientes fechou-se para mim. Observei a mulher caída se levantar do chão, olhos arregalados, semblante nervoso. Caminhou até um dos berços próximos, pegando a criança inerte no colo e seguindo na direção do forno para, então, jogá-la no ardor da chama.

– Pare! Não!

Eu despertei com o ritmo alucinante dos meus batimentos cardíacos. A imagem da mulher jogando a criança no forno martelando meu córtex visual, entalhando ali a cena dantesca. Os pulmões imploravam por um ar que, a cada segundo, ficava mais rarefeito.

– *Calma, Seppi. Controle a respiração. Você está bem.* – A voz da rainha ressurgiu, inconfundível.

– O que aconteceu? – perguntei, ainda me ajeitando sobre o confortável colchão da cama onde me encontrava.

– *Uma breve viagem ao passado para que entenda o nosso admirável mundo novo, querida.*

– Aquelas crianças... Elas estavam... O que foi aquilo?

– *Poucos são tão afortunados quanto você, Seppi. Por isso você é tão especial* – a rainha respondeu dentro da minha cabeça.

– Elas estão mortas?

Maori caminhou para o lado, sentando-se ao meu lado e repousando as mãos sobre minha testa. Percebi meu corpo se acalmar, os batimentos do meu coração entrando num ritmo um pouco mais lento, mas ainda flagelado pelas terríveis lembranças.

– *Nem todas, minha querida. Algumas conhecem um destino muito pior que a morte* – ela desabafou.

– O que pode ser pior que aquilo?

– *O mundo que observou em seu voo é repleto de paz, tranquilidade e harmonia. Mas em tudo há seu contraponto, e essas qualidades utópicas somente são alcançadas com um preço. Sempre foi assim. E sempre será.*

– Qual o preço?

– *Toda construção sustenta-se sobre uma armação inicial. A viga de fundação de Prima Capitale é o sangue dos inocentes, Seppi. Crianças inocentes. Mortas ou não, todas inocentes.*

Os olhos suturados de Maori podiam estar incapacitados para lágrimas, mas não conseguiam esconder o tom meloso de suas palavras. Devia ser insuportável para ela ter tanto poder e nada poder fazer para salvar aquelas breves vidas.

– Por que tanta crueldade? O que essas crianças fizeram para merecer isso?

Meus olhos, diferentemente de Maori, anunciando as lágrimas que estavam por vir.

– *Nada, garota. Ao menos, não naquele momento.*

– Do que você está falando?

– *Veja bem, minha querida, Prima Capitale subsiste em sua realidade microutópica e alicerçada na existência de um projeto conhecido como Glimpse. Nele, seres psiônicos, como nós, são utilizados para revelar uma parte do futuro de um infante recém-chegado, mostrando pedaços de sua personalidade e suas atitudes perante o quadro social existente. Aquilo que é visto por esses seres decide o futuro da criança. Se for algo bom, o bebê é marcado por um* chip *e lhe é permitido crescer e conviver em sociedade; se for algo ruim, a ele é reservado um destino muito mais cruel e macabro, como você testemunhou em seu recente transe.*

– Nada disso faz sentido – eu repliquei.

– Faz sim, menina. Um sentido torpe, claro, mas que está ali. Imagine-se com o poder nas mãos. Qual a melhor forma de mantê-lo? Impedindo que adversários se ergam para confrontá-lo. E como fazer isso? Cortando o mal pela raiz. Impedindo o surgimento de qualquer um que possa se levantar contra o seu poder. Grande parte das pragas que nascem ao longo dos campos gramados é cortada após crescer e se desenvolver. Com isso, precisam apenas de tempo para ressurgirem ainda mais fortes, firmes e viscerais. Só que, quando descobertas ainda no início e arrancadas dos campos gramíneos até a sua longa raiz, nunca mais aparecem. É isso que o Supremo Decano faz com a população de Prima Capitale. Elimina, de vez, a possibilidade de "pragas humanas".

Ela colocou as mãos sobre as minhas, acariciando-as com sutileza. O gesto misericordioso era bem-vindo, claro, mas, para mim, servia apenas como o prenúncio de notícias ainda piores.

Ela prosseguiu.

– Se no futuro do infante algo é visualizado, como, por exemplo, um temperamento rebelde, à criança é vetado o direito de existir. Ela, então, é retirada dos pais e encaminhada para um lugar bem menos receptivo do que o colo materno. Muitos já sofreram com isso, outros tantos sofrerão. Você é o melhor exemplo disso que estou falando, Seppi.

– Minha mãe nunca me disse o porquê de termos fugido.

– Você representa o maior de todos os perigos para o Supremo Decano, minha querida. O que foi visto sobre seu futuro seria capaz de abalar as estruturas da grande cidade. Sua ascensão talvez signifique a queda desse sistema viciado. Você é o início e, ao mesmo tempo, o fim de tudo. Entende?

– Como eu posso ser as duas coisas ao mesmo tempo? O que isso quer dizer?

– Sem você, Seppi, não conseguiremos prevalecer. Nós temos que impedir que mais crianças sejam sacrificadas em prol da soberania de um tirano. Só você poderá fazer isso – ela afirmou, apertando com força nossos dedos entrelaçados.

– Por que eu?

– Apenas aquele que tem o poder de destruir pode também nos salvar – ela respondeu, afastando-se de mim.

– Destruir?

– Seu poder, Seppi. Você é uma totêmica, mas, além disso, seu totem é uma borboleta. Isso nunca foi visto antes. Ao menos, não no meu tempo. Como já te disse, borboleta representa transformação, mudança. Muitos a veem como um símbolo de ressurreição. Você veio para mudar o mundo, definitivamente.

– E o que isso tem a ver com destruição?

A rainha voltou para perto de mim. Eu pude vê-la respirando fundo, buscando dentro de si a coragem para dizer algo importante.

– Muitos dizem também que a borboleta é a personificação da inconstância. E aquele que carregar seus poderes levará consigo o fardo da escolha.

– Escolha?

Ela se ergueu da cama e seguiu para a porta do quarto. Eu a observei, paralisada pela necessidade de resposta. Pensei em minha mãe, na vida que fora arrancada tão abruptamente de mim, e como tudo que passei ao longo do tempo tinha sido uma espécie de preparação para o momento que se aproximava mais rápido do que poderia desejar. Minha mãe havia dito que tudo na vida é simples como uma moeda: dois lados opostos e, entre eles, um meio que nunca conta no resultado. Lembro-me de sua voz soprando os meus ouvidos durante as noites frias, contando-me histórias e falando-me sobre escolhas. *"Nós somos a soma de nossas escolhas"*, ela disse, certa vez, ao terminar um de seus contos. Agora, vendo tudo o que ocorria ao meu redor, percebia que aquele não havia sido um conselho jogado ao acaso. Desde aquela época, ela já me preparava para esse momento. Eu só não sabia que momento era esse.

Maori manteve-se impassível, reflexiva.

– Que escolha? – Minha ansiedade repetiu a pergunta.

Ela se virou para mim, seu rosto ainda mais vago e pesado do que o normal.

– *Nos salvar ou nos destruir, minha querida. Você será nosso tudo, Seppi. Ou será o nosso nada.*

Apesar do peso das últimas palavras de Maori, o sono chegou de forma implacável, embalado pelo esgotamento físico e mental. Acordei – ainda atordoada pelas horas perdidas viajando pelo meu inconsciente – e sorri ao lembrar que poderia mais uma vez aliviar o ranço matinal com uma bela chuveirada de água quente – sem dúvida alguma, a melhor parte de meus dias desde que deixei minha vida para trás. O banho ainda não tinha chegado à metade do tempo programado quando Lamar apareceu de surpresa em meus aposentos. Eu o recebi ainda com os cabelos encharcados e a toalha cobrindo meu corpo nu. Diva estava ao seu lado, o rabo abanando de felicidade, denunciando suas intenções escusas.

– Diva! Fica aí! Não ouse pular em mim agora. Estou só de toalha – alertei.

Ela abaixou a cabeça, deixando clara a sua frustração com o comando. Aquilo me partiu o coração, mas imaginar um animal de quase 200 quilos me jogando para trás enquanto meu corpo estava coberto apenas por uma toalha não me parecia sensato.

– Seppi, apronte-se. Temos um compromisso importante – Lamar anunciou.

Uma muda de roupas me esperava em cima da cama. Nada tão chique quanto o vestido – imaginário, diga-se de passagem – da festa, mas que tinha caído muito bem sobre minhas curvas recém-libertas. Deixamos meus aposentos em direção ao grande salão do Conselho. Lamar estendeu-me a mão ao descer as escadas, mas para que as utilizar quando se tem um animal de estimação que plana no ar? A breve jornada em cima de Diva rumo ao solo resgatou-me lembranças de uma vida recente e, ao mesmo tempo, tão distante, quanto a ausência de minha mãe. O pouso, como sempre, não foi dos mais suaves. Apesar das membranas sob suas axilas, Diva era um animal terrestre e parecia se orgulhar disso. Levantei-me do chão, tirando as porções de terra que se acumulavam ao longo da minha recém-adquirida muda de roupa. Não demorou muito para Lamar juntar-se a nós. Ele bateu com a maçaneta no descomunal portão de madeira, repetindo a ação do guia no dia anterior. A porta se abriu e lá estavam os mesmos personagens. Lamar, sentou-se no lugar reservado a ele. Eu fiz o mesmo, Diva ao meu lado, soltando um longo suspiro entediado.

– Aqui estamos nós reunidos mais uma vez – a rainha falou através de seu fantoche. Quase desejei que estivéssemos sozinhos. Dessa forma, ela poderia conversar apenas comigo em meus pensamentos, sem a necessidade dessa figura bizarra que, confesso, arrepiava-me cada vez mais com seus olhos brancos por inteiro.

— Temos que decidir o que fazer a respeito do Casta — Foiro afirmou, dirigindo os olhos à única cadeira vazia na mesa redonda. Depois, voltou a falar. — Ele faz parte deste Conselho.

— Isso mesmo. Temos que enviar alguém até Três Torres. Urgentemente! — Indigo socou a mesa ao proferir a última palavra.

— E como saberemos se ele ainda está lá? A Cidade Banida é um lugar muito perigoso para pessoas da Fenda caminharem livremente — Lamar retrucou.

— Silêncio, meus filhos. Com paciência acharemos a solução mais acertada para o nosso problema.

Todos obedeceram a rainha nos segundos seguintes, apesar de Indigo parecer bastante contrariada.

E quando ela não parecia contrariada? perguntei a mim mesma, evitando soltar palavras que me trouxessem ao escopo da discussão.

— Eu quero saber o que nossa convidada pensa sobre isso — Maori completou.

— Penso sobre o quê? — perguntei.

— Ela nem sabe o que está acontecendo, Maori. Isso é uma perda de tempo — Foiro contra-argumentou. A careca, como antes, refletindo o feixe de luz vindo da janela acima.

— Concordo com Foiro. Não acho essa uma boa ideia. — O olhar de Lamar parecia me pedir desculpas à medida que as palavras lhe escapavam pela boca.

Desculpar o quê? Ambos tinham razão.

Mantive minha postura reclusa, torcendo para que em pouco tempo a sugestão da rainha não passasse de poeira esquecida no cosmo.

Mas Maori tinha outros planos.

— Não há muito para contarmos. Basta ela saber que um dos nossos está desaparecido há dois dias sem deixar vestígio algum, a não ser uma testemunha que afirma tê-lo visto pela última vez na Cidade Banida. — A rainha encarou meus olhos com profundidade. — E, agora, cabe a nós decidirmos se esperamos ou se arriscamos mais vidas para procurar por ele.

— E o que você espera que ela faça? — A pergunta de Indigo me pareceu bastante válida.

— Eu quero que Seppi decida se esperamos ou agimos — ela afirmou.

A sugestão, como não podia deixar de ser, elevou a tensão no salão a ponto de quase fazer o copo de água à minha frente borbulhar.

— Isso é um absurdo! Como podemos deixar a vida de Casta nas mãos de uma completa estranha? — Indigo esbravejou.

— Maori, o que você está fazendo? — Não havia indignação nos olhos de Foiro, apenas surpresa.

— Eu tenho que concordar com Indigo, minha rainha. Essa não me parece a melhor solução — Lamar, desta vez, afastou os olhos de mim.

— Respeito a opinião de vocês, mas minha decisão está tomada. Faremos o que Seppi Devone decidir. Estamos entendidos?

As cabeças abaixaram-se em reverência, inclusive a de Indigo. Momento que, confesso, não lamentei ter presenciado. E, mais uma vez, coube a mim, justamente a pessoa que queria se manter afastada dessa briga, dar a palavra final.

– Esse tal Casta é uma pessoa muito importante para o grupo, presumo.

Indigo me encarou com o olhar afiado, pronta para o bote. Maori, entretanto, tinha uma presença ainda mais poderosa que o olhar de Indigo, e a garota voltou a abaixar a cabeça contrariada.

– Sim, Seppi. Bastante importante, assim como todos nós somos – a rainha confirmou.

– Então vamos resgatá-lo. – Olhei para todos, sem encontrar o ânimo que esperava. – É o que eu faria se a pessoa fosse importante para mim. Além do mais, essa é a melhor opção, certo?

– É o que queremos que você decida, minha filha. – A rainha usou um tom leve.

Lamar colocou-se em pé, apoiando as mãos na mesa e, finalmente, voltando seu olhar para os meus olhos. Um leve arrepio visitou minha nuca.

– Não é tão simples assim, Seppi. Três Torres é uma cidade perigosa. Muito perigosa. Regida por um chanceler banido de Prima Capital após acusações de corrupção. Na Cidade Banida, como chamamos o lugar, ele encontrou o ambiente propício para fermentar seus esquemas e conluios. Muitos dizem que Três Torres é o inferno na Terra. Se isso for verdade, o chanceler, sem dúvida, personifica o Ser Inferior.

As palavras ressoaram em minha cabeça, trazendo várias questões complicadas à tona. Se decidisse pela busca seria responsável pelo que acontecesse com quem participasse do resgate. Caso optasse pela espera, seria acusada de ser leviana. *Especialmente por Indigo.* A decisão tinha que ser rápida, porém embasada em fatos, não apenas na emoção.

– Vocês disseram que o rapaz foi visto pela última vez na tal Cidade Banida, certo?

– Exato – Lamar respondeu de prontidão.

– Pois bem, antes de qualquer coisa, preciso ver essa pessoa que o viu pela última vez.

– Por que razão? – ele questionou.

– Pelo simples fato de poder fazer coisas que você não consegue. Agora traga essa pessoa até mim.

As palavras de ordem foram fortes e pareciam não terem caído muito bem aos ouvidos que me ladeavam. Exceto um par deles. A satisfação no rosto sem vida de Maori, para mim, brilhava mais que o sol lá fora.

Uma mulher de cabelos grisalhos, com uma grande janela entre os seus dentes da frente, entrou no salão. Seu corpo tremia. A meu pedido todos haviam deixado o grande *hall* e eu ainda não tinha conseguido entender qual o motivo para aquele corpo soluçante: o ambiente fúnebre em que nos encontrávamos ou o fato de estarmos ali sozinhas.

Talvez os dois...

– Qual o seu nome? – perguntei de forma incisiva.

– Guteur, Srta. Devone. Emiliene Guteur.

A resposta veio tão fraca quanto um suspiro. O rosto baixo evitando qualquer contato com os meus olhos, o que não ajudava muito minha audição.

– Fique tranquila, Emiliene. Só estamos aqui para que eu possa decidir sobre a veracidade do que viu. Desde que esteja falando a verdade, não há nada a temer – tranquilizei-a.

Ela olhou para mim.

– Estou falando a verdade.

– Então, como disse, não há nada a temer – repeti.

Pedi para que ela se sentasse em uma das cadeiras, fechasse os olhos e se recordasse do momento em que vira Casta Jones pela última vez. A mulher obedeceu e eu coloquei as mãos sobre seu couro cabeludo, buscando ali as informações de que precisava. Também fechei meus olhos, entregando-me de corpo e alma à escuridão. O corpo de Emiliene parou de tremer depois de um tempo, indicando-me que a senhora já se encontrava no estado letárgico necessário. Não me pergunte como sabia disso, mas a melhor forma de ler o que se passava na cabeça de outra pessoa era livrá-la temporariamente dos guardiões da consciência. Respirei fundo e iniciei a batalha para também me livrar dos meus.

Depois de um tempo vi ruas enlameadas do que presumi ser a cidade de Três Torres. Dores pinicavam meu corpo inteiro, dando-me a percepção excruciante do que significava estar na pele gasta de Emiliene. Talvez a velhice fosse mesmo uma maldição. Talvez os mais afortunados fossem aqueles que morressem jovens. Talvez ser um *vetado* fosse uma benção em disfarce.

Talvez não.

O corpo de Emiliene caminhou pelos becos da Cidade Banida, atravessando o caminho de figuras estranhas e desprezíveis. Homens e mulheres convivendo em uma espécie de purgatório humano, sem perspectivas, esquecidos e marginalizados, como animais doentes. Não demorou muito para que uma briga se iniciasse em uma das incontáveis vielas. Dois homens discutiam por causa de um jogo de cartas. A faca com lâminas avermelhadas acabou dando razão ao argumento do homem que restou de pé.

– Saiam da frente! – uma voz ordenou. Da esquina, despontava um agrupamento de soldados com o corpo coberto por pesadas armaduras pretas.

Todos deram passos para trás, deixando a passagem livre para o grupo de homens de preto. Emiliene, inclusive. A visão embaçada pela idade avançada atrapalhava uma identificação mais específica, mas, ainda assim, suficiente para o que precisava. Os homens se aproximaram, continuando a bradar seus comandos imponentes e autoritários.

– Afastem-se! Prisioneiros passando! – um deles ordenou.

A fileira de pessoas prolongava-se por um bom espaço. Primeiro, quatro guardas revestidos de ferro negro. Depois, três homens acorrentados pelos pés e mãos, seguidos por mais meia dúzia de soldados. Agradeci quando Emiliene deu dois passos para frente – talvez tomada por uma curiosidade mórbida –, permitindo que eu observasse melhor o que ocorria ali. Dois dos prisioneiros tinham pele clara, cabelos curtos e ensebados pela falta de banho, e um deles tinha a pele escura, cabelos encaracolados em longas e espessas tranças, e uma roupa de qualidade que chamava a atenção de qualquer um num lugar como aquele.

Casta Jones, deduzi pelas descrições passadas a mim. Então Emiliene falava a verdade. Antes que eu pudesse começar o processo de regressão, um par de braços arremessou o corpo da velha senhora no chão enlameado da rua.

– Eu disse para se afastar! – O soldado bradou na direção dela. Com as costas na lama, observamos o grupo passar a passos lentos e pesados.

– Onde vocês estão os levando? – uma voz corajosa pronunciou-se, protegida pelo anonimato da multidão que cercava o grupo.

O mesmo homem que havia derrubado Emiliene no chão girou a cabeça à procura do autor da pergunta, mas, apesar de toda a sua imponência, ninguém se manifestou para ajudá-lo a encontrar o infrator. Antes de chegar a uma distância em que ouvi-lo seria um ato para poucos, virou-se para a multidão ainda estática na rua.

– Prestem atenção nesses vagabundos, seus vermes! Sabem o que acontece com aqueles que ousam nos desafiar? O *Sablo*.

Eu não tinha a mínima ideia do que aquilo significava nem era preciso. Emiliene parecia perdida, distraída pela movimentação que testemunhava, mas expressões marcadas no rosto de cada uma das pessoas ao lado dela deixavam claro que aquilo não era nada bom. Quando voltei do transe, pedi que Emiliene se retirasse e chamasse de volta a rainha, Lamar, Indigo e Foiro. A rainha, no entanto, não retornou. Fiz questão de relatar-lhes em detalhes tudo o que tinha visto ao pegar carona nas lembranças da pobre senhora. Quando repeti para eles a palavra que tinha ouvido da boca do soldado, Indigo reagiu.

– O Sablo! Eles o estão levando para lutar na arena! – ela gritou com as mãos em seus cabelos dourados. O rosto invadido por uma preocupação evidente. – Não podemos deixar que isso aconteça!

A expressão em cada um deles – especialmente Indigo – deixava clara a gravidade da situação. Seja lá quem fosse Casta Jones ou o que ele enfrentaria naquele Sablo, tempo era o ingrediente principal dessa receita.

– Se ele vai lutar mesmo, a essa hora já está trancafiado com outros condenados nos porões do Sablo – Lamar ponderou. – Nesse caso, não há nada que possamos fazer por ele.

Todos voltaram-se para mim. Seus olhos espetando meu rosto como pequenas agulhas de costura. Pareciam querer ultrapassar meu corpo físico e penetrar minha alma para sugar toda e qualquer verdade contida ali.

– Então, garota, o que me diz? – Foiro esbravejou.

– Do que está falando? – Dei um leve passo para trás. Aquele homem aterrorizava todos os nervos do meu corpo.

– Você acredita no que aquela mulher viu? Ela não pode ter se confundido? – ele continuou.

– Não. O amigo de vocês está mesmo em perigo – expliquei.

– O que ainda fazemos aqui, então? Temos que ajudá-lo! – A cada palavra proferida, o tom usado por Indigo subia um degrau, deixando sua voz aguda e lancinante.

– Já disse que isso é Seppi quem vai decidir – a rainha entrou no grande salão, seguindo os passos de sua pequena marionete de olhos esbranquiçados. Meus olhos ainda se espantavam diante daquela visão grotesca, ainda mais quando descobri que havia um limite de tempo para que alguém permanecesse como um títere de Maori e uma fila enorme de voluntários para ocupar esse lugar. Afugentei o pensamento rapidamente, antes que Maori pudesse lê-lo como uma grafia na parede. Fiquei estática, sob o foco de atenção de todos que, através de expressões mudas, clamavam por uma decisão.

Por que eu tinha que decidir? Isso não era justo.

– *Poucas coisas na vida são justas, minha querida* – Maori retrucou. Balancei a cabeça, condenando minha inocência por evidenciar minhas angústias com ela ali, ao meu lado. Eu precisava com urgência aprender a me controlar quando ela estivesse perto de mim.

– Você não tem o direito de entrar na minha cabeça – reclamei.

– *Pois, então, não se exponha com tanta facilidade, querida. Você expõe seus pensamentos como grafias em uma parede* – a rainha retrucou telepaticamente, sorrindo com a brincadeira, enquanto tomava seu lugar à mesa.

Coloquei as mãos na cabeça, como se pudesse usá-las para esconder de Maori minhas opiniões, medos e sensações. Precisava me blindar.

– Eu não sei onde está a graça, mas um dos nossos precisa de nossa ajuda – Indigo esbravejou, encarando Maori.

– Sim, brava guerreira. Isso é terrível, mas, como disse antes, cabe a Seppi determinar nossas ações futuras – a rainha respondeu com uma calma contagiante.

– E o que você decide? – Foiro perguntou-me, conformado.

– Acho que devemos resgatá-lo – sentenciei.

Indigo deu um forte tapa de satisfação na mesa.

– Assim é que se fala! Vamos! Temos que nos mexer logo!

A rainha ficou em pé, dirigindo-se até mim.

– *Seppi, antes de decidir, peço que avalie todos os vértices desse triângulo. O Sablo é o evento mais violento que existe em nosso mundo proscrito. As pessoas que participam dele são criminosos condenados à pior das mortes. Resgatar Casta de lá não será fácil. Na verdade, creio que seja quase impossível. Enviar um grupo atrás dele é quase o mesmo que sentenciá-lo ao mesmo destino já traçado para o nosso companheiro que lá está preso. Diante desse quadro, em vez de uma perda, muitas outras vidas seriam abreviadas.* – Maori transpirava sinceridade e, dessa vez, percebi que ela não buscava a resposta dentro de mim. Apenas queria que eu tomasse a decisão mais correta dentro de um cenário mais completo.

– Você ainda acha que essa é a melhor coisa a se fazer? – Maori perguntou de novo, agora em voz alta.

Parei por um segundo, talvez dois. A eternidade de cada um deles pesou mais ainda diante da ansiedade à minha volta, deixava tudo mais moroso e penoso. Em poucos dias eu, uma garota de 15 anos, tinha deixado a pacata vila onde minha única preocupação era o que comer no jantar para uma realidade dura em que o destino das pessoas era depositado na palma da minha mão. Mesmo com o peso da decisão me fazendo amadurecer em minutos, queimando várias etapas do meu desenvolvimento, eu cheguei à conclusão de que havia apenas uma coisa a se fazer, por mais difícil que ela pudesse ser.

– Minha decisão continua a mesma, Maori. Se minha mãe não tivesse arriscado a própria vida anos atrás, eu não estaria aqui. Assim como o pai de Lamar. Se há algo que aprendi nesta minha curta vida, é que temos que lutar por quem amamos e pelo que acreditamos. Sempre. E se desistimos porque determinada coisa é árdua, talvez não a amássemos tanto assim. Casta Jones parece ser importante para vocês, o que faz dele alguém que vale a pena salvarmos. É isso o que eu penso – finalizei.

Maori, assim como os outros, manteve-se estática sob o efeito petrificante de minhas palavras. O primeiro sinal de movimento veio na forma de um sorriso invisível, que, apesar de não poder enxergar pela falta de expressão em seu rosto, pude perceber acariciando meus pensamentos, agradecendo-me pela decisão que havia acabado de tomar.

– Que assim seja – ela disse através de seu fantoche. – Temos que preparar uma equipe de resgate.

Todos começaram a se mexer, ainda mudos, dirigindo-se para fora do grande salão. Pouco antes de deixar o local, Indigo virou-se para mim e uma coisa em seu rosto me chamou atenção pela primeira vez. A ausência de ódio.

4

Depois de muito debate, decidimos que o grupo de resgate seria formado por mim – exigência da rainha –, Indigo – por exigência dela mesma – e, claro, Lamar – aqui, eu poderia dizer por minha exigência, mas antes que chegasse a esse ponto ele mesmo se ofereceu para nos acompanhar nessa missão.

Foiro, apesar de ser o mais forte, tinha a incumbência de manter a Fenda funcionando corretamente, além de ser o guarda-costas particular de Maori. Petrus, mesmo tentando esconder sua real condição, continuava fraco demais para algo tão perigoso. Suas feridas tinham sido fechadas por mim, mas ele ainda tinha um longo caminho até estar totalmente curado. A decisão mais difícil, sem dúvida alguma, foi ter que deixar Diva para trás. Se fosse conosco, a leoa seria alvo de todos aqueles apreciadores de mutações genéticas assadas ou ensopadas. Ela lutaria mais para não entrar no menu de algum boteco sujo do que nos ajudaria no resgate de Casta.

Cada um de nós pegou uma mochila abastecida de itens indispensáveis à nossa sobrevivência durante o trajeto de mais quatro dias até Três Torres: comida, armas, medicamentos. Tudo muito bem-organizado e contado para a nossa missão. Deixamos a Fenda no exato momento em que o Sol despontou no céu, clareando nosso caminho. Apesar do horário, centenas de pessoas acompanharam nossa partida enquanto vencíamos os incontáveis degraus do desfiladeiro rumo ao deserto acima de nós. Todos segurando tochas acesas, os rostos iluminados pelo fogo e pelo Sol matutino, um coquetel de emoções em seus semblantes. Esperança e medo, principalmente.

– *Que o Ser Superior os acompanhe.* – A voz de Maori surgiu exclusiva em minha mente, anunciando um último desejo.

Olhei para trás quando chegamos ao topo do desfiladeiro. Aos poucos, as fileiras de pessoas ao longo de toda a Fenda foram desaparecendo, dando lugar a uma visão vazia, como se, de uma hora para outra, deixássemos de importar. O poder de Maori já cobria o desfiladeiro, escondendo dos nossos olhos o que sabíamos estar lá. Apesar da distância, foi decidido que seguiríamos a pé, uma vez que usar os nosorogs para o trajeto comprometeria a produção de energia da Fenda, incrementada pela colossal força daquelas criaturas.

Ótimo. Mais tempo para conviver com os humores volúveis de Indigo, pensei, enquanto caminhávamos pelo deserto sem receber compaixão alguma do astro-rei.

Os primeiros dois dias foram de muita caminhada e pouca conversa. No máximo, breves diálogos sobre o melhor momento para bebermos água, comermos ou descansarmos. Nada mais. Até mesmo Lamar pouco dirigia a palavra a mim, talvez querendo poupar seu fôlego para a longa jornada escaldante. As noites eram ainda mais solitárias, com cada um de nós mantendo guarda enquanto os outros dois recuperavam energia para a dureza do dia seguinte. Além do silêncio, o mais difícil durante as noites era, sem dúvida alguma, a oscilação de temperatura. Os 40 graus que nos acompanhavam por todo o tempo em que o Sol se exibia ao longe, despencavam no momento em que a Lua assumia o trono, transformando inferno em trevas. Mesmo com os cobertores e agasalhos de pele de tilki aquecendo nossa pele, o ar gélido esfumaçava nossa respiração enquanto passávamos a noite sem o calor do fogo para nos abrasar.

– Temos que evitar ao máximo qualquer encontro com andrófagos. Estamos em pequeno número e não aguentaríamos um confronto – Lamar falou ao nos sentenciar ao gelo noturno nas duas primeiras noites. Nada de fogueiras.

Ele tinha razão, sabia disso, mas o frio espetava todos os poros do meu corpo com tamanha força que a ideia de um confronto bélico para acalentar meu organismo frígido parecia tentadora. Durante a terceira noite, enquanto fazia minha guarda, a temperatura parecia ter caído ainda mais – ou, talvez, minha resistência à ausência de calor estava diminuindo. O silêncio da vastidão árida que nos cercava também servia para dar um caráter ainda mais mórbido àquela noite sem fim. Pelo menos, até ser quebrado.

– Noite difícil? – ele perguntou, o corpo tremendo sob o casaco de pele de tilki.

Evitei olhar para ele. Não por raiva ou mágoa, mas por medo de que meu rosto, já acostumado com o ritmo frio da brisa, sofresse com o leve movimento.

– A pior de todas. A impressão que tenho é a de que mais alguns minutos disso e meu corpo vai colar no chão.

– Conseguiu dormir um pouco?

– Mais ou menos. Um pouco durante o tempo em que Indigo ficou de guarda e outro tanto depois que você assumiu. E você?

– Só no começo – ele disse, enquanto mexia na mochila em busca de algo. Lamar retirou alguns pedaços pequenos de lenha, o tubo de líquido inflamável e fósforos. – Que tal? – ele perguntou já iniciando o processo.

– E quanto aos andrófagos?

– Daqui a poucas horas o Sol nascerá. Duvido que algum deles tenha tempo de nos ver, avisar aos outros e voltar antes que já tenhamos ido embora – ele refletiu, enquanto jogava o líquido por sobre a lenha. – Além do que, amanhã já teremos chegado a Três Torres e lá não é o ambiente preferido deles.

Apesar de fraco, o calor que exalava da chama tremulante e tocava a minha pele tinha um poder anestesiante. De uma hora para outra, os movimentos das juntas tornaram-se menos árduos, doíam menos. Aproximei minhas mãos do fogo. Elas tinham servido na trincheira contra o frio e, agora, tinha chegado a hora de serem merecidamente recompensadas.

– E quanto a ela? – perguntei, fazendo um movimento com a cabeça na direção de Indigo.

– O que tem ela?

– Você não acha que ficará um tanto brava quando perceber que não fizemos essa fogueira perto dela?

– Isso importa pra você? – Lamar fez uma cara meio surpresa.

– Só não quero dar motivos para que me odeie mais do que ela já me odeia – ponderei.

Ele deu um leve sorriso que, iluminado pela chama, ganhou um estranho tom amarelado. Um belo sorriso, ainda assim.

– Indigo não te odeia, Seppi. – Ele copiou meu movimento, colocando as mãos na frente do fogo. – Ela apenas acredita que odeia.

– Mesma coisa, não?

– Nem de perto. Ela sofreu muito com a perda do pai, sofre ainda, por isso precisa canalizar essa frustração em algum lugar. Nesse caso, em uma pessoa – ele afirmou, apontando para mim. – Mas eu a conheço bem e posso te dizer com certeza que o que ela sente por você não é ódio.

Sorte a minha.

Engraçado que de tudo que ele acabara de me falar, uma coisa apenas me saltou aos ouvidos. Talvez a menos importante de todas.

– Você a conhece bem em que sentido?

– Somos amigos há anos – ele respondeu, evitando alongar-se no assunto.

– Só amigos? – insisti.

Lamar não respondeu. Permaneceu quieto por alguns segundos, concentrando-se no calor gerado pela chama. A cada minuto que o observava com mais atenção, seu jeito de homem, apesar da idade, fazia me sentir segura, protegida. Como se nada de mal pudesse me acontecer enquanto ele estivesse ao meu lado.

– Você deve me odiar também, não?

Ele olhou para mim com o rosto tatuado pela surpresa.

– Por que eu odiaria você, Seppi?

– Seu pai também se sacrificou por mim. Foi ele quem ajudou minha mãe a escapar de Prima Capitale. Ele renunciou à própria vida para que pudéssemos sobreviver. Isso seria mais do que um bom motivo para você me odiar, Lamar.

Ele usou um dedo para limpar as lágrimas que já começavam a verter dos meus olhos. Sua delicadeza me deixou ainda mais entregue e a vontade que tinha era a de que ele me segurasse entre seus braços e nunca mais me soltasse.

– O que meu pai fez por você, Seppi, não faz com que eu te odeie. Pelo contrário. Tenho orgulho dele. Sempre tive. E se ele acreditou que salvá-la valia a pena, fico feliz por ter a oportunidade de continuar seu trabalho agora e protegê-la também. – Os atos de meu pai naquele dia só me fazem ter mais carinho por você, Seppi. Quando ele morreu, eu ainda era muito novo, muitas coisas sobre ele ficaram perdidas dentro da minha mente. Algumas vezes, nem consigo recordar do seu rosto direito. Mas por algum motivo, quando vejo você, tudo muda. As lembranças dele pipocam dentro da minha cabeça. – Dessa vez, eu que limpei as lágrimas dele com o dedo. – Você percebe, Seppi? Você diz que meu pai morreu por sua causa, mas eu penso o contrário. Por sua causa, ele vive.

Nós nos encaramos por alguns segundos, tão eternos quanto breves. Tudo com Lamar vinha invadido por essa sensação contraditória. Os minutos ao seu lado pareciam durar para sempre e ainda assim, não eram suficientes. Cheguei ainda mais perto dele.

– Me abraça? – pedi.

Ele me envolveu em seus braços. Naquele momento, o calor do seu corpo – e do meu – fazia da pequena fogueira um artigo de luxo. Ficamos assim por um longo tempo – ou teria sido breve?

Até que o chão do deserto começou a tremer.

O chão continuou tremendo como se estivesse prestes a explodir e todas as suas mazelas interiores se espalhariam pela superfície. Lamar e eu caímos para o lado, o rosto dele comprovando que havia motivos para preocupação. Pela primeira vez, ele era incapaz de fazer com que eu me sentisse segura. Antes que percebêssemos o que estava acontecendo, Indigo passou por nós, a voz ofegante.

– Peguem suas coisas e vamos sair daqui!

– O que está acontecendo? – perguntei, enquanto empacotava tudo dentro da mochila.

– Eu não sei, mas o melhor a fazer é sairmos daqui! – Lamar afirmou.

Nós corremos na mesma direção de Indigo e oposto ao tremor. Porém, por algum motivo, quanto mais tentávamos nos afastar do barulho, mais ele parecia se aproximar da gente. Depois de alguns minutos, o Sol começou a despontar no horizonte, clareando nossas dúvidas e trocando-as por outro sentimento: medo.

Mais perto do que gostaríamos de imaginar, uma gigantesca fila de animais enormes e em disparada se aproximou de nós com o fervor de quem corria pela própria vida, e, apenas um pudesse coletar o prêmio. De longe, eu conseguia diferenciar somente três características: eles tinham uma pele enegrecida, um torso robusto e um par de longos chifres curvilíneos em cima da cabeça.

– Droga! Uma manada de bizons! – Indigo anunciou.

– O que vamos fazer? – Minha boca já seca pelo excesso de exercício inesperado.

– Continue correndo – Lamar sintetizou.

– Nós nunca vamos conseguir nos livrar deles a pé! Pelo Ser Superior, estamos perdidos! – Indigo sentenciou.

Ainda assim, nenhum de nós desistiu de continuar correndo. Cada passo dado por nós parecia equivaler a quatro do grupo de animais. Cada vez que girava meu rosto para trás, via as bestas negras se aproximando, prestes a fungar em nosso cangote. Era como se nunca tivéssemos sequer saído do lugar. O barulho ia se tornando mais aterrorizante a cada segundo e a ideia de que morreríamos de uma forma tão estúpida e não ortodoxa chegava a ser cômica para alguém tão "poderosa" quanto eu. Com o tempo, correr também se tornara uma ação difícil de controlar. O chão tremendo sob nossos pés comprometia nosso equilíbrio, exigindo ainda mais força física para o simples ato de nos mantermos em pé. Era questão de tempo até que um de nós despencasse no chão traído pela falta de equilíbrio – ou morto pelo cansaço.

E foi o que aconteceu.

Indigo continuava a nossa frente, quando seus pés flutuaram no ar. Ela caiu e bateu a cabeça com força no chão duro, permanecendo estática logo em seguida. Lamar e eu paramos ao seu lado, seus olhos vazios pela falta de consciência. Por um milésimo de segundo, eu a invejei. A morte já assoprava em nossas orelhas, anunciando sua chegada, e seria um privilégio poder partir sem dor no cenário que se traçava.

– O que vamos fazer? – perguntei. A voz ainda ofegante, mas, agora, recheada por uma aflição cada vez mais opressiva.

– Eu não sei. Não temos para onde correr e não podemos deixá-la aqui.

Virei o rosto até os animais correndo em nossa direção. O estouro da manada alongava-se por uma linha horizontal a perder de vista. Era impossível sairmos da frente daquele exército de quatro patas a tempo de não sermos pisoteados e abatidos até que restasse de nós apenas uma pasta viscosa e irreconhecível. *A garota que deveria mudar o mundo, mas partiu antes mesmo de sequer conhecê-lo*, anunciaria meu epitáfio. Olhei para Lamar. Ele permanecia sentado no chão com a cabeça de Indigo sobre seu colo. Seus olhos continham um lamento consciente daquele que sabe que está prestes a perder a vida.

– Pelo menos será rápido – ele sussurrou no ouvido de Indigo. – Você não vai sentir nada – completou. Depois, olhou para o céu. – Me perdoe, pai. Eu fiz o melhor que pude.

Por alguma razão, essa cena despertou algo dentro de mim. Milhares de fogueiras acenderam em meu corpo ao mesmo tempo. Há poucos minutos, eu tinha conhecido o calor dos braços de Lamar, torcendo para que aquele momento fosse eterno, e, agora, nossa vida parecia algo tão efêmero e frágil. Pensei no rosto de minha mãe. Se fosse mesmo partir, queria concentrar-me nas coisas boas. Pensei em sua coragem e determinação ao desafiar um sistema cruel só para poder viver em paz comigo. Tentei recordar se, algum dia, eu a havia agradecido de verdade por isso. Lembrei de Petrus e nossa amizade. Finalmente, pensei em Diva. Minha grande amiga, confidente. Pensei em nossas conversas mentais e em como, apesar de todas as diferenças, entendíamos uma à outra. Pensei em...

Peraí! É isso!

– Lamar, fique próximo de mim! – ordenei, colocando-me na frente dele e de Indigo. – Não saia daqui por nada deste mundo.

– O que você vai fazer, Seppi?

– Talvez eles possam me ouvir.

Como sempre, fechei meus olhos, buscando a paz da minha escuridão. Eu já podia sentir a ausência de tempo. Mentalizei a imagem do grupo de bizons correndo em nossa direção.

Por favor... Eu lhes imploro... Não nos machuquem... Estamos aqui... Por favor...

Na minha cabeça podia vê-los ciente daquilo que lhes pedia. As orelhas esticavam-se para cima, captando o som das minhas preces. Continuei pedindo e eles pareciam estar me ouvindo. O impacto era iminente, e com a proximidade do grupo até sentar havia se tornado algo complicado. Mantive minha concentração no meu pedido, torcendo para que eles pudessem atendê-lo, assim como Diva. Até que, finalmente, a manada nos alcançou. O barulho ensurdecedor martelava nossos ouvidos como pregos de parede. Podia me sentir no meio deles, mas, curiosamente, meu corpo ainda se mantinha intacto.

— Olhe, Seppi! Você conseguiu!

A voz de Lamar não passava de um mero sopro no meio da manada, ainda assim, suficiente para me fazer abrir os olhos. Os bizons, que seguiam na nossa direção, desviaram de nós no último momento, amontoando-se entre os companheiros ao seu lado, deixando um espaço pequeno e fino, porém grande e seguro o bastante para nos manter vivos.

Obrigada. Muito obrigada — eu agradeci ao fechar os olhos novamente. Até que tudo se apagou.

Acordei algum tempo depois, ainda fraca e desorientada. Minha mente não passava de um amontoado de imagens nebulosas que surgiam uma de cada vez, todas se rebelando contra mim, requisitando memórias novas e mais agradáveis. A dor por toda a extensão do corpo me fez duvidar se realmente não tínhamos sido atropelados pela manada de bizons. Sentei-me, ajeitando meu maxilar com as mãos, de um lado para o outro. Parecia que havia levado uma surra. Lamar e Indigo estavam em pé, um pouco mais à frente. No horizonte, a mesmice do deserto era cortada por uma linha cinza, ainda distante. Tentei ficar em pé, mas minhas juntas se recusaram a obedecer a meu cérebro. Um gosto estranho atingiu meus lábios, umedecendo-os. Não fosse pela viscosidade, aquele líquido seria bem-vindo em uma boca seca como a minha. Contornei o lábio superior com o dedo e notei a unha avermelhada. Levei a mão ao nariz.

— Droga! Eu estou sangrando! — O meu grito saiu um pouco mais desesperado do que planejara, resgatando a atenção dos dois para mim.

— Seppi — Lamar correu até mim. — Como está se sentindo?

Indigo caminhou lentamente até nós. Talvez não se importasse, talvez estivesse sem jeito por já ter descoberto o que eu havia feito quando nossas posições estavam trocadas.

— Meu nariz está sangrando — eu disse, tentando parecer mais natural dessa vez. — Bastante.

Nesse ponto, o sangue que deixava minhas narinas já começava a abrir passagem por entre meus dedos, escorregando pelas costas das mãos e alcançando o chão. Depois de tudo que havia enfrentado desde que deixara a paz da minha pequena cabana no meio do Confins, assustar-me com sangue parecia bobagem, não fosse pelo volume que escorria do meu nariz.

— Vire a cabeça para trás, Seppi — Lamar sugeriu, ajudando-me com o movimento.

— O que está acontecendo?

— Sangramentos são possíveis efeitos colaterais do uso do seu poder, Seppi. Significa que seu corpo ainda está se ajustando às transformações.

— Ou significa que ela está morrendo.

Olhei para frente, mesmo com o risco de reviver a hemorragia. Indigo continuava lá, em pé, impassível. A indiferença em seus olhos persistia e, por um momento, desejei que a manada de bizons a tivesse levado sob suas numerosas e implacáveis patas.

Eu detestava me sentir assim...

— Do que ela está falando? — fixei minha atenção em Lamar.

– Nada. Besteira. Cala a boca, Indy! – ele esbravejou para, depois, voltar a colocar minha cabeça para trás. – Está tudo bem.

– Você não acha que ela merece ouvir toda a verdade? – Indigo falou em um tom acusatório.

– Cale a sua *maldita* boca! – Lamar ficou de pé, seguindo apressado até onde ela estava. Suas mãos foram direto para o pescoço da garota que, agora, trocara a expressão indiferente por um arregalar de olhos surpresos.

– Solta ela, Lamar! Você ficou maluco? – Quando percebi, já estava de pé.

Ele me obedeceu, virando-se para mim e conduzindo-me de volta. Depois, colocou minha cabeça para trás, retirando uma pequena garrafa da mochila.

– Cheire isso, Seppi. Vai ajudar a estancar o sangramento.

Ele colocou a solução sob o meu nariz e eu respirei seu ar intoxicante algumas vezes. Tossi em todas elas. *Por que todos os remédios do mundo têm que parecer piores que as próprias doenças?* Depois de algumas longas fungadas, notei que o sangramento havia estancado. Finalmente, podia conversar com ele encarando seus olhos.

– Fale a verdade, Lamar. Sobre o que ela está falando?

– Não deixe que ela te provoque, Seppi. Indigo gosta de fazer coisas desse tipo. Ela só quer te deixar nervosa – ele respondeu, acariciando meus cabelos.

Indigo veio até nós.

– Não quero atrapalhar os pombinhos, mas temos que ir. Ainda temos quase um dia de caminhada e sabemos que a razão do estouro da manada pode ter sido um grupo de andrófagos caçando, o que pode significar que alguns deles ainda estejam perdidos por aí. Não podemos encontrá-los justo agora que estamos tão perto.

– Caçando? Mas eles não comem carne humana? – perguntei.

– Só quando conseguem colocar suas mãos em idiotas parados como nós – ela respondeu.

Lamar concordou com a cabeça.

– Indigo tem razão. Mais um minuto e partimos.

Indigo afastou-se de nós.

– Por que ela é assim? – perguntei.

– Você sabe o porquê.

– Mesmo com o que aconteceu com a manada?

– Mesmo assim.

– Ela falou algo enquanto eu estava apagada?

Ele levantou-se sem dizer nada. Depois, estendeu o braço para mim.

– Ela disse que preferia ter morrido. – Um silêncio formou-se entre nós, como se finalmente tivéssemos ciência de que Indigo nunca me perdoaria pela responsabilidade indireta na morte do pai.

Ele me ajudou a caminhar, envolvendo-me em seus braços. Ao longe, a linha cinza tomava mais forma a cada passo. A Cidade Banida de Três Torres já nos encarava no horizonte.

À medida que chegamos mais perto da cidade, algo em mim desejou que ainda não tivesse despertado do incidente com a manada de animais. Descrever o que via não era tarefa fácil. Não porque as roupas fossem pomposas ou as residências tivessem uma arquitetura diferenciada, repleta de materiais glamorosos e com nomes difíceis e desconhecidos, mas por causa do cheiro de esterco que empesteava a cidade como uma neblina acre e ácida.

As casas, confeccionadas com madeira da pior qualidade, mostravam-se ineficazes contra qualquer chuva eventual – ou talvez simplesmente essa não fosse uma grande preocupação para aqueles que moravam no meio do deserto. As ruas de terra pareciam ter sido pavimentadas com estrume animal. Uma cidade visivelmente sem planejamento, onde becos, ruas e vielas formavam um grande labirinto, transformando o cenário urbano em um verdadeiro caos.

Muitas das pessoas fediam mais do que os próprios animais, desfilando pelas ruas com seus trajes maltrapilhos, rasgados e sujos. Os poços artesianos espalhados por vários pontos da cidade eram fonte aos habitantes de um líquido meio amarronzado que em nada lembrava a água incolor dos riachos com a qual tinha convivido toda a minha vida. Podia apostar que o gosto também não recordaria em nada minha infância – *meus últimos dias talvez...*

No pouco tempo dentro da cidade, a visão de homens e mulheres urinando em plena rua já havia se tornado comum, o que explicava boa parte do odor insuportável e inebriante que empesteava o ar. Chegamos a testemunhar um homem defecando em plena luz do dia em um canto da rua de terra e, depois, usando uma pá para jogar terra em cima das fezes.

Em meio ao caos sanitário, três enormes torres erguiam-se dentro do perímetro da cidade, formando um enorme triângulo imaginário entre elas. Não foi difícil compreender a razão de a cidade ter sido batizada com esse nome. Cada torre era chamada de vértice, segundo Lamar havia explicado, e no topo de cada vértice guardas alternavam-se em uma vigília permanente, noite e dia.

– Venham. Estamos quase chegando ao lugar onde podemos buscar algumas informações – Lamar informou-nos, sem olhar para trás.

Caminhamos mais alguns metros até uma espelunca chamada O Suíno Glutão. O nome estava estampado em uma placa de madeira velha e toda rachada, logo acima da pequena varanda que levava até a porta de entrada.

– É aqui que você quer buscar informação? – perguntei.

– Algum problema, princesa? – O sarcasmo venenoso deslizando pela boca de Indigo.

Quis retrucar, mas toda minha concentração estava focada em tentar evitar que eu regurgitasse ali no meio da rua. A verdade era que, na minha humilde opinião, Indigo fedia mais que a cidade em si.

Pelo menos por dentro.

A porta do pardieiro estourou do nosso lado, cuspindo para o meio da rua dois homens engalfinhados. Os dois trocavam socos e pontapés em uma briga que parecia não precisar de muitos motivos para acontecer. Palavrões e injúrias eram cuspidos pelos dois lados, enquanto uma multidão se acumulava em volta deles, ávida por sangue. A confusão seguiu-se por alguns minutos, até que uma carruagem surgiu no meio da rua, impedida de passar em razão do caos que havia se instalado. Um homem desceu do veículo carregando na mão um bastão negro. Bastava olhá-lo para poder notar a diferença entre ele e os outros habitantes de Três Torres. As roupas limpas exalavam um perfume forte o suficiente para viajar alguns metros e atingir em cheio minhas narinas. Tive vontade de jogar tudo para o alto e pular na sua frente, agarrá-lo e usá-lo como escudo contra a catinga local. Sorte a minha que o esterco absorvido pelo meu nariz ainda não tinha se encaminhado para o cérebro.

– O que está acontecendo aqui? Eu exijo que todos liberem a rua! – o homem ordenou.

Um bom número de pessoas obedeceu. Mesmo assim, o que restou tornava a passagem bastante difícil. O homem caminhou mais alguns passos até o centro da confusão, afastando as pessoas com o balançar do seu bastão em um longo movimento de vaivém. Do alto da varanda onde estávamos, a vista dos acontecimentos agora era perfeita. Ele agrediu um dos lutadores na nuca com seu bastão, arremessando-o para o lado. O que estava embaixo ergueu-se em um movimento rápido, surpreendendo o homem do bastão e acertando um soco em seu rosto, tombando-o para o lado e quase o levando ao chão sujo. Ao se recuperar, seus olhos lançavam chamas de ódio na direção do agressor. Ele ergueu o bastão em um movimento veloz, porém calculado. Antes que pudesse finalizar o golpe, uma voz cortou o ar tão perturbadora quanto unhas na parede.

– Pare, oficial!

O homem obedeceu congelando seu golpe a poucos centímetros de distância do rosto do agressor.

– Yuxari. – Ele se ajoelhou e todas as pessoas à nossa volta começaram a fazer o mesmo. Lamar agachou, e antes que eu pudesse entender o que estava acontecendo, puxou meu corpo para baixo.

– Que balbúrdia é essa toda aqui? – limitou-se a dizer com uma voz firme.

Ergui meus olhos apenas o suficiente para poder vê-lo. O corpo inteiro coberto por um tecido preto, apenas uma fresta deixando olhos e parte do nariz visíveis. No topo de sua cabeça uma espécie de leque, enorme e também negro, exibia-se de orelha a orelha.

– Esses dois elementos estavam brigando no meio da rua, impedindo a passagem, Yuxari. Quando fui separá-los, esse aqui me agrediu – o oficial disse apontando o agressor.

O homem, ainda de joelhos, arrastou-se até o tal Yuxari e encostou a testa no chão de terra.

– Obrigado, Yuxari. Devo minha vida a você – ele agradeceu, beijando os pés do homem de preto.

– Não toque em mim, ser asqueroso – ele respondeu, dando alguns passos para trás. Estalou o dedo e uma outra figura deixou a carruagem.

O homem caminhou lentamente até onde estavam. Vestia uma roupa marrom que ia do pescoço até quase o chão. Os pés cobertos por uma sandália de palha. Os braços cruzados escondiam suas mãos sob as largas mangas da sua roupa, envolvida na cintura por tiras de couro também marrons. A cabeça lisa dava ainda mais ênfase à estranha coloração levemente azulada de sua pele, como se estivéssemos na presença de um ser congelado pelo frio noturno do deserto.

– Droga! – Lamar cortou o silêncio com um sussurro, depois, tampou a boca com as mãos.

– O que foi? – eu disse, tentando controlar meu tom de voz.

– Eles têm um cognito aqui. Droga! Droga! Mil vezes droga!
– O que é um cognito? – perguntei, ainda baixinho.
– Espere um pouco e verá – Indigo intrometeu-se.

Assim como todos os outros, fiquei calada no momento em que a criatura começou a agir. Indigo tinha razão. Não levou muito tempo para que eu entendesse o que era um cognito, infelizmente.

O homem vestindo o hábito marrom moveu os braços, revelando pela primeira vez as mãos escondidas sob a larga manga da roupa. Elas não tinham nada de incomum, apesar dos dedos incrivelmente finos. Ele deu dois passos até o rapaz ainda ajoelhado no chão de terra. Colocou uma das mãos sobre a cabeça do homem e proferiu algumas palavras inteligíveis. Os olhos deram-me a nítida impressão de terem amarelado por um rápido segundo, voltando ao normal depois. Não demorou muito para que o corpo do rapaz chacoalhasse de forma assustadora. Por um momento, desviei meu olhar para trás, pensando se, talvez, não estivéssemos testemunhando um novo estouro de bizons.

Pelo contrário.

Afora o homem ajoelhado, todos em volta pareciam invadidos por uma tranquilidade absoluta, como se toda a energia do mundo estivesse direcionada para aquela única pessoa. Sua cabeça iniciou um movimento lateral em tamanha velocidade que cheguei a pensar que seria desmembrada do resto do corpo. Com os olhos fechados, o cognito continuou seu mantra sádico, proferindo palavras inaudíveis, apenas denunciadas pelo leve mover dos lábios.

Exatamente como eu fazia.

Pouco tempo depois, o homem sem cabelos e de olhos levemente amarelados escondeu as mãos mais uma vez sob as mangas de suas vestes. O rapaz parou de tremer. Seu corpo arqueou-se em direção ao chão, dando-me a impressão de que ele reverenciava o homem bizarro. Ledo engano. No que me pareceu mais um espasmo muscular do que um movimento consciente, seu corpo foi arremessado para trás, a coluna dobrando-se na direção oposta, os joelhos ainda colados à terra batida. Pessoas tapavam os olhos ou a boca com as mãos, evitando tornar públicos seus sentimentos ou aquilo que tinham comido no café da manhã.

O rosto do homem foi invadido por dezenas de filetes vermelhos. Suas veias, exibidas, forçando a pele em busca de liberdade. O sangue escorria por todos os lugares. Olhos, boca, ouvidos, nariz. Tudo parecia servir como leitos de rios escarlates com um único destino em comum: deixar o corpo do rapaz. Aquilo parecia excruciante. Apesar de toda sua textura carmesim, consegui testemunhar as muitas expressões de dor espalhadas por todo o seu rosto, denunciando a tortura interna imposta pelo homem de hábito marrom. Inconscientemente, dei um passo para trás, temendo que a cabeça do homem pudesse explodir em milhares de pequenos pedaços. Não foi isso que aconteceu. Há um certo limite na quantidade de sangue que um corpo pode perder antes de cessar o seu funcionamento, e quando o homem despencou para trás, inerte no chão, sabia que esse limite havia finalmente chegado.

– Nunca toquem em mim. Nunca.

O Yuxari desfilava um olhar penetrante e capcioso, típico daqueles que se deleitam em ensinar uma importante e nobre lição. *Ele tinha mesmo matado um homem por algo tão trivial e absurdo? Que tipo de sociedade era essa em que a vida de alguém valia tão pouco?*

O cognito obedeceu a um sinal do seu mestre e seguiu para dentro da carruagem, sem se importar com as dezenas de olhos que o seguiam pelo caminho. Antes que entrasse no veículo, parou e virou o rosto. Seus olhos penetravam a multidão, abrindo caminho silenciosamente, como se percorressem o espaço à procura de uma determinada pessoa. Ele desceu o degrau e caminhou na nossa direção – *na minha direção!* –, parando quase na minha frente. Não fosse pelo barril de madeira entre nós teríamos ficado cara a cara.

– *Eu posso sentir você. Posso ouvir o sangue percorrendo suas veias. Sua força é admirável. Por favor, revele-se* – ele disse mentalmente, assim como Maori fazia quando queria ter uma conversa particular comigo.

Apesar da proposta tentadora, sabia que a atitude não poderia acarretar nada de bom. Concentrei-me como louca para me esconder nas sombras de meus pensamentos, ocultando minha presença o máximo possível. Pude senti-lo aproximando-se de mim, como um animal fungando em meu cangote. *Quanto tempo mais poderia resistir?* Uma voz quebrou minha concentração, expondo-me ao inimigo. Para minha sorte, não apenas a minha concentração fora quebrada. O cognito tomou o caminho de volta até a carruagem aberta, o Yuxari em pé, do lado de fora da porta.

– Não gosto que me façam esperar – ele sentenciou ao homem azulado sem cabelos.

– Perdão, magnânimo – ele se limitou a responder, entrando no veículo.

Antes que também subisse na carruagem, o Yuxari olhou para cima, na direção da torre mais próxima entre as três que triangulavam a cidade. Ergueu o braço direito, mantendo-o lá em cima por algum tempo, abaixando-o com velocidade logo depois. Então fechou a porta e partiu.

Tudo parecia ter voltado à normalidade, quando um ponto vermelho iluminou a testa do outro homem que havia sido flagrado brigando. Ele começava a recobrar a consciência e parecia não ter a menor ideia do que acontecia ao seu redor. As pessoas perto dele se afastaram, aparentemente cientes do destino que lhe havia sido sentenciado. O estouro eclodindo no ar, seguido por um punhado de gritos de desespero, foram suficientes para também me deixar a par do que havia acabado de acontecer.

O corpo do homem jazia inerte com um pequeno círculo vermelho entre os olhos.

– Venha. Temos que sair daqui. – Lamar me puxou apressado para longe do corpo estendido no chão com um tiro na testa.

– O que aconteceu? – Minha voz soava fraca e esbaforida.

– Os guardas da torre. Eles têm uma mira perfeita. Agora vamos. Temos que sair daqui se quisermos salvar Casta.

Nós seguimos para dentro do estabelecimento. Assim que entramos, vi Indigo conversando com um homem mais velho, com uma longa barba branca e um charuto grosso entre os dedos da mão direita. O branco das pontas do bigode contrastando com o amarelo sujo logo abaixo das narinas, certamente resultado de anos de fumaça acumulada no local.

Lamar foi até eles, interrompendo a conversa.

– Qual o *status*? – limitou-se a dizer.

– Parece pior do que imaginávamos – Indigo respondeu, sem desviar sua atenção do velho.

– Como eu disse à bela menina aqui... – O velho começou a falar. Indigo o fuzilou com o olhar. Se eu tinha aprendido algo nesse exíguo convívio juntas era o repúdio que ela sentia ao ser subestimada. E, certamente, *"menina"* não lhe soava como uma denominação das mais respeitosas. – ...a situação do amigo de vocês é bem complicada. Não vejo como podem ajudá-lo.

– Do que está falando, Arnold? – Lamar intercedeu.

– Casta foi jogado no *Calabozo*, Lamar. – A voz de Indigo acompanhada por uma desanimação que não combinava com ela.

– O que é isso? – Eu me intrometi no meio da conversa.

Lamar desferiu um olhar pesado acompanhado de uma expressão fechada. Eu não sabia o que esse tal de Calabozo significava, mas tinha uma leve impressão de que estava prestes a descobrir.

– Lembra quando você enxergou Casta através daquela mulher? – Acenei para ele que sim. – Pois bem, na sua visão ele estava sendo levado para o Sablo, a arena de batalhas de Três Torres. Todos os criminosos condenados a lutar sobre as areias do Sablo são encaminhados para esse lugar chamado Calabozo, uma espécie de prisão subterrânea em meio a um labirinto, bem abaixo da arena. Nunca ninguém entrou ou saiu de lá sem a devida autorização. Tinha uma pequena esperança de que ele ainda não tivesse sido levado para lá. Agora é tarde demais.

Lamar sentou-se em um banco de madeira preso ao chão, em frente ao balcão central do Suíno Glutão. Um homem bem acima do peso servia bebidas com colorações questionáveis, além de comidas gordurosas demais para veias ordinárias. Eu não conhecia esse Calabozo, mas não me parecia possível que ele fosse muito pior que o lugar em que nos encontrávamos agora. O desânimo de Lamar havia me marcado bastante, entretanto foi a falta de palavras de Indigo que me fez perceber o tamanho do obstáculo que tínhamos pela frente. Ainda assim, nada me tirava da cabeça que salvá-lo não era uma tarefa impossível. Não tínhamos atravessado todo o deserto, enfrentado bizons e chegado até ali por nada. Maori não deixaria.

– O que isso significa? Que vamos desistir? Um obstáculo inesperado e metemos o rabo entre as pernas e vamos embora? Essa é a importância de Casta para vocês?

Indigo ergueu-se incendiada por um ódio grudado nas pupilas.

– Quem é você para questionar a importância de alguém para mim, garota?

Eu abri um largo sorriso. *Indigo estava de volta!*

– Do que está rindo? – ela perguntou.

– Nada – respondi, fechando o semblante. Depois, continuei. – Sr. Arnold, deve haver alguma maneira de podermos ajudar nosso amigo. Por favor, pense.

O velho deu um gole na bebida. Ao baixar a caneca para o balcão, a cor amarelada do bigode havia cedido espaço para um tom mais marrom do líquido. Ele limpou a boca com as costas da mão.

– Só consigo ver duas maneiras para alguém conseguir entrar no Calabozo – ele profetizou, captando toda nossa atenção naqueles breves segundos. O velho percebeu isso e pareceu ter gostado da atenção, dando mais um longo gole na bebida escurecida antes de voltar a falar. – A primeira é sendo um oficial, o que nenhum de vocês é...

– Qual é a segunda? – Indigo atropelou-o.

Eu atravessei o velho antes que ele voltasse a falar.

– Como um prisioneiro – concluí.

– Exatamente – O velho comemorou, elevando a caneca para o alto e brindando minha percepção.

Lamar levantou-se do banco, o rosto tomado por uma surpresa aparente.

– Que ideia mais idiota essa.

Indigo pareceu refletir por um minuto, até que também ergueu seu corpo.

– A ideia pode ser arriscada, mas não é idiota – ela sentenciou.

– Você deve estar brincando comigo, Indy. Viemos aqui para soltar um dos nossos, não o contrário.

– Sim, e isso quer dizer fazermos tudo que estiver ao nosso alcance. Podemos arriscar nossas vidas, por que não nossa liberdade? – O argumento de Indigo foi bom o suficiente para plantar a dúvida no rosto de Lamar.

O velho Arnold terminou sua bebida, empurrando a caneca na direção do homem obeso com um sinal para que enchesse de novo. Depois, focou sua atenção em nós.

– Não há necessidade de mais de um de vocês ser preso. Seja lá o que acontecer, é bom que alguém permaneça aqui fora para chamar reforços, se necessário. Com isso, resta apenas uma dúvida – ele falou, mantendo suspense.

– Qual de nós deve ir preso... – Lamar ponderou.

– Eu vou – Indigo ofereceu-se, sem me causar espanto algum.

Naquele momento, as coisas ficaram tão claras quanto o dia ensolarado. Se havia alguém apto para essa tarefa, essa pessoa seria eu. Por isso Maori tinha feito questão de que eu os acompanhasse nesse resgate. Ela já tinha antevisto isso. Apenas eu seria capaz de ultrapassar o enorme obstáculo que se materializava à nossa frente.

– Você não vai, Indigo. Ninguém vai. – Lamar foi categórico.

– Eu vou – afirmei quase por impulso, logo na sequência.

Lamar fez cara de poucos amigos.

– Você está louca se acredita que deixarei você se arriscar desse jeito, Seppi. Não depois de ter passado anos com o único objetivo de mantê-la em segurança. – Lamar se opôs.

Eu me aproximei dele.

– Foi justamente para isso que vocês me mantiveram segura por todo esse tempo. Foi justamente por isso que pessoas como o pai de Indigo – eu a encarei para me assegurar de que ela estivesse escutando – deram suas vidas durante todos esses anos. Se eu não puder fazer isso, todas essas mortes terão sido em vão. Não posso deixar que isso aconteça. Essa é a minha oportunidade de dar significado a cada sacrifício feito sem que eu sequer tivesse ciência e pelos quais me sinto totalmente responsável.

Eu caminhei até Indigo, que ainda tentava degustar as veracidades das minhas palavras. O rosto tomando um tom avermelhado que poderia levar a uma explosão de choro ou a uma explosão na minha direção.

– Você pode achar que eu não ligo para Casta, mas eu me importo sim. – Essa foi a primeira vez que vi o poderoso olhar de Indigo fugindo de um confronto. – E me importa justamente por ser importante para vocês. Eu não posso te prometer que o trarei de volta são e salvo; posso, no entanto, te dar minha palavra de que morrerei tentando, se isso for necessário.

Eu me afastei um pouco, passando a alternar meu olhar entre os dois.

– Me deem a oportunidade de provar a vocês que eu sou merecedora disso. De me sacrificar por quem não conheço, assim como outros já fizeram comigo. Eu apenas peço isso. Por mim. Por vocês. Por *todos eles*.

Lamar tinha uma expressão conformada no rosto, de quem sabia que minha decisão estava tomada e nada me faria mudar de ideia. Já Indigo permaneceu em silêncio por um tempo, digerindo minhas palavras. A verdade é que ela sabia que eu tinha as maiores chances de sucesso – mesmo que pequenas –, e se ela realmente quisesse ver o amigo Casta Jones novamente, teria que superar todo aquele rancor visceral que impregnava sua alma.

– Você quer se jogar na cova dos leões? Por mim, muito bem. Como você mesmo disse, nada mais justo. Mas não espere que isso mude alguma coisa entre nós – ela finalizou.

Eu concordei, tentando camuflar o leve sorriso que tentava despontar. Não porque estivesse feliz em me colocar em perigo. De forma alguma. Com esse medo eu teria que lidar depois. Quase sorri pelo simples fato de que as duras palavras proferidas por Indigo não combinavam com a compaixão que, agora, conseguia enxergar em seus olhos.

E, afinal de contas, os olhos são a janela da alma, certo?

Segui para fora do bar, voltando à varanda onde havíamos testemunhado o Yuxari e seu cognito de estimação assassinarem dois homens a sangue-frio. Não demorou muito para que todos, inclusive o velho Arnold, aparecessem atrás de mim.

– O que você está fazendo, Seppi? – No rosto de Lamar uma preocupação evidente.

– Precisamos arranjar um jeito de me levarem presa.

– Você está pensando em levar isso mesmo adiante?

– Nosso tempo é muito curto para ficarmos debatendo a mesma coisa várias vezes. Já tomei minha decisão. Você mais do que qualquer outro deveria saber que sou capaz de fazer isso.

Ele esfregou o rosto com as mãos como se quisesse espremer para fora de si todas as preocupações que carregava na cabeça. No fundo, ele sabia que só havia duas escolhas restantes: ir embora sem Casta Jones ou seguir o meu plano impulsivo que, até então, resumia-se somente a uma parte: conseguir ser presa. *O restante? Aí já eram outros quinhentos.*

– Temos que tomar cuidado com o que vamos fazer. Uma atitude um pouco fora da curva e, em vez de vê-la presa, teremos que recolher seu corpo sem vida do chão empoeirado – ele disse.

– Você tem razão – concordei.

– Ei! Você aí! – Uma voz surgiu por trás de mim.

O homem vestia uma roupa igual à do oficial que havia descido da carruagem no *"incidente"* de pouco tempo atrás.

– Você mesmo, garota! – ele repetiu, fazendo um gesto para que eu fosse até onde ele estava.

Comecei a me mover, mas fui segurada por uma mão flácida, porém vigorosa.

– Não se mexa – o velho Arnold disse.

– O que você está fazendo? Solta ela – Lamar intercedeu.

Indigo deu um passo até onde Lamar se encontrava, sua boca quase encostando seus ouvidos.

– A ideia não é arranjar um motivo para que a prendam? Essa é nossa chance – ela sussurrou alto o suficiente para que até eu a escutasse.

Estávamos pensando no que eu poderia fazer para ser presa e aqui surgia a oportunidade de ser trancafiada exatamente pelo oposto: *não fazer nada.*

O oficial irritou-se, exigindo minha presença uma vez mais. Agora, em um tom mais autoritário e firme. Eu apenas o olhei e, depois, virei o rosto, ignorando-o.

– Ele está vindo. Parece furioso – o velho Arnold anunciou.

Alguns segundos se passaram e meu coração já havia deixado o ritmo *"estouro de manada"* elevando-se ao grau de *"terremoto nunca antes visto"*. Sentia-me como a isca usada por caçadores que desejavam capturar um terrível predador. Se tudo desse certo, ótimo; se não, adeus mundo cruel.

– Onde ele está? – perguntei, ainda de costas para o homem.

– Chegando perto – Lamar respondeu.

– E agora? O que faço?

O velho Arnold disparou-me um olhar capcioso e resoluto. Aquele breve momento em que nossos olhos se cruzaram foi mais do que suficiente para que eu percebesse a ideia fervilhando em sua cabeça.

Não tive nem tempo de perguntar o que era.

– Às vezes, minha cara – ele começou a falar –, na vida, a única coisa que a gente precisa para conseguir o que quer é um empurrãozinho – ele concluiu, com ar misterioso.

Antes que eu pudesse tentar desvendar o que o velho queria dizer com aquilo, a sola do seu pé veio de encontro com o centro do meu peito. Sem precisar usar muita força, o velho esticou o joelho jogando o meu corpo para trás. Tropecei no degrau que separava a varanda da rua, caindo de forma estabanada em cima do oficial. Fomos os dois ao chão. Antes que qualquer um de nós pudesse se levantar, sua boca já assoprava um apito que dilacerava meu tímpano.

– Sua imbecil! – ele exclamou ao se erguer e tentar limpar a sujeira grudada nas costas do uniforme. Quis levantar-me, mas ele colocou seu pé sobre meu corpo, forçando-me para baixo. – Fique onde está, garota! Dessa vez, você irá me obedecer!

Um par de oficiais apareceu correndo na esquina em resposta ao chamado do colega.

– O que aconteceu? – Um deles perguntou, a voz ofegante mostrando a vergonhosa falta de preparo físico. – *O que já seria fácil de deduzir pela barriga esparramada ao longo da cintura.*

– Eu chamei essa garota para ajudar na limpeza de uma fossa aberta ali na rua de trás e ela me atacou quando me aproximei – ele disse, exagerando na sua versão dos fatos.

– Eu não o ataquei, foi apenas...

– Cale-se! – ordenou o oficial de cintura volumosa. – Só fale quando for perguntada, entendido?

Eu fiquei em silêncio.

– Nunca vi essa menina por aqui – o outro oficial, mais jovem e bem condicionado, disse ao me encarar. – De onde você é, garota?

Eu olhei para Lamar, pensando no que poderia ou não dizer ao responder essa pergunta. Uma palavra errada e tudo poderia fugir do controle. Meu objetivo era ser presa, mas também chamar o menos de atenção possível.

– Eu apenas vim aqui para acompanhar o Sablo – respondi a primeira coisa que me veio à cabeça.

Eles pareceram satisfeitos com a minha explicação ou, talvez, aquela tenha sido uma daquelas perguntas retóricas em que a resposta não tinha importância alguma. De qualquer maneira, o pé do oficial continuou espremendo meu corpo contra o chão.

– Talvez devêssemos levá-la para conhecer o Sablo de perto, garota. Bem de perto – o oficial que me espremia no chão sugeriu.

– Se você a levar até lá perderá o carteado do almoço, Roland. Você sabe a burocracia das coisas lá dentro – o balofo ponderou.

Roland pareceu refletir sobre a informação que havia recebido.

– Você tem razão, Duke. Mas não posso simplesmente deixá-la livre depois de me atacar, correto? – Roland falou.

– Há sempre outra opção – Duke disse, tirando um apito do bolso e assoprando-o de forma estranha, porém ritmada. Ergueu um dos braços e, depois, abaixou-o com velocidade na direção do chão.

O tiro vindo da torre mais próxima passou por baixo da perna de Roland, atingindo o chão bem ao lado do meu pescoço. Todos pularam para trás, especialmente o guarda que me mantinha presa ao solo. Seu rosto povoado por medo e surpresa.

– Porra, Duke! Que merda é essa? Tá tentando me matar?

Duke parecia ainda mais surpreso e assustado.

– Eles nunca erram – ele disse, agachando-se para olhar a trajetória da bala. – Cacete, essa passou perto, hein?

– O que vocês estão fazendo? – Lamar questionou os oficiais, talvez se esquecendo das possíveis consequências.

– Cale-se! – um deles bradou apontando uma arma para ele.

Não demorou muito para que os outros dois oficiais começassem a rir da expressão assustada de Roland. O rosto de Roland ainda tomado pelo suor nervoso que escorria dos poros. Para ele, aquela situação não tinha tido graça alguma.

– Calem a boca, seus idiotas! Aquele imbecil quase me acertou!

– Cara, confesso que nunca vi isso acontecer antes. Os caras são *experts* em tiros a distância. Vou sinalizar para que ele atire novamente. Por segurança, acho melhor você se afastar dela dessa vez – Duke falou.

Fechei meus olhos rápido, buscando a minha eterna aliada: a concentração. Não tinha muito tempo para tentar sanar o problema e evitar me tornar mais uma vítima idiota do autoritarismo sem nexo daquele lugar.

Me leve para o Calabozo, repeti algumas vezes na minha cabeça, focando a imagem de Roland na minha mente.

Me leve para o Calabozo... Me leve para o Calabozo... Me leve para o Calabozo...

– Vá se danar, Duke! Chega de cagada por hoje. Vou levar essa garota pro Calabozo e fim de papo!

A resolução trouxe apenas segundos de alívio. Para mim e para os meus companheiros. Afinal de contas, dali em diante não tinha a menor ideia de como tiraria Casta Jones e a mim mesma da prisão. Mesmo assim, procurei observar o lado positivo em tudo aquilo: *viva* eu teria mais chances de êxito.

O oficial me prendeu usando um par de algemas ligadas à sua cintura por uma longa barra de ferro, tornando impossível que eu me aproximasse dele enquanto caminhávamos.

– Você vai me fazer perder o carteado, garota. Ia comprar uma coisa para o meu filho com o dinheiro que ganhasse lá. Agora, ele terá que se contentar em ver você de camarote sendo trucidada nas areias do Sablo – ele profetizou.

Muitas coisas passaram pela minha cabeça após essa sentença. Uma mais estranha chamando minha atenção. Três pequenas palavras com grande significado.

Muito obrigada, Roland.

O rosto coberto pelo capuz fez do escuro meu grande companheiro durante o trajeto pela ala subterrânea da prisão. Aproveitei a escuridão artificial para me concentrar e tentar utilizar os olhos do oficial como se fossem meus, mas as incontáveis curvas para a esquerda e para a direita, somadas aos inúmeros empurrões nas costas, tornaram impossível meu objetivo. Não sabia afirmar o tempo que levamos caminhando de um lado para o outro – engraçado como o negrume nos tira não apenas a noção de espaço, mas também de tempo –, embora soubesse ter sido tempo suficiente para fazer latejar minhas duas pernas. O caminho alternava a sensação de frio e calor que impregnava meu corpo, como se verão e inverno fossem colegas de quarto. Paramos em um determinado ponto, minhas costas colocadas contra a parede.

– Espere um pouco antes de tirar seu capuz – a voz disse. Senti meus pulsos e tornozelos sendo libertados.

Preferi manter o silêncio como meu aliado, enquanto ainda sofria com os caprichos da ausência de luz. Só depois de algum tempo ousei falar.

– Tem alguém aí? Já posso tirar meu capuz? – Sem resposta.

Preferi esperar um pouco mais, temendo alguma represália desnecessária. Ainda assim, há um certo limite para que uma pessoa aguente com a cabeça coberta por um saco preto, e, finalmente, depois de um longo e indeterminado tempo, dei boas-vindas à luz.

O que vi foi perturbador. As paredes que me cercavam eram feitas de pedra e cimento e cobertas por plantas espinhosas em toda a parte superior, o que tornava sua escalada algo fora de cogitação. Dei alguns passos até chegar a uma bifurcação. Virei à direita sem nenhum motivo específico, fazendo o mesmo na bifurcação seguinte, até dar de cara com um beco sem saída. Refiz o caminho de volta, tomando a outra direção ao chegar novamente à primeira bifurcação. Dei de cara com uma parede mais uma vez. E outra. E outra. E outra. Nessa prisão não havia grades ou celas nos mantendo cativos, mas, sim, algo muito pior: uma falsa sensação de liberdade que nos enchia de esperança, como se pudéssemos sair dali com um pouco de esforço e sorte. Com o tempo, essa sensação dava lugar à frustração e à impotência de se deparar com mais uma curva sem saída após mais uma escolha errada.

Totalmente enlouquecedor.

Em poucos minutos, meu peito ficou ofegante, movendo-se em ritmo alucinado na busca por ar, seguido por uma percepção claustrofóbica de que as paredes me espremiam a cada segundo. Lacei o foco de volta, torcendo para que encontrasse Casta Jones antes de minha mente se perder para sempre em um labirinto de loucura.

Segui por bifurcação atrás de bifurcação, fazendo novas escolhas e lutando para manter minha sanidade. Consegui, ao menos, tornar menos frequentes os meus encontros ocasionais com os becos sem saída. Algum tempo depois, já era impossível, para mim, retornar conscientemente ao meu ponto de partida. Como acharia Casta Jones em um lugar como esse? A pergunta já vinha recheada por um peso enorme, tornando-se ainda mais insuportável quando me levou a uma nova linha de pensamento bem mais preocupante.

Como seria se, em vez de Casta, eu encontrasse outro prisioneiro? Ao menos, em uma prisão normal, eu teria o conforto da segurança das grades de uma cela. E ali? Como faria para me proteger? E se fosse surpreendida por um deles quando estivesse dormindo?

Droga! Onde estava com a cabeça ao me oferecer para me trancafiar em um lugar como esse?

Respirei fundo e expirei por um ou dois minutos. Havia aprendido com a minha mãe que nada nos acalmava mais do que contar nossa respiração. E, ultimamente, esse havia se tornado um exercício mais do que frequente, para minha infelicidade. Precisava recobrar o controle dos meus pensamentos. A mente funciona como um pequeno animal selvagem encoleirado: no minuto em que você se descuida e afrouxa a coleira, ele se desvencilha e começa a agir por conta própria. Havia chegado a hora de adestrar meus pensamentos uma vez mais.

Segui mais alguns minutos entre decisões momentâneas e caminhos tortuosos, até que uma enorme luz surgiu do teto. Em linha reta, ela seguia até o chão, quebrando a escuridão e lembrando o entardecer com seus raios avermelhados e hipnotizantes. O que seria isso? Outras luzes vermelhas surgiram, dando ao cenário um aspecto rubro de uma batalha sangrenta. Um desses novos feixes de luz pipocou próximo de onde estava. Não sabia o que aquilo significava, se deveria segui-lo ou não, mas quando se está no fundo do poço, nossas escolhas tornam-se escassas e as decisões menos complexas. Por algum motivo, com a luz me orientando, locomover-me dentro daquele labirinto ficava menos árduo. Virei à esquerda e, depois, mais outra vez. Deparei-me com uma reta comprida. O chão, iluminado pela luz rubra, estendia-se como um enorme tapete vermelho. Meu pote de ouro atrás do arco-íris. Acelerei os passos com ansiedade e sem perder a cautela usual. Na verdade, eu a redobrei. Outros poderiam ter caminhado para lá, orientados pela mesma luz escarlate.

Um odor cativante acendeu minhas narinas, já acostumadas ao cheiro acre do lugar. Minha boca começou a salivar de tal maneira que poderia iluminar a fenda por algumas horas. No fim do trajeto iluminado, um prato de comida me esperava. A carne assada banhada pelo feixe de luz escarlate ganhava um aspecto ainda mais apetitoso. Meu estômago começou a roncar, dando-me ciência de suas necessidades. Quando percebi, já havia disparado na direção da comida – uma forma peculiar de alimentar os presos. Ajoelhei-me em frente ao banquete e arranquei um pedaço da carne com as mãos. A primeira mordida inebriou todos os meus sentidos. Paladar, olfato, visão, audição, tato. Todos pareciam dedicar-se exclusivamente àquela experiência, ao ápice daquele momento.

Talvez por isso eu não tenha notado uma presença indesejada antes que fosse tarde demais.
Por que as piores coisas sempre acontecem comigo nos melhores momentos?

– Tire suas patas imundas da minha comida!

Eu quase me engasguei com o pedaço de carne ainda alojado dentro da minha garganta. A apenas alguns centímetros de mim, uma mulher com pequenos chifres cobertos pela pele da testa encarava-me com um olhar penetrante e pouco convidativo. Uma maquiagem preta em suas pálpebras parecia dobrar seus olhos de tamanho. Os lóbulos das orelhas estendendo-se até quase a metade da bochecha, adornados por grandes alargadores negros cujos buracos permitiriam facilmente que a flecha de uma besta passasse por ali. Correntes de prata ligavam suas narinas à parte superior das orelhas, enquanto o pescoço era ornamentado por dezenas de hastes pontiagudas e, aparentemente, afiadas. As tatuagens vestiam mais o corpo do que propriamente a roupa escura que cobria parte do seu torso. Seus olhos – de um tom azul quase cristalino – avançavam sobre mim como a escuridão afiada dos meus sonhos.

– Eu disse tire as patas da minha comida, sua imbecil! – ela repetiu a ordem de forma mais vigorosa.

Com meu maxilar aberto, a carne restante em minha boca quase despencou ao chão. Ainda mastigando, agi rápido.

– Me desculpe – eu disse, com a voz ainda abafada pela comida.

Ela se aproximou, movendo de um lado para o outro um enorme bastão recheado de pregos no topo. Seus olhos continuavam colados em mim, aguardando por um movimento em falso que pudesse justificar a união entre meu cérebro e os ornamentos que decoravam sua arma. Eu permaneci imóvel. Ela avançou na comida com uma voracidade que me fez lembrar de Diva. Talvez, se ela estivesse aqui, o rumo dessa conversa seria bem diferente do atual. Ela ficou de cócoras, agarrando a carne com uma das mãos e arrancando grandes nacos a dentadas. Os olhos, entretanto, fixos na minha imobilidade. Os dentes, mais afiados do que o normal, penetravam a carne, liberando o suco da carne, que escorria pelas mãos da mulher e encontravam no chão seu destino.

Meu estômago roncou, exigindo de mim uma atitude.

– Talvez você pudesse deixar um pouco para mim – sugeri em um tom quase inocente.

– Há o suficiente para nós duas.

A mulher continuou mordendo a carne sem dar atenção ao meu pedido. Decidi chegar mais perto, sem movimentos bruscos que pudessem causar qualquer suspeita à mulher armada, mas antes mesmo que eu pudesse terminar minha passada ela já estava de pé, em posição de ataque.

– Eu disse para você se mexer?

– Me desculpe.

A mulher voltou à posição anterior, postando-se de cócoras enquanto saboreava o resto do prato. Em poucos segundos não restava nada além de ossos gordurosos e um cheiro inebriante de comida.

– Você é nova aqui, certo? – ela perguntou, cutucando o dente com os pregos da clava.

– Sim.

– Você comeu ontem? – ela perguntou, seus olhos presos em mim. Eu acenei afirmativamente. – E anteontem? Você comeu também? – Mais uma vez eu respondi com um aceno. – Pois bem, não restam dúvidas de quem deveria ter aproveitado esse prato, garota.

Eu não disse nada. Seria possível que as coisas funcionassem dessa forma ali? Chegaria eu a ficar tão faminta aqui dentro a ponto de estar disposta a matar por um prato de comida? Talvez por causa da fome, minha cabeça recorreu às lembranças de casa, onde um farto jantar dependia apenas da minha disposição de caçar o animal. Podia sentir o aroma dos temperos que minha mãe usava para preparar nosso jantar. Mais uma vez, tive saudade de casa.

A mulher de chifres interrompeu meu banquete etéreo, como se quisesse impedir também que eu saciasse minha fome até mesmo em meus sonhos.

– Não acha justo, garota?

– O quê?

– Que eu me comesse tudo, já que estava há tanto tempo sem digerir nada.

Apesar de o meu estômago divergir da minha opinião, preferi concordar com ela.

– Só há um problema com esse cenário todo, garota – ela disse, admirando a clava infestada de pregos enquanto a girava com as mãos.

– Qual problema? – No momento em que a pergunta foi formulada, eu já sabia que ela jamais deveria ter sido feita.

– Eu continuo faminta!

E à medida que as palavras deixaram sua boca, seus pés também abandonaram o chão, impulsionando a mulher de chifres e dentes pontiagudos na minha direção.

Há alguns dias eu levava uma vida calma, em muitos momentos monótona até. Várias vezes me percebia sentada em meio à mata após uma caçada, os olhos fixos no céu, mirando as estrelas, como se alguma coisa dentro de mim clamasse por algo novo, emocionante. Por diversas vezes me vi invadida por esse sentimento inexplicável de que minha vida reservava algo diferente, excitante. Mesmo em meus momentos mais introspectivos, nunca poderia imaginar que diferente e excitante seriam sinônimos de um par de dentes afiados cravados em meu ombro.

– Você é saborosa, menina. – A mulher chifruda lambia os beiços enquanto eu testemunhava o sangue escorrendo por seus caninos afiados.

Meu sangue!

– Sai de cima de mim! – Tentei empurrá-la para trás, mas ela estava montada em cima de mim com as pernas sobre minhas mãos.

– Você vai dar um banquete e tanto para os próximos dias, garota. Não vou precisar mais correr atrás dessa maldita luz vermelha por um bom tempo!

Podia ver a fome em seus olhos. Por um segundo imaginei o que sentia cada presa dominada ao perceber Diva babando sobre seu corpo. Apesar de tudo, alguma coisa ali parecia não se encaixar. Eu não podia ser uma poderosa totêmica, como havia dito Maori, destinada a transformar o mundo, se fosse encontrar meu fim na ponta dos dentes de uma mulher canibal. Não fazia o menor sentido. Queria me concentrar, mas meus olhos não conseguiam abraçar a escuridão. Não com aquele par de caninos prestes a se enfincarem mais uma vez em mim.

– Por favor, não faça isso – supliquei.

Sem falar nada, a mulher tatuada arremessou seus dentes em mim uma vez mais. Eu consegui desviar meu pescoço, buscando aquele centímetro que faria a diferença entre sucesso e fracasso. Se ela me pegasse pela goela tudo estaria terminado. Já havia testemunhado os ataques de Diva diversas vezes e sabia que o momento em que seus caninos penetravam a garganta da presa a luta encerrava-se.

Tinha que tentar alguma coisa. Forcei meu corpo para cima, usando toda minha energia para desvencilhá-la de cima de mim. Ergui meu quadril em movimentos curtos e potentes, fortes o suficiente para jogá-la para cima, mas não para desequilibrá-la. Girei meu corpo em meio a gritos desesperados de quem percebe que o final se aproxima. Quando cansei, pouco depois, o peito ofegante pela maratona de trancos e solavancos, notei uma espécie de sadismo na expressão facial da mulher de chifres. Ela estava gostando daquilo.

– Me solta! – ordenei em uma última – e patética – tentativa de me livrar do seu domínio.

– Isso, garota! Lute! Você só vai deixar sua carne ainda mais tenra.

Não sei como consegui livrar minha mão direita presa por sua perna, mas minha reação foi automática. Um soco atingiu-lhe bem no osso do maxilar. Lamentei que não tivesse conseguido acertá-la no meio do nariz. Esse golpe, sim, teria causado um estrago importante. A minha tentativa não fora apenas infrutífera, como deixara minha agressora ainda mais implacável.

– Eu ia tornar seu sofrimento breve, menina, mas agora vou fazer você sofrer. – O ódio iluminava seu rosto como raios preenchendo o céu durante uma tempestade. Não havia clemência alguma ali. Ela continuou fazendo ameaças ainda mais assustadoras. – Vou beber seu sangue até que você fique anêmica, impotente, e, daí, vou começar a devorá-la lentamente, em um ritmo suficiente para que você sinta cada rasgo que farei na sua pele, na sua carne, até que sobre de você apenas ossos. Você está me ouvindo? Logo, você vai odiar sua mãe por tê-la trazido a este mundo. Vou acabar com a sua...

A frase foi interrompida de forma inesperada. Antes que percebesse o que estava acontecendo, o corpo da mulher despencou para o lado, desprovido de consciência, inerte, sobre o chão.

Estaria ela morta?

Uma voz rompeu o ar, parecendo ansiosa para responder minha pergunta.

– Venha comigo. Ela não vai ficar inconsciente por muito tempo.

Eu olhei para cima e percebi a figura de um rapaz de pele escura e lábios surpreendentemente carnudos. A cabeça raspada na lateral contrastava com as dezenas de longas e grossas tranças de cabelos negros e crespos que cobriam o restante de seu couro cabeludo. Ele usava uma roupa suja e rasgada, mas quando seu rosto encontrou a parca luz, senti um alívio tomar conta do meu corpo.

– Casta Jones? – perguntei, reconhecendo-o das lembranças de Emiliene. Ele me encarou com um olhar indecifrável. – Eu estou aqui para resgatar você – completei.

– Você não me parece muito boa no que faz, Srta. Devone – ele ressaltou, erguendo-me do chão e me conduzindo por um caminho tortuoso de bifurcações.

Por algum motivo, ele parecia conhecer aquele lugar como a palma de mão, não dando de frente com nenhum ponto sem saída durante todo o trajeto que fizemos. Caminhamos por alguns minutos, apressados e em silêncio, até que uma dúvida surgiu na minha cabeça, tão avassaladora quanto a mulher que há pouco tentara me devorar.

– Como você sabe meu nome? – Eu brequei meus passos, afastando meu braço do seu alcance.

Casta parou, virando-se para mim. O rosto tomado por uma irritação latente.

– Eu ajudo a protegê-la por anos, Seppi. Seria leviano da minha parte não a reconhecer. Agora, venha comigo. Há coisas piores que Friggi neste labirinto – ele afirmou, pegando novamente meu braço e me levando dali.

– Para onde estamos indo?

– Sei que está aqui para me salvar, mas, primeiro, sou eu quem tem que salvá-la.

Eu o segui sem falar mais nada. Dois sentimentos travando uma disputa dentro de mim: a gratidão por ter sido salva por ele e a vergonha, exatamente pelo mesmo motivo.

5

Após algum tempo andando, paramos em um local como qualquer outro dentro daquele labirinto, sem nada de especial que chamasse a atenção. Ao menos, a minha.

– Acho que estamos seguros aqui – Casta disse, apoiando as costas em uma das paredes. – Pelo menos, por enquanto.

Eu preferi me sentar. Por algum motivo, ficar em pé parecia acionar a sirene dentro do meu estômago.

– Aquela mulher estava tentando me comer! – falei, indignada.

– Pelo que vi quando eu encontrei vocês, eu diria que ela estava conseguindo – ele replicou com um riso sarcástico enfeitando o rosto.

O pior é que ele tinha razão. Ele voltou a falar.

– Friggi não é das pessoas mais sociáveis. E eles gostam de fazer com que nos voltemos uns contra os outros aqui dentro. – Casta voltou os olhos para cima como se estivesse se referindo a algum tipo de divindade.

– O que leva uma pessoa a ficar daquele jeito?

Minha pergunta indignada, no fundo, ecoava de volta para mim. Seria eu capaz de fazer aquilo com alguém em uma determinada circunstância?

– Fome, garota. Não há pior conselheira.

Ele tinha razão. Meu estômago fazia questão de me lembrar disso a todo momento.

– Você acha que ela está morta? – Eu decidi mudar o foco do assunto.

– É melhor você torcer para que não – ele respondeu, usando um tom vago e misterioso.

– Do que você está falando? Ela tentou me comer viva. Por que a quereria viva?

Casta afastou-se da parede, caminhando até o centro do corredor. Ele rodou em seu próprio eixo, os braços abertos como se esperasse pelo Sol durante o inverno.

– O que você vê à sua volta, Seppi?

Olhei para todos os lados, buscando por algo que desse significado ao que ele falava. Nada.

– Um labirinto?

– Exato, Seppi. Não qualquer labirinto, entretanto. Estamos embaixo do Sablo, e o destino de todos aqui embaixo é manter-se vivo para morrer nas areias da arena. Você entende?

Não. Eu não entendia.

– Não somos prisioneiros, Seppi. Somos entretenimento.

– Entretenimento?

– Ninguém fica aqui por muito tempo. Alguns mais, outros menos. Assim como a morte, o chamado da luz amarela também é inevitável. Se meu golpe matou Friggi, isso significa apenas duas coisas: ela teve a melhor morte possível aqui embaixo e você ficou um pouco mais próxima dos tablados arenosos do Sablo. É assim que as coisas funcionam por aqui.

Eu me levantei, tentando mostrar um estado de espírito elevado... e fictício.

– Então vamos fugir daqui antes de sermos convocados.

– É impossível sairmos daqui, Seppi. – Ele se sentou no chão, apoiando a cabeça contra a parede.

– Mas você se moveu até mim pelas vielas deste labirinto sem errar uma única vez.

– Pode parecer estranho, mas era como se alguma coisa assoprasse no meu inconsciente o caminho até você. Como se eu estivesse andando de olhos vendados e, ainda assim, conseguisse enxergar o caminho, entende?

Sabia exatamente ao que ele se referia. Já tinha me sentido assim, principalmente desde que meus poderes começaram a se desenvolver. Vozes inteligíveis sussurrando dentro da minha cabeça, debatendo sobre coisas que eu não conseguia entender, mas sabia serem importantes. Elas haviam me aconselhado. Talvez existissem piores conselheiras que a fome no fim das contas. Mas eu não tinha clamado por Casta quando estava começando a ser devorada por Friggi. Então quem teria sido? A resposta veio rápido como a bala do oficial da torre que derrubara o forasteiro no meio da rua: Maori. Mesmo longe, ela parecia nos manter ao seu alcance. Ela havia guiado Casta até mim pelo complexo labirinto. Não fosse por ela, a essa hora eu já faria parte do suco gástrico da mulher selvagem, restando a mim apenas torcer para que o banquete humano desse a ela uma tremenda indigestão. Só podia ser isso. Não havia outra explicação.

Ou haveria?

– Você deve pensar que sou louco – Casta disse, laçando-me de volta à realidade.

– Pelo contrário, sei exatamente do que você está falando – respondi com o sorriso aliviado de quem se sente *menos anormal*.

Ele começou a mexer no bolso da calça, tirando algo que eu não consegui definir bem o que era.

– Tome. Eu estava guardando isso para mais tarde. Nunca sabemos quando esses loucos vão decidir nos mandar mais comida. Mas você parece estar precisando mais do que eu.

Ele jogou um pedaço grande de carne na minha direção. Eu agarrei no ar. Mesmo fria e emborrachada, nunca um pedaço de comida teve um gosto tão bom. Tentei deixá-lo o máximo de tempo dentro da boca, mastigando a carne até quase misturá-la à saliva. Lembrei-me dos dentes de Friggi cravados em meu pescoço e a dor voltou a latejar em meu ombro.

– Obrigado – eu falei com a boca ainda cheia. Ele sorriu sem dizer nada. – E agora? O que faremos?

Com os olhos fechados, sem nem se mexer, ele respondeu de forma sucinta.

– Esperamos.

– Pelo quê?

– Pela luz amarela – ele finalizou, deitando-se no chão e dando as costas para mim. – É só isso que podemos fazer aqui. Ficar vivo e esperar.

Eu fiz o mesmo, testemunhando o sono nocautear a fome.

Ao menos, por hora.

Abri os olhos e olhei para o lado. O corpo ainda moído por dormir no chão duro do labirinto. Não conseguia ter ideia de quanto tempo havia dormido ali. Duas ou doze horas, qualquer uma das possibilidades não passaria de um mero chute – apesar das dores no meu corpo indicarem que estaria mais para a segunda opção. Casta ainda estava apagado sobre o mesmo solo duro. Totalmente imóvel. Não fosse pelo leve subir e descer do seu peito, eu poderia até temer pelo pior.

Não demorou muito para que o meu estômago voltasse a conversar comigo. Sem nenhuma luz vermelha aparente – não sabia se lamentava ou agradecia por isso –, decidi procurar por comida no lugar mais fácil e acessível: nas coisas que Casta carregava consigo. Achei uma pequena barra de cereais quebrada ao meio dentro de um pote de plástico. Apesar dos maus conselhos vindos da área do meu abdômen, achei justo consumir apenas metade, deixando algo para Casta forrar a barriga ao acordar.

A teimosia do sono pesado ainda insistia, quase me obrigando a voltar a fechar minhas pálpebras, mas a necessidade de comida tornava essa uma batalha impossível de ser vencida. Fiquei ali, sozinha, abraçada pelo silêncio – cortado somente por um ou outro ronco esporádico de Casta –, tentando reviver na cabeça o início desse filme que me levara até ali. Havia consumido algumas pequenas mordidas quando as coisas à minha frente começaram a perder o foco, como se estivesse observando-as do fundo do mar. Tudo retorcido, alternando-se em imagens côncavas e convexas, sem sentido algum, até ficarem, de uma hora para outra, tão cristalinas quanto o reflexo de um espelho. Somente para, depois, perderem mais uma vez toda a sua lógica.

Espantei-me ao levantar a barra de cereais na minha mão e notar ali uma suculenta coxa assada de racum em seu lugar. O animal de médio porte, longa cauda e um apetite voraz por galináceos, mostrou-se surpreendentemente saboroso, em especial quando o suco da carne se misturou à minha saliva. Algo chamou minha atenção. Ao me virar, lá estava ela. Minha mãe. Appia Devone. Servindo-me um pouco mais de carne de racum, arroz com cenoura e folhas verdes. Seus olhos arregalados, estranhando meu apetite mais voraz do que o usual. Ela encheu meu copo com suco de lantela, meu preferido. O gosto doce da bebida misturando-se ao alimento dentro da boca, compondo uma sinfonia nutricional que há muito não experimentava.

Coma, minha filha. Há muito o que se fazer e você vai precisar de toda a sua energia.

A voz da minha mãe caminhando como uma melodia dentro de meus ouvidos, flutuando no meu subconsciente feito uma pena caindo lentamente até o chão. Queria me levantar dali e abraçá-la com força, compensando todas as vezes em que ela estivera perto de mim sem que eu desse o valor merecido. Mas me mantive sentada, raspando toda a comida do prato sem que houvesse amanhã. Quando minha boca não suportava mais a presença de nenhum alimento, concentrei meu olhar nela. O semblante de paz carregava consigo uma leveza contagiante, uma simplicidade invejável, além de uma sabedoria inigualável.

O que está acontecendo comigo, mãe? Eu me sinto tão só sem você.

Ela sorriu e caminhou para a sala. Eu a segui. No momento em que atravessei os cômodos, algo mudou. O concreto da parede deu lugar a um emaranhado de plantas chacoalhando ao som dos passos de minha mãe. *Venha comigo, Seppi*. Sua voz ressonava dentro dos meus pensamentos, atraindo-me como o mel para as *melliferas*. Sobrepus meus passos às pegadas deixadas por minha mãe. Não podia vê-la, mas sabia que estava ali. Além das pegadas, o cheiro de seu perfume natural servindo como indicativo. Finalmente, ao passar por entre duas grandes moitas que mais se assemelhavam a enormes portões naturais, deparei-me com uma minguada, porém alta, cachoeira. Esplendorosa e imponente. Suas águas pareciam nascer em meio às nuvens, como se fosse um licor dos deuses. Desembocava, mais abaixo, em um pequeno lago com águas tão azuis que achei que o mundo estava de cabeça para baixo. Ao lado de uma árvore, em uma pequena ilha no centro do lago, estava minha mãe.

Venha, Seppi. Pule. Não tenha medo.

Plantei meus pés na beirada, o frio tomando conta da minha espinha, congelando meus movimentos. Lá embaixo, podia ver os acenos dela convocando minha presença. O chiado da queda d'água, que nascia nas nuvens e morria no espelho celeste uns 20 metros abaixo, encorajava-me, impelindo-me ao desafio. Respirei fundo e atirei meu corpo em direção ao nada, torcendo por uma queda rápida e indolor. Mas não foi isso que aconteceu. Voei, como a pequena *mellifera* flutuando em direção ao pólen, descendo lentamente até onde estava minha mãe. Meus pés tocaram o chão gramado, sentindo toda a doçura que contrapunha o azedume dos últimos dias longe de casa. Ela sorria, os braços abertos, esperando apenas que me abrigasse entre eles. O abraço foi descomunal. O calor de seu corpo aquecendo minha alma e tornando um pouco mais fácil sua ausência constante nos últimos dias. Queria minha antiga vida de volta e ela percebia isso. Queria retomar a paz e a tranquilidade da minha vida campestre, a mesma que, antes, desejava abandonar.

Mamãe me encarou com um ar doce, compenetrado. Seus lábios permaneciam fechados, como se palavras fossem um artigo de luxo ou algo totalmente desnecessário. Caminhou até a árvore, abrigando-se em sua vasta sombra. Os dedos acariciavam um pequeno casulo grudado ao tronco. Ela passou o dedo por cima, afastando-o logo depois. Assim como Maori, sua voz ecoou em meu inconsciente.

A natureza é a mais sábia das mães, Seppi, e por isso agradeço todos os dias por ela ter escolhido você para abraçar. Isso é uma dádiva para poucos, uma benção que caminha lado a lado com grandes responsabilidades. É hora de você tomar sua decisão e escolher qual caminho deseja traçar. É hora de escolher entre ser para sempre um casulo ou...

Ela parou de falar e esticou o indicador até que ele fosse banhado pela luz do Sol. A princípio não entendi bem o que aquilo significava, mas não demorou muito para que tudo ficasse claro. Uma linda borboleta, com asas alaranjadas, pintadas por alguns traços negros que mais lembravam afluentes de rios, pousou em seu dedo, reluzindo a luz solar como um grande espelho vivo. Tudo ficou claro para mim. Eu poderia esconder-me nas sombras, fechada em um casulo protetor, limitador, ou arriscar-me na luz, livre para, assim como aquela bela borboleta, fazer minhas próprias escolhas.

Eu te amo, mamãe, eu disse com os olhos fixos nela.

Seu semblante ficou ainda mais convidativo assim que sua voz surgiu mais uma vez em minha cabeça.

Lembre-se, minha filha, a natureza é bela e refinada...

Meu corpo começou a elevar-se contra a minha vontade. Balançando de um lado para o outro, enormes ondas me carregando ao seu bel-prazer. Ao longe eu ainda conseguia ver a imagem da minha mãe. Uma derradeira mensagem à espreita.

...mas também pode ser algo muito cruel, ela sentenciou, os olhos sérios enquanto a palma da mão esmagava a bela borboleta pousada em seu dedo.

Cuidado com suas escolhas.

Foi a última coisa que ouvi antes de ser arrancada dali.

– Acorda, Seppi.

Ouvi a voz familiar dizer repetidas vezes a mesma coisa. Fiquei tonta em razão da chacoalhada, as bochechas pulsando em uma dor aguda. Na minha frente estava Casta, olhos arregalados e cenho franzido. A palma da mão vermelha explicava a dor no meu rosto.

– O que aconteceu? – perguntei, levando a mão à testa. – Minha cabeça parece que vai explodir.

Casta puxou algo de trás do corpo. Quando meus olhos conseguiram estabilizar e criar foco, percebi que era o plástico contendo a barra de cereais. Sua expressão mostrava que ele não havia gostado nem um pouco da minha ousadia.

– Cadê o resto deste racum? – Ele balançou o pote de plástico na minha frente.

– Eu acordei com muita fome e não havia nada para comer, então mexi nas suas coisas e achei essa barra de cereais...

– Você está me dizendo que comeu a metade que falta? Você está louca? – Ele interrompeu, levantando-se e me encarando de cima numa tentativa de ficar mais imponente.

Cobri a cabeça com as mãos. Aquele rompante não estava ajudando em nada a dor que latejava na minha testa e no fundo dos meus globos oculares.

– Me desculpe. De verdade. Agora, você pode falar mais baixo, por favor? Minha cabeça parece estar em contagem regressiva para explodir.

– Você tem sorte de ter apenas uma dor de cabeça, Seppi. Esse negócio poderia ter matado você.

– Do que está falando?

– Isso não é comida – ele falou, segurando o pedaço restante nas mãos. – Ao menos, não em grandes quantidades. Isso é estoque pra muito tempo. Você poderia ter morrido. Pelo Ser Superior, para falar a verdade fico surpreso que nada pior tenha acontecido.

Podia ver o medo brilhando em seu rosto. Realmente, aqueles olhos bem abertos e frios carregavam uma enorme tensão dentro deles. Casta estava genuinamente preocupado comigo.

– Aqui. Tome essa água. Vai ajudar com a dor de cabeça. Você precisa hidratar seu corpo – ele disse, estendendo-me uma garrafa de plástico com uma água incolor bem diferente daquela que via nos poços surrados de Três Torres.

Eu bebi quase tudo em uma só golada. O resultado foi quase automático. Em pouco tempo minha testa parecia mais serena e tranquila. A dor ainda mandava recados de vez em quando, mas, ao menos, era capaz de falar sem sofrimento. Mesmo assim, ficamos envoltos por uma manta de silêncio até que Casta tirasse nossa coberta.

– Você se lembra de algo? – ele disse, abrindo um sorriso quase inédito.

– Como assim?

– Da sua "viagem". Você deve ter ido para algum lugar bem, digamos, estranho, não?

Tentei resgatar algumas das intensas memórias de pouco tempo atrás. Recordava-me da presença da minha mãe, algumas comidas deliciosas e tal, nada além disso. Alguns segundos de concentração, no entanto, foram suficientes para que as lembranças retornassem como o animal que dá o bote em uma presa distraída.

– Minha mãe estava lá – disse, sem entrar muito em detalhes.

– Appia estava lá?

– Você conhece minha mãe? Como? – Estranhei.

Ele demorou alguns segundos para responder, até que a justificativa saltou de seus lábios.

– Eu não a conheço pessoalmente, mas todos na Fenda sabem quem ela é. – Eu não disse nada e ele prosseguiu. – E o que ela disse?

– Hã?

– No sonho... O que ela te disse? Essas "viagens" costumam ser muito reveladoras – ele falou se aproximando de mim como se não quisesse perder um detalhe sequer.

Apesar das memórias continuarem pipocando em minha cabeça, ávidas para serem divididas com alguém, preferi manter essa conversa o mais curta e impessoal possível.

– Somente que está chegando a hora de fazer minha escolha.

Casta balançou a cabeça com uma expressão indicando não precisar de mais informações.

– Ela tem razão, sabia? – Permaneci parada e quieta, como se fosse uma estátua que fizesse parte da decoração do labirinto. Casta pareceu não se importar com isso. – A hora da sua escolha está mesmo chegando. Muitas pessoas acreditam que você tem o poder de mudar as coisas por aqui.

Mudar... Aí estava uma palavra bastante vaga. Qual era seu verdadeiro significado? Desde que essas pessoas invadiram minha pacata – e mentirosa – vida, mudanças tinham se tornado algo rotineiro e nenhuma delas servira para ajudar essas mesmas pessoas à minha volta. Pelo contrário, apenas tinham sido bem-sucedidas em transformar a minha vida em um verdadeiro inferno. Tinha desenvolvido habilidades? Sim. Só que, com elas, um peso excruciante se instalou nas minhas costas, alojando-se em meus ombros, feito um nosorog decidido a morar ali. Descobri que minha existência tinha sido responsável pela morte de várias pessoas, entre elas, os pais de Lamar e Indigo. As mesmas duas pessoas que me acompanhavam nesta jornada até aqui, e, agora, confiavam a vida do amigo em minhas mãos.

Por fim, agora me via presa em um labirinto-prisão, à espera do momento em que levaria um golpe fatal pelas costas por causa de um pedaço de carne malcozido.

Seria a tal *mudança* algo tão bom assim?

– Seppi, você está bem? – Casta perguntou, a mão no meu ombro.

– Eu preciso ir ao banheiro.

– Ótimo. O banheiro é logo ali – Casta disse, apontando para o nada.

– Onde?

Ele sorriu.

– Aqui os banheiros são as esquinas, Seppi. Nunca durma em uma.

Segui até a bifurcação indicada a passos lentos. Jamais veria uma dessas esquinas da mesma forma. Tentei me agachar para encontrar uma posição mais confortável e menos humilhante, mas foi em vão. Outra coisa que mudava na minha vida sem ter nenhum significado maior. Às vezes, mudanças eram apenas mudanças e nada mais do que isso. Parte da vida.

O que mais poderia acontecer agora? Eu me perguntei enquanto aliviava a bexiga.

Não demorou muito para que eu obtivesse a resposta para essa pergunta.

As paredes do labirinto começaram a se mover.

– Seppi! Seppi!

Os gritos de Casta chegavam abafados pela parede de concreto que agora existia entre nós. Mais uma daquelas "mudanças" na minha vida que não faziam sentido algum. Olhei para cima, observando com desânimo a possibilidade de escalar o muro com cinco vezes minha altura. Um suor nervoso escorreu pela testa. Não queria ficar sozinha nesse lugar outra vez.

– E agora? O que vamos fazer? – Por mais que tivesse tentado, não consegui camuflar o medo que sentia.

– Não tenho ideia – ele respondeu, levando ainda mais para baixo meu estado de espírito.

– Eu odeio este lugar! Odeio!

Soquei o concreto causando muito mais dano em mim do que na parede – *obviamente!* O objetivo, entretanto, não tinha sido agredi-la, apenas descarregar de dentro de mim a frustração daquele momento. De todas as decisões estúpidas que havia tomado em toda minha vida – especialmente *nos últimos dias* –, a de me ofertar para acabar dentro desse labirinto junto a Casta Jones tinha sido disparado a mais idiota. Estava sozinha, apavorada e com fome. Desde o momento em que comi aquela barra de cereais bizarra, meu corpo ansiava ainda mais por comida. A boca seca também não ajudava. No caso de uma nova luz vermelha, seria capaz de matar ou morrer por qualquer que fosse a oferenda enviada. O que me fez lembrar de Friggi e de como, talvez, não fôssemos tão diferentes assim. Comecei a pensar que essa poderia ser a maior punição desse lugar. Não apenas nos privar de nossa liberdade, mas, também, usurpar-nos de nossa própria essência, com nossas ações sendo regidas apenas por nossos instintos mais primitivos de sobrevivência.

– Seppi, você está aí? Fale comigo!
– Estou...
Infelizmente.
– Vamos conversar enquanto caminhamos. Quem sabe, dessa forma, achamos um caminho que nos una novamente – Casta propôs.

A ideia não era das piores, apesar de ambos sabermos que não adiantaria muita coisa. De todo modo, ouvir sua voz era um alento quase tão grande quanto a ideia de um banquete. E nunca podemos descartar que a esperança, por menor que seja, torna o ato de "seguir em frente" um pouco menos doloroso, certo? Seguimos por algumas bifurcações, sempre avisando a decisão que tomávamos. "Virei à direita", "agora à esquerda", nós íamos avisando em voz alta para suplantar o obstáculo de concreto que nos separava. Quando as vozes começavam a se afastar, voltávamos e tomávamos novas decisões que, ao menos, mantinham-nos próximos. Em determinado ponto, considerei que o tom calmo e incisivo de Casta tocando meus ouvidos significava a diferença entre um coração mais ritmado e um ataque de pânico.

– Posso te perguntar uma coisa pessoal? – perguntei enquanto decidia entre duas possibilidades de caminhos à frente.

– Depende da pergunta – ele respondeu de forma seca. Talvez porque estivesse mais concentrado no seu caminho do que eu.

– Que tipo de nome é Casta? Nunca tinha ouvido antes.

O silêncio tomou conta alguns segundos antes que ele voltasse a falar.

– Você consegue me ouvir?
– Sim. Mais abafado que antes, mas ainda consigo.
– Ótimo. Tente virar na direção da minha voz, OK? – ele completou.

Seguir sua voz significava virar à direita – *ao menos, aparentemente*. Quando cheguei à próxima bifurcação fiz o sugerido. Nossas vozes ficaram mais sólidas.

– Você não vai responder minha pergunta? – falei em um tom forçadamente descontraído. A verdade é que eu queria falar sobre qualquer coisa que levasse minha mente um pouco para longe da melancolia daquele lugar.

– Eu digo se você me contar o que motivou o seu nome.
– O pai de Lamar, Giuseppe Salento. Ele nos ajudou a escapar de Prima Capitale, então minha mãe... Bem, você já conhece a história.

Ele não disse nada.

– Casta, você está aí?
– Sim – ele respondeu. – Temo que a minha história não seja tão interessante quanto a sua, Seppi. Casta não é o meu nome verdadeiro. Apenas um apelido que recebi na Fenda por pertencer a uma casta social mais, digamos assim, afortunada da grande capital. Meu verdadeiro nome é Nico Jones – Casta finalizou.

Apesar do que disse, sua história parecia ser bem mais interessante que a minha. Um membro da mais alta casta social da capital misturado aos banidos e desertores da Fenda? Como isso não chamaria a atenção de qualquer pessoa?

Uma pergunta tornou-se inevitável.

– Se você faz parte da elite social, por que se envolver nisso tudo?

– Não importa de onde você vem, Seppi. A vida é um acúmulo de ações que pode representar ou não alguma coisa. Quero que a minha vida signifique algo. O que fiz para merecer o luxo e não o lixo? O que me faz melhor do que os outros? O sangue dos meus pais? Não me entenda mal, amo minha família, mas desprezo suas atitudes. Não quero ser mais uma marionete. Quero ser livre. Essa é a verdadeira riqueza do nosso mundo. Você, mais do que ninguém, deve entender isso. Não somos nada quando vivemos uma mentira. São nossas escolhas e atitudes que nos definem. Essas foram as minhas.

De uma hora para outra, o respeito que sentia por Casta se elevou. Sob a regência daquelas palavras, tive a certeza de que ele era uma pessoa diferente, que merecia ser salva. Entendi o desespero e a determinação de Indigo para que isso acontecesse. Os ideais de Casta vinham sustentados por duas das maiores formas de coragem: desapego e comprometimento. Só não havia entendido bem o motivo.

– O que há de tão errado com o mundo para valer a pena você se arriscar tanto?

– Muitas coisas, Seppi – ele disse, sua voz afastando-se um pouco. Permaneci parada, tentando me concentrar em suas palavras. – Droga! Um beco sem saída – ele reclamou. – Podemos parar um pouco?

Parte de mim agradeceu a sugestão. Falamos um pouco para determinar se ainda estávamos perto um do outro. Tudo parecia igual ao início, o que me fez temer que, no fim das contas, estivéssemos andando em círculos. Casta jogou um pedaço de madeira por sobre a parede. Ele caiu alguns metros a minha frente. Ele, então, arremessou outro pedaço de carne e uma garrafa contendo água. A terceira coisa que mais precisava naquele momento, perdendo apenas para "comida" e "sumir dali".

– Há muitas coisas erradas com o mundo de hoje, Seppi. Vivemos sob uma máscara utópica cuja função é esconder as mazelas que corroem as entranhas da nossa sociedade – ele voltou ao assunto.

– Que mazelas?

– Aqui não é hora nem lugar certo para essa conversa – ele disse, em um tom decidido.

– Tem a ver com o fato de você estar aqui agora?

– Tudo o que faço e sofro tem a ver com as minhas escolhas. Por isso, mesmo preso, me sinto livre.

Invejei a convicção em sua voz. Talvez por isso Maori tivesse feito questão que eu fosse nessa missão. Talvez ela soubesse a importância que Casta Jones poderia ter na formatação das minhas futuras escolhas.

– Posso te perguntar mais uma coisa? – Ele respondeu que sim e eu prossegui. – Dizem que esses cognitos são capazes de ver nosso futuro quando nascemos. Como eles não conseguiram enxergar que você se aliaria à Fenda?

– Eles apenas conseguem visualizar o futuro até nossa maioridade, Seppi. Só fui capaz de enxergar o verdadeiro mundo depois disso. Do contrário, teria sido vetado como você e outros tantos. Com uma única diferença: você é especial.

Ele tinha razão. Apesar de todas as complicações da minha vida, eu era uma abençoada. Não fosse por meus dons, eu teria encontrado meu fim antes mesmo de entender o que estava acontecendo comigo. Como acontecia com tantos outros, dia após dia, dentro dos muros imponentes da capital.

E, talvez, esse fosse um motivo pelo qual valesse a pena lutar.

Uma luz amarela cobriu o meu corpo, trazendo meus pensamentos de volta à minha atual realidade com a inexorabilidade de um ataque andrófago. Ela cobria meu corpo por inteiro e seguia de forma vertical até o teto do labirinto onde nos encontrávamos aprisionados. Eu tentei mover meu corpo, mas a redoma de vidro invisível em volta de mim resistia a todos os golpes que eu conseguia dar, apesar do pequeno espaço entre mim e o vidro.

– Casta, o que está acontecendo?

– Droga! Eles estão nos puxando, Seppi.

– Puxando pra onde?

– Pro Sablo. Chegou a nossa hora. Assim que chegarmos lá em cima corra para perto de mim.

O pedaço de chão sob meus pés, então, começou a se mover.

O chão elevou-se carregando meu corpo com ele. Havia apenas o espaço para meus pés e não fosse pela luz amarela mantendo-me imóvel, provavelmente já teria despencado dali. Ao subir, vi mais uma meia dúzia de luzes amarelas carregando outras pessoas. A mais próxima de mim levava Casta, que parecia mais preocupado comigo do que com o que estava acontecendo a nossa volta. *Assim que chegarmos lá em cima corra para perto de mim*, a lembrança do que ele havia me dito antes de sermos elevados ressoando em minha cabeça. Seria a primeira coisa que faria, sem dúvida alguma.

Outros quatro feixes de luz erguiam pessoas junto conosco. À minha esquerda estava um sujeito com cara de poucos amigos, uma armadura vermelha reluzente cobrindo o corpo e grande parte da cabeça, deixando de fora apenas seu rosto. As bochechas amassadas pareciam pisoteadas por uma manada. Os olhos esbugalhados como o de um animal feroz contrapunham-se ao enorme papo que crescia embaixo do queixo e seguia até a altura do peito. Um pouco mais a noroeste, a visão era mais familiar. Friggi encarava-me com ansiedade petrificante, incapaz de considerar qualquer outra coisa ao seu lado. O ponto positivo era o fato de que correr em direção a Casta necessariamente significaria afastar-me dela.

Estávamos quase alcançando o teto quando pequenos círculos se abriram na estrutura, revelando preciosos feixes de luz solar na direção de cada um de nós. Assim que meu corpo inteiro foi banhado pelo Sol, meus olhos quase saltaram para fora de suas respectivas órbitas. Um enorme globo de metal cobria uma vasta área de chão arenoso. Centenas de pessoas penduravam-se por entre as grades do globo, procurando o melhor lugar para testemunhar o que viria a seguir. Os gritos em uníssono de *"luta, luta, luta"* ecoavam em meus ouvidos, aterrorizadores, fazendo-me torcer para perder os sentidos. A luz amarela sumiu, permitindo que nos movimentássemos. Corri até Casta, vendo-o fazer o mesmo. Friggi, ao contrário do que havia previsto, permaneceu estática, como se ainda fosse vítima da luz imobilizante.

– O que está acontecendo aqui? – Meus olhos circulavam por entre as grades de metal, encontrando, além dos mais absurdos impropérios, a viscosidade dos cuspes direcionados a cada um de nós na parte de baixo da arena.

– Vai morrer! Vai morrer! Vai morrer!

Os gritos proféticos da multidão anunciando nosso destino deixavam-me mais confusa e assustada. Casta segurou meu braço, trazendo-me para perto de si.

– O que está acontecendo? Por que estão gritando essas coisas para gente? – Um suor agonizante escorrendo pelo meu rosto.

– Não é com eles que temos que nos preocupar, Seppi. Nosso maior problema são aqueles portões. Ou melhor, o que sair de dentro deles.

Ao fundo, dois enormes portões de ferro recortavam a única parte daquela redoma que não era coberta por grades de metal. O gigantesco paredão rochoso devia ter ao menos 10 metros de altura. A dimensão dos portões encravados na rocha anunciava o tamanho do nosso problema futuro. A criatura que saísse dali certamente seria mais do que poderíamos lidar. Ao mesmo tempo em que fixava sua atenção nos portões de metal, Casta não se esquecia dos outros prisioneiros içados até ali.

– Se algum deles começar a andar em nossa direção fique atrás de mim – ele ordenou.

Eu não contestei.

Mas todos permaneceram parados. Tão perdidos e assustados quanto nós. Bem no centro do globo de metal, uma última pessoa foi içada. A roupa elegante não combinava com o cenário e dava-lhe algum *status*. O homem tinha um longo cavanhaque na forma de um triângulo de ponta-cabeça, e bigodes que se estendiam por alguns centímetros até enrolarem-se nas pontas. A cabeça coberta por um alto chapéu marrom que combinava com o tom do paletó. No rosto, um sorriso que retribuía todos os incessantes aplausos que o ovacionavam desde que surgira das entranhas da arena. Ele girava o corpo com os braços abertos, dando abraços imaginários em todos que ali estavam. Em momento algum olhou para nós.

– Senhoras e senhores, o momento que vocês tanto aguardavam está de volta. O mais esperado por todos em Três Torres. É hora do SABLO! – ele gritou.

O homem, então, ergueu as mãos para o céu como se dedicasse o espetáculo ao Ser Superior. As pessoas penduradas no globo começaram a urrar feito animais, chacoalhando a estrutura e batendo pedaços de metal contra a grade em uma sinfonia ensurdecedora de clangs. Com as mãos, o homem pediu que todos se acalmassem antes que ele continuasse seu discurso. A postura impassível de Casta ao meu lado indicava que eu deveria prestar atenção ao que o homem de marrom tinha a dizer.

– Vocês querem ação? – Os gritos eclodiam, aprovando. – Vocês querem luta? – A cena se repetiu. – Vocês querem sangue?

Neste momento, o público foi à loucura. Por um segundo cheguei a pensar que tudo desabaria sobre nossas cabeças, soterrando-nos embaixo de metal e carne humana. Aninhei-me nos braços de Casta.

O homem voltou a falar.

– Pois hoje é seu dia de sorte. Temos aqui conosco um convidado especial. Sua presença torna nossa disputa única. Vocês irão testemunhar aqui algo histórico. Um privilégio para poucos. Algo que nenhum dos imbecis da capital verá algum dia em suas monótonas vidas. – As pessoas ovacionaram-no ainda mais. Pelo visto, a cidade soberana não tinha um grande reduto de admiradores dentro da Cidade Banida. O homem enxugou o rosto com um lenço. – Hoje nossos combatentes não lutarão entre si. Não, senhoras e senhores. Hoje vocês testemunharão algo *sui generis*.

– Casta, o que vai acontecer aqui? – sussurrei.

Ele não respondeu, apenas me puxou para ainda mais perto dele.

– Libertem o kraken! – urrou mais uma vez o bizarro mestre de cerimônias.

E, por um segundo, o silêncio transformou-se no pai de todos nós.

Menos daquela terrível criatura.

As enormes engrenagens de ferro no alto do portão giraram, levando cada porta para um lado. De dentro, saiu algo que, apesar do tamanho, meus olhos levaram segundos para conseguir focar. A criatura deveria ter quase 3 metros de altura, e esse era o menor dos problemas. Os braços musculosos esticavam-se até as mãos compostas por garras longas e afiadas como facas gigantes. A boca preenchida por duas linhas de dentes grandes e pontiagudos, aparentemente ávidos por mastigar algo. O pescoço, em forma de uma pirâmide de músculos, alongava-se até o torso coberto por uma armadura de metal meio dourada, meio enferrujada. Ventosas brotavam das laterais do seu torso, duas de cada lado, movendo-se aleatoriamente como se não pertencessem ao mesmo núcleo corporal. A besta grunhiu com raiva, batendo no chão o enorme martelo de ferro que carregava em uma das mãos. Meu corpo desequilibrou-se com a força do impacto, indo alguns centímetros para trás. O homem o havia chamado de kraken, mas eu já o batizara de *Terremoto Nômade*.

– O que vamos fazer agora? – perguntei a Casta no menor volume possível, sem mover um músculo. Quanto menos chamasse a atenção da fera, melhor.

– Nossa única chance é trabalharmos juntos – ele respondeu, fixando o olhar nos outros prisioneiros dentro do Sablo.

Antes que pudesse falar mais alguma coisa, Casta disparou na direção do homem de armadura vermelha e papo gigante. Lembro de ter pensado sobre a ironia das coisas. Enquanto nosso adversário tinha garras, braços, pernas e dentes gigantes, nosso "aliado" contava com uma grande camada de pele sobressalente sob o queixo.

Que os jogos comecem...

– Krogan, temos que ficar unidos se quisermos sair vivos dessa – Casta anunciou antes mesmo que parássemos ao lado dele.

– Krogan não precisa de ajuda – ele respondeu.

Terremoto deu mais uma martelada no chão, cobrando atenção aos seus movimentos. A criatura ergueu o martelo outra vez, girando-o acima da cabeça. Muitas vezes a arma dava a impressão de que atingiria em cheio sua testa – *ou talvez fosse apenas eu torcendo muito para que isso acontecesse* –, mas o objeto sempre passava a milímetros de distância, mostrando que nosso adversário era proficiente no que fazia.

– Se nós não trabalharmos juntos, esse monstro vai nos engolir um a um. Temos que atacar de forma conjunta e coordenada – Casta insistiu.

O apelo não pareceu comover Krogan, e antes que ele pudesse exteriorizar isso, um dos prisioneiros correu na direção da criatura. Não sei se por um desejo suicida ou empolgado pelos gritos de incentivo vindos das pessoas – *superficialmente* – protegidas pelas grades de ferro, o homem com um visível sobrepeso "correu" até o kraken chacoalhando o corpo para os lados como se uma perna fosse mais curta que a outra. No caminho, pegou do chão uma das diversas armas que choviam do céu, arremessadas na arena justamente por aqueles que nos assistiam com olhos sádicos. *Como um homem obeso e lento carregando na mão o que parecia ser uma espada curta poderia achar que venceria uma disputa solo contra um animal de 3 metros de altura, seis braços e centenas de dentes?*

Ele se aproximou da besta, demonstrando uma agilidade surpreendente ao desviar da primeira martelada, que, mais uma vez, fez o chão do Sablo estremecer. O homem obeso aproveitou o embalo da breve corrida e, ao cair no chão, deu cambalhotas em torno da criatura. Vez ou outra, ele se erguia com agilidade e espetava as pernas do kraken com sua espada curta. O adversário sentia os golpes, mas não de uma maneira que justificasse aquela tática. Era como se o homem-bola fosse tão importuno quanto um inseto chupador de sangue. Nada mais que um incômodo temporário. O homem rolou em torno da besta mais um par de vezes, concentrado em sua tática de vencer o adversário ao custo do acúmulo de pequenos golpes.

Ele somente não contava com outra característica bizarra da criatura. Seus olhos não eram como os nossos. Ao menos, não todos eles. Além do par tradicional, o ser monstruoso tinha outro em cada lateral do rosto, deixando a tarefa do seu agressor bem mais complicada. Flanqueá-lo com sucesso era algo bastante improvável. E o homem descobriu isso da pior forma possível. Enquanto girava pela lateral da fera, uma das ventosas foi em sua direção, acertando um golpe potente. O braço ergueu-se, trazendo consigo o homem aparentemente inconsciente. Seus braços e pernas despencavam para baixo, inertes, escravos da força impiedosa da gravidade. A ventosa movimentou-se para cima e para baixo diversas vezes, esmagando o homem contra o chão cada vez com mais força. *Exatamente como um inseto chupador de sangue.* A cada golpe, a multidão, que antes ovacionava sua coragem, agora celebrava extasiada seu fim, deixando evidente toda a sua bipolaridade. Eles queriam sangue, não importava quem fosse o "doador".

O kraken levou o corpo até a boca, transformando o pequeno homem em duas metades não iguais. Engoliu uma e arremessou a outra na grade de ferro. O impacto fez com que um grupo de espectadores despencasse lá de cima. *Superficialmente protegidas*, eu pensei. Os gritos de desespero, confesso, trouxeram a mim algum tipo de consolo. *Eles queriam nosso sangue? Então por que me importaria se o sangue deles jorrasse também?* Mas não demorou muito para aquela satisfação se dissipar. Havia outras coisas para nos preocuparmos. A principal delas, bem à nossa frente, bufava e raspava o pé no chão para trás, buscando o embalo necessário para nos dizimar.

– Você está certo, Casta. Melhor trabalharmos juntos. Alguma ideia? – o homem papudo disse, assustado, antes que a besta corresse na nossa direção.

O kraken correu alguns poucos metros, lançando-se ao ar logo depois. Seu corpo foi a uma altura que quase fez sua cabeça chocar-se com a grade de metal que nos envolvia. Ele voltou com tudo para o chão, criando um estrondo capaz de perfurar alguns tímpanos desavisados. Equilibrou-se com o pé direito e o joelho esquerdo fincados na terra, as mãos apoiadas no cabo do volumoso martelo. Não sei se de forma intencional, mas a posição escolhida dividira nosso grupo em duas partes distintas. Casta, Krogan e eu de um lado; Friggi e uma outra mulher do outro. Podíamos enxergá-las do outro lado, mas a comunicação definitivamente estava comprometida.

– Precisamos nos armar e, depois, cercá-lo – Krogan vociferou com uma voz rouca, porém estridente. Se houvesse alguém capaz de cuspir ordens a distância, essa pessoa seria o homem de papo longo.

Nós corremos para o meio do Sablo, na direção das armas jogadas pelos espectadores. As mulheres fizeram o mesmo, demonstrando que haviam captado o recado ou estavam em sintonia com aquilo que planejávamos. Quando a besta se virou, tentando nos acertar com um golpe giratório do martelo, já tínhamos recuado a uma distância segura. Momentaneamente. Casta mantinha-se à minha frente, tentando me proteger de qualquer ataque inesperado da criatura, especialmente depois que se armou com um par de espadas curvas idênticas. Krogan escolheu um machado curto de uma face, realizando movimentos circulares que demonstravam sua familiaridade com o objeto. As duas garotas se aproximaram de onde estávamos.

– Ele é grande demais para qualquer um de nós sozinho. Precisamos flanquear ele. Atacar em conjunto – Krogan disse, tornando suas as palavras já ditas por Casta.

– Ele tem olhos nas laterais do rosto. Em pouco tempo perceberá nossa movimentação e acabará com a gente como fez com Volus – Casta avisou, sem dar importância à atitude do homem papudo. – Temos que inutilizar aqueles olhos primeiro.

Krogan agachou-se pegando um arco e arremessando na direção da mulher ao lado de Friggi. Uma aljava com flechas também. A mulher tinha cabelos azulados, divididos em quatro camadas grossas que, ao final, alongavam-se, encontrando-se no mesmo ponto, um pouco acima da nuca. O corpo franzino explicava a escolha por uma arma de combate a distância. Se a besta havia destroçado o homem obeso com apenas alguns golpes, pouco mais de um sopro seria necessário para apagá-la do mapa.

– Asatari, você precisa usar toda a sua habilidade para cegar os olhos laterais da criatura. Nossa única chance de sucesso será flanquear a besta e, para isso, você precisa inutilizar esses olhos extras – Krogan ordenou.

A garota de cabelos azuis afastou-se vários metros, caminhando de lado a passos lentos, a flecha engatilhada apenas à espera do momento certo. Krogan virou-se para nós.

– Temos que distrair esse monstro e desviar a atenção dele de Asatari.

– Nós três atacaremos do mesmo ponto, a alguns metros de distância um do outro e em um ângulo que favoreça o tiro dela. – Casta olhou para mim com a mesma seriedade de um pai que dá uma ordem incontestável. Não que tivesse muita experiência no assunto. – Seppi, quero você perto de Asatari e, principalmente, longe do monstro.

– Não posso deixar vocês se arriscarem enquanto eu fico protegida, vendo tudo acontecer de longe – resmunguei, mas não sem antes pensar que nenhuma distância seria longe o suficiente dessa criatura que nos encurralava.

Pensei que Casta fosse apenas me dar um sermão sobre como não era o momento para discutir ou como eu era importante demais para perder a vida em um lugar como aquele, mas, quando ele colocou as mãos sobre meus ombros, o discurso foi bem diferente.

– Seppi, não há nada que você possa fazer para nos ajudar em combate. Pelo contrário, sua presença lá apenas fará com que eu perca a concentração no que tenho que fazer – ele afirmou, parando um segundo e olhando para a fera, que já preparava um novo bote em nossa direção. – Agora vá lá para trás e tente tirar alguma coisa dessa sua brilhante *cartola*. Só assim você poderá nos ajudar de verdade.

Não sei se aquelas palavras tinham sido sinceras ou se serviam apenas como convencimento superficial para adocicar meus pensamentos. O que ele havia falado tinha total fundamento. Se caminhasse na direção daquela coisa com seis braços, mil dentes, um grande martelo e ímpeto implacável, provavelmente partiria para meu encontro com o Ser Superior antes que sequer percebesse o que havia acontecido. Tinha que entender minhas limitações. A expectativa sobre o que eu seria capaz de fazer beirava o insuportável, mas dificilmente alguém esperaria que eu subjugasse um monstro como aquele com a ajuda de uma espada. Eu havia transformado o Rei Caveira em nada mais que um líquido viscoso apenas com concentração e a força do meu pensamento. Talvez, agora, pudesse fazer o mesmo com esse adversário ainda mais sanguinolento e arrepiante.

Eu corri para trás de Asatari, que agora mantinha duas flechas engatilhadas no arco, em vez de apenas uma.

– Minha única chance é acertar os dois olhos quase ao mesmo tempo – ela disse antes de fechar o olho esquerdo fazendo mira.

Casta e os outros dois partiram para cima da criatura, tentando colocá-la na posição exata para o ataque a distância.

Enquanto isso, fechei meus olhos e comecei a me concentrar em tentar transformar aquela criatura na maior "poça d'água" escarlate que havia visto na vida.

Minha tentativa de liquidificar o corpo da criatura, assim como havia feito com o Andrófago, não teve sucesso. Ao abrir os olhos, o kraken não apenas continuava em pé e sólido como golpeava meus aliados com uma veemência assustadora. A verdade é que não tinha a menor ideia de como havia conseguido fazer aquilo antes com o Rei Caveira, e continuava sem saber como fazê-lo. A tentativa, entretanto, havia deixado sequelas. *Em mim, claro.* Senti meu corpo enfraquecendo, minha consciência piscando como as luzes elétricas que vira pela primeira vez na Fenda. Não havia conseguido ajudar em nada meus amigos e, mesmo assim, já precisava me resguardar.

Nada mal para a grande escolhida...

Ironia havia sido um dos poucos legados úteis desses últimos frenéticos dias e um que eu ainda não havia dominado por completo. Sorte para os três combatentes restantes que Asatari parecia bem mais competente e determinada do que eu. Suas flechas, apesar de ainda não terem atingido a parte do alvo desejada, voavam rasante pela criatura, ou acertando alguma parte do seu volumoso corpo ou, ao menos, desviando sua atenção.

– Droga! – A voz de arqueira soou desapontada. – Aqueles malditos olhos estão focados na gente. Consigo atrapalhá-lo, mas não cegá-lo – ela completou o raciocínio mais para si mesma do que na intenção de dividi-lo comigo.

– Do que você precisa?

Minha pergunta fez com que ela se virasse para mim. Acho que apenas naquele momento ela percebeu meu estado.

– Você está bem? O que aconteceu?

– Estou fraca. Não consigo usar meu poder nessa criatura – respondi, erguendo-me com dificuldade. – O que você precisa para atingir os olhos da besta?

Asatari, a princípio, não deu muita atenção à minha pergunta. Encarou a criatura por um tempo, respondendo depois, sem voltar os olhos para mim.

– Eu preciso de uma distração.

Ela não precisou repetir as palavras. Antes que alguém pudesse notar, trotei cambaleante em direção à fera da forma mais rápida que consegui. Ao perceber minha movimentação, Asatari gritou meu nome, chamando-me de volta. Eu a ignorei. Se não podia ajudá-los com os meus poderes, ao menos colaboraria com a minha presença. Meu plano era tão simples quanto pueril. Seguiria até uma distância segura, faria alguns malabarismos para chamar a atenção da fera mutante até que Asatari tivesse tempo hábil para acertar seu alvo. Só não contava com dois pequenos imprevistos. A letargia que tomara conta do meu corpo e a velocidade de reação dos tentáculos da criatura. Nem bem pensei em fazer meu primeiro movimento para captar parcialmente sua atenção e já me via presa a uma das ventosas que arqueavam livres na lateral do seu torso. Agora, o mundo, antes fixo e imóvel, movia-se com rapidez impressionante, chacoalhando de cima para baixo, de baixo para cima, de um lado para o outro.

Não demorou muito para que meu corpo começasse a externar o desconforto com aquela situação. O gosto acre de bile surgiu em minha boca, prendendo-se à minha língua da mesma forma que meu corpo se mantinha colado à ventosa. Meu estômago parecia querer abandonar meu corpo. Podia ouvir gritos vindos do chão, a voz de Casta chamando meu nome, clamando para que eu ficasse lúcida e lutasse para me livrar das garras do inimigo. Porém, se antes meu corpo atingira um estado petrificante de letargia, agora tudo rodava sem parar, tornando improvável qualquer tipo de reação. Lembrei-me da cena de pouco tempo atrás, quando o kraken havia despedaçado o corpo do adversário obeso ao esmagá-lo contra o chão, e torci para que aquela morte tivesse sido rápida e indolor. Pelo visto, em breve, também seria meu destino.

Tudo começou a ficar mais claro, menos vertiginoso. Em pouco tempo sacolejando, meus olhos já conseguiam focar algumas imagens. Vi Casta pela primeira vez desde minha fusão com o monstro de tentáculos. Ele desviava de golpes e investidas enquanto gritava e apontava na minha direção. Batia forte na cintura e, depois, apontava o dedo para mim, berrando algo que meus ouvidos não conseguiam captar. Observei quando ele colocou a espada ao lado do corpo, como se estivesse repousando-a em uma bainha. A atitude não fazia sentido algum. Aquela espada era grande demais para poder ser embrulhada pela bainha que ele tinha na cintura. Diferente da minha que... *Sim! Como podia ter me esquecido disso?*

Em meio ao vai e vem dinâmico do tentáculo, levei a mão à cintura, segurando o cabo da pequena adaga que havia coletado no chão do Sablo. Empunhei a arma, espetando-a com força contra a carne da fera. Ela era dura e viscosa, mas uma sequência de golpes terminou por dar conta do recado. A adaga penetrou o tentáculo quase até a altura do seu cabo. Eu despenquei na hora. A queda foi de pouco mais de 2 metros, mesmo assim meu corpo sentiu os reflexos. Minhas costas latejaram de forma aguda, indicando-me que algo estava fora do normal. Antes que pudesse pensar em me mover sozinha, Casta já me arrastava para longe dali. Um urro grave rompeu o ar, tomando toda a nossa atenção e a dos espectadores sádicos, que continuavam a vibrar com cada golpe disferido.

A criatura ajoelhou-se, levando uma das mãos ao rosto. Em um de seus olhos laterais repousava um par de flechas. O rosto de Asatari banhado em orgulho. Sua mira certeira havia conseguido imobilizar – mesmo que por um breve momento – o gigante de 3 metros e seis braços. Ela, agora, usava suas longas pernas para rodear a criatura por trás e tentar elevar ainda mais seu grau de sucesso, inutilizando o outro olho lateral. Casta colocou-me numa posição bem afastada do kraken, visando manter-me segura mesmo quando estivesse sozinha.

– O que ela está fazendo? – ele perguntou em voz alta e de uma forma retórica.

– Ela está tentando ser uma heroína – respondi, com uma ponta de inveja da garota que, mesmo sem poderes especiais ou embrulhada pela alcunha de escolhida, tinha conseguido ser muito mais útil ao grupo do que eu. Casta fisgou meus olhos com uma expressão decepcionada, moldada pelo cenho franzido.

– Estúpida! – ele esbravejou ao partir de volta na direção do kraken. Antes de se afastar, virou-se para mim. – Heróis morrem porque são estúpidos. Prometa para mim que não fará nada heroico.

Acenei com a cabeça e ele disparou com suas lâminas gêmeas já empunhadas. Mesmo longe, minha visão dos fatos era mais do que privilegiada. Não duvido que muitos dos que se dependuravam na grade de metal dariam tudo para poder trocar de lugar comigo e assistir àquele embate de camarote. Casta aproximou-se de Krogan. Os dois conversaram por alguns segundos e, depois, correram em direções opostas, aplicando sucessivos golpes contra o corpo da besta ajoelhada. Friggi também segurava uma arma que tinha todas as características de uma maça de batalha. Ela correu em direção a Casta e, por um momento, temi que pudesse tentar revidar o golpe sofrido durante meu resgate na prisão labirinto. Ela parou ao lado de Casta, ajudando-o a golpear o monstro até ele se levantar, disparando um urro ensurdecedor. Ambos se moveram para trás, preparados para o bote fatal, mas a besta seguiu o caminho contrário, jogando seu corpo para a esquerda e afastando-se de ambos.

Por um segundo pensei que ele poderia estar correndo em direção aos portões de ferro, deixando a batalha como um bicho assustado que teme por sua vida. Nem de perto. O gemido geral de surpresa vindo dos espectadores fez com que eu aguardasse por algo terrível. Eu estava certa. A criatura virou-se de supetão, o maxilar girando em sentido horário, mastigando algo com facilidade. A mão livre arremessou um objeto que, primeiro, fui incapaz de identificar, para, logo, tornar-se uma daquelas visões que jamais deixarão de flutuar em meus pensamentos. O corpo franzino e sem cabeça de Asatari repousava no canto do Sablo, ao lado dos portões de aço. Procurei pela cabeça da mulher de cabelos azuis, mas o movimento do maxilar da fera de seis braços e centenas de dentes cessou minha busca.

Pelo menos, ela havia sofrido menos que seu antecessor, Volus.

Uma angústia começou a crescer dentro de mim. Qualquer um podia notar que os golpes sucessivos aplicados pelos três tinham causado sofrimento à criatura, mas, pelo visto, nada que fizesse esvair sua perversidade e motivação. O fim trágico de Asatari mexera com o brio e a tática dos três guerreiros restantes. Por um tempo, eles conseguiram se manter afastados do animal – e uns dos outros – buscando a melhor forma de digerir aquele episódio.

Ou talvez apenas temessem ser o próximo.

Mesmo combalido em parte, o kraken partiu para cima de Casta com a gana de quem deseja matar sem medo de morrer. O coquetel mais explosivo – *e perigoso* – dentro de um campo de batalha. O martelo, mais uma vez, passou perto do corpo do rapaz de pele escura uma, duas, três vezes. Casta Jones não era o mais imponente dos adversários, seu porte físico não assustaria a maioria dos seus inimigos, mas sua velocidade e capacidade em esquivar-se dos ataques impressionariam até o mais hábil dos guerreiros.

Não levou muito tempo para que o kraken decidisse que os outros dois seriam petiscos menos cansativos e a criatura dedicou sua atenção à Friggi. A garota tentou ser tão bem-sucedida quanto Casta Jones, mas seu poder de esquiva pareceu um pouco mais enferrujado. Depois de dar uma cambalhota, girando o corpo para trás com a ajuda das mãos, um golpe certeiro fez com que seu corpo frágil ficasse imprensado entre o martelo e o chão. Uma enorme poça de sangue misturou-se aos grãos de areia a sua volta, já bastante enrubescidos.

A morte de Friggi fez com que o Sablo quase viesse abaixo. Todos gritavam e celebravam o fim da prisioneira com uma felicidade quase tirânica, deixando claro que ali dentro nada mais éramos que mero entretenimento – *conforme Casta já havia me alertado*. Algo que os desviava de suas vidas idiotas e vazias. Pela primeira vez, peguei-me ponderando se algumas pessoas realmente não deveriam morrer. Se, talvez, o regime contra o qual todos na Fenda lutavam não servia para livrar o mundo de pessoas como essas que vibravam, extasiadas, sob a visão do nosso provável fim. Senti a angústia crescente dentro de mim tomando uma nova forma. No início, imaginei que fosse medo, só para logo depois perceber que não era. Pelo contrário. O que tomava conta do meu corpo naquele momento era uma ira lancinante, drenando toda minha energia com o objetivo único de exterminar a vida de cada uma das testemunhas daquele massacre, maravilhadas a cada gota de sangue espirrada nas areias daquele solo execrável.

Só havia um problema nisso tudo: não eram elas que dizimavam, um a um, aqueles que lutavam ao meu lado.

Havia chegado a hora para a "escolhida" finalmente mostrar do que era capaz. Em breve, ninguém iria querer estar na pele daquele kraken.

As contas eram simples. Em poucos minutos de batalha nosso número tinha sido reduzido pela metade, com Asatari, Friggi e o outro guerreiro conhecido como Volus já fazendo suas apresentações pessoais ao Ser Superior. Apesar do evidente cansaço e dos inúmeros ferimentos pelo corpo do monstro, nada indicava que Krogan e Casta dariam conta da besta antes que ela desse conta dos dois. Eu tinha que intervir.

Mas como?

Casta e Krogan continuaram se movendo, alternando ataques rápidos que visavam não derrubar, mas minar as forças do adversário mais poderoso. Um jogo de paciência. Não alteraram sua tática nem quando Friggi sucumbiu ao poder da criatura. Sabiam que não podiam encará-la de frente e permaneceram fiéis ao plano de ataque previamente combinado. Contavam com o ponto cego que a mira de Asatari havia criado no adversário antes de a guerreira partir para seu *palataisi* particular. Mesmo que por pouco tempo, agora podíamos flanqueá-lo, ferindo-o com mais precisão e evitando os múltiplos golpes vindos dos tentáculos e de seu implacável martelo.

Ainda assim, sabia que não levaria muito tempo para que um deles fosse atingido pela fera de dentes afiados. E tudo o que ela precisava era de apenas um golpe. Apesar da fraqueza, concentrei-me em busca de algo que pudesse ao menos distrair a criatura e diminuir sua precisão. Dessa vez, uma imagem nítida surgiu na minha mente, fazendo com que movesse meu corpo para o lado. *Sim! Claro! É isso!* Deduzi enquanto comecei a tentar transportar a imagem para a mente do kraken. Por incrível que pareça, a tentativa foi menos árdua do que previ – *uma das poucas vantagens de se lidar com um adversário com mais músculos do que neurônios*. Dediquei-me, então, a transportar até sua mente a imagem mais vívida possível do grupo de bizons que nos atacara no deserto. E, antes que o kraken pudesse perceber o que estava acontecendo, uma manada de animais imaginários estourava em sua direção.

Mas ele não sabia disso. Seu martelo e tentáculos passaram a focar apenas em expulsar os animais intangíveis, causando uma cena estranha e curiosa para todos que assistiam à luta. Krogan e Casta, inclusive. De uma hora para a outra, o gigante de 3 metros de altura oferecia as costas aos seus dois únicos – e reais – adversários, passando a golpear o nada com a fúria e a intensidade de quem enfrenta uma dezena de guerreiros simultaneamente. Somente eu podia testemunhar a eficiência da estratégia executada pela criatura ao enfrentar a manada. Se aqueles animais fossem reais, grande parte deles estaria morta.

Os dois, mesmo sem entender, partiram na direção do kraken, apunhalando-o diversas vezes nas costas e pernas. Mesmo com os ferimentos, ele não se virou, mais envolvido pela ameaça surreal do que pelos golpes concretos que o atingiam. Até porque sua pele grossa parecia absorver maior parte do dano. Em um movimento rápido, um dos tentáculos voltou-se para Casta, circulando seu corpo com suas ventosas e carregando-o para cima. O início do fim. Krogan correu até perto do braço que agarrara Casta, desferindo uma sucessão de golpes na tentativa de livrar o aliado. Não demorou muito para que o martelo da fera o atingisse, jogando-o metros para longe, de encontro com a grade de ferro. Morto ou desacordado, Krogan permaneceu inerte no chão.

O quadro, agora, era o pior possível. Três mortos confirmados, um possível morto e outro *a caminho*. O filme se repetia, mudando apenas o protagonista do massacre. Logo aquele tentáculo açoitaria Casta contra o chão de areia batida, até que toda vida se esvaísse dele por completo. Quando o braço de ventosas se moveu do alto em direção ao chão, eu fechei meus olhos. Não porque tentasse tirar alguma manada da cartola no último segundo, mas por medo de testemunhar o fim daquele que eu estava ali para salvar. Mas o tentáculo o devolveu ao chão com cuidado, colocando-o contra a parede rochosa que sustentava o enorme portão de metal de onde a criatura tinha surgido. Depois, ajoelhou-se perante Casta, fitando-o com olhos indecifráveis. Da boca aberta, escorria uma saliva grossa e volumosa. A língua, ainda mais asquerosa que a baba, circulou a boca da mesma forma que fazemos quando estamos com fome.

Oh, Ser Superior! Ele vai... Ele vai...

O kraken urrou com a força de um terremoto, erguendo a cabeça para trás e expondo uma infinidade de dentes. Cobri meus ouvidos, preparada para o pior. Isso não poderia acontecer. *Não. Não! NÃO!*

– NÃÃÃÃÃÃÃÃÃÃOOOOOO!!

O grito explodiu da minha boca, abafado pelas mãos sobre minhas orelhas e coberto pelos meus olhos fechados. Eu tinha falhado. Casta não existia mais e levava consigo toda a crença depositada cegamente em mim. Não tinha pedido nada disso. Não queria essa responsabilidade. Todos haviam chegado de surpresa e despejado em mim esse concreto de esperança que, agora, roía feito ferrugem meu coração molhado pelas lágrimas. Mas tudo tinha um lado bom. A angústia terminaria assim que começasse a digestão da criatura. Eu seria a próxima... e a última. Morreria levando comigo as expectativas de um bando de gente que havia se dedicado à pessoa errada. Sacrificando-se à toa. Assim como eu fazia agora. Uma mão fria tocou meu ombro, fazendo com que eu pulasse para trás, assustada. Abri os olhos e esfreguei-os para ver se não me pregavam uma peça. Banhado em vermelho, Casta movia os lábios, dizendo algo que eu não conseguia entender. Passos cautelosos na minha direção. Só então percebi que ainda tapava meus ouvidos com as mãos. Ao retirá-las, nada mudou. Um silêncio dominava os arredores, as pessoas que nos cercavam encarando-nos petrificadas.

– Você está bem, Seppi? – Casta perguntou, tentando esconder o medo na voz.

– O que... O que aconteceu? Onde está o monstro?

Casta pareceu não entender a pergunta, movendo seu corpo para o lado, permitindo que meus olhos vissem a criatura. Ela estava caída no chão. Imóvel. Inofensiva. Sem cabeça.

A cabeça rodopiava em frenesi. Meu cérebro dava indícios de que explodiria com o menor dos sussurros e meu estômago urgia em regurgitar o pouco que eu havia consumido nas minhas últimas refeições. Estava fraca, tonta, enjoada e, acima de tudo, cansada. Ainda assim, um sorriso atônito de satisfação cobriu meu rosto com o deleite da imagem do kraken acéfalo alguns metros à frente.

Assim, estático, deitado e sem cabeça sobre o chão poeirento do Sablo, a antes temível fera de seis braços parecia tão inofensiva quanto um recém-nascido – exceção feita aos que, como eu, são vistos desde o início como ameaça pelo governo. Os tentáculos espalhavam-se em direções distintas, esparramados no chão como brinquedo velho; as ventosas encolhidas, murchas e enegrecidas como a flor ressecada ao morrer. Os segundos rodaram, formando minutos, mas o silêncio embasbacado de todos ainda pairava no ar carregado daquela fétida arena.

Ninguém ousava fazer um ruído, apenas me encaravam com olhos assustados de quem temia o mesmo final. *Se soubessem que eu não tinha a menor ideia de como aquilo havia acontecido...* Tudo não passava de um grande clarão na minha mente, como se algo tivesse expulsado as lembranças para longe dali. Tentei erguer meu corpo ainda desnorteado, despencando para trás e batendo as nádegas no chão.

Casta se aproximou.

– Como está se sentindo, Seppi?

Seus olhos carregavam uma preocupação genuína, acompanhada de uma tensão difícil de camuflar. Podia ver o seu medo. Pelo Ser Superior, podia *sentir* o seu medo. A calmaria foi quebrada no segundo em que o portão de ferro foi aberto novamente e, de dentro dele, dezenas de soldados vestindo pesadas armaduras negras e carregando afiadas lanças cercaram-nos, apontando suas armas em nossa direção. Mexi meu corpo, tentando me colocar em uma posição mais confortável. Minha vontade era a de estourar aquelas cabeças como os grãos de milho que minha mãe esquentava sob fogo quente, deixando-os brancos e deliciosos. Só que aqui, seria melhor trocar branco por vermelho e delicioso por asqueroso. A mão de Casta me manteve sentada no chão.

– Nem pense nisso, Seppi. Eles são muitos e você está esgotada. Toma. – Ele arrancou um pedaço de tecido da camiseta e colocou nas minhas mãos. – Seu nariz está sangrando.

Passei as costas da mão entre a boca e o nariz, tingindo-a de vermelho. Mais por instinto do que qualquer outra coisa. Estranho como o sangue só passa a ser tangível quando visto pelos nossos próprios olhos. Recordei-me do dia em que, durante uma caçada, ainda pequenos, Petrus e eu escorregamos em um declive, rolando pelo mato, batendo em pedras e galhos de árvores caídos até metros mais abaixo. A queda não foi nada demais, porém a testa de Petrus foi cortada por uma pedra durante o caminho. Ele mal sentiu. Se eu não estivesse lá, talvez apenas percebesse quando retornasse para casa. No momento em que o avisei e ele passou o dedo na ferida, manchando-o de sangue, aflição e nervosismo assumiram o comando. Foi preciso um bom tempo para acalmá-lo. E uma dose ainda maior de paciência.

– Isso sempre acontece quando uso demais meus poderes – resmunguei enquanto limpava o sangue da cara.

– O que significa que está fraca. Então nada de besteiras.

– O que eles querem aqui?

– Eu não faço a menor ideia. Essa é minha primeira vez aqui.

O rosto dele desfilava um sorriso forçado que tentava dizer que tudo ficaria bem, ao mesmo tempo em que buscava camuflar uma apreensão mais que genuína. Um homem entrou pelo portão. Sua presença fez com que todos no Sablo começassem a gritar ao mesmo tempo, dando a impressão de que tudo aquilo havia sido ensaiado à exaustão. Ele caminhou sob o calor das vozes em uníssono *"General. General. General"*, sem demonstrar qualquer emoção com aquela recepção. Seus olhos fixos em nós. Mais especificamente em mim. Nada mais parecia importar. Se cabeças começassem a explodir ao seu lado, ainda assim, sua única preocupação seria espetar-me com aquele olhar ardido e afiado.

– Vocês dois! Venham comigo!

A força da ordem fez com que Casta e eu levantássemos quase que por instinto. Havia algo muito obscuro em relação a aquele homem, o "General".

– Podemos saber pra onde vamos? – Casta ousou perguntar. O tom, porém, veio com a ousadia submissa de um filho desobediente.

O homem, que já havia nos dado as costas, virou-se mais uma vez, o rosto invadido por uma expressão que parecia querer deixar bem claro que não nos devia a menor das satisfações. Ainda assim, não se opôs a falar.

– Aqueles que não morrem chamam a atenção. E os que chamam a atenção são levados ao Chanceler.

E, pelo mais breve dos segundos, observando o arregalar dos olhos de Casta Jones, tive a nítida impressão de que ele estivesse arrependido por termos sobrevivido.

Abri meus olhos com dificuldade, vendo o mundo passar lentamente ao meu redor. O foco levou um tempo para retornar, mas, ao menos, chegou coberto pela compaixão. A primeira coisa que vi com nitidez foi o rosto de Casta Jones, um sorriso aliviado estampado no rosto enquanto as mãos acariciavam meus cabelos. Seu colo servindo como travesseiro.

– Como você está se sentindo? – A doçura da pergunta me lembrando os melados que minha mãe preparava para depois das refeições antes de, claro, nossa vida ter virado de cabeça para baixo.

– Um pouco cansada. Onde estamos? O que aconteceu?

– Você quer dizer depois de você ter despedaçado a cabeça do kraken com o seu pensamento?

Sim... Verdade... Agora as imagens retornavam à minha cabeça. Mais uma vez, meu poder tinha me surpreendido, mostrando a mim e a todos que ali estavam um lado obscuro assustador, não apenas por sua força, mas pela falta de controle exercido por mim. "Dê uma arma a uma criança e você conhecerá o verdadeiro significado da palavra tragédia", minha mãe costumava dizer. O que me levava a pensar algo tão curioso quanto apavorante: *e se a criança fosse a arma?*

A imagem da criatura sem cabeça deitada imóvel sobre o chão do Sablo plantou-se na minha memória, firme e vigorosa, tão clara quanto o rosto de Casta me observando.

– Onde estamos? – repeti a pergunta.

– Eles estão nos levando para a Sede.

Ergui meu corpo com a ajuda dele. Permaneci sentada, usando-o como apoio para minhas costas. Barras de ferro nos cercavam, fazendo do nosso transporte uma cela ambulante. Caminhando ao lado da nossa carruagem-prisão, ao menos uma dúzia de soldados usando armaduras e carregando lanças. Os mesmos soldados que nos tinham cercado após a queda do kraken. Mais à frente, montado em um hipomorfo, estava o General tão ovacionado pelo público na arena. O animal de uma pelugem marrom-brilhante e crina amarela caindo pela lateral do longo pescoço trotava de modo altivo e orgulhoso, combinando com a postura magnânima do homem sentado em seu lombo.

– O que vai acontecer com a gente?

Casta deu de ombros para a minha pergunta, sem deixar claro se não se importava ou se apenas não fazia a mínima ideia do que responder. Nossa cela móvel continuou a seguir sem pressa pelas ruas esburacadas de Três Torres. O cenário degradante e sujo fazia com que eu questionasse a sanidade das pessoas em viver em um lugar tão aviltante como aquele, ainda mais quando a maioria esmagadora delas já havia provado das benesses do sistema criado na cidade soberana de Prima Capital. Minha mãe abriu mão dos luxos existentes em sua vida pré-Seppi, mas a vila onde morávamos nos proporcionava uma condição de vida bem adequada e agradável se comparada à cidade de Três Torres.

Os seres humanos dali em nada se diferenciavam do hipomorfo que carregava o General, exceto pelo fato de que o animal conseguia evacuar sem se preocupar em cobrir o rastro de fezes que deixava pelo caminho. Isso sem falar do Sablo. Será que jogar inocentes dentro de uma arena até a morte como forma de entretenimento era muito melhor do que ocorria em Prima Capitale? Seria esse o preço da liberdade que todos na Fenda tanto buscavam? A pergunta foi colocada em uma pequena gaveta na minha mente enquanto outros assuntos mais urgentes requeriam minha atenção.

Dentro desse universo caótico, uma nova imagem saltou aos meus olhos, não muito por sua arquitetura suntuosa, mas pelo fato de ser a única coisa dentro daquele panorama anárquico que parecia ter levado mais de um dia para ser construída. Um longo muro de pedra e cimento cercava uma vasta extensão de terra, impossibilitando quem estivesse do lado de fora de enxergar o conteúdo protegido por aquela construção. Algumas guaritas espalhavam-se por sobre o muro, servindo de vigília para homens armados que, naquele momento, concentravam toda a sua atenção em nossa escolta.

O General parou seu hipomorfo diante de um enorme portão de madeira. Acenou com o braço direito e, logo em seguida, as enormes portas se abriram. A cena lembrou bastante o momento em que os portões do Sablo se abriram. A única diferença era que eles tinham sido abertos para liberar uma fera e esses portões, agora, faziam-no para acolher uma.

Eu.

O mundo dentro dos portões parecia uma dimensão paralela. Todo o caos, sujeira, podridão e pobreza davam lugar a um ambiente organizado, limpo, conservado e extremamente luxuoso. A casa de dois andares era cercada por um belíssimo gramado que mais se assemelhava a um carpete esverdeado de tão bem podado e tratado. Ao seu redor, uma constelação de flores diferentes coloria meus olhos, revelando tons que eu sequer sabia que existiam. Acostumada com o verde predominante da mata que me cercara a vida inteira e, mais recentemente, com o bege sem vida do deserto que abrigava a Fenda, observar aquelas cores invadindo minha íris com tamanha beleza chegava a ser quase hipnótico. Dezenas de árvores com seus troncos cinzas curvados e suas longas folhas palmadas – que depois vim a saber se chamar palmae – espalhavam-se pelo tapete esmeralda, dando um toque requintado ao que via. Eu seria capaz de passar meses, talvez anos, sentada na grama fofa daquele lugar, observando de camarote o desenvolvimento de cada uma dessas belezas da natureza.

Infelizmente, não tinha tempo para isso.

Mal nossa cela ambulante parou, um dos guardas afastou as travas, abrindo a porta e acenando para que deixássemos nosso cárcere itinerante. Ainda estava muito fraca, por isso Casta ofereceu seu corpo como suporte enquanto dávamos curtos passos rumo ao "cativeiro em liberdade". Ele desceu primeiro, esticando as mãos para segurar meu corpo na sequência. O esforço para evitar que eu caísse no chão mostrou-se em vão quando o oficial me empurrou para a frente e eu caí em cheio com o peito no gramado que cercava a casa. O toque da grama no meu rosto e o cheiro de natureza invadindo minhas narinas foram as melhores coisas que aconteceram comigo em um bom tempo.

Bom, isso e aquela noite conversando com Lamar pouco antes do ataque dos bizons. A comparação fez com que a lembrança dele voltasse com tudo à minha mente. *Onde estariam*

Lamar e Indigo? Será que eles tinham acompanhado nossa batalha épica contra o kraken? Será que sabiam que estávamos aqui? Se sabiam, por que não agiram antes de nos carregarem para dentro dessa fortaleza murada? Ou teriam ambos ido embora, deixando Casta e eu para trás?

As perguntas apenas cessaram quando começamos a andar na direção da casa. O caminho de tijolos passava pelo meio do gramado como uma longa língua carmesim. Uma dúzia de guardas nos cercava, separando-nos do General, que já havia descido de seu cavalo e, agora, caminhava com o mesmo gestual orgulhoso que eu costumava exibir ao voltar para casa com um belo espécime para o jantar com minha mãe.

Casta andava um pouco a minha frente, deixando seus longos cabelos negros e crespos cobrirem boa parte da minha visão. Curiosamente, num dado momento, quando seu pescoço ficou desabrigado de suas madeixas crespas, pude ver um pequeno pedaço de metal encrustado em sua pele. Lembrei-me do pedaço de metal que havia deixado minha mãe vulnerável após o pássaro robô tê-la escaneado dentro de casa. Eram iguais. Aquele era seu Código de Identificação Existencial (CIE). Tudo sobre quem era Casta Jones poderia ser acessado por meio de um banco de dados na grande capital. Seu trabalho, suas predileções, parentescos, hábitos. Tudo amontoado em um pequeno *chip* metálico.

Ali estava um belo exemplo de que pessoas podiam ser tão previsíveis quanto surpreendentes. Casta Jones tinha uma vida de luxo e tranquilidade em Prima Capitale. Fazia parte da casta social. Tinha acesso a tudo de melhor e não sofria as mesmas restrições das outras classes sociais. Ainda assim, em algum momento de sua vida, algo em sua psique mudou – algo que seu CIE não conseguiu captar. Havia alguma coisa errada com o mundo. A injustiça que corroía o sistema o compeliu a agir, colocando em risco a vida de sonhos que a maioria esmagadora das pessoas faria qualquer coisa para ter.

Passei a mão pela minha nuca e a lisura e a maciez da pele fizeram com que eu me sentisse aliviada. Livre. Todos tinham o direito de vivenciar aquela mesma sensação de liberdade, mas só os que haviam nascido fora dos muros da grande cidade conseguiam. Era por isso que Casta lutava. Lamar, Indigo, Maori e todos na Fenda. E seria por esse mesmo motivo que eu lutaria até o fim. Nem as pessoas de Três Torres eram verdadeiramente livres. Não enquanto houvesse uma força supressora oprimindo todos de forma silenciosa. Não enquanto Prima Capitale existisse.

Já dentro da luxuosa casa, caminhamos por um grande salão sustentado por várias colunas de mármore. Um barulho de água e risos agudos podia ser ouvido pouco mais à frente. Reparei quando os próprios oficiais que nos acompanhavam perderam um pouco sua concentração ao chegarmos a um espaço fechado com uma enorme banheira de água, onde diversas garotas seminuas nadavam de maneira descontraída. Elas pareciam gostar da atenção recebida pelos guardas, pois lhes mandavam beijinhos e chamavam mais ainda a atenção dando pulos na banheira e espirrando água em nossa direção. As gotas refrescantes foram a única coisa de útil que aquela experiência trouxe a mim.

Esse não foi o caso de Casta, que parecia enfeitiçado por uma das garotas, de longos cabelos de fogo e seios volumosos, cravejados de pintinhas marrons. A impressão que tive era a de que bastaria um convite para todas as suas convicções serem jogadas para o alto. Dei um tapa em sua nuca, trazendo-o de volta ao mundo real, uma cara de poucos amigos. Ele entendeu o recado e virou-se para a frente, mas não sem antes dar uma última espiada naquela cena luxuriosa.

O próximo salão em nada lembrava o seu antecessor. A não ser pelas colunas que sustentavam o teto evitando que ele despencasse sobre nossas cabeças. Todo o resto tinha um aspecto mais sereno e comportado. De alguma forma, a acústica impedia que continuássemos ouvindo as vozes femininas do cômodo que deixamos – ou isso ou as garotas subitamente haviam parado de falar –, permitindo a todos uma concentração antes impossível. Inclusive, Casta. Perto da parede do outro lado do grande *hall* ficava uma espécie de trono de madeira, aparentemente pouco confortável, mas suntuoso o suficiente para demonstrar poder e comando. Em pé, ao lado do trono, vestido todo de preto, estava o mesmo Yuxari que tínhamos visto em nossa chegada à cidade. Ao seu lado, com os olhos fechados, indiferente à nossa presença, seu fiel escudeiro cognito.

Percebi os olhos do Yuxari fixados em mim. Algo parecia queimar sua pupila, consumindo toda a sua energia, enquanto me observava de longe. Não sei como, mas fui tomada por um medo inexplicável, capaz de fazer meus ossos encolherem e minha pele enrugar, como se os anos fossem minutos. Havia algo de muito errado com aquele ser. Algo terrível. *E também muito familiar.* Naquele momento, tive saudade do kraken e do Sablo.

Nossos olhares se desconectaram quando uma movimentação na parte de cima da casa aconteceu. Um alívio tomou conta de mim sem todo aquele peso nefasto. Havia algo nele que mexia comigo. Algo forte, implacável, sem compaixão, que consumia aquelas pupilas. Durante aquele tempo, minha alma parecia exposta ao inimigo, revelando, sem embaraço algum, o que nenhum código de identificação ou *chip* poderia mostrar. Como se minha alma florescesse somente sob o calor de olhares alheios, feito as plantas banhadas pela luz solar. Algo tão difícil de explicar quanto de entender.

No topo da longa escada curvilínea que levava ao segundo andar, uma figura estranha apareceu. Seu cabelo ralo por toda a circunferência da cabeça contrapunha-se à longa e robusta barba e o bigode que pareciam ter engolido a boca da figura. Ele transitava entre a meia-idade e a qualificação de sexagenário. Vestia um blazer azul-escuro, todo salpicado de pequenas medalhas douradas que sobrepunham uma fileira de botões da mesma cor até o quadril, onde um cinto, também dourado, estabilizava a calça aparentemente larga – um desperdício total de brilho.

O homem desceu lentamente, apreciando os olhares cativados por cada passo seu. Ainda não definira se o silêncio que se instalou era resultado de medo ou respeito, mas durante toda a sua trajetória até o trono de madeira, no centro da sala, pensamentos podiam ser ouvidos. No momento em que ele se postou sobre o pequeno palco, em frente ao grandioso assento, todos se ajoelharam com os olhos fixados no chão, dando a ele o mesmo *status* que havia identificado na Fenda com Maori. Copiei o movimento de todos e me ajoelhei. Mas mantive meus olhos grudados no homem. Algo nele parecia não combinar com toda aquela submissão. Uma expressão boba dava um contorno pueril ao seu rosto enrugado. Contraditório, eu sei, mas nada definiria melhor o que via.

– Onde estão os responsáveis por toda essa comoção? – O homem perguntou usando a mão para esfregar a ponta do volumoso bigode. A voz abafada pela legião de pelos cobrindo a boca.

O General levantou-se, ainda fazendo reverência, e esticou o braço na nossa direção.

– Ei-los aqui, eminência.

O mar de soldados afastou-se, deixando-nos ilhados sob o olhar curioso do homem. Ele continuou esfregando o bigode incessantemente, ao ponto de eu não estranhar se, de repente, o trejeito provocasse uma pequena faísca.

– Tragam os dois até mim – ordenou.

A obediência foi imediata e, no segundo seguinte, já éramos conduzidos até o trono. Meus olhos deixaram o velho bobo de lado e concentraram-se naquele que realmente fazia meus pelos desafiarem a gravidade. O Yuxari continuava imóvel, absorto diante de minha existência. Talvez já tivesse lido tudo o que precisava com aqueles olhos afiados e penetrantes; talvez já tivesse deduzido que eu não representava perigo real; talvez tivesse descoberto que eu era mais perigosa do que qualquer um poderia imaginar. Hipóteses cercadas por apenas uma certeza: seja lá o que ele estivesse pensando, eu não parecia importante nesse momento. A voz arrastada do homem resgatou-me de volta.

– Então essa é *ela*? – Apesar de seus olhos estarem presos em mim, a pergunta claramente havia sido direcionada a outra pessoa. Permaneci em silêncio, afinal, que outra resposta poderia dar a ele, além de *"Sim, esta sou eu"*.

– Sim, Chanceler – respondeu o General.

Ele se levantou e seguiu em minha direção. Casta, depois de muito tempo, virou-se para mim, mexendo os lábios de forma lenta e clara, mas sem som. *Não diga nada*, aconselhou. O homem passou por ele, estacionando bem na minha frente.

– Levante-se, menina – ordenou o Chanceler.

Eu obedeci, com o rosto direcionado ao chão. Não queria que ele percebesse a dúvida e a curiosidade que pairavam em minhas pupilas. Ele colocou a mão no meu queixo, erguendo minha cabeça da mesma forma que um pai faria com a filha – ou melhor, da mesma forma que eu acho que um pai faria.

Ele virou-se para o General.

– Tem certeza de que é mesmo esta aqui?

O General confirmou com a cabeça e o Chanceler voltou a olhar para mim, a mão ainda apertando meu queixo de um jeito que meus lábios se espremeram em um longo bico.

– Ela não me parece tão perigosa.

– Só me dê uma chance.

As palavras escaparam dos meus lábios espremidos antes mesmo que meu cérebro fosse capaz de processá-las. Nem precisei olhar para trás para ver a reprovação no rosto de

Casta. No final das contas, a culpa caía sobre seus ombros. Não se pode falar para uma garota da minha idade ficar quieta e esperar que ela, de fato, faça isso. Aquela ordem de Casta, na verdade, deveria ter sido a responsável pelo impulso urgido em mim.

O Chanceler soltou meus lábios, empurrando minha cabeça para trás.

– Personalidade forte. Gosto disso. Ela vai servir.

A vontade de falar compeliu-me a não seguir – *mais uma vez* – a sugestão de Casta. Mas o General se antecipou a mim e perguntou:

– Se Vossa Magnificência me permite a ousadia, servir para quê?

– Se o que ele diz sobre ela é verdade... – O Chanceler apontou o dedo para onde estava o Yuxari. – ... e tudo indica que sim, acabo de ganhar minha cognito particular.

A última palavra veio com um tom especial de celebração. Eles sabiam exatamente quem eu era e o que eu representava. Talvez soubessem disso o tempo todo. Talvez o kraken tivesse sido apenas um teste para mim.

Droga! Matar aquela besta tinha sido o pior erro da minha vida!

Por outro lado, qual seria a alternativa? Deixar que a fera matasse Casta e eu? Não conseguia me livrar do sentimento de que, mais uma vez, eu tinha sido manipulada, tal qual toda a minha vida de mentiras. Minha maldição particular. *Seria incapaz de viver algo verdadeiro durante toda a minha existência? Sempre enganada por meus inimigos e amigos? Pela minha própria família? Somente para, no fim, terminar ali, desse jeito?*

Olhei para o Chanceler uma vez mais. A fraqueza de antes dando lugar a uma convicção e a uma confiança que fizeram meu coração disparar. Foi a primeira vez que temi aquele homem. E não seria a última.

Casta e eu fomos levados a uma outra sala para uma conversa mais privada. Junto conosco foram o próprio Chanceler, o homem conhecido por General, além do Yuxari e seu cognito. Um par de guardas permaneceu do lado de fora da porta, talvez com o intuito de impedir que algum desavisado interrompesse nosso bate-papo. Duas grandes bandeiras azuis ornamentadas pelo desenho do perfil do Chanceler cobriam grande parte das paredes laterais, revelando todo o seu narcisismo. O Chanceler misturava características que, juntas, poderiam causar enorme dano: estupidez, orgulho e ganância.

E mantinha seus olhos em mim, seu prêmio da vez.

Casta e eu ficamos quietos o tempo todo – finalmente eu havia decidido escutá-lo, só esperava que não fosse tarde demais. Por alguns minutos, os outros jogaram conversa fora, o Chanceler mais do que todos. Seus olhos tornaram-se pequenos sóis, aquecidos e cheio de energia, à medida que o General discorria sobre a batalha no Sablo. Eu mesma me surpreendi com muita coisa, já que minha mente decidira – *unilateralmente, ao que tudo indicava* – apagar muito do que havia acontecido dentro daquela arena. O Chanceler abriu um largo sorriso quando a história atingiu seu clímax, com o General relatando sobre o "desaparecimento" da cabeça da besta.

– Magnífico! – ele vibrou. – E como toda boa história, agora precisamos de um desenlace – ele disse, apoiando o queixo na mão e buscando algum pensamento profundo.

– Não entendi, Vossa Eminência – o General disse.

– Permita-me elucidá-lo, então, meu leal comandante. Ao final de uma história, todos querem saber o que acontece com a heroína, não é mesmo?

O general pareceu ainda perdido por aquelas palavras e o Chanceler caminhou até um enorme estande de madeira contendo centenas de pequenas coisas retangulares parecidas com os poucos livros que minha mãe guardava em casa com tanto carinho. O Chanceler passou o dedo por pelo menos uma dúzia deles até soltar uma breve interjeição e retirar um deles do seu repouso, colocando-o com máximo cuidado em cima da mesa.

– Não sei a extensão do seu conhecimento, mas estas são obras do Povo Ancião, popularmente conhecidas como livros. Muitos desses livros faziam sucesso entre os anciãos, celebrados como verdadeiros tesouros. Valor inestimável. Este é um deles – o Chanceler disse, balançando a mão para encorajar o General a pegar o livro.

– O Mágico de Oz – o General leu o título, o cenho franzido denunciando a confusão em sua mente. – O que é um mágico? – ele perguntou.

O Chanceler afastou-se e seguiu até uma das cadeiras que rodeavam a mesa no centro da sala. Casta e eu trocamos olhares. Dessa vez, ele nem precisou movimentar os lábios para saber o que ele queria. Permaneci atenta ao que o Chanceler falava.

– Alguém muito poderoso na época anciã, aparentemente. Mais ou menos como ele – o Chanceler fez um gesto na direção do cognito – ou como ela! – Depois, virou-se para mim.

– Do que se trata? – o General perguntou enquanto folheava com cuidado a relíquia de papel coberta por um plástico quase amarelado. – Não consigo entender quase nada do que está escrito aqui.

O Chanceler tomou o livro da mão do General, colocando-o de volta no seu lugar. Depois, voltou a falar.

– Poucos conseguem ler a língua arcaica, já que a palavra escrita não tem peso algum na nossa sobrevivência diária.

– Ilumine-me, então, Vossa Onipotência.

Eu ainda não havia conseguido discernir se o tratamento exagerado dado ao Chanceler pelo General era sincero ou não. Não que isso realmente importasse. Se bem que a satisfação estampada no rosto do Chanceler mostrava que, ao menos para ele, importava sim. Bastante.

– Conta a história de uma garota chamada Dorothy, que chega a um mundo conhecido como Oz e precisa da ajuda desse *mágico* para voltar para casa.

– Entendo, Vossa Eminência. E ele a ajuda?

– Não do jeito que ela gostaria. Na verdade, ele não tinha poder algum e toda a viagem mostrou-se um grande desperdício – o Chanceler sentenciou.

– Interessante. Mas, se me permite a ousadia, senhor, o que isso tem a ver com a nossa situação de agora?

– Não percebe a semelhança entre as situações? Assim como meu querido Yuxari – o Chanceler fez uma reverência irônica para o homem coberto pelo manto negro – eu também quero ter meu *"mágico"* particular. Algo que faça com que meus inimigos pensem duas vezes antes de mexerem comigo. Nosso querido Yuxari tem feito bem esse trabalho, mas é fiel à Cidade Soberana, não a mim. O que acontecerá quando o Supremo Decano decidir chamá-lo de volta? Não posso correr esse risco. – A mão deslizando sobre o bigode. – Se essa menina realmente derrotou o kraken sozinha, ela é a pessoa ideal para ter ao meu lado daqui para a frente. Com seu poder, serei ainda mais temido e respeitado. Ninguém se atreverá a cruzar o meu caminho. A Cidade Banida será minha para sempre. Serei ainda mais temido. E, para tudo isso acontecer, apenas preciso comprovar uma coisa antes.

Eu não gostei do que vi em seus olhos quando ele terminou seu discurso. Algo terrível alargava suas pupilas, deixando-as tão expandidas quanto os anéis que ornamentavam seus dedos enrugados. Uma ansiedade sádica preenchia seu rosto, trazendo à tona um sorriso abastecido pela desgraça alheia. Aquela felicidade agigantava sua face, deixando-a quase do tamanho de suas versões desenhadas nas bandeiras azuladas que decoravam o salão onde estávamos. Entretanto, depois de tudo o que havia passado até ali, pensei ser difícil acontecer algo capaz de piorar tudo. Nada pode empurrar para baixo quem já chegou ao fundo do poço.

O General adiantou-se, caminhando com cautela para onde o Chanceler se encontrava.

– E que coisa seria essa, senhor?

Ele me encarou com frieza suficiente para fazer o meu corpo tremer. Estiquei a mão, apertando com força o punho de Casta.

– Apesar de tudo que você me contou, eu preciso ter certeza absoluta de que ela não é, assim como o grande mágico de Oz, apenas uma grande mentira. Tenho que ter certeza absoluta de que seu poder real – ele concluiu.

– E como fará isso, Vossa Excelência?

Algo na expressão do Chanceler mudou. Uma luz tão brilhante quanto obscura tomou conta do seu rosto. Um paradoxo que fez com que uma sensação ruim dançasse por todo o meu intestino. Comecei a tremer. Pelo menos foi o que pensei até olhar para baixo e perceber que, na verdade, era Casta quem tremia. Nossas mãos suadas, dedos intercalados, esperando pela resposta que o semblante sádico do Chanceler já enunciava ser, no mínimo, desagradável. Como descobriria a seguir, *hedionda* era muito mais apropriado.

– Fazendo-a lutar contra o cognito de Yuxari – ele sentenciou.

Não levou muito tempo para que estivéssemos todos na parte de fora da Sede. Nos fundos da casa havia um exuberante jardim plano, rodeado pelas mesmas flores coloridas que eu havia visto quando chegamos à fortaleza de concreto. Elas vinham organizadas em canteiros delimitados por uma baixa mureta de pedra, que, por sua vez, cercava pequenas alamedas que serviam de passeio, dispostas simetricamente e pavimentadas por algum tipo de pedra lisa e clara. Essas alamedas dividiam o gramado em quadrantes. E cada um deles continha, em seu centro, uma estátua de mármore do Chanceler. Em uma delas, o homem havia sido esculpido com roupas elegantes; em outra, ele montava, imponente, um empinado hipomorfo; uma terceira revelava apenas o busto do Chanceler, aperfeiçoado pelo artista de forma bastante generosa – *e irreal*. Na estátua mais distante de onde estávamos, ele vestia uma armadura de guerra, lança e escudo, petrificando a bravura como uma de suas qualidades. Admito ter estranhado a ausência de uma estátua que o mostrasse admirando a si mesmo num espelho. Em toda a minha vida, nunca havia conhecido uma pessoa tão apaixonada por si quanto o governante de Três Torres. Ele caminhou pelas alamedas que cortavam o jardim até parar no ponto central que ligava os quadrantes.

– Aqui será o palco do duelo entre vocês – ele profetizou, batendo as palmas das mãos em excitamento. Parecia ansioso, ao contrário do Yuxari, que se mantinha calado, absorto em pensamentos que faziam meu estômago borbulhar.

Por que ele não dizia nada? Não se manifestava?

– Você não pode me obrigar a lutar. – Eu me antecipei, sem a convicção que gostaria. O Chanceler sorriu.

– Ah, sim, pode apostar que posso. A não ser que...

– A não ser o quê? Não tenho medo do que possa fazer comigo – eu o interrompi, agora bem mais convicta do que antes.

Ele fechou o semblante, visivelmente irritado com minha ousadia. O cenho franzido pouco acostumado com contestações. Pouco depois, o semblante sisudo deu lugar a outro sorriso ainda mais largo que o anterior.

– Por acaso não teme o que eu possa fazer ao seu amigo? – Um estalar de dedos fez com que meia dúzia de lanças espetassem o corpo e o rosto de Casta no limiar da penetração. Ele permaneceu imóvel, os olhos pesados, arrastando-se até mim. Medo nadando em sua íris. – O que você se recusar a fazer para mim, ele fará. Não quer lutar contra o cognito? Sem problemas. Seu amigo tomará o seu lugar. Garanto que será uma luta muito menos justa, mas não necessariamente, menos divertida. – Ele caminhou até nós com a certeza de quem comandava não apenas a cidade, mas também nossos destinos. E quando tocou meu rosto, finalizando o seu discurso, também tive a certeza disso. – E depois de vê-la se arriscar por ele da forma que fez, nós dois sabemos que você irá lutar, não é mesmo?

Desviei o rosto para o chão, não por medo, nojo ou vergonha, mas apenas para que meus olhos não lhe dessem razão.

– Então por que não cortamos as preliminares e vamos direto ao que interessa, hein? – o Chanceler finalizou.

Ele movimentou a mão e todas as lanças despediram-se de Casta. Apenas torcia para que tivesse sido um adeus e não um até breve. Caminhei até o centro do jardim, colocando-me na posição indicada pelo Chanceler. Observei o cognito fazer o mesmo. Havia pouco tempo, tinha enfrentado o maior desafio da minha vida. Agora, perto desse novo confronto, o Sablo parecia brincadeira de criança.

O pior fundo do poço é aquele feito sobre areia movediça, concluí.

O cognito caminhou a passos lentos na minha direção. A paz permeando o seu semblante elevava meu grau de nervosismo ao ponto máximo. Em pé, em torno das alamedas que cercavam o grande jardim quadrado, dezenas de guerreiros ávidos pelo confronto espalhavam-se em busca de um lugar com visão mais privilegiada. Girei o corpo, olhando à minha volta. Sorri com a ironia de que a única coisa que poderia se colocar entre mim e meu adversário era a estátua com a imagem do mesmo homem responsável por me colocar naquela situação. Assim como meu nervosismo, minha raiva por ele também se estendeu ao grau máximo.

Um grupo de homens fortes, vestindo apenas calças brancas, desnudos da cintura para cima, com músculos quase que desenhados à perfeição, apareceram correndo com uma enorme plataforma de madeira sobre os ombros. Eles seguiram até a direção do Chanceler, postando a plataforma no chão com cuidado. Duas enormes jaulas de aço avizinhavam um enorme assento de madeira no centro da plataforma. O Chanceler veria tudo de camarote. O homem sentou-se em seu trono móvel, abrindo um saco colocado no chão e retirando de lá um enorme pedaço de carne vermelha. No topo da jaula, à sua esquerda, havia uma pequena abertura pela qual ele jogou o alimento. Um rosnado grave rompeu o ar, apressando meus batimentos cardíacos. Ele repetiu a ação com a jaula do outro lado.

Só então me dei conta de que o Chanceler estava cercado por um par de felinos de pelagem negra, corpo esbelto e comprido, pernas curtas e cabeças bem arredondadas. Os caninos despontavam pelos cantos da boca, exibindo sua cor perolada natural, misturada ao vermelho-sangue da sua provável última refeição. Vê-los abocanhar o enorme pedaço de carne como se não passasse de uma migalha de pão trouxe à minha mente a imagem de Diva. Nunca achei que a aspereza de suas lambidas faria tanta falta assim. A facilidade com a qual derrubava meu corpo no chão, postando-se sobre mim na sua posição de predadora, mas optando por lamber meu rosto em vez de saborear minha carne, era algo de que nunca pensei que fosse sentir falta. Mas, agora, via que estava errada. Toda forma de carinho sempre faz falta quando nos sentimos sós, mesmo as mais ásperas.

Pare de sonhar acordada e concentre-se na tarefa à sua frente.

A voz veio clara como água, fazendo com que eu desse um pequeno salto para a frente, girando o corpo para trás em um rápido movimento. Não havia ninguém lá. Ainda desconfiada, olhei em mais um par de direções, certificando-me de que estava mesmo sozinha.

O que você está fazendo? – A voz surgiu uma vez mais.

– Quem está aí? – Eu perguntei alto, só para depois perceber a estupidez do que estava fazendo. Aquela voz tinha algo de diferente, de anormal. Não parecia vir de fora para dentro, mas exatamente ao contrário. Igualzinho a... *Maori, é você?*

Primeiro veio o silêncio, depois o que parecia ser uma leve risada.

Você ainda é muito crua, garota. Não consegue lidar muito bem com suas sensações, suas intuições. Aprenda a usá-las. Entenda seu poder, não se apresse. Faça isso e depois me diga quem está falando com você.

Usei a respiração como ingrediente principal para concentração. Logo senti uma força emanando um calor na minha direção. Não conseguia vê-la, apenas senti-la. Especialmente, seu ponto de origem.

O cognito.

Vejo que você já conseguiu alguma coisa, garota. Viu como é fácil? Basta concentrar-se no que quer para conseguir. Somos únicos, especiais. Bem diferentes desses "chipados" – a voz dentro da minha cabeça desabafou.

Chipados. Sim, ele se referia a todos que foram aceitos pelo sistema, obrigados a se submeterem aos caprichos de um governo eficaz, porém cruel. Muito cruel. O Chanceler, assim como todos que eu vira até então, incluindo Casta, tinham algo em comum: o *chip* ornamentando a nuca. Algo que ali não fazia muita diferença, uma vez que a Cidade Banida parecia escapar dos tentáculos da grande capital, abrigando todos os "dejetos" humanos despejados pela sociedade soberana, não se curvando mais às duras regras da cidade que os baniu – *muito menos vivendo suas regalias.* Diferentemente de mim, não estavam ali por sua própria vontade. Haviam sido arrancados de suas famílias e jogados nesse pardieiro chamado Três Torres, vivendo sob condições subumanas, alimentados por medo em vez de comida.

A última parte fez com que eu ponderasse se eu realmente era assim tão diferente dos chamados "chipados". Nós poderíamos mesmo ser verdadeiramente livres? Ou a ideia de liberdade não passava de mera ilusão?

O que você quer comigo? Gabar-se antes da vitória? Você sabe que eu estou fraca demais para um embate dessa proporção – resmunguei sem precisar abrir a minha boca.

Mesmo de longe, podia ver seu semblante etéreo, impassível a tudo e a todos a nossa volta. A postura me causava certa inveja. Autoconfiança nunca havia sido a maior das minhas qualidades. Ainda mais depois de descobrir que tudo na minha vida não passava de um plano elaborado muito tempo atrás e executado com quase perfeição. Foquei minha atenção em Yuxari, situado alguns metros atrás do meu oponente, bem ao lado do Chanceler e de suas feras da noite. Apesar do manto negro cobrindo grande parte do seu corpo – somente seus olhos eram banhados pela luz do dia –, nada em seu corpo indicava preocupação com o que estava prestes a acontecer. Nenhum abanar de braços, gesticular de mãos, respiração acelerada. Ele permanecia intocado pelo momento ou confiante demais em seu desfecho.

A voz na minha cabeça voltou a chiar.

Não vou vencer essa luta, pois não haverá luta para ser vencida, Seppi Devone. – Por algum motivo, o som do meu nome sendo proferido pela voz telepática do cognito fez despertar algo em mim. Não sabia direito o que, mas a despedida do anonimato fizera com que eu me sentisse invadida. Entregue. Acima de tudo, vulnerável. Muita gente sabia muito ao meu respeito, enquanto eu não sabia quase nada sobre quase ninguém. Naquele momento tive saudade de Indigo. De todas as pessoas, ela fora a única 100% cristalina comigo desde o começo. Queria abraçá-la e agradecê-la por isso. E queria também abraçar Lamar. Por motivos completamente diferentes.

Onde eles estavam?
Do que está falando? – perguntei mentalmente. – *O que faremos em relação ao Chanceler?*
A voz voltou a ecoar em meus pensamentos. Quem olhasse o cognito naquele exato momento poderia jurar que ele se preparava para acabar com seu adversário. Ele fazia precisamente o contrário.
– *Deixe o Chanceler comigo.*
Pela primeira vez, vi o corpo do Yuxari mexer. Um leve gesto com a cabeça na minha direção. Quase invisível. O que me fez ponderar se não estava imaginando coisas.
– O que... – fechei minha boca no segundo em que percebi que tornava a conversa mais pública do que gostaria. Apesar da expressão petrificada, podia ver a reprovação no rosto do cognito.
– *O que você pretende fazer?* – perguntei, finalmente.
– *Vou te tirar daqui.*
Finalmente, boas notícias.

A princípio, não movi meu corpo. Não por medo ou desconfiança, mas por não ter ideia alguma do que deveria ser feito. À primeira vista, nada pareceu mudar. Os guardas armados e uniformizados continuavam nos cercando, aguardando com ansiedade o início da nossa batalha. Ao longe, via o Chanceler sentado em seu trono de madeira, consumindo o que pareciam ser viníferas direto do cacho. Para ele, nós realmente não passávamos de mero entretenimento durante o lanche da tarde. Algo tomou meu corpo, como a maré alta, ávida por espaço, engolindo a terra. Um sentimento negativo consumindo cada poro, elevando meu nível de concentração e colocando um alvo imaginário sobre o peito do comandante de Três Torres. Por mais que eu tentasse evitar, uma manta de obsessão cobria meu cérebro, trazendo à tona apenas um pensamento: eliminar aquele homem.
– *Essa é a garota que eu tanto procurava.* – A voz intrusa celebrou dentro da minha cabeça.
– *Foco e ódio são armas potentes, minha cara.*
Assustei-me com o conteúdo da frase. Algo nela, entretanto, também soava bem acalentador. Saber que não era a única a sentir aquilo trazia-me a sensação de normalidade, coisa rara para quem sempre é avaliada como, no mínimo, "não convencional".
– *O que devo fazer?* – A aflição em minha voz etérea clara como água.
– *Ouvi dizer que você tem um ótimo relacionamento com animais.*
A frase do cognito terminou no momento em que um tumulto se formou próximo a onde o Chanceler se encontrava. Em meio às pessoas, dois soberbos vultos negros caminhavam com tranquilidade. Um miado inicial transformou-se em um longo e grave rosnado, anunciando o perigo iminente. Ou melhor, dois. As portas das jaulas dos dois felinos, antes fechadas e seguras, estavam, agora, escancaradas.
Os animais andavam e observavam tudo com muita cautela, buscando, talvez, a melhor opção entre tanta variedade de *"refeições"*. O Chanceler, acuado sobre seu assento, gritava para que alguém o tirasse dali, ou, ao menos, fizesse a cortesia de se oferecer aos animais

enquanto ele tivesse tempo de fugir dali. Um guarda pareceu ouvir seu pedido e correu em direção a um dos animais. A comprida lança dando-lhe a falsa sensação de segurança. Ele fez movimentos de ataque, tentando espetar o animal ou, pelo menos, afastá-lo do Chanceler. No terceiro movimento, o felino já havia dado o bote, pendurando-se em seu pescoço e rasgando sua pele. A visão do animal nutrindo-se do que restava daquele homem deveria ser o suficiente para embrulhar meu estômago. Pelo contrário. Uma paz tomou conta do meu corpo, aliviando, mesmo que em pequena dose, o ódio descomunal que me consumia por dentro. Um homem estava morrendo e eu estava feliz com isso.

Outros guardas surgiram do nada, cercando o animal e seu jantar. Tarde demais para salvar o colega, mas a tempo de manter algo para um funeral digno. O felino deu um rugido agudo, tornando ainda mais públicas suas enormes fileiras de dentes afiados. Fechei meus olhos e busquei o silêncio em meio a toda aquela balbúrdia. Não foi uma das coisas mais inteligentes que fiz, afinal fechar os olhos quando se está cercada por inimigos nunca me pareceu a coisa mais sensata a se fazer, entretanto, se quisesse sair dali, precisaria da ajuda das minhas duas novas amigas.

Venham comigo. Eu as libertarei – eu repeti as palavras algumas vezes, até me certificar de que elas, finalmente, escutavam-me.

Os dois felinos deram um salto que encobriu parte dos oficiais que as cercavam, mostrando a todos sua superioridade física. Elas passaram pelo cognito como se ele fosse invisível, seguindo na minha direção. Uma voz familiar, dessa vez não dentro da minha cabeça, rompeu o ar.

– Temos que ir, Seppi. Antes que eles se recomponham.

Casta veio até mim. Na mão, uma lança afiada – que provavelmente pertencia ao oficial caído atrás dele. Definitivamente, Casta Jones era um rapaz com recursos próprios invejáveis. Talvez não suficientes para explodir a cabeça de um kraken com a força de um pensamento, mas, ainda assim, acima da média, especialmente quando trancado em um labirinto. Quando estava a dois passos de mim, seu corpo foi jogado para trás por uma força, aparentemente, invisível. Notei um dos felinos postado sobre ele com as duas patas da frente o mantendo no chão.

Pare, Dorothy. – Eu mentalizei, batizando o animal com o mesmo nome da menina que viajara para Oz. Quem sabe ela também não me ajudaria a voar longe daqui. – *Ele é um amigo.*

A fera negra saiu de cima de Casta, permitindo que ele erguesse o corpo, ainda desconfiado de um possível novo ataque.

– O que está acontecendo aqui, Seppi?

– O cognito está nos ajudando a fugir. Rápido! Venha comigo!

Vi a dúvida estampada no rosto de Casta. Mas ele não disse nada. Tinha experiência suficiente para saber que esse não era o momento nem o local ideal para buscar respostas. As perguntas teriam que ser feitas depois, se nós conseguíssemos sair vivos dali, claro.

Casta e eu começamos a correr pelo jardim, acompanhando o muro que rodeava a casa e seguindo em direção ao portão principal. *Dorothy* e *Appia* – havia batizado o segundo animal com o nome da minha mãe por sentir algo maternal a respeito dela – nos seguiram com passadas largas que valiam, por baixo, umas dez das nossas. Casta, durante nossa trajetória, deixou um par de oficiais estatelados no chão, perfurados ou nocauteados pela lança, que acompanhava todos os seus movimentos como se fizesse parte de seu corpo. Eu, por outro lado, tentava economizar minha energia para algum perigo que nem humanos, nem animais, pudessem enfrentar. Nós chegamos à lateral da casa, ainda rodeando o muro. Parei por um segundo, invadida por uma sensação estranha, incômoda. Muitos chamariam de intuição, já eu sabia que era algo muito mais forte e concreto. Convicção. Olhei para a direita, na direção da casa. De longe, vi uma pequena escada levando até uma porta subterrânea. Apesar do alvoroço, dois oficiais mantinham guarda à frente da porta.

– Eu preciso checar aquilo – anunciei ao partir correndo, deixando Casta e seus resmungos para trás.

Não demorou muito para Dorothy e Appia estarem bem atrás de mim. Antes que pudesse me preocupar com truques para eliminar meus oponentes, meus recém-adquiridos guarda-costas de quase 3 metros de comprimento e mais de 100 quilos fizeram o trabalho sujo por mim. Enquanto Dorothy e "mamãe" saboreavam seus mais recentes petiscos, desci com cuidado os pequenos degraus da escada, dando de frente com uma porta de metal. Forcei a tranca, mas já era de se esperar que, com toda essa preocupação em torno do local, ela estivesse fechada. Busquei o foco na escuridão, até ouvir um clique redentor. Uma pequena fresta surgiu, revelando apenas um breu do outro lado. Empurrei a porta com a mão, dando um pequeno e desconfiado passo para dentro.

– O que está fazendo, Seppi? Temos que ir embora daqui! Agora!

Casta desceu os degraus em um pulo só, mais por medo dos animais refestelando-se lá em cima do que para evitar minha curiosidade.

– Há algo importante aqui, Casta. Não sei como, mas posso sentir isso. Tenho que entrar.

– Não temos tempo para isso, Seppi. Você quer morrer? Ou pior, voltar para o labirinto e apodrecer lá? Temos que sair daqui!

Entendia o medo crescente de Casta, mas se ele pudesse entrar na minha cabeça e ter acesso às mesmas informações que eu, perceberia que desde que não abusássemos, o cognito nos daria todo o tempo de que precisássemos.

Eu tinha que entrar.

A porta rangeu, talvez a reclamação de quem não estava acostumada a visitas inesperadas. A luz que vinha de fora não conseguiu vencer toda a obscuridade, mas foi o suficiente para tornar o ambiente visível. Paredes de tijolos tomados por musgos e umidade formavam um corredor estreito e sinistro. Os feixes de luz, curiosos, exploravam metros à minha frente, revelando uma parede transparente que, alguns passos depois, mostrou ser uma câmara de vidro. Dentro desse espaço, algo se mexia sem parar, em movimentos descoordenados e aleatórios. Quase não acreditei quando percebi que a coisa se mexendo era uma criança, ou melhor, um bebê. O vidro, sem dúvida alguma, havia sido feito para impedir a saída de som, já que podia vê-la chorar, mas não a ouvir. Procurei por uma maçaneta, até perceber que não estávamos separados por uma porta, mas, sim, por uma vitrine. Quem quer que entrasse por aquele corredor tinha apenas uma intenção: observar.

Mas por que todo esse trabalho para poder olhar uma criança?

Casta pediu que eu me afastasse do vidro. Obedeci e o vi espetar a vitrine com força na tentativa de parti-la em pedaços, mas o impacto de sua lança não provocou mais do que pequenos arranhões na superfície. Bastava colocar a mão no vidro para perceber que sua espessura não cederia.

– Temos que achar a entrada para essa sala. Não podemos deixá-lo aqui. Olhe! Ele está sofrendo – disse, aflita.

Aquele bebê não era meu, mesmo assim, naquele momento, fui capaz de entender toda a preocupação excessiva da minha mãe ao longo de todos os anos da minha vida. Imaginei o peso sobre seu coração quando ela fora informada de que não poderia me levar para casa com ela. Ao invés de poder ir embora com seu bebê nos braços, sua filha recém-nascida seria envolta por braços muito menos calorosos e dedicados. Ou assim imaginávamos que seria o abraço da morte.

Agora, de frente com uma criança que nunca vira antes na vida, também me sentia incapaz de virar as costas, abandonando-a à mercê do destino. Talvez o mesmo reservado a mim, não fosse a obstinação de minha mãe. O bebê do outro lado do vidro podia não ter a mesma sorte que eu em relação à sua mãe biológica, mas também não seria abandonado. Eu o salvaria. A luz no lado de dentro da sala que abrigava o bebê foi acesa de repente, deixando o ambiente mais reluzente e permitindo que tivéssemos acesso a uma realidade muito mais lúgubre do que poderia imaginar. Por um segundo, meu coração parou. Negava-se a bater sob uma realidade cruel como aquela. Meu cérebro gritando para que eu desviasse o olhar. Minhas pupilas, todavia, imantadas, recusando-se a obedecer a sua ordem. A voz embutida do cognito, ressurgindo na minha cabeça, levando minhas mãos até as têmporas.

Veja, Seppi. Esse é o destino reservado a crianças como você.

Os braços da morte, agora, pareciam bem mais calorosos e misericordiosos do que antes.

Uma espécie de fogo invisível me consumiu por dentro. Minhas entranhas, meus sentidos, meus pensamentos, tudo havia sido amontoado em uma fogueira impalpável e acesa pela visão incandescente daquela criança. Sem dúvida alguma, a coisa mais aterrorizante que tinha presenciado em todos os meus dias. A voz do cognito ressoando na minha cabeça: *esse é o destino reservado a crianças como você.*

Não podia ser. A própria morte parecia bem mais misericordiosa que isso.

– Venha, Seppi. Temos que sair daqui.

A voz ofegante de Casta deixava mais do que claro que o tempo não caminhava do nosso lado. Eu sabia disso. Tínhamos que sair da Sede o mais rápido possível. Isso se quiséssemos sobreviver. Apenas não podia virar minhas costas para aquela criança. Tinha o dever de seguir o exemplo de minha mãe. Tinha que fazer por aquele bebê o que ela havia feito por mim. O choro abafado pela parede de vidro, mesmo inaudível, ancorava meu coração consternado e esmagado pela minha sensação de impotência. Eu não podia sair dali.

Não sem ela!

– Vamos, Seppi! – Casta gritou já distante alguns metros.

– Saia daqui – eu disse a ele. – Preciso fazer algo e não sei até que ponto conseguirei me controlar.

Meus olhos fixos na criança, alheios à decisão de Casta de permanecer ou partir. Naquele momento, só a criança me interessava. Rendi-me à escuridão, sentindo o fogo dentro de mim penetrar cada poro, cada órgão, cada célula. Percebia o calor tomando conta e queria consumi-lo. Todo calor é fonte de energia e eu precisava canalizar a minha da forma mais eficaz possível. A combustão tomava conta do meu corpo, mas ainda não era suficiente. Precisava de mais. Aquela sensação escaldante que penetrava meu corpo e alma demandava mais. Queimar não era o bastante; eu tinha que explodir.

Abri os olhos e absorvi cada movimento sofrido da criança no berço. A pele, tomada por manchas enegrecidas, dava um aspecto apodrecido ao bebê. Até onde conseguia ver, braços, rosto e pescoço tinham sido tomados por caroços disformes como se a criança borbulhasse em água fervente. *Não, pior!* Era como se pedra, em vez de pele, envolvesse a maior parte do seu corpo. Uma de suas mãos, aliás, tinha o que pareciam ser apenas resquícios de dedos, dando a impressão de que seu corpo, ao ser gerado, tivesse simplesmente desistido de completar sua obra. Aquele bebê dificilmente sentiria o calor de um abraço, já que, provavelmente, poucos ousariam aproximar-se dele. *Não eu!* Eu a abraçaria. Sem dúvida alguma, acolheria aquela criança em meus braços, aquecendo-a. Mas, por enquanto, o calor dentro de mim estava reservado para outra coisa.

Sentia algo em mim prestes a detonar. E não demorou muito para que eu fosse incapaz de controlar toda aquela energia que se acumulava dentro de mim. Fiquei feliz ao perceber, um pouco mais tarde, que Casta tinha decidido partir. Se ele ficasse, não sei o que poderia ter lhe acontecido. Cobri meu rosto com as mãos quando o encorpado vitral à minha frente se despedaçou em milhares de pequenos, porém não inofensivos, cacos de vidro. Meu antebraço ficou tomado por filetes de sangue que lembravam a grafia vista nos livros antigos. Por um momento, relembrei a história sobre a menina Dorothy e sua aventura em Oz. Em alguns pontos, nossas situações se assemelhavam bastante. Eu também tinha sido trazida contra a minha vontade a uma nova realidade; e também tinha tido minha parcela de encontros com aberrações. O que nos diferenciava era o fato de que, ao contrário da menina do livro, eu não tinha para onde voltar. *Oz era minha casa.*

Fui até o berço, preocupada com o que pudesse ter acontecido com a criança após o vidro se tornar uma nuvem de estilhaços. Felizmente – ou não –, o choro da criança nada tinha a ver com os recentes acontecimentos. Não havia vestígios de cortes em seu corpo. Talvez por sorte, talvez pela aspereza de sua pele pedregosa. Coloquei o bebê em meus braços, celebrando o fato de ele ainda não ser capaz de ler a ânsia em minha fisionomia. Ele teria que se acostumar com a rejeição por toda sua vida, mas ainda era cedo demais para isso. Muito cedo.

Peguei-o no colo, embrulhando seu corpo com a manta que estava no berço. Beijei-o na testa áspera e disparei com ele para fora dali.

– Você só pode estar brincando comigo. – Os olhos de Casta tinham dobrado de tamanho ao avistarem o pequeno embrulho que carregava no meu colo. – O que você está fazendo?

– A criança vai com a gente – respondi sem dar muita atenção, deixando-o para trás a passos curtos e apressados.

– Ótimo. Como se eles não tivessem bons motivos para querer acabar com a gente, agora vamos oferecer mais um de bandeja.

Parei e virei o corpo na direção dele.

– O que você queria que eu fizesse? Deixasse essa criança lá? – Minha expressão sisuda não pareceu intimidá-lo.

– Exatamente. Não sabemos nada dessa criança. Quem ela é? Quem são os pais dela? Por que ela é assim?

Desde o momento em que vi Casta Jones no labirinto ao me salvar do ataque esfomeado de Friggi, essa era a primeira vez que notava estresse em sua voz. Incluindo o kraken. Medo, cautela, tensão, sim. Estresse, jamais. Insuficiente, porém, para me fazer abandonar a criança.

– Não estou nem aí para os pais dela. Ou estão mortos ou não se importam com o estado de saúde da filha. De qualquer maneira, ela está mais segura comigo do que com eles.

– Você acha que essa é a única criança que sofre, Seppi? Na capital há uma instalação cheia delas! O que vai fazer? Salvar todas? – O estresse já começava a tomar conta de suas cordas vocais.

– Talvez sim. Mas, por enquanto, a única que encontrei foi esta aqui – falei direcionando o meu olhar para o bebê embrulhado no meu colo. Tirei o pedaço de manta que cobria sua cara e percebi que a bebezinha dormia. Talvez todo aquele movimento tivesse embalado seu sono, talvez tivesse sido o raro calor de um abraço. – Para que serve todo o poder do mundo se na primeira dificuldade a gente sempre tomar o caminho mais fácil. Não foi isso que minha mãe fez comigo. Não será isso que eu farei com essa criança.

Casta deu um passo para trás. Eu também sabia me impor quando necessário. Ele levantou as mãos em sinal de paz, não sei se por convencimento ou por perceber que aquele não era o local mais apropriado para uma discussão daquelas. O prejuízo já tinha sido feito, a criança já estava conosco e não havia muito o que ele pudesse fazer para impedir isso.

– OK... OK... – ele esfregou o rosto com as mãos, absorvendo essa nova realidade. Depois, voltou. – Certo. A melhor coisa a fazer é seguirmos até o portão principal. Você fica mais atrás. Não quero que vejam você... Especialmente, com essa criança – ele completou, seguindo em frente.

Dorothy e Appia esgueiravam-se ao nosso lado, prontas para atacar qualquer alma desavisada. E não demorou muito para que isso acontecesse. Casta jogou-se no chão quando uma flecha passou raspando sua orelha direita.

– Pro chão! – ele bradou, mais preocupado comigo do que com seu inimigo. Ele se manteve abaixado, os braços esticados na frente, palmas das mãos à mostra comprovando que estava desarmado. Apenas entendi o motivo quando dois homens despontaram de trás da casa, ambos apontando suas bestas para ele.

– Onde está a outra? – o homem perguntou.

– Que outra? – Casta perguntou, mexendo os olhos na minha direção, indicando que eu me escondesse.

Arrastei-me por alguns poucos metros até uma pequena moita colada à lateral da casa. Bastariam alguns passos para que eles descobrissem meu esconderijo. Appia embrenhou-se lentamente dentro do arbusto. Impressionante como, apesar do tamanho, o barulho das folhas quase não existia. Ela era uma predadora, e animais como ela abreviavam grande parte de seu trabalho contando com o elemento surpresa. Misturar-se ao cenário de forma quase invisível fazia parte de sua rotina instintiva. Tive pena daqueles homens, ou melhor dizendo, daquelas *presas*. Dorothy permaneceu comigo.

– Vou perguntar uma última vez. Onde está sua amiga?

– Eu... Eu não... sei... – Casta fingia um desespero que eu sabia não se encaixar com seu perfil. *Os guardas, não.*

Eu esperei enquanto acariciava o cabelo do bebê, trazendo-o mais para perto de mim. Seus cabelos, ao contrário de todo o resto do seu corpo, macios como seda.

– Você teve sua chance de falar, garoto. Chegou a hora de gritar.

O homem posicionou a arma em frente aos olhos, buscando a mira. Ele tinha razão. Havia chegado a hora de gritar, apenas tinha errado a fonte. Ele só percebeu os centos e tantos quilos da fera negra quando já o esmagavam contra o gramado. A arma caindo metros para o lado. O grito doído durou somente alguns segundos, tempo que Appia levou para tomar para si as cordas vocais dele – e todo resto da garganta, claro. O outro oficial, apesar do medo delineado nas sobrancelhas, moveu-se com reflexo, disparando sua arma na direção do predador, que caiu para o lado, imóvel, uma flecha presa na têmpora. Casta também não esperou o desenrolar dos acontecimentos e rolou o corpo até a arma caída, empunhando-a e atirando na direção do homem, que ainda permanecia em pé, contemplando sua vitória sobre a natureza. Assim como Appia, ele também despencou para o chão, sem ideia do que tinha lhe acontecido, a flecha ornamentando sua nuca.

– Temos que ir! Rápido!

Casta correu deixando meu campo de visão. Fui até onde ele estava. Pude ver quando Dorothy fez uma pequena parada ao lado do corpo da amiga caída. A longa – e áspera – língua vermelha lambendo instintivamente o corpo desfalecido. Naquele momento, pensei em Diva, torcendo para que as duas pudessem fazer companhia uma para a outra em um mundo onde até os animais tinham realidades bastante sofridas – apesar de achar difícil que Dorothy se rendesse às comodidades da domesticação.

Não demorou muito para que a felina estivesse do meu lado, dedicando toda a sua concentração aos eventuais obstáculos que pudessem surgir à nossa frente. Percebi a tristeza em seu semblante, esparramando-se com cada passo que a distanciava da amiga caída. Animais tinham a capacidade de se desligar das coisas com muito mais rapidez que a gente. Dorothy e eu éramos prova disso. Ela já caminhava ao meu lado, deixando a companheira para trás, enquanto eu permanecia com meus pensamentos grudados em minha mãe. Isso tornava os humanos fracos, ao menos no que diz respeito às leis implacáveis da natureza.

Droga! Como eu sinto sua falta, mãe...

Depois de algum tempo nos esgueirando pelos arredores da casa, avistamos o enorme portão principal da Sede. Em cima dele havia duas pequenas torres brancas que serviam como guaritas.

– Acho que apenas uma delas está ocupada. Eu vou atirar nele daqui. Acertando ou não, quero que você e o animal corram até o portão. Lá ele terá mais dificuldade para vê-las. Corram assim que eu avisar, OK?

Sinalizei que sim com a cabeça. Casta fez um sinal com a mão indicando que corrêssemos até o portão. A nossa presença alertou o guarda dentro da torre, mas Casta agiu rápido atraindo a atenção para si mesmo. O tiro da besta passou raspando o corpo do homem, mas perdeu-se no ar, seguindo para o lado de fora do muro. Dorothy e eu paramos em frente ao portão, que tinha uma enorme barra de madeira bloqueando a abertura. Sem poder usar minhas mãos, posicionei meus ombros sob a barra e tentei erguê-la. Impossível. Essa seria tarefa para, pelo menos, um par de homens robustos. Casta apareceu correndo, juntando-se a nós. Um sino começou a badalar acima de nossas cabeças. Seu plano tinha falhado e, agora, o alarme nos denunciava.

– Eu não podia ter perdido aquele tiro. Não tenho mais flechas. Droga!

Todo o plano baseava-se naquele homem acima de nós ter sido derrubado. Casta, entretanto, já tinha muitas coisas na cabeça para também ter que lidar com minhas críticas.

– Não adianta lamentarmos. E agora? O que faremos?

Como uma resposta para a minha pergunta, o badalar do sino cessou. Logo depois, algo despencou na nossa frente. Levei um tempo para perceber que aquele corpo e o cessar do sino faziam parte da mesma equação.

– O quê?... Como isso...?

Um estalar no portão interrompeu minhas dúvidas. O estrondo, de fazer inveja aos badalos de antes, fez com que a porta se movesse um pouco para a frente. Alguém forçava sua entrada na Sede. Afastamo-nos do portão, esperando a hora certa para disparar para fora dali quando a porta fosse arrombada.

O que, pelo visto, não demoraria muito tempo.

Na sétima batida, a barra rompeu-se, escancarando a casa do Chanceler a todos da cidade que ousassem se aproximar. Assim que os primeiros hipomorfos passaram, nós saímos correndo para fora da Sede.

– Seppi! Aonde você vai? – A voz que me chamava tinha uma firmeza e uma doçura deliciosamente familiar.

Lamar?

Nós rompemos pela Cidade Banida cavalgando nas costas acolhedoras dos hipomorfos. Casta com Indigo. O bebê e eu com Lamar. Ainda me recordo do momento em que fechei os olhos, sentindo o vento acariciando meu rosto, moldando paz e felicidade em meu semblante. Com um braço segurando a criança e outro preso ao abdômen de Lamar, uma sensação estranha apoderou-se de mim, acalentando a parte lúgubre do meu coração. Não demorou muito para que percebesse o que era. Mesmo que por pouco tempo, na anca daquele belo animal marrom, formávamos uma família. Pai, mãe e bebê. Juntos. Para sempre... Ou pelo tempo que durasse aquela cavalgada.

6

Lamar e Indigo pararam os hipomorfos depois de algumas horas cavalgando sem parar. Os longos pescoços dos animais banhados em suor, mostrando que o momento para o descanso havia chegado. Lamar ajudou-me a descer do animal com cuidado. Ele se ofereceu para pegar a criança das minhas mãos, mas meu "instinto materno" recusou-se a aceitar a breve separação. Ele não disse nada, pegando uma vasilha presa à sela do animal e enchendo-a de água. Apesar da minha boca ressecada pelo vento e pela sede, achei justo que os animais tivessem o direito ao primeiro gole. O hipomorfo enfiou seu longo nariz dentro da vasilha quase que instintivamente. Indigo e Casta fizeram o mesmo, depois caminharam em nossa direção, deixando os animais à vontade para fazerem suas necessidades. Apesar do meu sucesso em trazer Casta de volta, Indigo continuava a me olhar com a mesma expressão fechada de sempre. Cheguei a pensar em confrontá-la sobre isso, mas considerei que seu semblante poderia ter a ver com o fato de carregar uma criança estranha no colo. No entanto ela não disse nada. Apenas manteve seu olhar crítico focado na minha direção. Lamar foi o primeiro a falar.

– O que está acontecendo aqui, Seppi? Quem é essa criança?

O tom vazio não me permitiu definir bem seu estado de espírito. Todavia certamente aquele não era o tom de voz de um pai preocupado. *Mesmo para um pai de mentira.*

– Não podia abandoná-la naquele lugar. Não depois do que fizeram com ela.

Tirei a manta que cobria o rosto da menina e os passos para trás foram automáticos, como se a menina carregasse consigo algo letal, uma doença contagiosa forte o suficiente para varrer o resto da humanidade de vez, mais terrível que a Guerra Tríplice. Tive pena dela e de como teria que se acostumar aos olhares de nojo e desprezo que receberia pelo resto da vida. *Talvez eu não devesse tê-la tirado de lá. O mundo em que vivemos parecia muito cruel para lidar com alguém tão diferente.*

– O que há de errado com ela? – disse Indigo com uma cara de quem comeu e não gostou.

Pelo Ser Superior! Quis fazer a cabeça dela explodir como a do kraken no Sablo. Por que ela sempre tinha que ser assim?

– Cale a boca! – Afastei a menina dos olhos dela. – Não há nada de errado com ela.

– A pele dela é... tão... tão... Ela parece uma pedra com rosto.

– Eu disse para você calar a boca!

– Calma, Seppi – Lamar intercedeu, aproximando-se de mim com o mesmo cuidado que teria com um animal selvagem. – E você, Indigo, fique quieta, por favor.

Os olhos da garota se encheram de reprovação.

– Não sei por que tanta comoção. Ela não consegue nos entender mesmo – finalizou.

– Eu posso te entender! – O grito fez com que os olhos do bebê abrissem, espantados. Eu imediatamente tratei de embalar seu sono, chacoalhando-a em meu colo enquanto cantava para ela.

– Sai daqui. – Lamar gesticulou com o braço para Indigo. Apesar dos murmúrios, ela o obedeceu na hora, deixando-nos um pouco mais à vontade. Seu olhar inquisidor me consumindo. – O que você está fazendo, Seppi?

A pergunta veio doce como a brisa que ameniza o calor no deserto. Mesmo assim, não havia uma boa resposta para ela. Eu não tinha ideia do que estava fazendo, apenas sabia que não podia ter deixado aquela criança sozinha. Talvez fosse algo genético, que passasse de mãe para filha. E por que precisava haver um motivo? Quem sabe eu estivesse sendo apenas humana. Nada parecia ser lógico e, ao mesmo tempo, tudo fazia sentido.

– Eu não vou deixá-la, Lamar. Ela vai comigo para onde eu for. Entendeu?

Ele percebeu a seriedade em minha voz. A convicção que provavelmente seu pai tinha ouvido da boca da minha mãe quando era eu quem estava envolta por uma manta, indefesa. Mesmo momento, pessoas diferentes.

– OK... OK... Ninguém vai tocar na criança. Mas precisamos decidir o que faremos com ela. Não sabemos se é seguro levá-la para a Fenda.

– É seguro – fui incisiva.

– Como você pode saber, Seppi? E se o que ela tem for realmente contagioso? Onde você a achou? Dentro da Sede? – Confirmei que sim. – E se essa criança for do Chanceler? E se ele não medir esforços para encontrá-la? Maori pode nos camuflar para os olhos desavisados, mas imagine se tivermos um exército de pessoas vagando pelo deserto atrás desta criança.

– Ela pode até *pertencer* ao Chanceler, mas não do jeito que você imagina. Ela não é família, ela é uma *coisa*. Você não vê, Lamar? Ela é como eu. Apenas não teve a sorte de achar alguém como seu pai e minha mãe antes de sofrer essas barbáries.

– Do que está falando?

– Ela tem razão, Lamar. Para eles, esse bebê não é uma pessoa. É matéria-prima para pesquisa. Ela é uma vetada. Eles não matam todas as crianças. Eles usam parte delas como cobaias para todo tipo de experiência. Fazem testes. As modificam. Criam aberrações. Percebi a voz arranhada de Casta na última palavra. – Algumas são mantidas em uma instalação em Três Torres. Por qual razão, não sei dizer. Talvez para o Sablo, talvez para outra finalidade. Fui pego antes que pudesse descobrir.

Diferente de Indigo, o rosto de Casta continha pesar e indignação. Ele não precisava dizer nada. Tudo estampado ali como o Sol do meio-dia. Em seus olhos, a mesma impotência dos meus. A culpa de uma sociedade vil e cruel pousada em seus ombros. A culpa por ter conseguido driblar tal destino depositada nos meus. E tudo por quê? A resposta estava na ponta da língua – *ou seria na ponta do dedo?* Com o indicador, toquei a borboleta desenhada em meu ombro direito. Ela tinha sido a responsável pela minha libertação. E, pelo Ser Superior, faria o mesmo por todas as outras crianças que ainda sofriam por terem nascido diferentes, principalmente a que carregava em meus braços.

– Nós precisamos salvá-las – movi os lábios para Lamar, incerta de que algum som tivesse saído.

Ele caminhou até nós, repousando as mãos em mim e na criança.
A grande família reunida outra vez.

– Não se preocupe, Seppi. Vamos dar um jeito – ele afirmou em meio a um sorriso que deixava tudo em segundo plano. Depois, encarando o bebê com bem menos repúdio do que antes, voltou a falar. – Já escolheu um nome para ela?

Algo em mim se acendeu. Como não havia pensado nisso? Coloquei a criança no chão com cuidado e tirei todo o manto que cobria seu corpo.

– É uma menina, assim como eu – disse, e depois beijei-lhe suavemente a testa áspera. – Você se chamará Esperanza – sussurrei em seu ouvido. – Todos nós estamos precisando de um pouco disso por aqui.

Não me lembro bem do resto do dia. Recordo o pesar em meu corpo drenando minhas energias, os músculos enrijecidos fazendo de cada passo uma nova sessão de tortura e a cabeça latejando, precisando de um tempo fora de circuito.

Ao abrir os olhos, percebi-me deitada dentro de uma tenda, o corpo sobre um confortável acolchoado que contribuía bastante para acalmar a fadiga que tinha tomado conta de mim. Esse tempo em estado alpha não era uma grande surpresa. Meus poderes me drenavam por dentro quando usados e eu não tinha aprendido a lidar com isso ainda. Na verdade, creio que esse meu desligamento até demorou muito para acontecer, já que Esperanza tinha tomado toda a minha atenção desde que a encontrara na casa do Chanceler. Sentei-me sobre a colcha, a cabeça quase alcançando o teto da tenda.

Tudo levou um pouco de tempo para tomar forma. Os olhos embaçados pelo sono e pelo cansaço – sim, eu ainda não me sentia totalmente recuperada – eram atrapalhados pela escuridão em sua busca por informações visuais. A confusão se dissipou no segundo em que percebi que Esperanza não estava comigo dentro da tenda. Cansaço e sono foram substituídos por adrenalina e desespero, e o corpo, antes fatigado, agora acompanhava o ritmo acelerado dos meus batimentos cardíacos, resultando em uma sensação de invencibilidade – e que eu tinha certeza de que, mais à frente, teria seu preço devidamente cobrado.

Corri, afobada, para fora. Outras duas tendas tinham sido armadas ao lado da minha e estavam tão silenciosas quanto a noite que nos cobria. Uma pequena fogueira flamejava mais à frente. Lamar, próximo a ela, aquecia-se do frio noturno.

Esperanza estava em seus braços.

– Você quase me matou de susto, Lamar. Graças ao Ser Superior. – Eu levei a mão ao peito ainda embalado por um ritmo frenético.

– Shhhhh! – Ele colocou o dedo em frente à boca. – Ela está dormindo. Finalmente.

Vê-lo segurando-a com tanto carinho e cuidado cadenciou meu coração.

– Quando ela acordou?

– Um tempinho atrás. Você estava tão moída que dormia feito pedra. Então a tirei de lá para que não acordasse. Ela parece ter gostado do calor. Desde que me sentei aqui não deu mais um pio.

– Você não dormiu?

– O suficiente. Não se preocupe.

– Nossa... Me sinto como se o mundo esmagasse meu corpo. – Espreguicei meus braços quase tocando as estrelas. Ou não.

– Ou talvez um kraken? – A voz dele um pouco mais que um sussurro.

Não disse nada. Permaneci encarando o amarelo das chamas, sentindo o calor abraçar meu corpo. Lamar também ficou em silêncio. Depois, colocou-se de pé, caminhando com a menina no colo até a minha tenda. Parte do seu corpo sumiu, coberta pelo pano, enquanto ele depositava Esperanza no conforto do acolchoado.

– Ela precisa mais de silêncio do que calor agora – ele disse com um sorriso diferente no rosto. Se pudesse apostar, diria que Lamar estava feliz.

– Obrigada – falei ao vê-lo ajeitar-se em frente à fogueira.

– Pelo quê?

– Por cuidar dela – disse doce e sincera. Ele sorriu, sem jeito, oferecendo as palmas da mão para o fogo. – E por cuidar de mim – completei, sem coragem para encará-lo.

Mesmo sem vê-lo, sabia que minhas palavras haviam captado sua atenção. Ele fixou seus olhos em mim, o tom esverdeado me hipnotizando. Durante aqueles segundos, só existíamos ele e eu. Meu coração disparou outra vez, mas o desespero responsável pela adição de adrenalina ao meu organismo agora dava lugar a um sentimento novo, inédito, colorido. Mesmo na noite gélida do deserto, minhas mãos suavam, ansiosas por tocar as dele. Nunca o tinha visto tão sério, tão calado, tão concentrado. Ele se aproximou, diminuindo o espaço entre nós. Minha noção de distância desaparecendo por completo. Mesmo quando seu corpo encostou no meu, Lamar ainda parecia estar longe demais. Tudo em mim tremia feito as chamas que nos aqueciam, transformando o mais mecânico dos movimentos na mais árdua tarefa. Ele aproximou seus lábios dos meus. O calor de sua respiração embaçava meus pensamentos. Nossos lábios se tocaram antes mesmo que eu pudesse falar alguma coisa. A maciez da sua boca, seus dedos percorrendo meus cabelos, tudo era surpreendentemente delicado, ainda mais para alguém rotineiramente tão bruto. Fechei meus olhos. Dessa vez, não buscava foco. Pelo contrário. Queria me perder naquele beijo, deixando tudo e todos de lado, exceto ele. Lamar e seus lábios gentis.

Tendo sido um garoto a vida toda, nunca havia beijado alguém antes, o que me deixava sem base alguma para comparações. Não que precisasse. Lamar era diferente de qualquer outra pessoa que conheci. Sabia disso. Não havia mais nada, apenas aquele momento. As mentiras, meus poderes, os perigos, Esperanza e até minha mãe. Tudo se perdeu dentro de um limbo mental, onde nada que não fosse Lamar, eu e aquele beijo importava. Tudo o que éramos e que tínhamos vivido juntos até ali resumia-se a esse momento único e perfeito.

Nossas bocas separaram-se, trazendo-me – infelizmente – de volta à vida real. Não posso dizer com certeza, mas acho que durante alguns segundos ainda mantive meus lábios oferecidos a ele, ávidos por uma repetição.

Espero que ele não tenha percebido isso, torci.

O sorriso em seu rosto mostrava que sim. Minha cabeça parecia que iria explodir em constrangimento.

– Seppi... Você sabe que... – O sorriso em seu rosto tinha dado lugar a um ar sério demais para o meu gosto. – O que aconteceu aqui, acho que deveríamos manter entre nós.

Não que já não houvesse motivos suficientes para isso – *o ódio que Indigo já sentia por mim triplicar, por exemplo*. Mas o fato de Lamar me pedir isso logo após aquele momento, levou-me a um pensamento perturbador.

Tinha sido tão ruim assim?

– Por que você fez isso? Por que me beijou?

Seus olhos invadidos por algo difícil de distinguir, entre carinho e pena. Odiaria que fosse o segundo.

– Por um momento achei que tivéssemos perdido você, que nunca mais a veria viva. Eu não sei. Não planejei isso, apenas aconteceu.

Entendia o sentimento. Também temi não o ver outra vez. Tive medo de que minha voz saísse mais embargada do que gostaria. Ele se levantou, afastando-se de mim.

– Você não vai dormir? Amanhã teremos um dia movimentado pela frente.

– Em alguns minutos.

– Boa noite, Seppi. Durma bem.

Ele se recolheu em sua tenda, deixando-me sozinha para refletir sobre o que tinha acabado de acontecer. O seu gosto ainda na minha boca. Permaneci lá por mais tempo do que gostaria.

Agora, somente com a fogueira para aquecer meu corpo.

Lamar tinha razão ao dizer que o dia seguinte seria longo e movimentado. Logo cedo, antes de sairmos, preparei um café da manhã simples para Esperanza, amassando algumas frutas em uma pequena tigela, enquanto os outros recolhiam as barracas, colocando-as dentro de sacolas maiores carregadas pelos hipomorfos. Apesar de estar sem comer desde quando a retirei da casa do Chanceler, Esperanza não deu muita atenção para o prato de comida, satisfazendo-se com algumas poucas colheradas. Durante o tempo em que a segurei no colo oferecendo-lhe a refeição, vi a ação impiedosa da luz do dia sobre a criança, expondo sua pele rançosa e dura aos olhos de curiosos e desavisados. Nem Lamar – que à noite a tratara com tanto carinho – ousava se aproximar de nós agora que o Sol assumira as rédeas.

– Vamos, Seppi. Hora de irmos.

Todos os outros já nos esperavam impacientes quando consegui montar o animal com Esperanza em meus braços.

– Chega de enrolação. Temos que chegar à Fenda antes de escurecer – Indigo afirmou com seu jeito simpático de sempre, antes de disparar em direção ao norte.

Nós a seguimos, e durante todo o trajeto poucas palavras foram trocadas entre mim e Lamar. Era como se o beijo da noite anterior nunca tivesse acontecido. Apenas um sonho mirabolante da cabeça de uma garota que ainda não conseguia definir bem seus sentimentos. Foram horas no lombo do animal, saltitando sobre seu pelo macio, enlaçando a criança com um braço e o abdômen de Lamar no outro. O Sol já se despedia quando, subitamente, Lamar e Indigo puxaram as rédeas, parando os hipomorfos. No começo não vi nada, mas, aos poucos, o enorme desfiladeiro foi surgindo na nossa frente, mostrando que a jornada havia terminado. *Maori*, pensei, enquanto imaginava se seu poder poderia ajudar de alguma forma a criança em meu colo, ajudar as pessoas a enxergarem algo além das marcas grotescas de seu corpinho. Afinal, o que seria a aparência de um bebê para quem era capaz de camuflar um desfiladeiro inteiro? Sim, quem sabe Esperanza ainda tivesse uma chance de ser feliz.

Nós descemos a pequena trilha ao longo do desfiladeiro, levando pouco tempo até a parte de baixo da Fenda. Dezenas de pessoas nos encararam com um largo sorriso de satisfação durante todo o nosso trajeto, acumulando-se nas portas de suas cavernas, observando nossa passagem com acenos e palmas. Por alguma razão, isso me deixou desconfortável. Regressávamos com tratamento de heróis quando, na verdade, nada tínhamos feito para merecer isso. Pelo contrário. Para salvarmos nossa pele, deixamos a Cidade Banida mesmo sabendo da existência de crianças como Esperanza sofrendo abusos nas mãos de um homem cruel como o Chanceler.

– *Não se preocupe, minha filha. Haverá tempo para isso.* – A voz familiar invadiu minha cabeça, cochichando palavras em meu ouvido.

Olhei para frente e vi Maori em pé, recepcionando nossa chegada. Sua marionete humana à frente. Os movimentos obedecendo aos comandos da mulher que segurava suas rédeas, assim como acontecia com nossos hipomorfos.

– Sejam bem-vindos, meus filhos. Sejam bem-vindos – a marionete falou, deixando escapar o sorriso que seria impossível ver no corpo costurado da matriarca.

Maori nos abraçou um por um, reservando um tempo especialmente longo para Casta Jones, como toda mãe que fica muito tempo sem rever um filho amado. Após o abraço, Casta ajoelhou-se em frente a ela, colocando-se em posição de reverência. Ela esfregou o cabelo dele com a mão, colocando-a, depois, sob seu queixo, erguendo-o até a altura dos olhos cor de mármore de seu fantoche.

– Você tinha razão, mãe. Nem todos estão mortos – Casta disse, os olhos encharcados de lágrimas. – Temos que fazer alguma coisa – ele completou energicamente. O rosto atormentado por um ódio repentino.

– E nós iremos, meu filho – ela sentenciou. Depois virou-se, dando atenção a todos nós. – Eu sei que vocês estão cansados e prometo que descansarão em breve. Antes, entretanto, precisamos conversar.

Com a mão, ela nos direcionou mais uma vez para o grande *hall*.

Dentro do grande salão, Foiro afiava um machado de ponta dupla. Ele colocou arma e afiador sobre a mesa assim que Casta Jones apareceu na sua frente. O rosto sisudo e absorto da *fortaleza de carne* dando lugar a um largo sorriso, braços ao alto em comemoração.

– Eu sabia que você conseguiria, garoto! – O forte abraço de Foiro levando uma expressão de dor ao rosto de Casta. – Precisamos celebrar esse momento com uma bebida de verdade.

Foiro soltou o amigo ainda no ar e encheu um cálice de madeira sobre a mesa com um líquido que lembrava água barrenta. Casta permaneceu agachado por alguns segundos, recuperando-se da acalorada boas-vindas, as mãos pousadas sobre o estômago. Foiro virou o cálice de uma só vez, mais da metade da bebida escorrendo pela barba marrom que cobria parte do seu rosto. Ele tentou enxugá-la com as costas das mãos, mas grande parte do líquido permaneceu embrenhada entre os pelos ressecados. Ele encheu o copo mais uma vez, erguendo-o na nossa direção.

– À sua coragem, garoto! – Ele tomou todo o conteúdo do copo pela segunda vez, agora com um pouco mais de êxito.

– Agradeço sua recepção calorosa, Foiro, mas não sou eu quem deve ser brindado. Não estaria aqui se não fosse por Seppi – ele afirmou, dirigindo-me um aceno agradecido, que eu retribuí. – Foi ela quem derrotou o kraken.

– Kraken? – Foiro inquiriu, os olhos dobrando de tamanho.

– Sem você, eu nem teria saído viva daquele labirinto – ponderei.

Casta não disse nada, apesar de parecer satisfeito com minha visão dos fatos. Foiro, por outro lado, ignorou-me por completo.

– Você salvou o meu amigo? – Ele caminhou na minha direção, braços abertos. Temi que ele fosse esmagar a mim e ao bebê, mas Maori interveio antes que um estrago maior fosse feito.

– Chega de agradecimentos e celebrações. Gostaria que todos se sentassem. Todas as cadeiras estão ocupadas novamente, o que não acontecia há muito tempo, desde a perda de Lionel. – Maori inclinou-se para Indigo, reverenciando-a. Foi fácil notar a emoção em seus olhos. Ela devia sentir falta do pai tanto quanto eu sentia falta de minha mãe. Com apenas uma diferença: ele jamais voltaria... *por minha causa*.

Fácil entender a razão de tanto ódio, certo?

Maori continuou.

– Entretanto, apesar de voltarmos a ter um conselho com todas as seis cadeiras ocupadas, o momento é inoportuno para celebrações. A hora que esperamos por tanto tempo se aproxima e, com ela, a necessidade de fazermos as escolhas que moldarão nosso futuro. Casta?

Maori estendeu a mão, dando a palavra a ele. Casta levantou-se da sua cadeira e começou a caminhar por trás de nossas cadeiras enquanto falava.

– Ela tem razão. Na última vez em que estive aqui, Maori me incumbiu de uma missão, que, a princípio, não pareceu ter muito sentido. Mas, em determinado momento, mostrou-se a mais importante de toda a minha vida. – Seus passos firmes e apressados davam ainda mais força ao poderoso discurso. – Por muito tempo, achávamos que as crianças vetadas pelo governo encontravam seu fim ao serem encaminhadas ao Ser Superior logo após seu nascimento. Pois bem, algumas delas têm um destino muito mais cruel.

Casta tomou Esperanza de minhas mãos com um rápido movimento, tirando o manto que a cobria e expondo-a ao feixe de luz que descia da janela no topo da parede. Foiro saltou para trás, derrubando sua cadeira no chão. O machado já empunhado nas mãos. Esperanza começou a chorar, braços e pernas movendo-se aleatoriamente no ar, talvez notando o repúdio estampado no semblante daquele homem que, por si só, já era assustador. Eu não gostei nada daquela exposição, mesmo que ela ferisse mais a mim do que ao desavisado bebê. Eu tinha resgatado Esperanza e estava decidida a protegê-la incondicionalmente.

Incondicionalmente...

– Me dê a criança! – exigi de Casta, mais como uma garota mimada do que qualquer outra coisa.

Maori fez um sinal para que eu me acalmasse. Continuei em pé, quieta. Ela seguiu até Casta, tomando a criança de suas mãos e recolocando-a em meu colo.

– Esperanza? Gostei do nome.

Ela passou os dedos na testa da menina, fazendo com que o choro cessasse imediatamente. Depois, seu títere deu-lhe um beijo na bochecha e retornou ao seu lugar.

– Eles usam os mais fracos para se tornarem mais fortes. Toda a sua sociedade é formatada na exploração dos indefesos – Maori desabafou.

– Do que está falando? – Foiro perguntou, a barba ainda pingando.

– Essas crianças vetadas não são todas exterminadas como acreditávamos. Algo pior acontece com muitas elas. Algo terrível. Viram escravas do sistema, cobaias em experimentos para erradicar doenças, criar soldados mais poderosos, novos cognitos . Eles querem manter a ordem e usam justamente a falha em seu sistema para conseguirem isso. Essas crianças são torturadas em nome de uma falsa utopia, uma realidade torpe, vazia, que usa segurança e comodidade para transformar seres humanos em animais domesticados. Temos que dar um fim em tudo isso – Maori finalizou.

Foiro deu um murro na mesa, fazendo o choro de Esperanza retornar. Perdi alguns segundos absorvendo aquelas informações. Olhando para a menina a chorar em meu colo e imaginando quais os motivos para a transformarem naquilo. Ela, provavelmente, não estaria assim se a tivesse encontrado antes. Impossível lidar com a crescente culpa que se estabeleceu sobre meus ombros.

– Você sabia disso, Maori? – A pergunta de Lamar foi feita de forma seca e dura.

– Sim.

– E por que nunca nos disse nada? – Agora foi a vez de Indigo manifestar sua insatisfação.

– Por vários motivos. Primeiro, não podia provar nada. Segundo, saber que as crianças eram sacrificadas já era tormento suficiente para vocês, especialmente quando não podemos fazer nada. Finalmente, porque precisávamos dela aqui conosco – Maori prosseguiu, apontando para mim. – Essa é sua missão, Seppi. Para isso que nos sacrificamos por todos esses anos. Você é a única que pode colocar um fim nessa situação. Resta apenas saber se você está disposta a fazer isso.

Todos os olhos viraram-se para mim, mas eu dediquei toda a minha atenção a Esperanza, ainda chorando em meus braços. Pensei em todas as crianças que, assim como ela, eram submetidas a todo tipo de experimento e tortura, tudo em nome de se manter uma gigantesca mentira. Se havia chegado mesmo o momento de assumir o controle sobre minha vida, tomando para mim as ações do meu próprio destino traçado anos atrás, havia somente uma coisa que poderia dizer.

– Pode apostar que sim. E eu prometo, aqui, na frente de todos vocês, o Chanceler pagará caro por isso.

Não sei se por mera coincidência, mas no exato momento em que proferi esse juramento, Esperanza parou de chorar.

Ainda tínhamos muito o que conversar sobre a forma de agir em relação às crianças que Casta Jones descobrira em Três Torres. Mas Maori preferiu adiar a conversa para o dia seguinte para que nós pudéssemos nos recuperar da jornada. Minha mãe sempre dizia que uma mente cansada vira celeiro de pensamentos negativos, o que me fazia concluir que devesse estar exausta naquele momento. Uma boa noite de descanso seria suficiente para recuperar minhas energias e ganhar, quem sabe, novas perspectivas.

Lamar não seguiu para os seus aposentos de imediato. Preferiu conduzir os hipomorfos até o subsolo, onde fariam companhia aos nosorogs na produção da luz elétrica que abastecia todo o desfiladeiro. Casta, assim como eu, decidiu passar cada precioso segundo descansando de fato. Já Indigo, bom, para falar a verdade, eu simplesmente não me importava com o que ela faria.

Segui pelas escadas que levavam até minha pequena caverna particular. As pessoas aproximavam-se de mim como se eu fosse o profeta daquele pequeno livro preto que minha mãe lia todos os dias antes de dormir. Nunca consegui entender a razão do seu interesse por coisas tão arcaicas. Para que se prender a um passado que não voltaria mais? Ela nunca conseguiu me explicar isso. Mãos me tocavam por todo o trajeto até meus aposentos, enquanto bocas proferiam palavras de agradecimento. Afastei meu corpo querendo preservar Esperanza. Não queria que as pessoas começassem seus julgamentos apressados sobre ela.

Uma mulher pediu para que eu abençoasse sua filha com um beijo na testa. *"Meu menino está doente. Por favor, nos ajude"*. Outra mãe implorou quase arremessando a criança em cima de mim. A princípio, não tinha entendido o porquê, mas logo me recordei de como, ali mesmo na Fenda, havia ajudado Petrus a sobreviver das flechadas levadas nas costas durante o combate com o Rei Andrófago. Toquei a cabeça da menina e a mãe a puxou para trás, dando um forte abraço na filha, os olhos emocionados. Dei mais alguns passos pelas escadas até chegar ao meu destino. Lá, uma agradável surpresa me aguardava. Lália Boyrá, a bela moça de pele avermelhada, recebeu-me com um contagiante sorriso assim que me avistou na entrada da caverna. A garota havia me ajudado muito durante minha breve passagem na Fenda e sua presença agora enchia meu coração de uma inesperada alegria. A força com que seus braços espremeram meu corpo sugeria que o reencontro significava muito para ela também.

– Graças ao Ser Superior! Quem bom que está de volta, Seppi Devone! – Ela celebrou dando pequenos pulos infantis de alegria.

– Muito bom ver você também, Lália – repliquei, demonstrando uma satisfação contida. – Que loucura toda é essa lá fora?

– Todos estamos celebrando seu retorno. Maori disse que o futuro de todos nós dependeria disso. Pediu que rezássemos ao Ser Superior por sua volta em segurança, pois só isso indicaria que você realmente era aquela de que tanto precisávamos. Por isso todos estão agindo dessa forma. Você é a redentora de todos nós.

Os olhos entregues de Lália deixaram-me um pouco desconfortável. A carga de responsabilidade sobre mim só aumentava, e ver a esperança de tantos depositada somente em mim não tornava minha tarefa mais fácil.

Falando em esperança...

– Eu preciso de um lugar confortável para a criança, Lália. Você pode providenciar isso?

– Já está providenciado. Maori nos avisou dessa pequena benção e já montamos um berço bem quentinho para ela dormir.

– Ótimo. Acho melhor acomodá-la. Ela não come nada desde que a peguei em Três Torres e não vai demorar muito para que acorde com fome. Vou precisar arranjar alguma coisa para ela comer.

– Não se preocupe com isso. Logo mais traremos um delicioso jantar para vocês duas.

– Nem sei como te agradecer, Lália. De coração, obrigada. Assim que acomodar Esperanza acho que vou tomar um daqueles magníficos banhos quentes que só vocês proporcionam.

– Grande ideia! Mas acho que antes de entrar no quarto você deveria deixar a menina comigo – ela sugeriu com um largo sorriso na boca. A interrogação em meu rosto fez com que ela sussurrasse mais detalhes sobre o assunto. – É possível que as surpresas ainda não tenham acabado – Lália piscou.

Primeiro, relutei em colocar a menina em seu colo. Não queria testemunhar a expressão de nojo em seu rosto ao vê-la. Mas, por algum motivo, Lália se aproximou de nós e nada além de carinho escapou de seus olhos. Ela pegou Esperanza de minhas mãos, repousando-a em seu colo. Não desviou o olhar da criança por um segundo sequer. Talvez houvesse mesmo *esperança* para ela no final das contas. Deixei-as e segui para o quarto. Puxei a cordinha do teto, acendendo a luz do cômodo. Quando percebi, era tarde demais, já estava no chão com um animal de mais de 100 quilos lambendo todo o meu corpo. Agora, sim, o banho deixava de ser um regalo, mudando para o *status* de *"extrema necessidade"*.

Deixei Diva matar sua saudade e me lembrei de Dorothy, a felina negra que, com sua companheira Appia, ajudara-nos a escapar do Chanceler. Ponderei se ambas virariam amigas, caso ela não tivesse seguido seu rumo assim que deixamos a Cidade Banida para trás. Animais selvagens são assim. Independentes, solitários, autossuficientes. Por isso valorizava tanto a presença de Diva comigo. Ela era diferente. Tinha todos os motivos para não estar aqui, mas, apesar de todos os seus instintos animais, Diva permanecia ao meu lado. Lália entrou logo depois com a Esperanza assim que a saudade ficou para trás. Peguei a criança de suas mãos com cuidado, colocando-a em uma altura que Diva pudesse enxergá-la. Seu focinho avermelhado com pintas negras percorreu o pequeno corpo da criança, esfregando-o vagarosamente com carinho. Sei que animais não choram, mas podia jurar ter visto uma lágrima empoçada nos olhos da leoa. Coloquei Esperanza no berço, apagando a luz em seguida.

– Vou deixá-la à vontade para poder descansar, Seppi. Volto mais tarde com seu jantar e o da criança.

Lália seguiu até a porta da caverna. Diva permaneceu onde estava. Sabia que nada a tiraria de perto de mim naquele momento. Não depois de tanto tempo afastadas.

– Só mais uma coisa, Lália – disse antes que ela deixasse de vez meus aposentos. – Vocês têm uma sala com aqueles livros antigos aqui, certo? – Ela acenou que sim. – Poderia verificar se entre eles há um chamado *O Mágico de Oz*?

A sensação da água quente tocando a minha pele ainda se mantinha no topo do meu *ranking* de preferências, perdendo apenas para o gosto adocicado do beijo de Lamar. Peguei a toalha e enrolei o corpo. Coloquei a roupa e percebi Diva levantando a cabeça, orelhas em pé, atentas. Ela ergueu o corpo e esgueirou-se até o espaço que dividia o banheiro e a pequena sala. Os enormes dentes ficaram expostos assim que ela deu alguns passos.

– O que foi, garota? – perguntei ao esfregar os cabelos com uma segunda toalha.

Caminhei até onde ela estava, paralisando qualquer movimento ao perceber o que a incomodava. Se tivesse dentes afiados como os dela, teria feito o mesmo. Indigo estava sentada na sala, à vontade, uma das pernas jogada sobre o braço da cadeira. A primeira coisa que me impressionou foi sua cara de pau. Ela agia como se sua presença ali fosse a coisa mais natural do mundo. A segunda coisa, sem dúvida alguma, foi sua beleza. Por mais que não gostasse dela, tinha que admitir que desde o momento em que a conhecera, nunca a tinha visto em um dia ruim. *Nem mesmo quando quase havíamos virado purê de nosorog.* Ela abriu um largo sorriso irônico quando me viu.

– Melhor você colocar uma coleira nesse seu bichinho de estimação – ela disse, colocando-se de pé.

– O que você quer aqui? – Agachei, acariciando o pelo de Diva para acalmá-la. Não queria arriscar vê-la submetendo-se aos seus instintos animais mais primitivos. Ou aos meus instintos. Indigo tinha esse poder sobre mim. Fazia com que eu me sentisse animalesca. *Ou totêmica seria melhor?*

Ela começou a andar pela sala, observando tudo com muito cuidado.

– Você tem um jeito com animais, certo? Primeiro essa aí, depois aquele gato preto em Três Torres.

Não consegui entender onde ela queria chegar com aquela conversa.

– E?

Ela sorriu de novo. Para alguém que odiava mostrar qualquer tipo de satisfação ou alegria, Indigo estava bem sorridente agora.

– Nada demais. Só acho que deva ser bom ter alguém sempre disposto a fazer o serviço sujo pela gente – ela disse, encostando as costas na parede. Um barulho veio do quarto. Esperanza soltou um pequeno gemido. Aparentemente, nada que a acordasse em definitivo. – Então foi ali que você colocou sua pequena aberração?

Por um segundo, torci para que aquela conversa estivesse acontecendo dentro do Sablo. Lá eu poderia lidar com Indigo da forma com a qual ela merecia.

– O que você quer aqui? – Meu novo tom de voz fez Diva dar um passo na direção de Indigo. – *Calma, garota. Calma* – eu ordenei mentalmente.

– Vai deixar que ela faça mais esse servicinho para você, *Seppi*? – A ironia ficou bastante evidente.

– Você não gosta de mim, eu não gosto de você, então, me diga, por favor, por que está aqui?

Seus olhos tornaram-se sisudos, fechados, carregando uma raiva recente, forte o bastante para apagar qualquer resquício de sorriso em seu rosto. Irônico ou não. O ódio que ela sentia por mim havia crescido. Eu podia sentir isso tanto quanto a água quente tocando minha pele minutos antes. E não se tratava mais apenas do que tinha acontecido com seu pai. Era algo novo.

– Então, você e Lamar, hein? Vejo que a máscara da menina vitimizada já colhe seus frutos, não? – ela disse, tentando disfarçar o rancor na voz.

Bingo!

– Do que você está falando?

Um terremoto parecia ter acertado em cheio minhas cordas vocais. Lamar queria que aquilo fosse um segredo nosso, um momento entre nós, e menos de um dia depois, alguém já sabia o que tinha acontecido no deserto. Justamente, a pior pessoa do mundo. Pode parecer estranho, mas, naquele momento, vendo algo tão íntimo tornar-se público daquela maneira, senti-me invadida. Violada.

– Não minta para mim, garota. Eu vi vocês dois juntos em frente à fogueira. Oh, tão romântico! – Ela colocou as mãos sobre o coração em um sarcasmo que fez com que o desejo de voar em seu pescoço aumentasse exponencialmente.

Eu me contive.

– Foi um erro. Não vai acontecer de novo – admiti. Continuar negando parecia ser algo tão inócuo quanto apagar um incêndio com saliva. *Além de deixá-la mais irritada do que gostaria.* – Não precisa se preocupar.

Ela deu alguns passos na minha direção, ignorando os rosnados ameaçadores de Diva. O rosto avermelhado parecia estar em ponto de ebulição.

– Eu não estou nem aí para o que você e seu namoradinho fazem, garota! Você me entendeu? Nem aí!

– Certo, certo. – Eu coloquei as mãos para cima em sinal de rendição. – Você não está nem aí para o que fazemos. Perfeito. Isso ainda não explica o que faz aqui a uma hora dessas tocando, justamente, nesse assunto. Em breve, Esperanza vai acordar e não posso ficar aqui perdendo tempo com você sobre um assunto sobre o qual você mesmo afirma *não estar nem aí.*

Eu também sabia ser irônica.

– Mas deveria. – As palavras soaram misteriosas o suficiente para captar minha atenção.

– E por que eu deveria?

– Porque eu odeio você – ela disse, não deixando a menor dúvida disso. Depois, parou um pouco, inspirando fundo. – E é exatamente por isso que sou a única disposta a te contar a verdade.

Agora, definitivamente, ela tinha conseguido minha total atenção.

– Você não deve saber isso, mas meu pai e eu moramos aqui até o dia em que ele... – Indigo parou de falar de uma hora para a outra, como se um nó tivesse se formado em sua garganta, impedindo as palavras de saírem. Eu sabia, entretanto, que aquele nó estava em um lugar bem diferente, poderoso e difícil de ser controlado: sua cabeça. Ela recuperou o ar austero com rapidez. – Bom, você sabe do que estou falando, certo? Não há necessidade de remexermos esse assunto.

– Você ainda não me disse o que veio fazer aqui – insisti.

– Calma, Seppi. Tudo em seu devido tempo. Como estava dizendo, esse lugar me traz muitas lembranças. Umas boas, outras ruins. – Ela me disparou um olhar deixando claro que aquele momento comigo se encaixava na segunda alternativa. Fingi não perceber. – Eu amava meu pai, sabia, mas, às vezes, ele podia ser um desgraçado de uma figa.

Indigo apertou as mãos com força, dando a impressão de que quisesse esmagar alguma lembrança indesejada, algo que fazia seu corpo tremer só de pensar. Também tinha tido minha parcela de más recordações e poderia reconhecer aquele olhar em qualquer hora ou local.

– Todos temos momentos ruins com nossos pais. Isso não quer dizer que não os amemos – confessei.

– E o que uma princesinha tão amada e idolatrada por todos poderia saber sobre isso?

Como assim o que eu poderia... Ela só podia estar brincando.

– Meu pai foi um dos que queriam que eu morresse, Indigo. Acredite, no quesito *"pai desgraçado"*, ninguém domina o assunto mais do que eu.

Indigo parou por um segundo, refletindo sobre assunto.

– Você tem razão. Talvez até alguém como você sofra com os destemperos da vida, devo dar o braço a torcer. Mas sou capaz de apostar tudo o que tenho que sua mãe nunca encostou um dedo em você. – Seu rosto concentrado na minha resposta.

– Nunca.

– Sabia! – Ela celebrou o que parecia ter sido uma grande vitória pessoal. Por um segundo, achei que estivéssemos disputando um jogo em que o vencedor seria aquele com as histórias mais tristes. – Meu pai batia em mim. Muito. Cheguei a pensar que ele tinha um vício. Mas o tempo só me fez ver que ele tinha razão.

Seus pequenos olhos tristes a desmentiam.

– Violência nunca é uma boa professora – respondi, lembrando as palavras de minha mãe. Ela ergueu a cabeça, deixando os olhos mais largos e confiantes.

– Aí é que você se engana, Seppi Devone. Ela é a melhor professora de todas. Talvez a única. Só assim as pessoas nos escutam de verdade. Não fossem as surras do meu pai, nunca teria dado ouvidos a nada do que ele falava. – Agora eu começava a entender um pouco o jeito carrancudo dela. – Bem aqui – ela continuou a falar, apontando para o espaço que ocupava na sala. – Bem neste lugar, eu me lembro de ter levado a maior surra de todas.

– Por qual motivo? – Fiquei surpresa ao perceber-me genuinamente interessada.

– Eu amava ficar nesta sala. Podia passar horas aqui dentro, brincando com meus bonecos de graveto, simulando batalhas, disputando guerras. Uma em especial. Sobre uma menina também especial que surgiria para salvar o mundo. Parece familiar? Meu pai vivia falando sobre o dia em que apareceria a pessoa capaz de colocar tudo de volta "no eixo", como ele costumava dizer. O dia em que ele soube da sua existência foi, sem dúvida alguma, o mais feliz da sua vida. Tudo que ele falava envolvia a *salvadora*. Você consegue imaginar a consequência disso para uma menina da minha idade? Eu comecei a querer ser importante. Mas sabia que jamais poderia fazer frente a essa idealização que ele tinha de você; então comecei a fingir.

Os olhos de Indigo preenchidos por lágrimas teimosas que tentavam não preencher todo o seu rosto. Mantive uma postura serena, tranquila. Tinha muito interesse em como aquela história acabaria, apesar de já saber que um dos resultados era seu ódio por mim.

E, no lugar dela, quem não odiaria?

Ela continuou.

– A partir de então, todos os dias eu fingia ser a grande salvadora do nosso mundo, aquela por quem meu pai guardava enorme respeito e admiração. Isso era tão importante que ele passou um bom tempo trabalhando em uma espécie de pingente que entregaria para a *"escolhida"* no dia em que a conhecesse pessoalmente. Ele era composto por dois traços diagonais cortados ao meio por outro na horizontal. O primeiro dos traços diagonais tinha a extremidade de cima um pouco mais longa e curvilínea, como um J ao contrário. Quando o objeto ficou pronto, perguntei a ele o que era e ele disse que se tratava de um símbolo que representava deferência e apreço. Meu pai nunca tinha te visto e sentia por você coisas que jamais sentiu por mim... *sua própria filha!*

Eu tive vontade de abraçá-la ao vê-la expor toda a sua fragilidade. Queria poder dividir com ela as mazelas que também me atormentavam, mas sabia que qualquer atitude minha seria malvista e, especialmente, mal-recebida. Ficava clara a razão de tanto desprezo.

Pelo Ser Superior, eu já estava quase me odiando depois de ouvir essa história...

Permaneci imóvel, dando a ela a única coisa que poderia naquele momento: atenção.

– Um dia, ele saiu com um grupo para realizar algumas tarefas fora da Fenda. Assim que ele deixou o desfiladeiro, corri para onde ele guardava o pingente e coloquei a corrente que o prendia em torno do meu pescoço. Sabe por quê? Mesmo que por alguns segundos, eu queria ser a escolhida. Desejava com todas as minhas forças ser *você*!

Ela se moveu na minha direção, olhos molhados e enfurecidos. Diva soltou um leve rosnado. Eu a acalmei logo em seguida, passando a mão em sua cabeça.

– Sinto muito que seu pai tenha feito você se sentir assim, Indigo. – Foi tudo o que ousei dizer.

Ela me encarou por alguns segundos, limpando o rosto molhado com as costas da mão.

– Só que levei pouco tempo para perceber que eu jamais seria você. Aos olhos dele, eu sempre seria *apenas* eu, e isso nunca serviria para ele. Foi quando comecei a ter raiva de você. Muita raiva. Todos te amavam, admiravam, exceto eu. Eu nem a conhecia e já a odiava com todas as minhas forças. Então, um dia, tomei coragem e fiz algo que queria fazer havia muito tempo. Entrei em casa e quebrei aquele maldito pingente.

As veias em seu pescoço evidentes como grandes rios caudalosos. Os dentes rangiam a cada palavra, esfregando-se uns nos outros, à medida que sua amargura era expelida como veneno. Continuei quieta, atenta a qualquer movimentação súbita por parte dela. Tinha medo de que aquela conversa não acabasse bem para uma das duas.

– Quando meu pai chegou e me viu sentada no chão, os pedaços de âmbar sobre a palma da minha mão, ficou maluco. Nem vi o primeiro tapa acertando em cheio meu rosto. A força foi tamanha que até hoje sinto meu rosto ardendo, vez ou outra, com a lembrança. Foram vários tapas. Incontáveis até. Um atrás do outro. Esse foi o dia em que tive certeza de que meu pai a amava mais do que a mim. *Sua própria filha*!

Ela esfregou o rosto com as mãos, tentando tirar qualquer marca que denunciasse sua fragilidade. Depois, voltou a falar.

– Quando ele morreu, eu peguei isto de volta. – Ela revelou uma pequena corrente carregando três pequenos riscos amarelados. – Ele nunca o montou novamente, mas guardou os pedaços que eu quebrei, e, agora, finalmente, isso chega à sua dona de direito.

Indigo esticou a mão e depositou as partes do pingente na palma da minha mão. Tentei ler seus olhos, mas eles pareciam querer protegê-la, escondendo de mim o que sentiam de fato. Desviei meu olhar, ela já tinha se exposto o suficiente para um só dia.

– Eu sinto muito.

As palavras foram breves, porém verdadeiras.

– Na verdade, Seppi, sou eu quem sente muito – ela retrucou. – Perder meu pai já não foi algo fácil para mim, mesmo com todos esses contratempos. Imagino como será excruciante para você.

– Do que está falando?

– Você não tem mesmo a menor ideia, né? – Eu acreditei ter visto um breve sorriso de satisfação, logo apagado.

– *Do que está falando?* – Mesma pergunta, tons bem diferentes.

– Seu amigo Casta Jones. Ele estava em uma missão antes de você encontrá-lo naquela prisão.

– Que missão?
– Sua mãe, Seppi. A missão dele era matar a sua mãe.

Até Diva deve ter ficado impressionada com o bote que dei para cima de Indigo após o que ela contou. Joguei-a para trás e fomos as duas ao chão, eu em cima dela. Indigo moveu pernas e braços freneticamente, tentando escapar, mas, dessa vez, o ódio jogava a meu favor, dando-me uma força física além do que jamais poderia imaginar. Dei dois tapas no rosto dela – pelo que ela tinha acabado de me contar, já estava bastante acostumada com isso – enquanto exigia que ela me contasse toda a verdade. Minhas mãos, entretanto, agiam de forma contraditória, apertando com força sua garganta, não desejando ouvir mais um pio sequer daquela garota venenosa.

Em um último ato de desespero, ela arranjou forças para girar o corpo para o lado, desequilibrando-me. Apesar de ainda me manter em cima dela, o movimento foi suficiente para fazer com que minhas mãos se desvencilhassem do seu pescoço. Durante aqueles primeiros segundos, ela não se mexeu. Apenas sugou o ar reclamado pelos pulmões. Ela tossiu incessantemente.

– Você está mentindo! – bradei, deixando-a no chão, enquanto tentava absorver o que ela havia me dito.

Ela demorou um pouco para voltar a falar. A avidez em seus olhos já me dizia tudo o que precisava saber.

– Por que... eu... mentiria? – Indigo ainda esfregava a garganta com uma das mãos.
– Porque você me odeia!
– Você tem razão. Eu te odeio. Mais do que tudo. – Uma expressão de nojo brotando em seu rosto. – E é exatamente por isso que não tenho motivos para esconder isso de você.
– Por que eles fariam isso? Por quê?
– Eu não sei.

Encarei-a com uma súbita frieza.

– Por que está me contando isso?
– Porque eu quero que você sofra, assim como eu sofri.
– Por mais que você precise encontrar uma explicação, eu não tenho culpa pelo que seu pai fez com você.
– Claro que teve. Se você não existisse, ele jamais me deixaria de lado.

As sobrancelhas firmes juntando-se logo acima do nariz, indicando que ela realmente acreditava naquilo. Seu pai, possivelmente, nunca havia dado a ela a atenção que merecia e isso havia deixado marcas profundas em Indigo. Cicatrizes invisíveis em sua alma, ainda longe de serem fechadas. Por isso ela era uma pessoa tão amarga, séria. Ao contrário de mim, Indigo não havia tido uma infância feliz. Mesmo que tudo fosse uma grande mentira, as recordações da minha infância eram boas, alegres. Sempre que o pai surgisse em seu pensamento, ela veria meu rosto. E ficava claro que, agora, ela tentava fazer o mesmo comigo. Queria que, sempre que pensasse em minha mãe, eu também visse o rosto dela.

Inspirei o ar algumas vezes. Se eu perdesse o controle, não importa o que acontecesse, ela venceria.

– Sinto muito que seu pai tenha morrido – eu disse, virando o corpo para deixar a caverna.

– *Eu torço* que sua mãe tenha – Indigo retrucou.

Eu me virei e pude ver o medo estampado nela. A frase, apesar de dura, saía da boca de uma pessoa frágil e pequenina. Se eu não deixasse que ela me atingisse com suas palavras ásperas, eu tiraria dela seu único prazer na vida.

O que, também, não significava que eu não poderia ser cruel.

– Pelo menos, minha mãe morreu me amando.

Eu deixei a caverna antes que Indigo começasse a chorar.

Lancei-me para a estreita ponte de cordas que atravessava até o outro lado do desfiladeiro. Lá, apesar de dezenas de cavernas servirem de abrigos para as pessoas, sabia exatamente em qual Casta Jones se encontrava. Poucas pessoas transitavam pelas diversas passagens que ligavam um lado ao outro. Todos pareciam preferir a iluminação de suas casas ao breu solitário da noite. Parei por um instante ao lembrar que havia deixado Indigo sozinha com Esperanza, que ainda dormia e logo acordaria com fome. Depois, recordei que Diva estava lá para protegê-la de qualquer perigo. Sem contar Lália, que havia prometido voltar logo com algo para comer. Sim, ela ficaria bem. E naquele momento, um assunto mais urgente requeria a minha total atenção.

Corri pela ponte, equilibrando-me nas cordas, que balançavam com força de um lado para o outro. Aquela passagem definitivamente não tinha sido construída para os apressados. Sentia o tempo esvair por entre meus dedos, com uma sensação pungente de que Casta poderia desaparecer de uma hora para a outra, e não podia deixar que isso acontecesse. Ele teria que explicar as acusações de Indigo.

Por bem ou por mal!

Parei somente quando meu pé ficou preso entre as estacas de madeira que serviam para dar sustentação e equilíbrio em meio às cordas. Meu corpo foi à frente e minha testa chocou-se com um pedaço de madeira. Quem observasse de longe meus olhos marejados acharia que o tombo tivesse sido mais forte do que realmente fora. Não desconfiaria que aqueles olhos carregavam uma dor bem diferente da física. Ergui o corpo e voltei a correr com as mãos nas cordas servindo de corrimão. Num piscar de olhos já estava do outro lado do desfiladeiro. Por algum motivo que não conseguia definir direito, podia enxergar Casta, cheirá-lo, ouvir seus batimentos cardíacos regulados a um ritmo calmo e espaçado – não por muito tempo. Percorri as escadas encravadas na pedra, pulando três degraus por vez. Avistei uma caverna igual a qualquer outra existente na paisagem. Mesmo sem entrar, podia senti-lo ali, inocente a tudo que acontecia ali fora e ao que estaria prestes a acontecer lá dentro. Rompi para dentro da caverna. Casta estava sentado em uma cadeira de cordas enlaçadas tomando algum tipo de bebida verde. Ele se assustou com a minha presença, a princípio – mais pela surpresa do que por medo –, mas logo me disparou um sorriso receptivo.

– Seppi Devone! A que devo a honra? – disse, se levantando.

– Eu tenho que lhe fazer uma pergunta e preciso que diga a verdade para mim, doa a quem doer. – Minha voz falhando em razão do meu peito ofegante. Os olhos de Casta se enrijeceram, apesar de continuar achando que ele nem desconfiava da seriedade do assunto.

– Claro. Claro. – Ele se colocou em pé ao notar a aflição em meu semblante. – Qualquer coisa. O que você quer saber, Seppi?

Engoli em seco, tentando liberar a pergunta que parecia presa na minha garganta. O medo da resposta envolvia muito mais do que *apenas* a morte da minha mãe. Significaria também que havia trocado uma vida de manipulações por outra; significaria que, uma vez mais, continuava não tendo o controle das rédeas que conduziam a minha própria vida; significaria que todas aquelas pessoas por quem eu começava a criar afeição não passavam de impostores; significaria que Lamar e eu... Aquele beijo...

Pelo Ser Superior... Tudo teria sido uma mentira?

Meu rosto banhado pelas lágrimas que escorriam sem controle ou ordem alguma, antecipando aquilo que eu torcia para que fosse mentira. Meu coração querendo acreditar que aquilo tudo nada mais era do que outra provocação sem propósito de Indigo. Minha cabeça, temendo o pior.

– Você matou a minha mãe? – A voz, apesar de embargada, saiu cristalina o suficiente para que tivesse certeza de que Casta tinha compreendido a pergunta.

Ele não disse nada. Sua pele foi abandonando o tom moreno, invadida por uma palidez quase fantasmagórica. O copo escapou de sua mão, despedaçando-se pelo chão junto às minhas esperanças. Infelizmente, meu coração estava errado.

Pressionei os olhos com força, espremendo deles toda a tristeza e vulnerabilidade. Precisava ser forte e implacável a partir de agora. Dar adeus à menina Seppi e receber a nova versão de braços abertos. A versão do acerto de contas.

Casta deu alguns passos para trás até que suas costas ficassem imprensadas contra a parede. Podia sentir o medo transbordando de seu corpo, deixando os poros e evaporando no ar. Ele tinha visto do que eu era capaz e talvez já ponderasse o que eu poderia fazer com ele.

– Você a matou? – A frieza da minha voz fazendo gelar minha própria espinha.

– Seppi, por favor, você não entende.

A mão de Casta esticada em frente ao corpo numa tentativa patética de me manter afastada. Tive vontade rir, mas a atitude não combinaria com o momento. Nem com meu estado de espírito. Se Casta tivesse aprendido alguma coisa a meu respeito em nosso breve convívio, seria que a distância era o menor dos empecilhos para mim. Ele estaria morto, se eu assim quisesse. E eu queria...

...como queria!

– Por quê? Por que você fez isso? – A frieza deu lugar a um soluçar choroso, quase infantil.

Eu podia ver o pesar em seus olhos. Algo naquele olhar me parecia bem real, como se ele não tivesse feito aquilo por vontade própria. Como se tivesse sido obrigado. Ou, quem sabe, aquele pesar não passasse de puro medo do que eu pudesse fazer com ele.

– Me diga! Por quê? – O grito ecoou para fora da caverna, caminhando pelo ar carregado pelas ondas sonoras do meu desespero. Já podia ver as pessoas do outro lado do desfiladeiro dirigindo-se até a entrada de suas respectivas cavernas, curiosas para entender de onde tinha vindo aquilo.

Nossos olhares se cruzaram. Intensos. Crus. Verdadeiros. Ele não disse nada. Não poderia mais mentir para mim, por isso permaneceu calado, esperando minha vez de agir. Também preferi não falar. Casta sabia qual poderia ser seu fim e eu não conseguiria mentir para ele. Afinal de contas, o garoto que matara minha mãe também salvara a minha vida.

– Ela sofreu? – perguntei, limpando o rosto com as costas da mão.

– Seppi, eu te imploro. Pense bem no que vai fazer...

– Ela... sofreu? – interrompi, elevando o volume e a agressividade em detrimento da paciência.

– Seppi, por favor...

Abracei a escuridão, fixando a imagem dele na minha mente. Lá estava ele, Casta Jones, o salvador-homicida, encolhido como um animal acuado no canto do quarto. Podia vê-lo claramente, mesmo com os olhos cerrados. Aprofundei meus pensamentos, imaginando duas largas mãos pouco maiores que uma cabeça humana. Elas queriam se aproximar uma da outra, tocar uma à outra, mas algo as impedia. Algo duro, redondo. Elas começaram a pressioná-lo. Primeiro de leve, depois mais forte. E mais forte. E mais forte.

– Seppi, minha cabeça... Ahhhh... Por favor...

Abri meus olhos, não os físicos, mas os da mente. O mundo brilhava, fosforescente. Casta Jones ainda estava encostado no canto, as mãos segurando a cabeça como se tentassem impedir o cérebro de deixar o crânio. Os joelhos plantados no chão em posição de clemência. A mesma clemência que ele havia negado à minha mãe. Queria partir sua cabeça em pedaços, mas, antes, havia algo que precisava saber. Algo importante o suficiente para que eu concedesse uma breve extensão de sua vida.

– Quem mandou que fizesse isso? – Algo em mim já desconfiava do autor, porém eu precisava ouvir as palavras saindo da boca dele.

– Ahhhhhhhhhh!!

Casta continuou com as mãos sobre as têmporas. O semblante de dor dando-me náuseas à medida que um líquido viscoso escorria para fora pelo nariz, olhos e ouvidos.

– Diga! Diga o nome dela ou eu vou matá-lo da forma mais lenta e cruel possível! Posso ser clemente, Casta. Não há necessidade para sofrimento. Sei que você deu à minha mãe a *melhor* morte possível. – Por algum motivo, mentir para ele voltava a ser fácil.

– Huuuummmmpfff... Ahhhhhh... Bloooob...

Sangue começou a escorrer pela sua boca.

– Fale! Ou vou tornar isso ainda mais doloroso para você!

As mãos dele agora iam em direção à garganta, como se quisesse desatar um nó que o impedia de respirar. Ele ia morrer pelo que ele havia feito, abrindo o bico ou não. A resolução fez com que eu notasse alguma coisa queimando dentro de mim. A mesma coisa que havia sentido ao eliminar o Rei Andrófago e aniquilar a criatura no Sablo. Um sentimento tão poderoso quanto ruim. Sabia que precisava lutar contra ele, mas era muito mais fácil entregar-me a ele. E mais prático também. Diferentemente da minha mãe, Casta merecia morrer. O Rei Andrófago merecia morrer. O kraken merecia morrer.

– *E eu, Seppi. Também mereço morrer?*

A voz de Maori chegava até mim, limpa, inconfundível. A pergunta mostrando que ela havia mais uma vez penetrado meus pensamentos sem permissão.

– Do que está falando? – perguntei olhando para cima enquanto girava o corpo. A voz alta quebrando a privacidade de nossa conversa. – Ele merece morrer pelo que fez à minha mãe! – Meu dedo apontado para Casta servindo como juiz, júri e, em breve, executor.

– *Então eu também devo morrer, Seppi. Casta apenas obedeceu ao meu comando.*

Continuei girando meu corpo, os olhos presos ao teto, como se Maori fosse algum tipo de entidade soberana que habitasse os céus. É isso que acontece quando alguém penetra seus pensamentos sem pedir licença, podendo ir e vir ao seu bel-prazer. Essa pessoa passa a tomar alguns aspectos divinos.

– Se foi a responsável por isso, sim, você merece morrer também – sentenciei sem muita convicção.

Casta permanecia no mesmo lugar, inofensivo. As mãos e pernas apertavam-se, tentando buscar um pouco de segurança. Ele moveu a cabeça e inúmeros filetes vermelhos tomavam-lhe o rosto, saindo de todo e qualquer poro possível e imaginável. A visão fez com que eu tentasse acessar meu lado misericordioso, mas algo em mim consumia todo e qualquer sentimento bom, usando-o como combustível para o ódio que impregnava minhas entranhas. Eu precisava de vingança assim como as células clamavam por oxigênio.

– Não, Maori. Deixe que ela me mate. Isso acaba aqui – Casta sussurrou em meio a tossidas que pintavam de vermelho o chão e a parede da sala. Movimentei minhas mãos, colocando-as uma perto da outra. A ação podia não representar nada para quem olhasse, porém, para Casta Jones, significava muito mais dor e sofrimento.

E pressão craniana, claro!

– *Não deixe esse sentimento dominá-la. Você deve ser forte pelo amor, não pela dor.*

– Eu vou matá-lo! E, depois, vou matar você!

– *Você não pode fazer isso. Ele não tem culpa. Se quer culpar alguém, culpe a mim. Penalize a mim. Direcione seu ódio a mim.*

– Farei isso. Depois de terminar com ele – afirmei, fracassando na tentativa de ser convincente.

Ao mesmo tempo em que angústia e rancor penetravam cada centímetro do meu corpo, algo na minha cabeça soluçava que aquela não era a maneira mais correta de lidar com a situação. Abri as mãos, liberando a pressão sobre o crânio de Casta Jones, que caiu desfalecido sobre o chão da sala. Olhei mais uma vez para cima.

– Por que você fez isso com a minha mãe? Por quê?

A voz etérea de Maori rompeu não apenas as barreiras da minha mente, mas também as fronteiras do meu coração.

– *Porque sua mãe me pediu.*

Um choro compulsivo tomou conta de mim. A raiva que me poluía por dentro sendo substituída por uma tristeza sólida, perversa e envolvente a ponto de me deixar completamente vulnerável. Nada mais fazia sentido. Nem minha vida presente, nem minha vida passada, nem minha perspectiva de futuro. Estava cercada por mentirosos e manipuladores que usavam a mim e a meus poderes como bem entendiam. Minha mãe entre eles. Sempre reclamara da paz entediante que regrava minha vida antes das máscaras começarem a cair, e, então, faria de tudo para deixar o olho desse furacão que havia me engolido e continuava a me rodopiar até que toda minha energia se esvaísse.

– Por que minha mãe lhe pediria isso?

– *Você não entenderia...*

– Você tem razão! Não consigo entender mesmo! Não há lógica alguma nisso!

– *Ela me pediu isso porque a amava, Seppi.*

– Não se abandona quem você ama! Não é assim que uma pessoa se comporta! Se ela me amasse não me deixaria sozinha! Assim como não me deixou para trás quando nasci!

– *Seppi, você é especial. Se há uma coisa que seus poderes vão ensinar a você é que pequenos sacrifícios são inevitáveis para se atingir o bem maior. Você é esse bem maior. Você é mais importante que tudo. Mais que sua mãe ou qualquer um de nós. Sua mãe sabia disso. Nós também sabemos.* – A imagem de Indigo veio à minha cabeça. Nem todos pensavam dessa forma. – *Sua mãe era sua única conexão com sua vida passada. A única que realmente importava para você, o que a tornava uma ameaça. O que você faria se ela caísse nas mãos de nossos inimigos? Ela foi escaneada no dia em que vocês foram encontradas. Isso significava que eles colocaram um rastreador em sua corrente sanguínea. Eles a achariam, Seppi. Poderia levar mais ou menos tempo, mas a encontrariam. E o que fariam com ela seria bem pior que o destino que a concedemos. Sua passagem foi bonita, indolor. Ela quis isso. Disse que, se outros estavam dispostos a morrer por você e pela nova perspectiva que você representava, nada mais justo que ela servisse como exemplo.*

Um redemoinho de emoções conduzia meus pensamentos a extremidades perigosas. Especialmente para alguém como eu. Poder e instabilidade são duas coisas que nunca deveriam constar no mesmo cardápio. Por um momento pensei em terminar tudo ali. Acabar com qualquer expectativa em relação a mim ou ao que eu pudesse fazer para ajudar os outros. Desaparecer desse mundo, sepultando meu corpo e libertando minha alma. Quem sabe não fosse essa a verdadeira liberdade. A alforria de fato. Talvez perdêssemos muito tempo nos preocupando com o que acontecia nessa nossa passagem tão efêmera, esquecendo-nos do que nos esperava do outro lado.

Quis deixar esse mundo e todas as pessoas que o habitavam para trás, mas desde que retornara daquela maldita Cidade Banida, havia trazido comigo uma nova responsabilidade.

Alguém que dependeria de mim até estar grande o bastante para cuidar de si mesma. A única pessoa que nunca tinha me contado uma só mentira. A única em que realmente podia confiar. Sem minha mãe, Esperanza era tudo o que me restava agora. E ela merecia a chance de viver em um mundo melhor. Um mundo onde as atrocidades que a tinham recepcionado fizessem parte de um passado perdido, esquecido. Um dia, o mundo agradeceria a ela. A pequena garota que ajudara a salvar o mundo.

Fui até Casta Jones, caído no chão. Coloquei a mão em seu pescoço, não com o objetivo de encerrar o trabalho, mas querendo checar se vida ainda pulsava em suas veias. O coração fraco ainda mantinha seu corpo aquecido.

E o meu também.

Levantei-me e segui para fora da caverna, descendo as escadas até a base do desfiladeiro e, depois, continuando para o subsolo. Continuei até onde os animais alternavam-se na produção de eletricidade. Curioso como aqui, bem no lugar onde a força elétrica tinha sua nascente, a iluminação seguia padrões tão arcaicos. Mas eu gostava disso. Gostava do fogo. Ele me fazia sentir segura, protegida. Diferentemente das pessoas, o fogo sempre contava a verdade. "Deixe-me assumir o controle e eu consumirei tudo o que vier pela frente", ele sempre dizia. Era honesto, acolhedor. Duas coisas que faziam falta a muita gente. Peguei um dos hipomorfos que aproveitavam seu turno de descanso. Subi em suas costas e disparei rumo à saída do desfiladeiro.

Fechei meus olhos e pensei em Maori.

– *Aonde você vai, Seppi?* – ela perguntou, ressurgindo em minha mente.

– Eu tenho que vê-la uma última vez.

– *Eu sei.*

– Cuide de Esperanza.

– *Eu cuidarei.*

Eu rompi a camuflagem que acobertava o desfiladeiro e cavalguei pelo deserto.

1

Nas primeiras horas que passei no lombo do hipomorfo, cavalgando primeiro pelo deserto, depois embrenhando-me mais uma vez na densidade da mata, voltei a sentir uma liberdade que não aquecia meu corpo desde meus dias tomados pelo marasmo e tédio. Recordei de quando as costas que me carregavam eram as de Diva; de quando meu objetivo nada mais era do que passar o tempo em busca de "pseudoaventuras" que tornassem aquele dia único; de quando minha mãe ainda estava viva. Agora, apesar das inevitáveis semelhanças, toda a essência havia mudado. As costas que me conduziam pertenciam a um animal desconhecido, minha busca por aventura tinha dado lugar ao desejo de paz e tranquilidade, e não seria possível abraçar minha mãe uma vez mais, ou sussurrar em seu ouvido meu amor e gratidão por ela, ou receber seu carinhoso beijo de boa noite. Ainda assim, tinha que vê-la. Mesmo que "vê-la" significasse confirmar a existência de sua sepultura – e da traição daqueles que se diziam meus amigos.

Cavalguei por horas a fio, na maior velocidade possível, apenas para materializar aquilo que meu coração ainda se negava a acreditar. Pequenas paradas para descanso e comida ocorriam esporadicamente, mais em benefício do animal do que meu. Não haveria descanso para mim até que tivesse certeza daquilo que temia ser verdade. Por sorte, descobri que hipomorfos sobrevivem bem alimentando-se de gramíneas e plantas. Na urgência de disparar daquele lugar, esqueci-me de pegar qualquer suprimento.

Avistei um pequeno riacho correndo por entre a parede rochosa de uma encosta e decidi que era hora de cuidar um pouco de mim. Desci do animal e segui para as margens do riacho. Pensei em procurar algo para amarrar o animal e impedir uma eventual fuga, mas presumi que uma conversa entre nós seria algo mais produtivo. Mais um dos benefícios de se ter um poder como o meu. A água gelada tornava impossível manter as mãos dentro da correnteza por mais do que alguns segundos. Só quando as primeiras gotas tocaram minha boca percebi como os lábios haviam ressecado com o tempo e o vento. A aspereza dando lugar à maciez à medida que a água os tocava, trazendo-os de volta à coloração viva de sempre. Depois de algumas goladas e já com as mãos meio dormentes, deitei-me sobre a grama, buscando um conforto que parecia não sentir há anos. O toque da grama sob a pele fazia meu corpo flutuar, levando-me de encontro a lembranças que há muito eu não relembrava. Conseguia ver nitidamente minha mãe caminhando pela cozinha de casa, apressada para aprontar mais uma refeição para nós duas. Talvez até conseguisse cheirá-la, não fosse pelo odor inconveniente das fezes do hipomorfo manchando minha memória com um pouco da dura realidade.

Podia me ver, inocente, pura, ávida por algo mais que nem bem sabia o que era. Queria falar com minha versão de antes. Dizer a ela para ser feliz, curtir sua inocência e, principalmente, contentar-se com aquilo que a cercava. Tento falar, explicar, mas sei que ela não pode me ouvir. E por que ouviria? Os inexperientes sempre são os maiores donos da verdade, não é mesmo? Ao menos, minha mãe sempre me dizia isso. Quando nosso mundo é pequeno, tudo parece ser mais fácil e óbvio, mesmo que não seja algo concreto nem mesmo verdadeiro. Afinal, não temos base para comparação, acreditamos que aquilo que vemos é aquilo que existe, que conhecemos tudo o que há para se conhecer. Só que é pelas expansões que se caminha para a verdadeira sabedoria. Quando deixamos nosso mundo maior, novas opções, escolhas, saídas e soluções surgem num passe de mágica. Tornamo-nos mais complexos e flexíveis, aptos a compreender aquilo que outros menos expandidos jamais seriam capazes de compreender.

Mas nada na vida vem sem seu devido preço e, se vier, desconfie. Era o que eu deveria ter feito quando a verdade sobre mim foi revelada. Meus poderes expandiram muito meu universo, minha forma de enxergar as coisas e as pessoas, minha habilidade de solucionar problemas. Trouxeram, entretanto, seus detritos também. Perigos, expectativas, cobranças, manipulações. Uma soma de fatores que culminou comigo retornando ao lugar que sempre quis deixar, em busca de algo que nunca mais teria de novo: a proteção da minha mãe.

Mesmo com meus poderes, tinha falhado na tarefa mais importante de todas. Incapaz de proteger minha própria mãe da mesma forma que ela havia feito comigo anos atrás. Eu descobrira que podia conversar com animais, liquidificar organismos, explodir cabeças gigantes, mas não voltar no tempo. Mesmo que tudo isso tenha tomado o rumo desejado por ela, conforme Maori havia revelado, eu deveria estar lá para impedir essa tragédia, para mantê-la ao meu lado, como ela sempre fizera comigo.

Olhei o hipomorfo absorto pela infinidade de comida disposta à sua frente, aproveitando cada segundo de descanso para encher uma barriga que talvez demorasse para ser preenchida de novo. As lágrimas percorreram o meu rosto e os soluços estufaram o meu peito. Desejei que ele fosse outra pessoa – ou melhor, outro animal. O peso do cansaço apertou meus olhos. Queria dormir, precisava dormir, mas minha mãe não poderia esperar, mesmo sabendo que ela não iria a lugar nenhum.

Nunca mais.

Tentei me levantar. O corpo não me obedeceu, a cabeça muito menos. Os pensamentos afogados em autopiedade. Apesar de muitos invejarem meu poder, eu me sentia vazia, fragilizada, como o organismo no segundo exato em que exala o último resquício de ar à espera de uma nova leva de oxigênio, exceto que meu oxigênio tinha nome. E rosto também. Appia Devone. A dura realidade impactando-me impiedosamente. Nunca mais eu seria capaz de respirar novamente.

Eu estou sozinha... Tão sozinha...

Um *crac* de galhos partidos resgatou-me do silêncio dos meus pensamentos. O hipomorfo trotou para longe, assustado com o barulho ainda invisível.

– Quem está aí?

Um vulto surgiu no meio da mata escura e fechada. A mulher, apesar das marcas de expressão por todo o rosto, tinha um aspecto jovial e, por mais estranho que pudesse parecer, familiar. Seus gestos delicados traziam-me conforto e segurança. O corpo seminu coberto apenas por alguns pares de folhas espalhadas em lugares estratégicos. Ela era linda. Seus traços eram pouco convencionais. Animalescos até. Por alguma razão, algo em seus olhos aqueceu minha alma, trazendo alento ao meu coração machucado. Um enorme sorriso se abriu em seu rosto, os dentes só não eram mais convidativos por conta do par de caninos um pouco mais comprido que o normal.

– Sou eu, Seppi. Diva.

O quê?

Troquei a falta de ar por uma respiração curta e acelerada. O vaiéem frenético do meu peito tornava visíveis os desmandos dos meus batimentos cardíacos. Tudo parecia girar em alta velocidade. Em determinado ponto, já não sabia mais dizer se ainda estava parada. A visão daquela mulher ferindo meus olhos como se o Sol que ainda brilhava no céu estivesse reservado somente a eles. Torci para que o mundo se apagasse e para que a escuridão trouxesse minha sanidade de volta.

A mulher se aproximou com cautela. Calculava cada passo, caminhando com delicadeza e doçura. No rosto, um semblante convidativo, receptivo. Ela tentou tocar meu braço. Eu me afastei, arrastando pela grama meu corpo para trás. Seus olhos pareciam captar a desconfiança que sentia.

– Seppi, sou eu. Posso estar diferente por fora, mas sou a mesma Diva de sempre.

Ela inclinou a cabeça de forma doce. A voz que saía de sua boca era a mesma que ouvia em meus pensamentos quando conversava com a Diva que eu conhecia.

– O que está acontecendo aqui? – Continuei arrastando meu corpo para trás.

– Nada de errado está acontecendo, querida. Não se preocupe.

– O que isso significa? – Meus dedos apontaram para ela como se a mulher não passasse de uma mera aberração. A mesma veemência que queria evitar nas expressões daqueles que cruzavam com Esperanza eu despejava agora naquela versão bípede de Diva.

– Significa que somos iguais, Seppi. Eu e você.

– Como assim?

Diva sorriu.

– Nós fazemos parte de um seleto grupo de pessoas, Seppi. Também sou uma totêmica. – A mulher ergueu o longo cabelo encaracolado, deixando à mostra, perto da orelha, a marca em formato de juba.

Totêmica.

Essa definição já havia sido usada para mim antes. Confesso que não havia pensado muito sobre isso, até dar de frente com... Bem, até me deparar com o que via agora.

– Eu não sei bem o que isso significa – disse, ainda segurando a grama com força. A terra acumulada embaixo das unhas já incomodando.

– Olhe para o seu ombro e você entenderá, querida.

A borboleta. A *maldita* borboleta. Por causa dela toda a minha vida não passou de uma gigantesca mentira. Por causa dela eu havia crescido sem identidade, pensando iludir um mundo que, na verdade, enganava-me. Essa marca havia roubado minha vida, minha mãe e minha chance de futuro. O que eu sentia ao olhar a mancha encrostada em meu ombro não passava de desprezo e ódio.

– Eu devia ter arrancado isso com uma faca quando tive a chance – resmunguei.

– Nenhuma faca pode arrancar sua essência, Seppi. Nada pode. Você sabe disso.

Abaixei a cabeça. Não queria que ela visse meus olhos concordando com ela.

– Por que eu?

– Você está se fazendo a pergunta errada, querida.

– E qual a pergunta certa?

– Por que *não* você?

– Eu não queria isso.

– Raramente um escolhido quer a pecha, a missão, o fardo.

Diva continuava parada à minha frente, oferecendo-me o conforto de suas mãos. *Suas mãos! Não patas, mãos!* Ver os dedos levemente finos e compridos apontados na minha direção causava-me calafrios na espinha. Estava fragilizada, carente, mas aquela não podia ser a mesma amiga com a qual tinha passado grande parte da minha vida, das minhas "pseudoaventuras". Eu não conseguia tocá-la. Não ainda.

– Engraçado como ser a *escolhida* nos priva justamente da coisa mais importante em nossas vidas: nossas próprias escolhas.

– Você que pensa, Seppi. Sua vida continua repleta de escolhas, apenas diferentes das que imaginava.

– Eu não entendo o que as pessoas querem de mim. Não sei mais o que fazer.

Diva postou-se de pé. Até aí, nada demais, exceto pelo fato de tê-la sempre visto como um animal quadrúpede. O vento suave que vinha do Oeste fazia seus volumosos fios de cabelo esvoaçarem.

– Gostaria de contar a você uma história, Seppi. Ela é bem simples e acredito que represente muito bem o momento que vivencia agora. – Diva arrancou a pequena flor que ornamentava um dos arbustos à nossa frente e levou-a ao nariz. Fechou os olhos ao inalar o perfume. Sentia-se em casa. E, na verdade, estava. Encarou-me novamente, voltando a falar.

– Você já viu uma te hokioi sobrevoando o céu azulado?

– Pelo que eu sei, elas estão extintas desde as Guerras Tríplices.

– Quem disse isso?

– Todo mundo?

Diva sorriu.

– Você não pode acreditar no que *todo mundo* fala.

– Mas devo acreditar no que você fala, presumo eu?

– Torço que sim.

– Então, elas não estão extintas?

– Não foi isso que eu disse.

A confusão aproximando minhas sobrancelhas.

– Ou estão extintas ou não estão. Não há meio-termo. Você já viu alguma?

– Sim, uma.

– OK, portanto, não estão extintas. O que têm elas, afinal?

– Como talvez você saiba, as te hokioi, quando abundantes, eram enormes aves de rapina que ocupavam o topo da cadeia alimentar em seu ecossistema. Exceto o homem e suas guerras infundadas, não havia predadores naturais para elas. Chegavam a pesar 14 quilos em casos extremos, algumas chegavam a alcançar 3 metros de envergadura quando expandiam suas enormes asas. Para matar suas presas, elas se utilizavam de seu bico pontiagudo e levemente curvado, além de suas patas poderosas com afiadas garras curvadas, que, apesar de impedirem que caminhassem sobre o solo, eram anatomicamente perfeitas para ferirem e agarrarem suas presas. Elas eram quase invencíveis. Quase.

– Não que esteja incomodada com essa aula sobre um animal *quase* extinto, mas continuo sem entender onde quer chegar.

– Não se preocupe, Seppi. Logo você entenderá. Você já ouviu falar do ritual de renovação dessas aves? – Acenei que não com a cabeça. Ela continuou. – Pois bem, as te hokioi também tinham outra coisa a seu favor. Longevidade. Muitos acreditavam que essas aves chegavam a viver trinta, quarenta anos. Em alguns casos, até cinquenta. Entretanto, o número de anos não é o importante aqui. Há outra coisa muito mais significativa nesses pássaros formidáveis. Ao atingirem mais ou menos dois terços de suas vidas, eles passavam por um momento decisivo de suas existências: o ritual de renovação.

O hipomorfo reapareceu pela trilha entre as árvores, fazendo-me imaginar se até ele tinha sido atraído pela história que a mulher-leoa contava. Meus olhos praticamente imploravam para que ela continuasse. Seu semblante indicando que ela tinha notado isso também.

– Veja bem, Seppi, ao atingirem essa etapa da vida, as aves começavam a enfrentar diversos problemas com seu corpo. Suas penas escasseavam, tornando qualquer voo duro e pesado. As garras cresciam mais do que deveriam, o que as tornavam flexíveis demais para a caça. Os bicos, cada dia mais curvilíneos, faziam do simples hábito de se alimentar algo cada vez mais penoso. Nesse momento, em que o limiar era atingido, as te hokioi deparavam-se com duas possibilidades distintas: resignar-se com a situação, vivendo o resto de seus dias da melhor forma possível até que o breve final se anunciasse, ou submeter-se a um lento e extremamente dolorido processo de renovação, que consistia em voarem para o alto de uma montanha e recolherem-se em um ninho próximo a um paredão. Lá, sem poder voar, as te hokioi batiam seu bico contra a parede rochosa em um exercício diário de dor e paciência. Esse processo se prolongava até os antigos bicos caírem, dando lugar a outros, mais novos, fortes e firmes. Com esses novos bicos, elas passavam a arrancar, uma a uma, suas unhas flexíveis, fazendo o mesmo depois com as penas velhas de suas asas. Só então, após todo esse tempo de dor excruciante, elas saíam voando, renovadas, para viverem por mais muitos anos.

Agora as coisas começavam a fazer sentido para mim.

– Acho que entendo o que está dizendo.

– Entende mesmo, Seppi? E se eu te falasse que a grande maioria dessas aves preferia a morte à renovação? Tinham um medo instintivo do que não conheciam e seguiam na direção da escolha mais fácil. O problema nisso, Seppi, é que as escolhas mais fáceis também são, geralmente, as escolhas erradas.

– O que você quer de mim?

– Quero ajudá-la a fazer o correto, Seppi Devone. Somente isso. Sempre temos mais de uma escolha. Elas podem não ser aquelas que gostaríamos de ter, mas, ainda assim, temos a liberdade de escolher. Nunca se esqueça disso. No seu caso, as opções são bastante claras: pode continuar a viver uma vida simples, sem responsabilidades, e definhar à espera da sua hora, ou você pode bater seus receios contra a parede rochosa e usar essa nova coragem para se tornar aquela que todos nós sabemos que você pode ser.

Eu não respondi. Ela apenas iluminou o rosto com um sorriso. Seus olhos humanos, por um segundo, recordaram-me do brilho sempre presente nos olhos da minha companheira animal de todos esses anos. Um brilho único, verdadeiro, inesquecível. Meu coração passou a bater em um ritmo alegre, leve, como há muito não fazia. Gostaria de um tempo para poder digerir tudo o que tinha ouvido, mas um chamado distante por socorro penetrou os meus ouvidos. A voz, familiar.

– Você ouviu isso? – eu disse, erguendo o meu corpo o mais rapidamente possível.

– Não ouvi nada.

Achei estranho para uma *leoa*, mas, talvez, sua forma humana não preservasse algumas de suas características animais.

Socorro.

A voz rompeu uma vez mais. Eu disparei na direção do som.

– Aonde você vai? – Diva perguntou assustada.

– Como você mesmo acabou de dizer, vou começar a bicar minha parede – eu respondi sem olhar para trás.

Diva e eu corremos pela mata, os galhos roçando meu rosto, deixando marcas de arranhões na pele. A cada novo passo dado, a voz clamando por ajuda ficava um pouco mais nítida. A cada novo grito, eu me embrenhava pela mata densa com agilidade e habilidade impressionantes. A versão humana de Diva fazia o mesmo. Parei somente quando a enorme raiz de uma árvore me passou uma rasteira. Meu rosto topou-se contra o chão, folhas secas que formavam um enorme carpete natural amorteceram, de leve, o impacto. Levei as mãos ao maxilar, movendo-o de um lado para o outro. Diva esticou suas mãos humanas, puxando-me para cima.

– O que está fazendo? Onde estamos indo?

– Eu ainda não sei – respondi, usando as mãos para livrar minha roupa das folhas secas.

– Seppi, nós temos que voltar – ela retrucou.
Socorro... Alguém, por favor... Socorro...
Os gritos surgiram de novo. O medo na voz ainda mais perceptível. Tínhamos pouco tempo. E algo me dizia que aquela era a coisa certa a se fazer.
– Venha! Temos que agir rápido!
Disparei ainda mais pela mata fechada, Diva logo atrás. Seguimos mais alguns minutos desviando de galhos, arbustos, árvores, pedras, até que chegamos a um precipício. Uma clareira exibia-se uns 20 metros abaixo. Nela, podia ver um garoto que parecia ser da minha idade, cercado por um grupo com três guerreiros andrófagos. Ele estava deitado no chão, amarrado a um enorme galho de madeira. Dois de seus captores sentados, dando risada, enquanto sorviam algum tipo de bebida. O terceiro tentando acender uma fogueira.
– Cala a boca, garoto! – um deles ordenou ao virar mais uma golada. – Ou vamos comê-lo cru mesmo.
O outro andrófago, que também bebia, cuspiu o líquido no ar, a gargalhada sinistra fazendo doer meus ouvidos.
– Eles vão comer o garoto. Temos que impedir isso.
Percebi uma parte de Diva querendo me tirar dali, enquanto outra sabia que, se fizesse isso, todo aquele discurso sobre renovação seria tão sólido e verdadeiro quanto o amor de meu pai por mim. E a coisa que menos precisava na minha vida naquele momento era de outra mentira.
– Você tem razão – ela respondeu.
– Precisamos pensar em algo...
Suba nas minhas costas, Seppi. É hora de matarmos a saudade dos nossos voos.
A voz de Diva mantinha o mesmo tom, mas deixara de penetrar meus ouvidos e tomara o atalho direto para minha mente. Levei um susto ao perceber que ela havia retomado o seu formato animal original.
Ela estava de volta! Minha amiga estava de volta!
Quando percebi, meus braços já envolviam seu pescoço, afastando-se apenas quando sua língua áspera inundou minha bochecha. Nossa relação parecia bem mais simples desse jeito.
Agora, vamos fazer o que viemos fazer aqui.
A voz ressoou na minha cabeça. Subi em suas costas e ela se jogou do topo do precipício, as membranas embaixo do braço fazendo-nos planar com perfeição. Invisíveis aos olhos e ouvidos desavisados. Mas não por muito tempo.
Não demorou muito para que a tranquilidade dos guerreiros na preparação de seu jantar fosse demolida com a nossa chegada. Diva aproximou-se pelo leste, usando o vento a nosso favor e me conduzindo na direção do andrófago que manuseava a fogueira. Ele só percebeu nossa presença quando eu já me jogava sobre seu corpo. Meu pé acertou em cheio o rosto do homem, que rolou pelo chão algumas vezes antes de terminar com o rosto afundado em folhas e terra. Apesar de também rolar um par de vezes, fui capaz de retomar meu equilíbrio rapidamente.
Diva dirigiu-se aos outros dois guerreiros, que permaneciam paralisados tentando entender se tudo aquilo acontecia de fato ou se era apenas fruto de suas imaginações já

entorpecidas. Quando o sangue explodiu para fora do pescoço de um deles, os caninos de minha amiga afundados na carne, ambos perceberam a gravidade da situação. Um deles, tarde demais. A mordida bastou para que o pescoço do guerreiro canibal pendesse para o lado, totalmente ausente de forças ou vida. O segundo armou-se com um enorme facão de lâmina curvada, tentando desferir um golpe sobre a leoa. Diva foi mais rápida e, com sua agilidade felina, saltou para o lado, posicionando-se atrás do agressor. Não demoraria muito para que ela tivesse tudo sobre controle.

O homem à minha frente ergueu-se com certa dificuldade, ainda sofrendo as consequências do golpe que eu lhe havia aplicado de surpresa. Tive vontade – e oportunidade – de acertá-lo uma vez mais, antes que ele entendesse o que estava acontecendo, porém algo em mim urgia para que ele visse meu rosto. Queria testemunhar o medo em seus olhos ao perceber com quem estava lidando. O nariz todo ensanguentado, visivelmente quebrado em pelo menos três partes. Seus olhos, a princípio, não carregavam medo. Apenas raiva e determinação. Ele queria acabar comigo, isso era certo. Infelizmente, para ele, não tanto quanto eu queria expurgar a vida de dentro daquele corpo repugnante. O homem armou-se com duas facas retiradas da cintura, limpando o sangue que envolvia seu nariz com as costas de uma das mãos. A quantidade de sangue que tomava a área central de sua face era tamanha que seu rosto parecia ter explodido. *Não seria uma má ideia, no final das contas –* refleti, trazendo à mente a imagem do kraken caído no chão do Sablo.

Um grito vindo do lado fez com que nós dois desviássemos o olhar um do outro por uma fração de segundos. O outro guerreiro andrófago caminhava de forma combalida, com dois enormes arranhões cortando suas costas de cima a baixo, formando dois gigantescos rios de sangue. Ele caiu de joelhos e despencou em direção ao chão, petrificado pelo entorpecimento do fim. O canibal restante deu dois leves passos para trás, e tenho certeza de que, se não fosse pela presença de Diva, teria tentado suas chances aventurando-se pela mata fechada. Sabia, entretanto, que não conseguiria despistar um animal daquele porte. Jogou as armas no chão e ajoelhou com as mãos na cabeça.

– Por favor, não me machuquem. – A voz chorosa revirando meu estômago.

– Talvez minha amiga deva fazer com vocês o que estavam dispostos a fazer com o garoto. O Ser Superior sabe o quanto ela apreciaria isso.

Claro que aquilo era mentira. Em todos os meus anos ao lado de Diva, nunca a tinha visto se alimentar de um humano. Até poucos minutos atrás, nunca havia entendido o porquê. Agora, tudo fazia sentido. Se Diva se alimentasse de carne humana, ela seria igual aos homens que tínhamos acabado de atacar.

– Seppi?

A mesma voz que invadira minha mente clamando por socorro agora ressurgia em um tom mais concreto e real. Virei meu rosto, seguindo até o rapaz amarrado ao enorme galho. Ao me aproximar, não conseguia acreditar em meus olhos: o garoto implorando por socorro era Petrus. Seu rosto banhado pelas lágrimas que não conseguira conter. Não o julguei por isso. Ser assado em uma fogueira apenas para, depois, terminar em pedaços digeridos por estômagos vis como aqueles, definitivamente não era uma das melhores formas de se despedir deste mundo. Pedi que Diva usasse os dentes para arrancar a corda que o restringia. Petrus colocou-se de pé e me deu um longo e apertado abraço.

– Obrigado, Seppi. Não sei como você apareceu aqui, mas muito obrigado.

– O que está fazendo aqui? – perguntei.

Eu me desvencilhei dele tentando não demonstrar o leve desconforto que senti. Petrus abaixou o rosto, afastando seus olhos dos meus. Não precisava ser um cognito para perceber que ele escondia algo de mim. Ou temia dizer a verdade.

Eu repeti a pergunta. Desta vez, de um jeito mais áspero do que preocupado.

– O que você faz aqui, Petrus?

Ele ergueu a cabeça, mas não me encarou.

– Eu descobri algo sobre sua mãe... e, então... Veja bem...

– Descobriu que Casta Jones foi enviado para assassiná-la friamente. É disso que está falando?

Os olhos deles se arregalaram, não ficando claro se por surpresa ou espanto com a minha frieza.

– Quando eu fiquei sabendo disso não pude acreditar. Você estava em uma missão para salvar justamente o assassino de sua mãe, então achei que seria melhor investigar a fundo a história e poder contar a você toda a verdade quando retornasse. Ao menos, era esse o plano.

Abri um pequeno sorriso. Enxuguei seus olhos com meu dedão e acariciei seu cabelo, colocando-o atrás de sua orelha. O ritmo calmo da minha respiração camuflando a rebelião de sentimentos fervilhando dentro de mim.

– E o que descobriu?

– Eu não acho que ele tenha feito isso, Seppi.

O comentário pegou-me de surpresa.

– E por que diz isso?

– A missão dele era assassinar sua mãe disfarçando-se de caçador de recompensa para que você nunca desconfiasse de nada. Mas para sustentar essa versão, ele precisava de testemunhas. E em casa todos afirmam que sua mãe retornou à comunidade depois de um tempo sumida, pegou algumas coisas pessoais e partiu por livre e espontânea vontade.

– Mas isso não o impediria de tê-la encontrado e matado em algum outro lugar.

– Verdade, mas não acho que foi isso o que aconteceu. Não faria sentido. Se o plano realmente fora o que eu mencionei, ele precisaria de testemunhas que constatassem aquela mentira do caçador de recompensas como verdade. E quais testemunhas seriam melhores que essas?

A essa altura, não sabia mais se ter esperanças de que minha mãe pudesse estar viva fosse algo bom ou ruim. A certeza de sua morte, ao menos, trazia a mim uma sensação de encerramento, permitindo que eu pudesse chorar sua passagem e seguir em frente. E esse era o cerne principal da questão: seguir em frente. Com aquela nuvem carregada de dúvida pairando sobre minha cabeça, jamais conseguiria isso.

– *Precisamos ir embora* – Diva falou telepaticamente.
– *Você tem razão* – respondi a ela mentalmente.
– *O que faremos com ele?* – ela me perguntou, fitando o guerreiro com olhos penetrantes.
Eu peguei uma das facas que estavam no chão e coloquei na mão de Petrus.
– Faça com ele o que quiser – eu disse, saindo e dando as costas para ambos.
Petrus andou na direção do andrófago, que continuava mostrando dominar a incrível arte de implorar. Foi apenas quando ele começou a barganhar, entretanto, que eu passei a lhe dar ouvidos.
– Não me mate, por favor. Talvez eu saiba onde a sua mãe está.

Em menos de cinco minutos, Petrus, eu, Diva e o guerreiro andrófago seguíamos para um novo destino. Segundo nosso recém-adquirido prisioneiro, ele e mais um grupo de comparsas haviam cruzado o caminho de uma mulher que correspondia às descrições de minha mãe. De acordo com o guerreiro canibal, ele e outros dois – os mesmos que agora jaziam sem vida na clareira – decidiram permanecer caçando na floresta, enquanto o restante do grupo retornou ao esconderijo andrófago com a nova prisioneira. Pelas suas contas, não tínhamos muito tempo antes que a mulher fosse servida como aperitivo para um grupo de assassinos canibais.

Apesar dos protestos de Petrus e Diva – que acreditavam que aquilo nada mais era do que uma forma de conduzir *suffolks* ao matadouro –, decidi que o seguir seria a coisa mais sensata a fazer. A história da minha mãe ainda não estava enterrada. Ela poderia estar viva, mas não ficaria por muito tempo. E eu não iria correr o risco de vê-la terminando dentro do bucho asqueroso de um andrófago pelo simples medo de estar sendo conduzida a uma armadilha. Além disso, meu poder, apesar de todo o seu lado negativo, tinha diversas facetas. Uma delas permitia que eu lesse as pessoas de uma forma mais profunda que o normal. E algo em mim dizia que o andrófago à minha frente falava a verdade. Ou, ao menos, acreditava no que dizia.

Caminhamos por horas mata adentro, tomados por um silêncio penetrante e perturbador. Não apenas por estarmos pouco à vontade com a situação, mas, especialmente, para evitar sermos pegos de surpresa no caso de Diva e Petrus terem razão em suas suspeitas. Durante todo esse tempo juntos, o homem de pele alva seguiu quieto e concentrado. Não conversou conosco nenhuma vez nem para pedir água ou comida. Apenas enfiou-se pela mata, seguindo um caminho que poderia tanto nos levar até minha mãe quanto à nossa morte.

Ou aos dois.

Ele parou perto de uma árvore, repousando as costas no tronco espesso. Com a mão, retirou um dos frutos redondos e negros da árvore, colocando-o na boca. Um suco roxo esparramou-se pelo canto dos lábios até o maxilar, deixando o rosto em um salto suicida para o chão gramado. Podia ver o prazer estampado em seus olhos.

– Disse para não pararmos até chegarmos. – Minha ordem veio seca e objetiva.

Seus olhos arregalaram-se, e a cabeça acenou para o lado direito, indicando-me algo.

– Já chegamos – ele se limitou a dizer.

Aproximei-me dele, direcionando o olhar para onde sua cabeça apontava. Vi outros cinco guerreiros iguais a ele em torno de uma fogueira na entrada de uma caverna. A noite reinava absoluta no céu e a ausência de luz insinuava-se a nosso favor. Eles conversavam e gargalhavam em voz alta, sem medo algum de serem descobertos.

– O que fazemos agora? – perguntei, virando para o prisioneiro.

– Não sei. Seu plano, suas regras – ele respondeu, um sorriso leve esticando os lábios.

– O melhor a fazer seria cobrir o perímetro. Você e Diva vão, cada uma, para um lado, eu sigo com ele pelo centro – Petrus sugeriu.

– De forma alguma. Estamos aqui por minha causa. Não deixarei ninguém se arriscar mais do que o necessário por mim – intercedi.

– Seppi, eu sigo com ele como se fosse um prisioneiro. Assim que eles estiverem distraídos com a nossa chegada, vocês atacam pelos flancos. Diva pode dar conta de dois deles facilmente, e você... Bom, já vimos o que você fez com o líder deles.

A ideia de Petrus soava como um bom plano. Ao menos, o mais sóbrio. O andrófago me fitou com um semblante ainda mais pálido que o normal.

– Pakaru?

– O quê? – perguntei, sem entender.

– Pakaru! – Dessa vez, ele afirmou, ajoelhando-se como um devoto em frente a uma deidade.

– Fala baixo – Petrus interveio, colocando o canibal em pé novamente. – Vamos seguir com esse plano. Eles estão com fome e, quando chegarmos, vão se distrair comigo tempo suficiente para dar a vocês uma boa oportunidade de pegá-los de surpresa.

– Duvido – o homem de pele albina soltou no ar. – Por que eles vão se preocupar e comer você se já estão ocupados com aquilo?

Virei o rosto na direção da fogueira e o que vi quase fez meu coração saltar pela boca. Um deles segurava um enorme pedaço de carne torrada nas mãos, a cor preta indicando que o tempo dispendido no fogo havia passado um pouco do ponto. Naquele exato segundo, o cheiro de carne queimada invadiu minhas narinas, como se elas estivessem hibernando e só agora acordassem para os odores do mundo. Sem pensar, tirei da cintura a faca que pertencia ao andrófago capturado e a arremessei na direção do homem na fogueira. Preferia o bumerangue, mas a pressa em deixar a Fenda me fizera deixá-lo para trás. Apesar de não ser tão proficiente com facas, acertei o alvo em cheio. A arma trespassou a mão que segurava o pedaço de carne fazendo-o despencar no chão, enquanto o grito de dor ressoava até as copas das árvores, provocando a revoada de uma dezena de pássaros.

Os outros homens levantaram-se, armando-se assustados. Do meio do mato eu surgi, correndo em um frenesi de aflição que me colocou em um estado de torpor. Além de ódio, apenas um pensamento ululava dentro da minha cabeça.

Por favor, Ser Superior, não deixe aquela ser minha mãe.

Corri como louca. Meu corpo nada mais era que um par de pulmões gigantes, cuja única função era produzir o oxigênio necessário para aquela breve, mas intensa, corrida.

Tudo aconteceu muito rápido. Uma flecha passou raspando minha orelha esquerda, perdendo-se na infinidade verde atrás de mim. O meu alvo – o homem com a faca enfiada na mão – gritava de dor, segurando o ferimento com o maior cuidado – *e incredulidade!* – possível. Nem percebeu quando meu pé voou em seu peito, jogando-o para trás com força. A cabeça chocou-se violentamente contra o chão, deixando-o atordoado o suficiente para que eu desse a volta nele e erguesse seu corpo.

– Onde está minha mãe?

– O quê?... Quem?... Do que está falando? Ahhhhhhhh!

Meus dedos envolveram o cabo da faca presa à sua mão. Girei o pulso e, com ele, a arma emperrada à pele. A lâmina deu uma volta de 180 graus, estraçalhando carne e nervos com o movimento.

– Posso fazer isso o dia inteiro. Onde... está... minha... mãe? – A calma das palavras camuflando minha insurgência interna.

– Pare! Por favor! Ohhhhh... Eu não sei do que está falando... Nós tínhamos...

Antes que ele pudesse terminar de falar, uma flecha fincou-lhe o peito, afundando-se quase até a metade do cabo. O ferimento fez com que o homem estremecesse o corpo, convulsionando para fora dali todo o resto de vida que possuía. Quando nada mais restava, o corpo pesou contra mim, transformado em nada mais que um saco de carne humana.

Estragada ainda por cima, pelo cheiro que emanava dele.

– Esse aí nunca aprendeu a calar a boca – disse um dos quatro homens restantes. – Eu não sei o que você quer aqui, garota, mas chegou na melhor hora possível, a do jantar. E minha barriga já está celebrando.

Larguei o corpo sem vida no chão, mantendo uma postura orgulhosa, cabeça erguida, olhos fulminando meus adversários. Tinha passado por muita coisa pior que essa para temer o que esses canibais pudessem fazer comigo. Na verdade, *eles* é que deveriam temer a minha presença, principalmente se os pedaços de carne caídos no chão fossem minha mãe.

– Vou perguntar mais uma vez, e garanto que você se arrependerá terrivelmente se não me der uma resposta satisfatória: onde está minha mãe?

Notei que a convicção do meu discurso fez com que o homem encolhesse um pouco os ombros, talvez refletindo sobre a veracidade da minha ameaça. Mas é difícil tomar decisões corretas quando se está protegido pela maioridade numérica. Tinha dado a ele duas escolhas. Ele optou pela pior.

– Alguém faça ela se calar, por favor? – Ele se virou para o homem que empunhava o arco. – Não atire no rosto. Ela parece ter olhos saborosos.

Mesmo com a ameaça iminente, fechei os tais olhos *saborosos*, buscando mais uma vez a concentração necessária para mostrar a esses idiotas o poder das minhas palavras. Nada disso foi necessário, entretanto.

– Eu não faria isso se fosse você. – Petrus seguiu para a entrada da caverna usando o corpo do nosso prisioneiro como escudo. Se bem que já tínhamos testemunhado em primeira mão o quão leais eles eram uns com os outros.

– Gnal, é você? O que está fazendo? – O aparente líder dirigiu-se ao homem que estava com Petrus.

– Melhor fazer o que eles dizem, Ravar. A garota não está brincando.

Os guerreiros andrófagos começaram uma leve risada que, em poucos segundos, deu lugar a uma enorme gargalhada uníssona, deixando claro que a rendição apenas viria com o uso de força bruta. Ou melhor ainda, *mental*.

– Onde estão os outros?

– Mortos. Como vocês estarão daqui a pouco se não se renderem, Ravar.

– Quatro de nós contra dois deles? Não acredito nisso. Além do que, nem todos nós somos iguais a você, Gnal. Alguns de nós sabem lutar de verdade.

– Você não tem ideia de quem ela é, não?

– Não. E por que deveria? – O líder empunhou o enorme facão preso à cintura e fez um sinal para os outros três homens que o acompanhavam. – Hora do banquete, rapazes!

Três deles saíram correndo na nossa direção. O líder veio até mim. Os outros dois seguiram até onde Petrus e Gnal estavam. O arqueiro permaneceu estático atrás, armando o próximo golpe. Uma queimação tomou conta do meu estômago ao perceber que Petrus era o alvo escolhido. Ele já havia sido ferido duas vezes da mesma forma em outro confronto com esses mesmos guerreiros e, pelo Ser Superior, não deixaria que isso acontecesse novamente.

E, pelo visto, nem Diva...

Minha amiga totêmica surgiu do meio dos arbustos em um voo direto e objetivo. Suas patas atingiram o arqueiro, arremessando-o de cara no chão. As pernas dele pararam de mexer no momento em que os caninos de Diva fincaram em seu corpo. Diva não gostava de caçar humanos, mas quem disse que andrófagos eram humanos, certo? O sangue em sua boca parecia refestelar seu espírito, saciando sua fome e sua alma. Ela soltou um rugido que ecoou pelas árvores e arbustos, afugentando qualquer vida animal com instinto de sobrevivência apurado. Os guerreiros andrófagos petrificaram, virando-se para ela. Se eles já não fossem brancos, diria que o medo havia sugado todo o sangue existente em suas veias.

– Essa é Diva, uma amiga querida. *E faminta* – pronunciei a última palavra com mais ênfase. – Ela vai adorar conhecer vocês, afinal de contas, como podem observar pela cor avermelhada de sua boca, vocês têm algo em comum.

Caminhei até onde estava o líder, parando bem na frente dele com um olhar confiante e determinado. Então continuei.

– Ela também adora carne humana. A diferença é que ela prefere crua. Então, se quer evitar o mesmo fim do seu amiguinho ali, diga onde está minha mãe.

Foi quase cômico ver o mesmo homem que há pouco bradava como um general, sentenciando minha morte, ajoelhar-se no chão, mãos na cabeça e olhos fixos no felino à sua frente.

– Você ainda não sabe quem ela é, né? – Gnal respondeu.

O homem olhou para mim fixamente, tentando encontrar algum indício de familiaridade.

– Ela é *pakaru*.

Os olhos de Ravar esticaram-se, quase tomando o tamanho da Lua. Com a luz do dia nos abandonando, o oscilar amarelado das chamas passava a servir como única fonte de luz a iluminar minha face, deixando-a mais demoníaca...

Provavelmente.

Dei um passo para a frente e o guerreiro afundou a cabeça entre as pernas, tentando escapar de qualquer contato visual. Eu olhei para Gnal.

– O que significa isso? *Pakuru?*

– PaKAru – ele me corrigiu – Significa *"pulvorizadora de líderes"*. Agora ele sabe realmente quem você é.

A mudança de postura de Ravar mostrava o quanto aquela palavra pesava em seus pensamentos. Como se eu fosse um pesadelo vivo. Oportunidade perfeita para tirar vantagem disso.

– Responda minha pergunta se não quer terminar da mesma forma que seu rei!

Eu ainda não tinha a menor ideia de como havia feito aquilo, mas ele não sabia disso.

– Eu não sei quem é sua mãe – ele respondeu, ofegante.

Eu apenas olhei para Gnal.

– Onde está aquela mulher que capturamos pouco antes de nos separarmos, Ravar?

– Ela não está mais aqui – o homem afirmou, trêmulo.

– O que vocês fizeram com ela? – Eu atravessei, antes de partir para cima dele possuída por um ódio ostentoso.

– Por favor... Não me machuque... – Ravar disse, protegendo o rosto com as mãos. – Nós não comemos a sua mãe. Eu juro! Por favor, não me machuque!

– Onde está ela, afinal?

Agachei meu corpo, postando-me face a face com ele.

– Nós... Nós a vendemos...

– O quê?

– Me desculpe... Nós não sabíamos que ela...

– Cale-se! – eu o interrompi. – Não tenho tempo para suas desculpas. Como assim você a vendeu? Para quem?

– Eu não... Eu não sei... Ravar encolhia a corpo a cada palavra proferida, esperando o pior. – Nós estávamos aqui, preparando a fogueira e o caldeirão, quando ele apareceu. Disse que conhecia a mulher e que ela estava doente. Disse que se a comêssemos... – Nesse momento ele pausou a fala engolindo em seco ao perceber que relatava a mim a intenção de devorar minha própria mãe. – Que a carne dela nos faria mal, e que estaria disposto a fazer uma troca. Todos os mantimentos que carregava com ele por ela. Ele tinha roupas, armas, comida, então...

Ravar apontou para os mantimentos amontoados no chão.

– Esse homem. Como ele era? – Petrus perguntou.

Ravar cruzou as mãos na frente do rosto, apoiando o queixo nos dedos logo em seguida. Parecia percorrer as últimas gavetas da memória por algo que pudesse satisfazer minha ira. Um leve sorriso formou-se em seu rosto quando, aparentemente, ele teve sucesso.

– Sim, claro! Ele era um pouco mais alto do que o normal, nem muito forte, nem muito magro, olhos castanhos, eu acho – ele disse.

– Isso não me ajuda muito – argumentei.

– Sim, eu sei, mas havia algo bem marcante nele. Apesar de ele usar um capuz, consegui ver algo diferente nele. Seu rosto era coberto por um bigode e um cavanhaque de cores diferentes. Metade preto como breu da noite, metade branco como a neve.

Um homem com bigodes e cavanhaque bicolores... Agora sim a conversa começava a ficar proveitosa.

– Algo mais? Você sabe para onde ele foi?

– Não disse nada, e eu nem perguntei. Mas caminhou naquela direção – ele completou, apontando para noroeste.

Só havia uma coisa marcante naquela direção: Três Torres.

De repente, um pensamento explodiu na minha cabeça feito as poderosas armas que tinham destroçado o mundo dos nossos antepassados nas histórias que minha mãe havia me contado. Um pensamento simples, porém avassalador. Não havia como escapar do nosso destino. As escolhas podiam mudar o caminho e a trajetória, mas nunca o ponto-final. Quando nasci, um cognito testemunhou algo negro em meu futuro e, agora, eu estava prestes a mostrar ao mundo como ele estava certo.

– Vocês querem viver? – perguntei a Ravar, Gnal e aos outros dois guerreiros sobreviventes. Todos acenaram que sim com a cabeça. – Ótimo. Então peguem suas coisas e venham conosco.

Petrus deu um passo à frente, afastando-se de Gnal pela primeira vez.

– O que está fazendo, Seppi?

– Levando os três com a gente. Esses homens podem me ajudar a encontrar minha mãe.

Petrus pareceu bastante incomodado, a expressão no rosto querendo cuspir centenas de razões que provariam como aquela não era uma boa ideia. Ainda assim, apenas uma coisa saiu de seus lábios.

– Como você sabe que a mulher vendida é mesmo sua mãe, Seppi?

Eu o fitei com uma doçura que há tempos não combinava comigo.

– Eu não sei como, apenas sei.

A madrugada já tinha se despedido e a luz matinal já tornava nossa caminhada de volta à Fenda mais fácil. Tínhamos deixado a mata para trás, voltando a nos submeter aos caprichos do deserto. Diferentemente de Maori, eu não tinha o poder de entrar na cabeça das pessoas, o que fez do exercício de dedução meu único passatempo durante a viagem. Dessa vez, Diva não viajou lado a lado comigo, manteve-se atrás de nós o tempo todo, de olho nos andrófagos amarrados uns aos outros. Vez ou outra também percebia seu olhar fixo em mim. Os pensamentos, provavelmente, focados na conversa que tivemos pouco antes de embarcarmos em nossa recente aventura entre andrófagos. Petrus caminhava calado ao meu lado, quando, de repente, falou:

– Seppi, por favor, repense sua ideia. Levar esses canibais para a Fenda é arriscado... E se eles conseguem escapar e voltam com reforços para nos massacrar?

Eu puxei-o para mais perto de mim, certificando-me de que minhas palavras seriam, de fato, somente para ele.

– Preciso deles e você sabe disso. Esses andrófagos são a melhor chance que tenho de encontrar a minha mãe. Não posso contar com ninguém da Fenda para esse assunto e você sabe o porquê – percebi uma tristeza instantânea assumindo o semblante de Petrus e agi rápido para dirimir aquilo. – Exceto você e Diva, claro. Mas como posso confiar em alguém de lá para salvar a minha mãe quando o objetivo deles era eliminá-la? Além do mais, esses canibais morrem de medo de mim. Testemunharam em primeira mão o que eu sou capaz de fazer. Duas coisas na vida controlam as pessoas: amor e medo. E eu não tenho tempo para fazer com que eles me amem.

Um esboço de sorriso diminui o ar carrancudo do rosto de Petrus, e para melhorar o clima pesado, dei-lhe uma leve piscadinha. Depois segui até os prisioneiros.

– Senhores, em breve chegaremos ao nosso refúgio e devo admitir que nossa jornada não foi suficiente para que eu confie em vocês. Uma pena, depois de tanta conversa, mas é a verdade. – Ou o medo os impediu de rir da minha ironia ou eu não era tão engraçada quanto imaginava. – Exatamente por conta dessa falta de confiança que eu terei que me utilizar de uma técnica que por aqui chamamos de sync.

Continuei postada em frente a eles, fechando meus olhos para que o meu *show* fosse o mais crível possível. Para que meu plano funcionasse e eles realmente acreditassem no que eu estava prestes a fazer, precisaria usar apenas uma fração pequena do meu poder. Dobrei o pescoço para os lados diversas vezes, trazendo ainda mais tensão ao espetáculo. Lamentava não poder acompanhar os olhares deles, que eu imaginei encolhidos pelo medo e pela incompreensão, mas tinha que fingir que meu estado de concentração era total. Usando meu poder, fiz com que a cabeça de todos latejasse. Um princípio bem distante do que acontecera com o kraken, mas, ainda assim, parte do processo. Meu objetivo não era matá-los. Precisava deles. Queria apenas dominá-los. Não pelo uso da força, mas pelo uso da manipulação.

Abri os olhos, finalmente. As mãos de todos estavam sobre a cabeça, como se tentassem espremer a dor pulsante. Como disse, uma fração do que havia causado no Sablo, mas mais do que suficiente neste caso.

– Como eu disse, senhores, não confio em vocês. Por essa simples razão, sincronizei nossos pensamentos. Se algum de vocês fizer algo que eu desaprove, como, por exemplo, comer algum de meus amigos – ironizei –, serei forçada a explodir a cabeça de vocês.

Foi engraçado ver a pele albina deles ficando ainda mais pálida.

– Uma última coisa: syncs particulares são inviáveis, portanto, a cabeça de um vale pela de todos. Por isso sugiro que, se quiserem viver, tomem conta uns dos outros.

Virei o corpo e segui em frente.

Caminhamos por várias horas até pararmos no meio do deserto, o Sol incendiando nossos corpos. Voltei a mirá-los com firmeza, abrindo um leve sorriso receptivo. Apontando para o nada, eu disse.

– Senhores, bem-vindos à Fenda!

A expressão no rosto de cada um deles foi renovadora. Nós descemos as escadas que levavam à parte baixa da Fenda sob a mira de centenas de olhares. Não sabia dizer se fuzilavam o grupo pela presença nada ortodoxa dos quatro prisioneiros andrófagos ou se condenavam somente a mim pelo que havia feito com Casta Jones antes de partir. De qualquer maneira, isso pouco importava no momento. Minha prioridade continuava sendo resgatar minha mãe das mãos de quem a tinha comprado do grupo de canibais. E quando isso acontecesse, primeiro o agradeceria por livrar minha mãe de ser o prato principal de um banquete nefasto e, depois, o mataria.

Como imaginei, a recepção, nada calorosa, contava com a presença de todos os "cabeças da organização". Maori, Foiro, Indigo e Lamar. Todos estavam em pé em frente ao grande portão do Conselho, aguardando a nossa descida. Somente uma pessoa não estava lá: Casta. Lamar aproximou-se de mim assim que desci o último degrau da escada. Ele me deu um forte abraço, suficiente para aquecer meu coração, que havia se tornado frígido pelo banho gelado dos últimos acontecimentos. Era estranho. Durante todo o caminho de volta, concentrara-me em não odiar as pessoas paradas na minha frente, entretanto, agora que nossos olhares se cruzavam, somente pensava no alívio em saber que Lamar não me odiava.

– Que bom que está bem, Seppi. Achei que tivéssemos te perdido para sempre – ele celebrou, apertando ainda mais os braços contra meu corpo.

Deixei que esse momento se estendesse pelo tempo necessário, sem me preocupar com o que pudessem pensar a nosso respeito. *O Ser Superior sabia o quanto ansiava por um carinho, por mais simples e inocente que fosse.*

Minha boca, próxima ao seu ouvido, não resistiu à oportunidade de fazer a pergunta que espetara minha mente desde que comecei a descer os degraus da longa escadaria.

– Onde está Esperanza?

– Está bem, não se preocupe. Lália está com ela.

– E Casta? – Outra pergunta que me atormentara durante boa parte do trajeto de volta.

– Não muito bem – ele respondeu.

Como se tivesse algum tipo de audição biônica, Indigo intrometeu-se em nosso momento – *mais uma vez!*

– Taí um belo eufemismo – ela disse, o rosto enrugado por uma raiva que parecia contagiar os outros. – Ele não fala, não anda, não come, não se mexe, apenas fica deitado naquela cama, respirando. Acredito que seu quadro mereça uma definição um pouco mais adequada do que "não muito bem".

As últimas palavras tomaram um tom sarcástico que combinou com a ação do seu corpo. Indigo moveu-se na minha direção, parecendo querer briga, e, pelo Ser Superior, eu me atracaria a ela com gosto. Aliás, Indigo não poderia ter escolhido pior hora para arrumar encrenca comigo. Eu tinha sede de sangue, de vingança, e arrebentar aquele belo rosto simétrico seria um bom início para essa trajetória violenta. Uma dúzia de mãos surgiram entre nós pouco antes de chegarmos às vias de fato. As pessoas foram nos afastando, minhas pernas chutando o ar na tentativa de acertá-la.

– Assassina! – ela gritou em alto e bom som para todos que testemunhavam a briga.

– Assassina? ASSASSINA? Vocês tentaram matar minha mãe e eu sou a assassina? Eu juro que vou acabar com você!

Minha reação não serviu para polir muito minha imagem, mas se Indigo tinha expertise em alguma coisa, era a de saber a exata localização dos meus calos e qual o melhor ângulo para pisá-los.

– Parem as duas! Imediatamente!

A voz rouca e autoritária vinha da marionete humana de Maori. O tom agressivo incomum fez com que a atenção de todos se voltasse para ela, tornando nossa discussão nada mais que uma amarga lembrança. Por mais que ainda estivéssemos consumidas pela cólera, nenhuma de nós teve a coragem ou a iniciativa de manifestar algo para a líder. Os braços afastaram-se de nós e eu arrumei minha roupa, amarrotada pelos puxões, mantendo meu olhar fixo em Indigo.

– Foiro e Lamar, para dentro! – a marionete impôs, indicando o grande salão do Conselho com o dedo. – Vocês duas também. E nada de discussões! Temos coisas mais importantes para nos preocupar no momento.

Maori tinha razão. Havia coisas mais importantes na minha lista de prioridades do que a raiva que sentia por Indigo. O amor que sentia por minha mãe, por exemplo.

Hora de engolir o orgulho. Com a cabeça baixa caminhei para dentro do salão.

O clima dentro do grande salão de conferências era, no mínimo, melancólico. Indigo sentou-se em sua cadeira, mantendo a cabeça baixa. Lamar lançava um olhar meigo na minha direção, talvez tentando me dar algum conforto emocional. Foiro mantinha a silhueta austera de um grande guerreiro, aparentemente intocado pelas mazelas que assolavam os mais fracos e desafortunados. Maori continuava impassível, sem se comunicar através de sua marionete humana ou comigo em nosso *chat* particular. Quanto a mim, tinha sido invadida por um formigamento estranho no estômago, inicialmente indecifrável, mas que tomou forma no momento em que meus olhos congelaram na única cadeira vazia no recinto. A cadeira reservada a Casta Jones. Foi quando percebi que aquele formigamento já não era tão estranho assim. A maioria de nós o conhecia como culpa.

– O que aconteceu lá fora é inadmissível e não pode se repetir nunca mais. – A fantoche humana quebrou o silêncio. – As pessoas não podem nos ver brigando e discutindo uns com os outros.

– Mas elas podem nos ver assassinando uns aos outros, é isso? – Indigo abandonou a pose de vítima, assumindo mais uma vez o papel de agressora.

– Vocês são os assassinos aqui. Todos vocês! – Evitei focar meu olhar em Lamar para que ele não se sentisse atingido pelas minhas palavras. Não podia, contudo, excluí-lo publicamente da minha acusação generalizada. Torci para que ele entendesse isso sem a necessidade de palavras.

– Assassina! – Indigo retrucou, o dedo em riste na minha direção.

– Calem-se! As duas! – O soco fez a mesa estremecer, causando uma leve rachadura no seu centro. Foi a primeira vez que vi Foiro demonstrar a força que seus músculos já indicavam existir ali. – Temos que ter ordem! Disciplina! Isso se quisermos chegar a algum lugar! Devemos respeito a Maori! Todos nós! E, pelo Ser Superior que nos observa neste momento, darão isso a ela por bem ou por mal.

Um novo soco, dessa vez mais leve, porém ainda impactante, atingiu a mesa. Alguns cálices postados à nossa frente caíram de lado, só não causando mais estrago por estarem vazios. Maori fez um leve acenar com a mão para que contivéssemos nossos ímpetos de agressividade e indicou que nos sentássemos. Havia algo naquela mulher capaz de transformar a voracidade de um furacão em nada mais do que o conforto de uma leve brisa no crepúsculo. Ela prosseguiu assim que nos sentamos.

– Obrigada pela gentileza, Foiro. – Podia jurar que um tom avermelhado tomou de assalto as bochechas do homem, curvando o ser viril com a força inexorável da timidez. – Essas pessoas dependem de nós. Somos seus líderes, seus espelhos. Se nos veem brigando são invadidas pelo pânico. O medo é um sentimento que fermenta, cresce, multiplica, e cabe a nós evitarmos que alcance proporções que beirem o descontrole. As vidas dessas pessoas dependem de todos nós! – O fantoche aumentou o volume da voz e a mão da própria Maori bateu contra o peito da comandante. Definitivamente, algo bizarro de se ver – ou de se acostumar.

Apesar dos semblantes ainda rasgados pela raiva, ninguém se manifestou, aguardando a conclusão do seu pensamento. Maori continuou.

– Sua mãe é muito importante, Seppi. Ninguém ousa negar isso. E Casta simplesmente se prontificou a realizar a vontade dela. Appia dedicou toda a vida dela para que você tivesse a chance de florescer e se descobrir. Seu maior sonho era que você pudesse se tornar aquela que todos nós sabemos que pode ser. Ela arriscou a vida para te livrar das mãos daquele governo tirânico e não permitiria que a usassem contra você justamente agora. Infelizmente, tudo indica que o que ela temia acabou acontecendo.

– Ao menos, ela está viva – respondi, ainda sem conseguir encarar Maori. Não era apenas Foiro que tinha sentido o peso do acanhamento.

– Sim, mas a que preço?

– Você está me dizendo que preferiria que ela estivesse morta?

Lamar levantou-se da cadeira.

– Ninguém está falando isso, Seppi. Apenas...

Maori fez um sinal para que ele parasse de falar. Lamar obedeceu. Depois, a voz familiar penetrou minhas sinapses. Mais uma vez, nossa conversa tornava-se particular.

– *Se você pudesse se sacrificar para salvar todas essas pessoas, se soubesse que sua passagem para o Ser Superior significasse que todos os outros aqui viveriam a vida que deveriam viver, o que você faria?*

Usando a razão, a resposta era fácil. Claro que me sacrificaria. Sem pensar duas vezes. Algumas perguntas, entretanto, não podem ser respondidas com o uso da razão. Afinal de contas, não é ela que controla nossos impulsos viscerais. O que a cabeça promete muitas vezes não pode ser cumprido, porque nunca sabemos exatamente o que será liberado da nossa mente. Emoções podem nos colocar contra nossos próprios valores, pois são alimentadas pela imprevisibilidade das nossas necessidades. Se havia uma forma de responder àquela pergunta, ela não seria encontrada dentro da racionalidade, mas, sim, na impulsividade das minhas entranhas.

– Eu me sacrificaria – respondi.

– *E você gostaria que respeitássemos sua escolha?*

Eu já havia percebido onde ela queria chegar com isso.

– Sim.

– *Como não respeitaríamos, então, a escolha dela?*

– É diferente...

– *A diferença está naquilo que nossos olhos querem enxergar, Seppi.*

De fato, ela tinha razão.

– *Tudo isso, entretanto, não faz mais a roda girar. Está no passado. A verdade é que, agora, não sabemos onde está sua mãe, e talvez ela tenha sido vítima de um destino muito pior que a morte. Um que ela sempre quis evitar. Precisamos remediar isso.*

– Como?

A voz de Maori voltou a ser proferida pela marionete. Evidentemente, ela queria que essa parte da conversa fosse ouvida por todos.

– Os andrófagos. Você os trouxe aqui por um motivo.

– Eles venderam uma mulher que se assemelha à descrição da minha mãe. Tenho certeza de que essa mulher é, de fato, ela. Eles acreditam que esse homem possa ter ido para Três Torres. Meu plano é levá-los com a gente para que me ajudem a identificar esse homem se ele ainda estiver lá.

– Esse é seu plano? – Indigo disse, despertando da sua inércia. – Você nunca deveria ter trazido essa corja até aqui. Sabem onde ficamos agora. Eles são nossos prisioneiros e devem ser mantidos aqui como tais, trabalhando na usina, ou, melhor ainda, serem *mortos*.

– Ninguém toca em um fio de cabelo deles até eu descobrir o paradeiro da minha mãe.

– Você nem sabe se essa mulher é mesmo sua mãe, garota. Não podemos arriscar que um deles fuja e volte para cá com um bando de canibais famintos. Ainda mais quando nossos principais guerreiros estarão longe daqui. – Os demais pareciam prestar bastante atenção ao que Indigo falava. Podia jurar ter visto alguns balanços de cabeça, concordando.

– Eles não podem sair daqui, Maori. É muito arriscado.

– Desta vez, estou com a pentelha – Foiro interveio. – A coisa vai engrossar quando chegarmos à Cidade Banida e não teremos como manter os olhos na luta e nessa escória. Ele olhou para mim diretamente. – Me desculpe, garota. Admiro muito sua mãe, mas não podemos arriscar a vida de todos que vivem aqui.

– Eles não vão fugir. Eu garanto isso a vocês.

– Ah, que bom. Ela garante. Então está tudo resolvido. Próximo assunto? – A ironia embalava a voz de Indigo.

– Alguém deveria costurar sua boca para evitar que você falasse tantas besteiras. – A minha fala terminou com um choque percorrendo todo meu corpo quando olhei para Maori e percebi o que tinha falado. Talvez Indigo não fosse a única ali que falasse mais que a boca. Maori não me pareceu ofendida, entretanto.

Mantive minha linha de pensamento.

– Em primeiro lugar, eles viram o que eu sou capaz de fazer quando eliminei o líder deles. Em segundo lugar, acreditam que nossos cérebros estão em sincronia e que qualquer atitude suspeita os levará ao mesmo fim que seu Rei Caveira. Se isso não for suficiente, fale o que quiser deles, mas eles sabem como lutar e, pelo que vejo aqui nesta mesa, nós não podemos nos dar ao luxo de dispensar nenhum tipo de ajuda.

– E quem disse que eles lutarão por nós, menina? Quem garante que eles não nos apunhalarão pelas costas durante a batalha? Ao contrário de você, já estive em muitas situações como essa, e no campo de batalha, cara a cara com o inimigo, há apenas duas coisas com as quais podemos contar: nossa arma e o homem ao nosso lado. Se um dos dois falha, a derrota é certa – Foiro intercedeu.

Eu o fuzilei com um olhar penetrante.

– Posso não ter a sua experiência, grande Foiro, mas também tive minha parcela de batalhas. Sei o que estou fazendo. Eles vão conosco e ponto final.

Maori começou a caminhar pelo salão, as mãos nas rédeas que envolviam a menina fantoche. Ela caminhou até a porta, colocando-se ao lado dela.

– Se Seppi diz que eles são importantes, então eles são importantes.

– Mas Maori...

– Sem manifestações, Indigo. Minha decisão está tomada. Os andrófagos vão com vocês. Fim de papo. Agora nos deixem. Preciso falar com Seppi sozinha.

Apesar dos resmungos, todos dirigiram-se para a porta, deixando-nos a sós. Foiro fechou a porta atrás deles, mas não sem antes disparar um olhar preocupado para mim.

– Eu *garanto* que eles não vão nos trair.

– Acreditamos em você, querida. Depois de tudo o que aconteceu, você ganhou o direito de fazer alguma coisa do seu jeito. O assunto que quero conversar com você é outro – Maori falou.

– O que foi? Tem algo a ver com Esperanza?

A fantoche abriu um sorriso leve.

– Não, querida. A nenê está bem. É você que me preocupa.

– Estou bem.

– Se você diz. – Maori me olhou de cabo a rabo com os globos vazios de seu fantoche, buscando algo que pudesse exteriorizar a evidente contradição entre meu tom de voz e as palavras que deixavam minha boca. – Mas o que me preocupa é como você estará depois de tudo isso.

– Assim que estiver com a minha mãe tudo ficará bem.

– Seppi, você está prestes a enfrentar o maior obstáculo da sua vida. Está passando por um momento de transição que te modificará para sempre. A forma com a qual você enfrentará tudo isso será fundamental para modular a pessoa que você se tornará daqui para a frente. Se você for de fato a escolhida, e eu tenho certeza de que é, a hora de decidir quem você será pelo resto de seus dias se aproxima. E pelo Ser Superior, eu torço para que você faça a escolha correta.

Apesar de estarmos sozinhas, quem falava comigo era a menina segura pelas rédeas. Apesar de considerar uma intromissão os momentos em que Maori penetrava meus pensamentos com suas palavras etéreas, a visão da marionete falando por ela, enxergando por ela, provocava um calafrio em meu corpo, percorrendo minha espinha como um animal pegajoso e molhado.

– O que você teme, Maori?

– Que o ódio que existe dentro de você supere o que há de bom no seu coração.

As palavras eram pesadas, porém faziam sentido como um quebra-cabeça se encaixando.

– Mais alguma coisa? Gostaria de subir e ver Esperanza.

Maori voltou a falar, desta vez dentro da minha cabeça.

– *Faça isso, Seppi Devone. É muito importante que aproveite sua Esperanza antes de partir pela manhã.*

– Por que diz isso?

– A arma mais eficaz para combater o ódio é o amor. E é isso que seu coração deve carregar quando você partir amanhã. Muito amor.

Avistei Lália Boyrá de longe e minha primeira reação foi correr para abraçá-la. Apesar do carinho que Lamar havia me dado ao chegar à Fenda, ainda estava carente. Muito carente. Ela carregava Esperanza no colo. Os olhos abertos, arregalando-se ao cruzarem os meus, um leve sorriso esboçado em sua boca pequenina – ou, ao menos, o que eu acreditava ter sido um sorriso. Ela nunca esteve tão linda. A noite já estendia seu manto e a Lua brilhava lá fora, competindo por espaço com a iluminação artificial que acendia todo o desfiladeiro. Lália entregou-me a menina com cuidado, relatando com detalhes os melhores e piores momentos de sua experiência como ama de leite. A gratidão iluminando meu semblante foi imediatamente captada por Lália, que retribuiu com felicidade e satisfação, visíveis no rosto da jovem garota de pele vermelha e cabelos negros volumosos.

Ela se despediu de nós, deixando-nos a sós na caverna. Segui com Esperanza até o quarto, deitando-me na cama com ela. Nada de berço esta noite.

Apenas amor. Muito amor.

A preparação para nossa partida não levou muito tempo. Assim que me levantei, ainda cansada pela noite de sono intermitente por conta dos choros entrecortados de Esperanza, fui ao banheiro aproveitar a água quente. Não podia me despedir daquele lugar, partindo para um futuro incerto, sem, ao menos, experimentar aquela deliciosa sensação uma vez mais – talvez a última. Em pouco tempo, já estava vestida e pronta para deixar minha caverna. Lália apareceu de repente, dando um confortável e simpático bom-dia. A meu pedido, ela ficaria responsável por cuidar da criança durante minha ausência. Antes de sair, dei um beijo na testa empedrada de Esperanza, que ainda dormia inocentemente sob os lençóis brancos.

– Se algo acontecer comigo prometa que cuidará dela como se fosse sua própria filha.

– Não fale assim. Você ficará bem. Sei que vai ficar bem. Você é a nossa única esperança.

– Que o Ser Superior te ouça – rebati sem me alongar muito no assunto. – Mas saiba que está errada em uma coisa. Eu não sou a única esperança. – Direcionei minha cabeça para a criança repousando sobre a cama, e Lália entendeu imediatamente o significado dessas palavras.

– Eu cuidarei dela. Com todo o carinho.

– Sei disso. – Finalizei a conversa com um abraço apertado de despedida. No coração, uma torcida para que nos víssemos novamente.

Deixei a caverna e segui para a parte mais baixa da Fenda. Todos já estavam arrumados, prontos para partir em direção ao *meu* destino. Por um instante, achei irônica a maneira como os destinos de todos ali estavam entrelaçados. De alguma forma, no momento em que o cognito vislumbrou essa passagem no meu futuro, sem saber, também condenava tantas outras pessoas à mesma sina.

Lamar caminhou até mim. A boca segurando um sorriso disfarçado, buscando, talvez, confortar-me com a ideia de que tudo ficaria bem. Mas ninguém podia garantir isso. Nem ele, nem minha mãe, nem Maori. Nem mesmo o cognito.

A visão sobre o evento nunca fora completada. Nela, eu invadia um local – que hoje já sabíamos ser a Sede de Três Torres – em busca do Chanceler. O que acontecia depois que nos encontrávamos e as portas se fechavam não passava de uma grande dúvida. Muitos acreditavam que eu era a escolhida, mas a maioria nem sempre é determinante para decidir o rumo de uma história. E meu coração ainda não havia se posicionado acerca desse assunto. A única coisa certa era que, depois desse dia, eu não seria mais a mesma pessoa. E esperava que isso não significasse a simples mudança de *status* de "viva" para "morta".

– Estamos prontos, Seppi. Quando quiser partir – Lamar falou, as mãos sobre meus ombros.

– Vamos logo com isso, então – disparei.

Lamar olhou para Foiro, que fez um sinal com a mão, dando início à peregrinação até o topo da Fenda. Dezenas de pessoas aglomeravam-se em uma longa fila indiana, seguindo o enorme general para fora do desfiladeiro. Olhando de onde estava, parecia um número expressivo, mas sabia que esse agrupamento de homens e mulheres – trinta, mais ou menos – dificilmente seria suficiente para lidar com os percalços que certamente encontraríamos pelo caminho.

Maori também estava lá. Podia sentir todo seu foco despejado em mim, esmagando meus ombros com o peso de suas preocupações e perspectivas. E não podia ser diferente. Fui até onde ela estava.

– Nós vamos a pé?

– Há carroças e nosorogs preparados lá em cima para a viagem.

– Então isto é um adeus?

– Torço para que não – ela respondeu utilizando um tom mais sombrio do que eu esperava. – Apenas não se esqueça da nossa conversa de ontem. – O ar sério quase paralisando minha respiração.

– Não vou.

Depois, dei as costas a ela e segui para as escadas. A hora que todos esperavam, especialmente eu, havia chegado. Um misto de ansiedade e medo dominando o caldeirão de emoções dentro do meu peito. Ao atingir a metade da subida, minha cabeça latejou.

– *Prometa que sempre escolherá o amor.* – A voz de Maori falhando pela súplica.

Eu virei meu corpo na direção dela.

– *Eu prometo... tentar.*

8

Levamos um dia e meio até avistarmos a silhueta da Cidade Banida no horizonte. O tempo dispendido em cima da carroça havia poupado minhas pernas, mas massacrara minha cabeça com seu chacoalhar constante – a não ser que o uso indiscriminado dos meus poderes já começasse a deixar algumas sequelas indesejáveis. Apesar de Maori ter usado em nós o mesmo poder que utilizava para camuflar a entrada da Fenda, decidimos parar a alguns quilômetros de distância da cidade. Segundo ela, desde que não fizéssemos movimentos bruscos ou chamássemos muita atenção para o nosso grupo, todos nos veriam como um grupo de maltrapilhos famintos. Um disfarce que interagia muito bem com as fétidas ruas de Três Torres.

De cara, nossa maior preocupação eram as três torres espalhadas pelo perímetro da cidade. Numa altura superior a 20 metros, os guardas que nelas se posicionavam mantinham seus olhos abertos para qualquer coisa estranha, seus dedos íntimos do gatilho de suas armas apenas à espera de um comando para agir – como havia testemunhado logo que cheguei à cidade pela primeira vez.

Nosso plano era simples – isso se pudesse ser chamado de plano. Usando um graveto, desenhei um pequeno mapa posicionando a entrada da cidade, a localização exata das torres (apesar de visíveis) e o muro que abrigava a sede, nosso objetivo final. Estávamos em um número aproximado de 30 pessoas e, naturalmente, deveríamos nos espalhar pelas ruas da cidade para evitar chamar mais atenção do que o necessário, até nos vermos no ponto de encontro delineado no meu mapa improvisado. Foiro separou-nos em grupos de forma equilibrada, espalhando as forças homogeneamente. Três desses grupos seriam encarregados de escalar cada uma das torres e tomar o controle delas antes que iniciássemos nosso ataque surpresa. Os grupos de Lamar, Foiro e o meu foram os escolhidos para a tarefa, enquanto Indigo tinha a responsabilidade de levar os outros dois grupos restantes em segurança até o ponto de encontro.

Começamos a distribuir as armas que estavam jogadas dentro das carroças. Facas, arcos, bestas, bastões, espadas, pequenas foices, martelos, picaretas, clavas, machados. Tudo o que existia no mundo na arte de perfurar e contundir adversários havia encontrado, de um jeito ou de outro, seu caminho até nossas mãos. Distribuímos tudo de forma aleatória, exceto quando alguém pedia alguma arma específica com a qual se sentia mais confortável. Eu mesma agarrei um arco longo e uma aljava confeccionada com o couro de algum animal desafortunado. As flechas tinham o corpo de madeira e a ponta esculpida no marfim que compunha os longos e solitários chifres dos nosorogs.

Ao chegarmos à cidade, espalhamo-nos conforme combinado. A mim coube a tarefa de neutralizar a torre próxima ao Suíno Glutão, a mesma do incidente fatal quando vimos o Yuxari e seu cognito particular pela primeira vez. Segui com Diva ao meu lado – ela se recusou a me deixar sozinha comandando um dos grupos – e quatro outras pessoas. O andrófago Ravar, dois homens e uma mulher. Um dos homens tinha cabelos lisos totalmente grisalhos. Um queixo prolongado para a frente dava ao seu rosto um aspecto afunilado. Seus braços tomados por músculos que não combinavam muito com a idade denunciada pelo cabelo, como se tivessem juntado a cabeça de um senhor ao corpo de um adolescente. O outro homem tinha um ar mais jovial, porém um tronco franzino. Em caso de uma luta corporal, apostaria mais na mulher que nos acompanhava do que nesse sujeito. Ravar não portava armas, lutaria apenas com as mãos. Esse tinha sido o acordo. Os andrófagos seriam espalhados um em cada grupo e não carregariam armas. Sem problemas para mim, já que a única missão de Ravar ali era me apontar o comprador da minha mãe caso o encontrasse. Mantivemos o passo cadenciado, seguindo a recomendação dada por Maori para não chamar a atenção.

Caminhamos um par de quilômetros até passarmos pela base da torre. A área era toda cercada por uma grade de mais de 3 metros de altura, o que poderia não impedir nossa entrada, mas certamente desmantelaria nossos disfarces.

Tive certeza de que a camuflagem sugestionada por Maori funcionara no momento em que mãe e filhas cruzaram nosso caminho ao subirmos uma das ruas de terra batida. As meninas olharam Diva, abrindo largos sorrisos.

– Mãe, olha que lindo! – as duas gritaram em uníssono, indo até onde Diva se encontrava. Não sei qual tipo de imagem Maori havia usado sobre minha amiga totêmica, mas a reação receptiva das crianças dava a ideia de que era algo meigo.

Se não tivéssemos em uma missão tão importante, diria que a cena chegava a ser cômica.

– Crianças, não mexam no animal dos outros. O bichano pertence a esse senhor e não sabemos se é arisco – a mãe alertou.

Apesar de parte de mim estar deliciada com o episódio, não podíamos perder o foco da nossa missão. Além do que, para o bem ou para o mal, não deveríamos chamar a atenção.

– Cuidado, crianças. Ele está bastante doente. Não quero que o animal passe alguma coisa para vocês – eu disse.

A mãe afastou suas filhas do nosso grupo e seguiu seu caminho. Nós fizemos o mesmo. O evento serviu para que tivesse tempo de analisar um pouco a área protegida da base da torre. Havia dois homens circulando pelo local, protegendo a escada vertical que levava até o topo. Apesar de estarem bem armados e protegidos, os dois conversavam descontraidamente sem nenhuma preocupação no mundo. No lado leste da cerca, o telhado de uma casa se nivelava com o topo da grade, criando o ponto perfeito para uma invasão. Mas como subir no telhado de uma casa sem chamar atenção? Como fazer isso sem destruir nosso disfarce? A imagem das duas meninas piscou em minha mente. Depois, a voz da mãe sugerindo cautela com o *bichano*. Sim, era isso!

Eu me virei para minha amiga leoa. Apesar de continuar vendo-a como sua versão perigosa, a palavra usada pela mãe havia dado a pista necessária para nossa próxima ação. Se alguém poderia fazer aquilo sem levantar suspeitas, aquela pessoa – ou melhor, animal – era Diva.

– Você pode subir no telhado sem chamar atenção, Diva? – sussurei. – Eles a veem como um catus.

Quando ouvi o rugido de Diva no topo do telhado, um calafrio inesperado percorreu meu corpo. Por reflexo, tirei uma das flechas da minha aljava e armei meu arco na direção dos guardas. O coração, que batia disparado, foi se acalmando à medida que notei que ambos estavam olhando na direção da leoa sem o menor sinal de preocupação.

– Veja, Simon, um pequeno catus.

O que havia sido um rugido para mim não tinha passado de um pequeno miado para eles. O guarda chamado Simon deu dois passos na direção da cerca, fazendo um sinal receptivo para Diva com as mãos.

Se ao menos ele soubesse...

– Minha filha ia adorar um bichano como esse – o tal Simon disse.

– Vamos atraí-lo para cá, então – o outro sugeriu.

– Como?

Antes que qualquer um dos dois pudesse ter alguma ideia brilhante, Diva aproveitou a abertura para saltar para o lado de dentro da cerca, deixando os dois ainda mais concentrados em sua imagem angelical. Simon foi até ela, dando passos cautelosos a fim de não afugentar o futuro animal de estimação da filha.

Se ao menos ele soubesse...

O outro guarda manteve suas costas voltadas para o lado oeste da grade, oposto ao que Diva havia utilizado para chamar sua atenção. Olhei para o entorno, certificando-me de que não haveria testemunhas para minha próxima ação. Armei o arco e mirei a flecha por entre um dos inúmeros losangos que formavam a cerca de metal. Inspirei e expirei, diversas vezes. Nada melhor que a respiração para clarear a mente na busca por foco. Com a mão direita, estiquei a corda com delicadeza, enrolando meus dedos com força no fio de náilon até sentir a tensão prender minha circulação, esbranquiçando as juntas dos meus dedos. De leve, fui aliviando a tensão, deixando que a corda escapasse do meu alcance no seu ritmo. A flecha disparou silenciosa, rígida, inevitável. Voou livre por pouco menos de um segundo, repousando sua ponta de marfim afiada nas costas do guarda. Percebi o sangue escorrendo volumoso pela sua boca. Tinha atingido seu pulmão. O homem tentou falar. Nada mais que pequenos engasgos foram proferidos, fruto de uma garganta inundada por líquido vermelho. Ele se afogava em seu próprio sangue.

O corpo caiu no chão sem vida. O barulho foi suficiente para chamar a atenção de Simon. O guarda apagou de imediato quando a pata camuflada de Diva acertou-lhe em cheio o rosto. Sua filha nunca veria seu animal de estimação... ou o pai vivo novamente. Mirei o arco para cima, com medo que o barulho tivesse chamado a atenção do nosso alvo principal, o atirador no topo da torre. Tudo parecia normal. Com a ajuda de Ravar e do homem grisalho, escalei a cerca, tentando fazer o mínimo possível de barulho. Acomodei o arco nas minhas costas e sinalizei para Diva, seguindo direto para a longa escada vertical. Comecei a escalar os degraus com cautela e agilidade – cautela para que não fosse percebida por um eventual transeunte ou pelos próprios guardas das outras duas torres, e agilidade para que o homem acima de mim não me pegasse antes que terminasse minha escalada. Se isso acontecesse, meu final seria certo.

Como será que estavam os outros grupos agora?

Levei pouco mais de um minuto para chegar ao topo, onde uma pequena abertura permitia acesso ao espaço onde ficava o atirador. Ouvia os passos lentos do homem no chão, logo acima de minha cabeça, mas não poderia dar mais do que um chute sobre sua localização. Se ele me visse saindo pelo buraco teria tempo suficiente para lidar comigo da forma que bem entendesse. Ergui a cabeça um pouco, elevando-a até a altura certa para que meus olhos visualizassem alguma coisa. Meu corpo tremeu quando o pé do guarda quase atingiu minha orelha. Por sorte, ele estava de costas, o que me permitiu descer um par de degraus e fugir de seu campo de visão. Continuar com essa estratégia seria muito arriscado. Só não estava estatelada no chão, metros abaixo, por mera sorte. E, para mim, sorte nada mais era do que um aviso da vida para que determinada coisa fosse feita de uma outra maneira. Mentalizei a imagem de Diva.

– *Preciso de sua ajuda para distrair o guarda* – comuniquei-me com ela telepaticamente.

Apesar de Diva não ter respondido, sabia que ela havia me escutado. Pude vê-la parada lá embaixo, olhando para a rua através da grade de metal. Um grupo de três mulheres surgiu ao norte, descendo em nossa direção. Em pouco tempo passariam por onde ela estava. Diva moveu o corpo de maneira esguia, buscando distância para impulsionar um salto. Ela moveu-se com rapidez, apoiando-se em uma caixa de madeira que estava do lado de dentro da grade, usando-a como suporte para chegar mais uma vez ao telhado. Quando as mulheres se aproximaram, Diva saltou na direção delas com voracidade. Os gritos das três ecoaram pela noite, que já caíra na Cidade Banida – Diva tinha propositadamente quebrado sua camuflagem e deu um rugido que, apesar de não ter sido tão alto, foi suficiente para captar a atenção do guarda. Os passos apressados em cima da minha cabeça deixaram clara sua posição. Subi com agilidade, ficando em pé antes que ele sequer notasse minha presença. O homem já empunhava sua arma, apontada para baixo, travando a mira no alvo. Apesar da longa distância, o histórico mostrava que o espaço entre ele e sua presa era menor do que eu gostaria. Armei meu arco mais uma vez.

– Não se mova! – ordenei, mantendo um tom firme e severo. – Largue a arma e vire-se para cá.

O homem paralisou por alguns instantes, surpreendido com o anúncio vindo de sua retaguarda. Por um segundo, imaginei que ele havia acatado todo meu comando. Infelizmente, ao girar seu corpo, percebi que ele decidira obedecer apenas à segunda metade do meu comando. Então disparei a flecha.

A flecha acertou a garganta do guarda. O homem já havia provado ser bom usando a mira de sua arma; infelizmente, para ele, eu também era com a minha. Ele largou a comprida arma de ferro no chão, os dedos imóveis, quase sem energia para o mais simples dos movimentos. A mão segurava a garganta tentando conter o vazamento. As manchas rubras cobrindo a pele denunciavam seu insucesso. Ouvi o homem se engasgando, sufocado em si mesmo. Os olhos negros abandonaram as órbitas, deixando em seu lugar apenas um pálido vazio. O tronco, já sem força e equilíbrio, pendeu para trás com força suficiente para que o homem rodasse sobre a mureta e despencasse para o chão, deixando a gravidade fazer seu trabalho.

Corri até a beirada, olhando para baixo. Consegui ver a silhueta do guarda estatelada no solo, sem vida. Diva mantinha-se do lado de fora da grade, perto de onde havia assustado o grupo de mulheres. Perto dela, Ravar, os dois homens e a mulher que compunham nosso grupo. Uma coisa chamou minha atenção. Mesmo com toda a minha habilidade, não sei se seria capaz de atingir uma pessoa no meio da rua àquela distância.

Olhei para o chão da torre e vi a arma de metal repousando no chão à espera de um novo dono. Tinha um acabamento de madeira prensada na base, que seguia desde o gatilho até a parte de trás da arma. Em cima, um longo cano cromado e fino apontava para frente. Sobre esse cano, um cilindro negro, com uma lente redonda de cada lado – intuí que fosse um dispositivo para ajudar na mira. Coloquei a parte de madeira contra o meu ombro, buscando sustentação. O gatilho assemelhava-se muito ao das bestas usadas durante minhas caças – apesar de sempre ter sido mais adepta do arco tradicional. Quando aproximei meus olhos ao cilindro com lentes, quase caí para trás.

Ergui os olhos assustada, tentando imaginar como Diva havia chegado aqui em cima tão rápido. Mas ela não estava ali. Olhei outra vez pela lente e tive novamente a impressão de que Diva estava a centímetros do meu rosto. Podia ver seus olhos, seus dentes afiados, a língua que vez ou outra bailava pela boca, amaciando-a. Agora as coisas começavam a fazer sentido. Com uma mira dessas, errar seria uma tarefa muito difícil, quase tão difícil quando errar o copo ao tentar enchê-lo. Até que uma imagem veio clara na minha cabeça. O mesmo guarda que havia atirado em um dos homens brigando na frente do bar, e que agora repousava inerte no chão lá embaixo, tinha errado o disparo efetuado contra mim antes de ser conduzida para a prisão-labirinto. Como isso tinha sido possível com uma arma dessas? Especialmente por alguém que já havia provado sua habilidade? Chacoalhei as dúvidas para longe da minha cabeça. Coisas muito mais importantes aconteciam naquele momento.

– *Diva, junte os outros e permaneça fora de visão até eu descer. Quero me certificar se os outros grupos estão bem.*

A leoa moveu o grupo na direção de uma pequena rua adjacente. Conversar telepaticamente com Diva sempre foi algo natural para mim, quase tão natural quanto falar com uma pessoa. Já com humanos, a ação demandava bem mais concentração e energia.

Peguei a arma comprida e segui para o outro lado da torre. Se a mira permitia que visse Diva tão de perto, me ajudaria a verificar como andavam as coisas nas outras duas torres. Primeiro foquei na torre à minha direita, a mais próxima da Sede. Achei prudente lidar com ela primeiro. Coloquei meus olhos por trás da lente e direcionei a mira. A torre estava vazia. Mirei a escada, tentando enxergar o que se passava embaixo, na área gradeada, mas algumas construções bloqueavam minha visão. Decidi que o fato de não haver um guarda patrulhando a torre possivelmente significava mais uma coisa boa do que ruim e parti para a próxima torre, que estava posicionada na mesma linha que a minha, como se as três fossem vértices de um grande triângulo urbano.

Firmei os olhos na mira novamente, só que, desta vez, paz e tranquilidade tinham sido trocadas por uma movimentação intensa na parte de cima da torre. Dois homens travavam uma disputa física, disparando golpes e chutes um no outro. O guarda mantinha-se de frente para mim e o outro me oferecia suas costas. De repente, em um movimento súbito, ambos mudaram de posição e percebi que o homem que enfrentava o guarda era Lamar. Os dois batalhavam pela arma e, consequentemente, pelo controle sobre o outro. Tentei colocar o guarda sob a mira da minha arma, mas a disputa corpórea impedia que ele permanecesse parado tempo suficiente para alvejá-lo. Não arriscaria um disparo sem estar certa de que a bala não atingiria Lamar. Ainda mais sem nunca ter manuseado uma arma como aquela. Isso ficou mais claro quando esbarrei sem querer em um botão no lado esquerdo da mira especial. Uma luz vermelha incidiu para frente, cortando o ar como uma gigante agulha rubra. Pude ver a luz percorrendo o corpo do guarda, depois o de Lamar. A mesma luz que tinha surgido sobre o corpo de um dos brigões em frente ao bar.

Sim! Ela servia para dar ainda mais precisão ao tiro!

Eu tinha que ter certeza de que meu tiro atingiria somente um deles, e uma ideia irrompeu do nada, vinda das profundezas do meu inconsciente.

Mantive a posição, com a arma apontada para a torre. Fechei os olhos, buscando concentração. Torci para que minha conexão com Lamar facilitasse o processo. Talvez por isso conversar com Diva fosse tão mais simples. Tentei uma vez, sem resposta. Uma segunda, terceira, quarta vez. Nada.

Preste atenção em mim! – gritei protegida pelo manto silencioso da telepatia. Abri meus olhos e vi no rosto de Lamar que ele tinha me ouvido. Suas mãos ainda disputavam a arma com o guarda, mas seus olhos percorriam todos os lugares. Ele estava procurando por mim.

– Lamar, sou eu, Seppi. *Não tenho tempo para explicar, por isso apenas ouça. Quando vir a pequena bola vermelha sobre seu peito, ajoelhe e coloque as mãos sobre a cabeça.*

Direcionei a luz vermelha até ele, torcendo para que tivesse me ouvido. Não demorou muito para que ele desistisse da disputa, erguendo as mãos. Depois, postou-se de joelhos, colocando-se em posição de rendição. Lamar estava agora sob o controle do oficial e esse era exatamente o meu plano. O guarda reconhecia aquela luz e deduziria que Lamar estava sob a mira de um companheiro em outra torre. Ele virou-se para mim, dando as costas para Lamar e acenando na minha direção. O sorriso inicial foi trocado por um semblante assustado ao notar que a mira carmesim apontava, agora, para ele.

O olhar de desespero do guarda encheu meu peito de conforto e meu dedo de coragem. Apertei o gatilho, descobrindo que aquela arma e o meu eterno arco não eram assim tão diferentes.

Com Lamar a salvo e o guarda caído, apressei os passos em direção à escada, acomodando a arma, que tinha uma alça, nas minhas costas. Desci os degraus da forma mais rápida possível, sem me esquecer da cautela. Tudo que não precisávamos agora era a escolhida terminando seus dias abraçada ao chão empoeirado fazendo companhia ao homem que há pouco despencara dali. Assim que meus pés tocaram o chão, vi Diva e os outros encostados à parede suja de uma casa de alvenaria. A sombra da noite os envolvendo.

– *Você está bem?* – A voz de Diva ressoou dentro da minha cabeça.

– Estou ótima. Vamos! Temos que encontrar os outros no ponto marcado.

A resposta criou olhos arregalados nos outros quatro. Havia esquecido que somente eu era capaz de ouvir a voz da minha amiga quando utilizava seus trajes animais. Pensei em explicar, mas preferi deixar passar. Tínhamos muita coisa para fazer e pouco tempo para fazê-las. Virei para os dois rapazes que, agora, usavam os uniformes dos guardas abatidos.

– Não sei se a camuflagem de Maori ainda está funcionando depois de toda essa bagunça, então vocês dois vão caminhando um de cada lado conosco no meio. Se alguém perguntar algo ou disparar um olhar desconfiado, somos prisioneiros que estão sendo conduzidos para a prisão subterrânea. Se isso não os enganar, ao menos nos dará tempo suficiente para pensar em alguma coisa e agir. Tome minha arma – eu disse para o homem grisalho e musculoso. – Ela vai dar mais credibilidade à nossa história se for preciso.

O homem empunhou a arma e assumiu um semblante sério e carrancudo. Se dependêssemos só disso, não teríamos problema pelo caminho, ainda mais com um andrófago caminhando entre os "presos". Começamos a andar na direção do local combinado, tomando algumas ruas menores e becos paralelos sempre que possível. Por melhor que fosse nossa encenação, a melhor opção seria evitar qualquer contato.

Por duas vezes, achei que nosso disfarce seria descoberto, a primeira quando curiosos embriagados caminhavam em nossa direção, cantarolando e chamando atenção. Uma pequena viela, metros antes, permitiu que nos escondêssemos ali, mixados às sombras. A segunda vez, um pouco mais complicada, ocorreu ao cruzarmos com uma pequena patrulha de quatro oficiais. Eles nos pararam, perguntando aos guardas que nos conduziam onde estávamos indo. O homem franzino permaneceu quieto enquanto o senhor grisalho explicou a eles que seguíamos para a prisão-labirinto.

– A essa hora da noite? – um deles perguntou mais curioso.

– Ordens são ordens – o homem grisalho limitou-se a dizer.

– E esse animal? – ele perguntou, com o cenho franzido. – O que vai fazer com ele?

Eu havia me esquecido completamente que Diva tinha quebrado sua camuflagem. A partir da hora que ela se expos, todos a veriam como ela realmente era. Uma leoa. O homem grisalho pareceu se engasgar entre as palavras, sem saber direito o que falar. Eu intervi.

– Por favor, senhor oficial. Não deixe que levem meu animal para a casa do Chanceler. Ele nunca fez mal a ninguém – disse, lembrando que, durante minha fuga da Sede, as duas felinas negras de estimação do Chanceler tinham me ajudado a escapar. Minha aposta era a de que os dois aceitassem a ideia de que o Chanceler estava à procura de novos bichanos de estimação. Eles pareceram satisfeitos com a minha resposta e seguiram sua patrulha pelas ruas imundas da Cidade Banida.

– Cale-se, garota! – um deles disse antes de partirem.

Nós prosseguimos no caminho oposto, aliviados por evitar um novo conflito. Somente ao parabenizar o homem grisalho reparei que ainda não sabia seu nome. Bernard, ele se limitou a responder. Não perguntei mais nada e seguimos calados, pelo resto do nosso percurso.

O receio de sermos os primeiros a chegar ao local não se justificou. Pelo contrário. Na verdade, fomos os últimos. Foiro, Lamar e as outras duas equipes já se encontravam no local, ávidas para seguir em frente. Sorri ao perceber que Lamar também vestia a roupa de um dos oficiais. Havíamos tido a mesma ideia. Ele também carregava a arma do oficial.

– Obrigado, Seppi – ele falou, assim que me viu. Queria abraçá-lo com força. A ideia me abandonou quando notei todos aqueles olhares nos cercando.

– De nada – repliquei, tentando disfarçar uma indiferença mais do que, talvez, devesse.
– Como faremos agora?

– Venham comigo – Foiro disse apontando para mim e Lamar. – Os outros permaneçam aqui e quietos! Fiquem de olho na escória! – ele completou, indicando os andrófagos.

Nós três seguimos escorados pela parede da casa, que nos dava cobertura, corpos dobrados, protegidos pelo breu da noite. Chegamos até uma rua mais larga e bem iluminada. Dali, podíamos enxergar grande parte do muro que cercava a residência do Chanceler de Três Torres.

– Enquanto vocês caminhavam como lesmas para cá, tive a oportunidade de fazer o reconhecimento do lugar. Aquela torre ali, mais à esquerda, é o melhor ponto para começarmos nossa pequena invasão. Alguns de nós pulam o muro, lidam com o que tiver que lidar e, depois, abrem o portão para os outros.

– Você é louco? O local é recheado de guardas. Além do mais, todas as guaritas devem estar ocupadas, mesmo que pareçam vazias daqui de baixo. Como vamos escalar o muro sem que nos vejam? – Lamar perguntou.

Balancei a cabeça, concordando.

– Um de vocês vai usar essa arma especial para acertar o guarda que ocupa a guarita mais afastada, caso ele apareça. Enquanto isso, eu e o outro de vocês dois vamos escalar o muro e abrir o portão.

Foiro explicou o plano como se conversasse com dois idiotas completos. Refleti se sua experiência não o deixara um pouco arrogante demais. Entretanto o plano arriscado parecia ser a única forma, em curto prazo, de conseguirmos atingir o objetivo, já que derrubar aquele portão seria uma tarefa impossível sem um par de hipomorfos, além de barulhenta demais. Ele apenas esquecera de um detalhe.

– E como você pretende escalar o muro, se posso lhe perguntar?

Ele apontou para a longa corda, amarrada à sua cintura. Uma das pontas presas a um gancho de metal, tipo um anzol gigante. Os olhos de Foiro tomados por um entusiasmo juvenil que não combinava com seus traços gastos.

– Isto responde sua pergunta? Agora, mãos à obra!

Permaneci desse lado com a mira apontada para a guarita. Claro que o ponto vermelho serviria de grande ajuda para uma eventual necessidade, mas um feixe de luz rompendo o breu noturno não seria a melhor forma de conseguirmos êxito no anonimato. Não demorou muito para que Lamar e Foiro estivessem do outro lado do muro. Como já havia disparado a arma, fui escolhida para ficar para trás, empunhando meu novo brinquedinho. Para a nossa sorte – minha, especialmente –, não havia ninguém na guarita. Ainda lembro o momento exato em que Lamar, já apoiado na parte de cima, virou-se para mim, dando um sorriso na minha direção que, dependendo dos próximos acontecimentos, poderia se tornar uma melancólica despedida.

Eles sumiram de vista e eu retornei até onde o restante do grupo aguardava com Indigo. A garota, curiosamente, manteve-se quieta. Sem gracinhas, insinuações ou provocações. Medo e angústia podiam ser assim mesmo, implacáveis. Aproximei-me dos guerreiros andrófagos que permaneciam encostados contra uma parede, um ao lado do outro. Diva encarando-os.

– Não se esqueçam, se algum de vocês tentar fugir, o cérebro de todos pagará o preço. – Eles me fitaram com olhos assustados e, ao mesmo tempo, desconfiados. – Sei que não é fácil acreditar naquilo que não podem ver, mas pensem em seu rei quando tiverem alguma ideia idiota – finalizei.

Dei dois passos para a frente, até Indigo. Ela permanecia concentrada no portão, arma em punho, pronta para a batalha. A tensão em seu rosto era visível e eu ponderei se seria capaz de ouvir seus batimentos cardíacos apenas fechando meus olhos. Mas, assim como ela, eu não podia fazer isso naquele momento. E o motivo era simples. Irônico imaginar que duas pessoas tão diferentes como nós poderiam gostar do mesmo cara. Por um segundo – e nem um milésimo a mais – tive vontade de segurar sua mão e dividir com ela a angústia daquela espera.

Abra o portão, Lamar. Pelo Ser superior, eu lhe imploro. Abra o portão.

Não sei se ele ouviu realmente meu pedido, mas no minuto seguinte o enorme portão que separava a Sede de Três Torres do resto da cidade se abriu, revelando as entranhas da grande mansão. Lamar e Foiro pareciam bem, acenando para que seguíssemos até eles.

Eu virei para os quatro andrófagos.

– Você vem comigo. – Apontei para Ravar. Precisava dele no caso de encontrar a pessoa responsável pela compra da minha mãe. – Vocês três seguem com o restante do grupo, sob as ordens específicas dela. – Indiquei Indigo, que retribuiu com um breve aceno de cabeça.

Pouco antes de abandonar o refúgio das paredes e lançar-me à exposição das ruas, voltei a encarar os guerreiros canibais.

— Sintam-se livres para encherem seus estômagos lá dentro. Apenas cuidado com a má digestão. A carne é de péssima qualidade.

Ainda esgueirando-me, segui na direção do portão.

Fui até Lamar, dando um apertado abraço nele quando nossos corpos se encontraram. Dessa vez, não me importei com os olhares nos encarando, um deles em especial, fuzilando-nos. Pensei em me afastar, mas desisti.

Danem-se os outros! Eu não sou a escolhida? Deixem que olhem!

— Há algo de errado por aqui. Não vejo guardas em lugar nenhum — Lamar ponderou assim que nos afastamos.

— E isso é ruim por quê? — A pergunta de Gnarl fez com que os olhos de Foiro espremessem em desprezo. Não sabia se pela questão em si ou pelo fato de ele ser o que era.

— Não lhe parece estranho que o local mais cercado em toda a cidade não tenha um só guarda patrulhando a área? Olha a quantidade de guaritas e não há ninguém nelas. Isso não lhe diz nada? Fico surpreso como vocês *canibais* conseguem sobreviver.

— Simples. Graças a uma dieta especial — Gnarl respondeu, mantendo a cabeça erguida em desafio. Foiro deu um passo à frente e eu intercedi, colocando-me no meio.

— Parem com isso! Esse é o momento para lutarmos com os outros, não entre nós! Foiro tem razão. Estivemos aqui antes e isso estava repleto de guardas. Algo não está certo. Porém não temos alternativa a não ser seguirmos em frente.

Foiro voltou a falar.

— Sugiro que a gente siga pelo jardim até os fundos da casa. Caminharemos perto do muro. Se isso for uma emboscada, manteremos as costas para a parede e evitamos um ataque pelas costas.

Todos concordamos. Na atual conjuntura, tínhamos, de fato, apenas duas opções: ir em frente ou ir em frente. Agrupamo-nos perto da parede de concreto que murava a casa, tentando fugir da pequena luz que cortava a escuridão da noite. Se estivessem nos esperando, nossas silhuetas ficariam visíveis; caso contrário, dificilmente nos veriam.

Foiro fez um sinal com a mão para que parássemos. Dois guardas — os primeiros que vimos até então — conversavam no enorme jardim, próximo de onde eu e o cognito havíamos simulado nossa batalha. Foiro fez um sinal para que Indigo o seguisse, e os dois esgueiraram-se o máximo que puderam pela escuridão até chegarem perto dos dois alvos.

— *Não é esse o caminho. Vocês não vão conseguir sozinhos.* — A voz familiar surgiu na minha cabeça. A mesma voz que já havia me ajudado a sair dali antes. O cognito.

— *O que quer dizer com isso?* — mentalizei.

— *Eles os estão esperando. Vocês precisam de ajuda e só há um lugar para isso.*

— *Que lugar?*

— *Você tem que levá-los para o outro lado.*

— *Para onde?*

– *Para a entrada da casa. Ela está aberta.*
– *Por quê?*
– *É lá que eles estão, Seppi. Salve-os e eles poderão ajudá-la.*

Algo se acendeu em meu cérebro, como a luz artificial que brilhava à noite na Fenda. Estaria ele se referindo aos outros como Esperanza? Os mesmos que tinham motivado minha vinda para lá? Ainda assim, uma dúvida atormentou meus pensamentos.

– *Por que eu confiaria em você?*
– *Eu te ajudei a fugir uma vez* – o cognito respondeu.
– *E eu ainda não entendi a razão daquilo.*
– *Eu a ajudo por um simples motivo, Seppi Devone: sou eu quem irá matar você hoje. Ninguém mais.*

A resposta tempestuosa escureceu e retumbou como um trovão em meu coração. O tom simplório e assustador fez com que o sangue em minhas veias congelasse, calafrios galopando meu corpo. Sabia que podia confiar nele por saber que ele falava a verdade. Seu objetivo era me ajudar, apenas para, depois, matar-me. A imagem de Foiro e Indigo penetrou minhas pupilas. Eles se aproximavam dos guardas e eu disparei na direção deles. Precisava impedir que agissem. Parei no gramado cobrindo meus olhos quando dezenas de luzes fortes como o Sol foram apontadas na direção dos dois. Indigo e Foiro fazendo o mesmo.

Só então percebi o Chanceler. Seu rosto tomado por um semblante de êxtase.

– Seja bem-vinda de volta, garota.

Os enormes feixes de luz apontados para nós espremeram minhas pupilas até o ponto em que considerei se voltaria a enxergar. Com o tempo, a visão foi se adaptando ao novo obstáculo e meus olhos concentraram-se exclusivamente naquele homem repugnante sentado à minha frente. Uma dezena de arqueiros espalhavam-se pelo teto da Sede, apontando suas flechas em nossa direção, enquanto outras dezenas de soldados ocupavam o resto do jardim, pressionando-nos contra o muro da casa.

– Que bom que esteja de volta, menina. Espero que tenha sido para devolver o que roubou de mim – o Chanceler falou. O corpo inclinado para a frente, as mãos logo abaixo do queixo.

– Não sei do que está falando – respondi, contendo minha língua para a sucessão de adjetivos que gostaria de tonar públicos. Não podia disparar minha língua quando a vida de tantas pessoas estava em jogo. Circulei meu olhar pelos homens e mulheres da Fenda e o que vi foram semblantes acanhados e amedrontados, feito o animal ciente de que está prestes a ser abatido.

Lamar e Foiro impassíveis.

– Ora, ora, ora, menina. Seus pais não a ensinaram que mentir é feio? Você deixou minha casa levando algo de minha propriedade e eu a quero de volta – o Chanceler afirmou, inclinando o corpo ainda mais para a frente.

– Já disse que não sei do que está falando – limitei-me a dizer.

– Ah, não? Então devo pressupor que não foi você a garota que fugiu da minha casa carregando minha filha em seu colo?

Filha? Filha? Não...

– Esperanza é sua filha?

– Quem diabos é *Esperanza*? – ele perguntou, cenhos franzidos.

– A criança que carreguei daqui comigo – afirmei, achando desnecessário esconder a verdade.

– Você deu nome àquela coisa? – O tom enojado da última palavra colocando em brasa todos os poros do meu corpo.

– Eu sei o que é ter um pai como você e garanto que vou fazê-lo pagar por cada atrocidade feita com ela.

A minha voz saiu mais fria e calma do que imaginei. Se algo queimava minhas entranhas, pulsando em forma de ódio por aquele homem vil que mantinha sua expressão jocosa, por outro lado, uma tranquilidade imensa mantinha minha racionalidade, meu foco e minha concentração. Para o azar dele.

Fechei meus olhos e trouxe à mente a imagem de um cadafalso. Sobre ele, o Chanceler, com uma corda no pescoço. Nessa minha visão, o alçapão abre, assim como meus olhos. Apesar dos acessórios da minha visão terem desaparecido, o meu desejo continuava lá. O Chanceler cobria o pescoço com as mãos, tentando deter um agressor invisível que o estrangulava. As pessoas a sua volta correram em sua direção na tentativa vã de socorrê-lo. O Chanceler não balbuciava uma só palavra, apenas alguns engasgos e barulhos irreconhecíveis. A certa altura, talvez ciente de que suas mãos eram impotentes para impedir a asfixia, direcionou o dedo para mim. O rosto vermelho parecia a ponto de explodir, e à medida que sua mão me dedurava, os engasgos vindos de sua boca tornaram-se mais estrépitos desesperados.

Apesar dos olhos arregalados, minha concentração atingia um limite quase inédito. Até que algo passou rente ao meu rosto, fincando-se no gramado atrás de mim. Um arqueiro notou a mensagem subliminar enviada pelo Chanceler, disparando uma flecha na minha direção. O objeto pontiagudo não me feriu, mas quebrou a minha concentração. Perdi o controle sobre o Chanceler. Pior de tudo, sobre sua voz.

– Matem todos eles! – ele gritou com a pouca força que lhe restava, ainda alto suficiente para que todos o ouvissem.

Nós apenas empunhamos nossas armas e mantivemos as costas para o muro.

Em poucos segundos, tudo virou um caos. Flechas voavam sobre as nossa cabeças, atingindo o muro atrás de nós ou enfincando suas pontas afiadas em nossa carne. Nem um minuto havia se passado e já podia observar dois dos nossos caídos no chão, os olhos esbugalhados e sem vida, o peito, antes arquejante, agora inerte e oco, apenas cuspindo para fora o líquido vermelho que antes corria pelo corpo.

As flechas, entretanto, não eram o único problema. Nem de longe. Enquanto éramos atacados pelo alto, não podíamos desgrudar os olhos das espadas que cortavam o ar em nossa direção, ávidas por perfurarem nossa pele e atravessar nosso corpo. Foiro e Lamar posicionados à frente, lutavam contra uma dezena de oponentes, desviando de golpes e contra-atacando de forma implacável e certeira, estendendo um tapete de guardas sem vida sob seus pés banhados de sangue inimigo. Lamar tinha estilo e habilidade com a arma inquestionáveis. Sua espada girava em todas as direções, bloqueando golpes, desarmando adversários e atacando com perfeição. Vi o momento no qual jogou o corpo para o lado, evitando um ataque por trás, e enfincou a espada na garganta de seu agressor, que caiu no chão já com as mãos rubras ao apertar o pescoço. De longe, Lamar parecia dançar ao ritmo mórbido dos metais, um balé real pela vida. Um exímio lutador.

Foiro, por sua vez, havia esquecido a graça no berço. Sua maior característica durante a batalha, sem dúvida alguma, era a força. O homem de músculos invejáveis desferia golpes contundentes contra a cabeça de seus adversários, muitas vezes derrubando mais de um por vez. Temi por sua vida quando um grupo de pelo menos seis soldados conseguiu aglomerar-se sobre ele, levando-o ao chão. Alguns segundos se passaram até que Foiro renascesse das cinzas, alguns ferimentos espalhados pelo corpo, jogando um par de soldados para o alto e derrubando os outros a socos e pontapés. Em seguida, agarrou um dos guerreiros caídos e começou a girar o corpo do homem desfalecido pela perna, em alta velocidade, como se quisesse arremessá-lo para fora dos muros que cercavam a Sede. Em vez disso, utilizou-o como arma humana, acertando e derrubando meia dúzia de outros oficiais que não conseguiam atingi-lo com suas armas perfurantes ou contundentes. Um exímio aniquilador.

Mesmo com a presença desses dois grandes guerreiros do nosso lado, o número de oponentes parecia crescer na proporção de dois para cada um que caía. As flechas continuavam voando em nossa direção, formando uma chuva pontiaguda e mortal. Precisávamos deixar o jardim e seguir para um terreno onde a luta pudesse ser mais justa. Lembrei-me da voz do cognito em minha mente: – *Para a entrada da casa. É lá que eles estão, Seppi. Salve-os e eles poderão ajudá-la.*

Sim, precisávamos seguir para dentro da casa. Corri pelo jardim, aproximando-me de Lamar e Foiro. Permaneci agachada, usando o corpo de um oficial caído como escudo para as flechas.

– Precisamos seguir para o outro lado! Rápido!

Os dois, apesar da intensidade da batalha, colocaram parte de sua atenção em mim, demonstrando terem ouvido meu apelo.

– Ir para onde, garota? – Foiro vociferou enquanto defendia um golpe que tentara acertar sua cabeça.

Pensei em contar a eles sobre minha conversa particular com o cognito, mas era inútil no calor da batalha. Precisava de um motivo mais sólido, mais crível, para convencê-los a seguir o que meu coração dizia estar certo.

– As flechas estão acabando com a gente. Temos que buscar cobertura!

O meu grito ecoou pelo ar, penetrando seus ouvidos e despertando neles algum tipo de clareza. Ambos estavam tão focados em exterminar seus agressores que não haviam reparado nos corpos aliados caídos em combate. Oito, no total. Pude ver o lamento brotando nos olhos de cada um enquanto a imagem dos corpos perfurados por flechas esparramava-se pelo carpete esverdeado do jardim. Exceto pelo andrófago, que pareceu trazer um pouco de satisfação a Foiro.

Os olhos de Lamar fixaram-se em mim.

– Você tem razão, Seppi. Temos que sair daqui... Agora!

Corremos em direção à entrada da Sede, enfrentando um ou outro guarda pelo caminho. Olhando para trás, pude contar pelo menos mais três corpos de pessoas do nosso grupo no chão. Nenhum deles andrófago. Apesar de seres execráveis, os outros três pareciam saber como se comportar em uma disputa. Indigo também se mantinha em pé. Confesso que uma parte minha chegou a lamentar esse fato; já outra parte parecia lamentar a minha lamentação. Podia não morrer de amores por ela, mas ali, em meio ao choque de forças, Indigo lutava ao meu lado, o que fazia dela uma aliada. Especialmente porque a batalha nem bem havia começado e já tínhamos perdido um terço de nossas forças, o que significava que não poderia me dar ao luxo de perder alguém com sua capacidade por questões pessoais.

Segui na frente, com Indigo e os andrófagos logo atrás de mim. O restante do grupo vinha depois, com Lamar e Foiro finalizando a nossa linha de aliados e mantendo os guardas que nos perseguiam fora do nosso alcance. Vi quando Gnarl girou o corpo após o ataque de um dos oficiais, colocando-se atrás do homem e desferindo um golpe fatal em sua garganta. Nada que devesse chamar muita atenção durante um momento como aquele, não fosse por um simples detalhe: a arma de sua escolha foram seus próprios dentes. Virei o rosto quando o observei arrancando um filete de carne da garganta do adversário, mastigando-o como Diva faria com uma presa sua. Repugnante, mas eu havia prometido a ele seus "espólios de guerra".

Conforme havia anunciado o cognito, a porta da frente da casa estava aberta.

– Rápido! Por aqui! – anunciei.

Corremos para dentro do pequeno corredor iluminado que, se me recordava bem, levava ao *hall* com a enorme piscina. Posicionamo-nos atrás da porta, fechando cada vez mais o espaço, a fim de evitar que nossos inimigos também entrassem na casa por aquele ponto. Mesmo dentro da Sede, era interessante mantermos nossas costas contra alguma coisa sólida. Um a um, fomos entrando na casa, até a hora em que apenas Lamar e Foiro permaneciam no lado de fora.

– Vá, garoto! Agora! – Foiro gritou, girando um enorme machado de duas pontas. O movimento fez com que o grupo de guardas se afastasse, permitindo a ele também passar pela porta.

Foiro passou pelo vão, colocando-se imediatamente contra a porta. Apesar do nosso esforço, não conseguimos fechar a porta a tempo e inúmeros braços e pés impediam-nos de fechá-la totalmente.

– Não vamos conseguir mantê-los do lado de fora – Foiro advertiu. – Temos que lutar!
– Não! – A voz cansada denunciando meu esforço. – Precisamos mantê-los do lado de fora!
– A porta está cedendo! – Lamar gritou. – Preparem-se!

Até que a porta se fechou. O estrondo machucando meus ouvidos. De uma hora para outra, toda a força que dispendíamos não era mais necessária. Mas o rosto de cada um deles sabia que não fora o esforço em conjunto que havia levado ao sucesso. Havia sido outra coisa.

– Por que não fez isso antes? – Indigo perguntou com seu jeito delicado e agradecido de sempre.

– Não fui eu que fiz isso – respondi.

– Então quem foi? – Lamar perguntou

Eu tinha um ótimo chute, mas preferi continuar calada.

– Não faço a mínima ideia. Só sei que, independentemente de qualquer coisa, não podemos ficar parados aqui.

– A garota tem razão, precisamos continuar em frente. Não podemos parar até cumprirmos nossa missão aqui. – Forio virou-se para mim, um ímpeto decidido em seu olhar. – E ter certeza de que você cumpra a sua.

Fiquei parada, sem saber o que dizer. Antes que qualquer coisa pudesse surgir em minha cabeça, o guerreiro brutamontes partiu na direção do interior da casa. Outros o seguiram e eu fui ficando para trás.

– O que eu faço agora? – A voz sussurrada planejava encontrar alguém que não estava ali.

– *Desça as escadas. Ajude-os.*

Andei para dentro da casa, procurando pelos degraus que me levassem ao piso inferior. Não me lembrava de tê-los visto da primeira vez em que estive ali. Ao chegar ao *hall* da piscina, meus companheiros já travavam uma nova batalha. A piscina, antes repleta de belas mulheres seminuas, agora dava lugar a um sem-número de guardas usando armaduras demais. O ferro protetor que os envolvia deixava a luta bastante injusta. Corpos sem vida boiavam dentro da piscina, rostos afundados na água sem a necessidade da busca por oxigênio.

Mais um andrófago havia caído, uma lança presa ao corpo. Dos quatro, apenas Gnarl e Ravar permaneciam em pé. Foiro continuava liderando a peleja, enfrentando seus oponentes de igual para igual. Meu coração acelerou quando vi um par de degraus à esquerda, seguindo para o andar inferior. Agarrei Ravar e corri escada abaixo, pulando os degraus de três em três. Tinha pressa. Por mais que aquela fosse a coisa certa a ser feita, precisava voltar logo e ajudar meus companheiros na luta contra os oficiais. A escada terminou em um corredor estreito, iluminado apenas por uma tocha. Lá havia uma porta. Respirei fundo e corri até ela.

Antes que pudesse girar a maçaneta, meu corpo tremeu ao som de uma voz surgindo atrás de mim.

– O que você está fazendo? – Lamar descia as escadas nas pontas dos pés, segurando a espada com as duas mãos, pronto para se defender de qualquer ataque surpresa. Ele pousou um olhar desconfiado em Ravar. – Já falamos sobre você ficar sozinha com um deles, Seppi. É perigoso.

– Eles estão aqui – eu afirmei, mudando de assunto e fazendo sinal para que ele diminuísse o ímpeto na voz. – Tenho que libertá-los.

– Eles quem?

– As outras crianças. É para isso que estamos aqui.

– Como você sabe que eles estão aí?

– Eu apenas sei. Confie em mim.

A minha resposta pareceu satisfazê-lo. Havia muitas coisas inexplicáveis circundando a minha vida e Lamar já tinha aprendido a não as questionar ou lutar contra elas. Se eu dizia que tínhamos que entrar ali, então era exatamente isso que ele faria. Algo que, sem dúvida, tornava-o ainda mais interessante. Ao seu lado, eu não tinha a necessidade contínua de me explicar ou me justificar. E em um oceano encorpado de tensão, um pouco de leveza sempre era bem-vinda.

Lamar tomou a frente, indicando que eu preparasse meu arco. Sua mão se atracou à maçaneta e a porta se abriu. Trouxe meu braço direito para trás, esticando a corda do arco e fechando um dos olhos para mirar à minha frente. Ele abriu a porta por completo e entrou no recinto com a espada empunhada. Dei dois passos para a frente, seguindo-o. A iluminação precária impedia-me de ver direito o que ocorria lá dentro, mas sem impedir que visse o rosto pasmo de Lamar. Ele se virou para mim, queixos caídos, olhos arregalados.

– Pelo Ser Superior... Que tipo de lugar é este? – A voz veio pesada como um lamento fúnebre.

Só então entrei na sala.

Não foi fácil descrever o que estava atrás daquela porta. Perto das imagens que banhavam meus olhos naquele momento, Esperanza não passava de uma criança normal. Celas gradeadas espalhavam-se pelos dois lados do recinto, presas às paredes de pedra. Cada uma abrigando uma ou mais pessoas – ou seria melhor dizer criaturas? Assim como Esperanza e sua pele empedrada, todos ali tinham algum tipo de deformação ou mutação física gritante. Todos eles tinham se colocado contra a parede, curiosamente mais assustados com a nossa presença do que o contrário.

Sem querer, encarei um jovem garoto à direita. Metade do seu rosto preenchido por traços humanos, enquanto a outra metade era tomada por um aspecto avermelhado demoníaco, com dentes pontiagudos e um longo canino solitário que ultrapassava o lábio inferior. Na cabeça, fios de cabelo também ocupava apenas a parte humana de seu couro cabeludo, enquanto o restante era ocupado por enormes calombos disformes que preenchiam toda a área da sua testa à nuca. A mão direita, assim como todo o restante da sua metade alterada, com a pele avermelhada áspera e enormes garras que pareciam capazes de rasgar um ser humano ao meio, caso fossem usadas com esse intuito.

Um pouco mais à frente, outra pessoa encolhida sob a sombra pesada que absorvia sua cela chamou minha atenção. Com tronco e pernas visíveis, os seios sobressalentes já denunciando o gênero – se bem que, mesmo com eles, eu havia conseguido passar anos vivendo como um garoto – e a pele suave e lisa evidenciando a pouca idade. Pescoço e rosto escondidos pelo breu, que funcionava como um grande cobertor. Mas à medida que caminhei pelo corredor, o falso cobertor foi se apagando com a luz das tochas suspensas na parede, revelando algo que fez meus olhos formigarem. Apesar de um rosto aparentemente normal, havia algo de errado com sua boca. Os lábios inferiores e superiores haviam sofrido uma dezena de pequenos cortes visíveis. Ao perceber meus olhos nela, a garota saltou na direção da grade, um pulo leve e ágil, segurando a barra de ferro com as mãos. Sua boca abrindo em uma dezena de partes, que se moviam de forma independente, todas tomadas por pequenos e pontiagudos dentes brancos. Saltei para trás, armando meu arco e mirando nela a flecha. Da boca da menina surgiu uma longa e fina língua rubra com ponta bifurcada, esticando-se por vários centímetros à frente. Ela saía e voltava para a boca em movimentos rápidos e aflitos. Uma voz sibilante rompeu o silêncio parcial, levando-me a gastar alguns segundos para entender o que ela dizia.

– Isssssooooo... Mateeee-meeee... Sssssiiimmmm...

Abaixei o arco, apontando a flecha para o chão. Estranho como somos capazes de matar aqueles que lutam pela vida, mas algo parece nos impedir de fazer o mesmo com aqueles que nos imploram isso.

– Você ouviu isso? – Lamar sussurrou na minha direção.

Acenei que sim e seguimos ainda mais cautelosos pelo corredor. Passamos por diversas outras criaturas, o tempo escasso demais para "admirar" todas. No final dele, uma passagem no meio da parede nos convidava ao outro recinto. Lamar encostou na parede, movimentando o pescoço para a frente com cuidado até que os olhos pudessem captar alguma coisa. Ele mexeu a cabeça negativamente e sinalizou para que seguíssemos para o outro recinto. Com a mira feita, adentrei a sala na ponta dos pés. Estava vazia de pessoas, mas a bainha de uma espada repousava tranquila no chão, próxima a uma porta. Apesar de fechada, podia ouvir gemidos sufocados do outro lado. Meu coração disparou, enchendo meu corpo de angústia.

Um novo grito abafado fez com que a coragem restante em mim falasse mais alto e eu agisse por impulso, invadindo a sala sem esperar por Lamar ou Ravar. Entrei, apontando o arco para todos os lados. Um garoto estava deitado em uma maca de metal, e assim como os outros nas celas, seu corpo já tinha algumas transformações evidentes. A pele esverdeada e grossa, uma cauda longa brotando por entre as nádegas, lembrando-me uma versão aperfeiçoada dos animais rastejantes que convivi na floresta. Pés e mãos amarrados, boca amordaçada – o que explicava os gemidos abafados. Ele demorou um pouco para notar minha presença. Apesar da boca tampada, seus olhos expressaram com sucesso o terror que sentia, só não sabia dizer se por mim ou por quem quer que o tivesse colocado naquela situação.

Provavelmente os dois.

– Fique calmo – tranquilizei-o, ao dar passos curtos em sua direção. – Estou aqui para ajudar você, não para te machucar.

A criatura olhou para mim e depois voltou sua atenção para uma segunda porta no outro canto da sala. No mesmo instante, dois homens romperam por ela. Um deles vestia o mesmo uniforme dos oficiais que pertenciam à guarda do Chanceler. O segundo usava um jaleco todo branco – exceto por algumas esporádicas manchas vermelhas. Nas mãos, uma seringa com uma agulha grossa e comprida.

– Muito bem, garoto. Você não vai sentir nada. Será rápido e indolor, eu... – Ele parou de falar quando viu meu arco apontado em sua direção, no centro da sala. – O que está fazendo aqui? Você não pode estar aqui! – O homem de jaleco advertiu.

– Eu é que pergunto isso. O que você está fazendo com essas crianças?

Antes que pudesse responder, o oficial pulou na minha direção com espada em punho. Tive tempo de disparar a minha flecha, mas ela bateu no centro da armadura e ricocheteou para o lado. Tentei armar o arco mais uma vez, mas os pés do homem acertaram meu peito, jogando-me para trás. Ele segurou o cabo da espada com as duas mãos, empunhando-a na direção do meu peito. Girei para o lado e ouvi o barulho do encontro entre o aço da espada e o chão de pedra. Ele continuou vindo na minha direção, dificultando as possibilidades de eu usar meu poder e fazendo com que eu rolasse meu corpo até bater na parede da sala. Estava encurralada.

Ele se aproximou de mim devagar, certo de que a briga havia terminado. O sorriso de vitória em seu rosto desapareceu quando o vermelho brotou de seus lábios. Ele só percebeu o prejuízo quando a espada de Lamar já tinha atravessado seu abdômen pelas costas. Ele caiu sem vida no chão. Levantei-me sem nem o agradecer por salvar minha vida – haveria tempo para isso mais tarde –, correndo até onde estava meu arco. Notei o homem com a seringa na mão apressado para injetar a agulha no pescoço da criatura verde presa à maca. O garoto chacoalhava o corpo e gemia sob o lenço que tampava sua boca. O seu desespero falhando na tentativa de comover o homem de branco. A agulha já penetrava a pele esverdeada do garoto-réptil quando minha flecha atravessou a mão do malfeitor. Ele gritou, movendo o corpo para trás e deixando a seringa cair no chão.

– Maldita! Você não sabe o que está fazendo! – ele gritou. – Temos que acabar com eles! Com todos eles!

Em vez de responder, fechei meus olhos. Sem alguém pulando sobre mim tentando cravar uma espada em meu peito, a busca pela concentração e pelo foco tornava-se brincadeira de criança. O homem agachou usando a outra mão para pegar a seringa caída. O movimento parecia relutante, como se não ocorresse por sua vontade própria. E não ocorria. *Acontecia pela minha.*

– O... que... você está... fazendo? – O homem falou, enquanto tentava com todas as suas forças evitar que sua mão sã levasse a seringa até seu pescoço.

– O que já deveria ter sido feito há muito tempo.

A agulha penetrou a pele por baixo do queixo. Engasgos longos e sufocados saíram da boca do homem de branco. Seus olhos perdendo cor e vida, dando lugar a um branco pálido e inerte, assim como o jaleco que vestia. Até que seu corpo despencou no chão.

Corri até o homem e chequei seu pulso. Nada. Tomei a flecha presa em sua mão e coloquei-a de volta na aljava. Depois, segui até o rapaz de pele verde preso à maca de metal. Tirei a mordaça de sua boca e as cordas de suas pernas e braços. Ele olhava assustado para mim. Mesmo acabando de salvar sua vida, podia ver em sua expressão o medo corroendo suas entranhas. A única coisa que aquele garoto queria fazer era correr para bem longe dali.

Para bem longe de mim!

Isso me chamou a atenção, mas não por muito tempo. Cada segundo desperdiçado significava a possibilidade de mais um companheiro perder sua vida no confronto que ocorria sobre nossas cabeças, e não podia deixar que isso acontecesse. Não quando carregava todo esse poder comigo.

– Você está livre, garoto – eu disse. – Não tem nada a temer conosco aqui.

Apesar das palavras, o menino verde permaneceu encolhido, afastado. Seu rabo eriçado movimentando-se de um lado para o outro por cima da cabeça.

– Não podemos perder tempo. Vamos libertar logo os que faltam e voltar para ajudar os outros lá em cima – Lamar afirmou. A pressa acelerando sua voz.

Estiquei a mão até o garoto, ainda encolhido. Não levou muito tempo para ele ceder e tocar a palma da minha mão com sua pele áspera e esmeralda. Trouxe-o para perto e seguimos até o salão com as celas. As outras crianças e jovens aprisionados moveram-se até a frente de seus respectivos cubículos, curiosos e confusos.

– Abram todas as celas!

Ravar obedeceu e logo todos os espaços estavam abertos. Ninguém saiu. Espantei-me com o poder do tempo sobre o espírito humano. Podemos nos acostumar com qualquer coisa caso tenhamos tempo suficiente para isso. Não restavam dúvidas de que todos ali dividiam, naquele espaço, experiências ruins, regadas a dor e a crueldade. Agora, dois estranhos apareciam para ofertá-los o bem mais precioso, a liberdade, e, ainda assim, de alguma forma, o medo do desconhecido os limitava.

O que poderia ser pior que aquilo? A morte? Tenho minhas dúvidas.

Aqueles jovens e crianças tinham marcas de sofrimento visíveis no corpo – fora as que ramificavam na alma e eram impossíveis de serem vistas –, mas, por algum motivo, ainda temiam que as coisas pudessem piorar.

– Temos que ir! Venham... Prometo que estarão seguros comigo.

Ofereci minha mão para a menina que há pouco havia clamado para que a matasse. A morte podia ser uma espécie de liberdade, mas o que eu oferecia a ela agora era um tipo de libertação muito mais tangível. Notei seu semblante mudando quando a garota deu passos na minha direção.

– Não faça isso, Lizzza – o garoto meio demoníaco bradou. – É um truque!

— Não é um truque. Não farei mal a nenhuma de vocês. Prometo.

O garoto me fuzilou com olhos de poucos amigos. Era a primeira vez que algum deles fazia isso.

— Você fez essa mesma promessa ao Gustaf?

Eu franzi o cenho, tentando entender sobre o que ele falava.

— Quem?

— Gustaf. O nosso amigo que você matou! — A voz dele subiu alguns degraus em intensidade.

— Você está enganado. Eu não matei nenhum amigo seu.

Ele se aproximou de mim, relutante, mas com mais voracidade no olhar.

— Então você quer me dizer que foi outra pessoa que explodiu a cabeça dele naquela maldita arena?

— Arena? Do que você está...

Ah, não, pelo Ser Superior! Não me diga que... Não pode ser...

O garoto percebeu a expressão perdida em meus olhos. Meu semblante nocauteado por uma verdade que chegava sem piedade, consumindo minha alma feito um fogo ardente. Como aquele monstro poderia ser um garoto? A postura do menino cresceu à medida que a minha se encolhia, enfraquecida pela mudança do meu estado de espírito.

— É isso mesmo. Quando você matou aquele monstro, você executou um de nós. É para isso que eles nos mantêm aqui. Para isso que testam essas coisas na gente. Somos apenas entretenimento, nada mais. Aberrações sem futuro.

Eu fiquei encarando o garoto, ainda com a imagem do kraken... digo, Gustaf, piscando na minha frente. Eu tinha matado uma criança inocente; talvez não na casca, mas certamente por dentro.

Malditos! Malditos!

— Eu não sabia. — A voz escapou vazia de força e volume. — Me desculpe.

— Não é a mim que você tem que pedir desculpas. É para o Gustaf. Só que você não pode fazer isso, pode? A menos que possa conversar com o outro lado.

— Cale a boca, 50%! Deixe ela em paz! — ordenou a menina da boca picotada.

— Ela tem que ouvir isso, Lizzza! E vocês também, se pensam em seguir com ela.

Lamar deu dois passos, acolhendo-me em seus braços. Sentir o seu coração batendo acelerado trouxe algum alento. A imagem da criatura sem cabeça no Sablo latejava em minha cabeça, exceto que, agora, o corpo do monstro fora substituído pelo corpo de um menino. Gustaf.

— Seppi, não se abata com isso. O garoto já tinha sido tomado pela criatura. Era ele ou vocês. Deixe isso para lá agora. Temos que nos recompor e ajudar nossos companheiros. Você não é culpada. Pelo contrário. Veio aqui para libertá-los e punir os responsáveis por isso. — Ele ergueu meu queixo com sua mão, em um movimento contínuo e delicado, até que nossos olhos cruzassem seus caminhos. A força em suas pupilas injetando energia dentro da minha alma ferida. – Então cumpra a sua missão, liberte-os. Sem você não conseguiremos seguir. É por acreditar em você que todos estão aqui.

Ele tinha razão. Não era a hora para lamentos. Era o momento para mudar tudo, para evitar que outros sofressem o mesmo destino dessas crianças, inclusive o garoto meio humano, meio...

Ah! Por isso 50%.

Ergui meu corpo e mantive-me ereta.

– Eu matei seu amigo. Agora sei disso e não posso fazer nada para mudar o que já aconteceu. Mas todos vocês sabem que eu não tive opção. Ainda assim, assumo minha responsabilidade. Entretanto tenho outra responsabilidade agora, a de me certificar de que ninguém mais tenha o destino dele. – Olhei para todos. – Me certificar de que não tenham o mesmo destino de vocês. Por isso estou indo lá para cima agora, ajudar meus companheiros a conquistarem esse objetivo. Entendo todos que não quiserem nos ajudar. Vocês são livres para tomarem suas próprias decisões. Apenas quero deixar claro que precisamos de toda a ajuda que pudermos conseguir. Sonhar e conquistar são verbos separados por apenas uma coisa: atitude. Estou disposta a agir por vocês, mesmo que vocês não estejam.

Vi um largo sorriso estampado no rosto de Lamar. Falar com o coração nunca pareceu tão fácil. Eu me virei e saí correndo para a escada que me levaria ao andar de cima sem olhar uma só vez para trás. Mas com a certeza de que todos eles me seguiam.

Voei pelos degraus da escada. A cada passo dado, uma fome insaciável brotava dentro de mim, consumindo cada energia armazenada em meu corpo. Muitos conhecem essa fome por outro nome: ódio. O desejo de vingança tomou conta de mim enquanto as imagens daquelas crianças passavam como *flashes* de memória em minha mente. Especialmente Gustaf. Seu corpo acéfalo caído no chão arenoso do Sablo espetando cada nervo do meu corpo, trazendo junto uma dor insuportável. E a cada novo passo crescia dentro de mim a certeza de que aquilo acabaria ali.

Rompi para dentro do corredor que levava ao salão principal, onde todo o barulho metálico de espadas se cruzando reverberava pela casa. A piscina agora engolia os corpos inertes de amigos e inimigos com o tom rubro de suas águas onduladas. Mirei meu arco no primeiro oficial que vi na frente. Ele atacava uma aliada com a força e o ímpeto necessários para fazer frente a um par de adversários mais robustos do que ela. As penas da flecha deslizando pelo meio dos meus dedos, esperando a energia necessária para aventurar-se pelo ar em direção ao seu mais novo alvo. A ponta ainda avermelhada pelo ferimento causado na mão do homem de jaleco branco parecia clamar por mais, sedenta pelo vício inebriante do sangue.

Ou seria eu a viciada?

Testemunhei o momento exato em que o homem desarmou a mulher, jogando para longe, em um longo movimento circular, a espada que ela carregava. Ele ergueu os braços, convicto da vitória. Minha flecha voou, indômita, rasgando o ar em uma velocidade impossível para os olhos humanos. Só sossegou quando achou o conforto da jugular do oficial. Uma expressão de surpresa atingiu o rosto dos dois combatentes. Até que um largo sorriso se formou no rosto da mulher ao perceber o que acabara de acontecer. Seu inimigo caía, sem vida, no chão. Ela pegou a espada de volta e sem pensar duas vezes, enfiou-se no meio da batalha à procura de um novo oponente e, talvez, mais sorte.

Inspirada pela bravura da mulher fiz o mesmo, disparando flecha atrás de flecha na direção de todos que estivessem colocando a vida de meus amigos em perigo. Pude ver quando Foiro girou seu machado de dupla face por cima da cabeça para, depois, com a mão direita, esticá-lo na direção de seus oponentes, decepando um par deles pelo caminho. Os corpos vazios de vida e cabeça trouxeram de volta a imagem de Gustaf. Mesmo atormentada pelos fantasmas do passado, ainda fui capaz de acertar a lateral do rosto de um dos oficiais com outra flecha. Seu grito rompeu o ar com o tom agudo e pesaroso de quem sabia que ia morrer.

– Venha, Seppi! Temos que subir!

Lamar irrompeu por trás de mim, correndo em direção à escada curvilínea que levava até o segundo andar da casa, de onde havia visto o Chanceler sair na primeira vez em que pisamos neste solo profano. Virei-me para trás e observei aqueles que havíamos acabado de libertar lutando lado a lado conosco. Uma dezena deles. Vi quando o garoto de pele verde girou seu corpo com força, usando seu enorme rabo áspero para derrubar, inconscientes, no chão, três adversários ao mesmo tempo. Testemunhei o momento em que Lizzza espetou sua língua bifurcada na mão de um dos oficiais, avermelhando sua pele instantaneamente e fazendo o homem urrar de dor, paralisar, cair e morrer. Encarei 50% no segundo exato em que suas garras coletavam as entranhas de um oponente. De longe, avistei o corpo caído de Gnarl, uma enorme cratera aberta no meio de seus olhos, vazios de essência. Ao lado dele, ainda em pé e contando com uma energia invejável, Petrus digladiava contra um dos oficiais, girando a espada por cima da cabeça com força e agilidade, forçando-o para trás, ataque após ataque, até o momento exato em que uma finta de corpo fez com que sua espada fosse apresentada ao pulmão do homem.

Todos ali lutavam por mim, elo que acreditavam que eu poderia fazer. Mas, por segundos, eu vacilei. Perdi-me em pensamentos limitantes que me levaram para longe do cerne da batalha. Dúvidas aflitivas permeando minha mente com suas membranas e tentáculos negros, aprisionando-me em uma cela invisível ao lado do meu maior medo: o de decepcionar cada um daqueles que arriscavam a sua vida ali. Sabia que o tempo era curto e que nossos adversários muitos, ainda assim, o pavor do fracasso parecia enraizar meus pés no chão, impedindo qualquer movimento, transformando a possibilidade de frustração em certeza.

Pensei ter ouvido meu nome sendo gritado, distante, anêmico, como o chamado que se perde no ar antes de alcançar o seu destino. Lembrei-me de minha mãe e da possibilidade de não a ver mais. Pensei em meu pai – não exatamente nele, mas na figura que havia criado para aquele homem vil e desprezível – e em como, apesar de tudo, algo em mim ainda clamava por sua aceitação. Pensei em Maori e na Fenda, e no novo rumo tomado pela minha vida. Ouvi meu nome sendo chamado mais uma vez. Agora, mais insistente, lúcido. Uma voz que lembrava a de minha mãe.

Será?

Mais um chamado. E outro. E outro. Cada vez mais potente, claro, persuasivo. Até que um novo grito finalmente me despertou, levando meus olhos a encarar a ponta afiada de uma flecha. Abri o campo de visão e percebi o arqueiro inimigo focado em minha direção. Talvez por saber quem eu era, talvez apenas uma escolha aleatória, sua flecha apontava ansiosa para mim. Seus olhos brilharam e seus dedos escorregaram pela corda do arco, liberando a flecha para cumprir sua trajetória até mim. Respirei fundo, apenas pensando na ironia de morrer pela mesma arma que tantas vezes me salvara a pele. Exceto que isso não ocorreria. Ao menos, não para mim. Um corpo saltou à minha frente, tomando para si o meu final... a minha liberdade.

Olhei para o chão e lágrimas de surpresa preencheram meu rosto. Indigo estava lá, com uma flecha encravada no peito.

Seus olhos ainda estavam abertos. A respiração fraca. As pupilas encolhidas denunciavam a fragilidade do seu estado, como se o cérebro já estivesse sendo bombardeado por informações do sistema nervoso avisando que o fim se aproximava. Indigo mexeu a boca, soltando não mais que um suspiro. Apesar de opaco, seu olhar mantinha-se firme em mim, tentando gravar cada detalhe do último rosto que veria nessa vida. Só me percebi chorando quando uma lágrima acertou em cheio sua testa.

Uma pergunta poluindo meu pensamento.

– Por quê? – O tom choroso, a boca tomada por saliva. – Por que fez isso por mim? – repeti, agora em um volume mais alto e incrédulo.

Ela continuou me encarando de forma resoluta, apenas desviando sua atenção quando uma tosse recheada de sangue eclodiu, manchando nós duas de vermelho. Segurei sua nuca, já percebendo as forças saindo do seu controle. A boca de Indigo voltou a se mover e, dessa vez, as palavras vieram mais lúcidas.

– Eu... eu não... gosto... de você... – ela começou. Uma parte do meu cérebro chorava enquanto a outra refletia *grande novidade*. Evitei despejar nela uma expressão descontente, afinal de contas, uma flecha repousava em seu peito por minha culpa, o que lhe dava o direito de fazer e falar o que quisesse. Ela prosseguiu. – Isso... não quer... – Ela tossiu e mais sangue jorrou. – ... dizer que... que... não acre... dito em... você.

A frase veio como um soco no estômago, levando o gosto de bile direto para a minha boca. Um enjoo forte me atingiu e, por alguns segundos, achei que fosse despejar tudo que havia em minha barriga no rosto da minha salvadora. Durante todo esse tempo, pensei que Indigo me odiasse, quando, na verdade, ela apenas via as coisas de um jeito diferente. Na hora h, Indigo tinha feito por mim o mesmo que seu pai fizera anos atrás. Pai e filha encurtando suas vidas por mim. A atitude irrompeu uma pergunta na minha cabeça, tão sutil quanto uma manada de bizons: *e se, na hora h, os papéis estivessem invertidos, teria eu me jogado na frente daquela flecha?*

Essa era uma pergunta para a qual eu nunca saberia a resposta. Muito menos Indigo. Quando olhei para baixo, ela já tinha nos deixado.

Repousei a cabeça de Indigo no chão com cuidado. Parte de mim não queria deixá-la ali, sozinha, mais uma vítima anônima da guerra aos olhos de outra pessoa. Faria com que fosse honrada, admirada. Todos saberiam do seu sacrifício supremo. Porém, antes disso, Indigo seria vingada. Fogo já se alastrava pelas longas cortinas brancas da mansão, infestando o *hall* sustentado por pilares de mármore com uma fumaça negra e tóxica. Atravessei meu caminho até a longa escada curvilínea. Joguei meu corpo sobre um oficial que agredia um de nós caído no chão. Agarrei a espada que ele havia deixado cair, desferindo-lhe um golpe fatal.

– Venha! Precisamos continuar lutando! – falei, esticando a mão para o companheiro caído.

Cheguei ao degrau de cima e um grupo de três guardas postou-se em meu caminho. Espadas, lanças e maças apontadas para o meu rosto. Apesar de toda a minha coragem e ímpeto, sabia que as chances de lidar com três adversários seria pequena sem os meus poderes. Olhei para trás em busca de ajuda ou de um plano, e pude ter ainda mais noção da magnitude do que estava acontecendo. Pelo *hall*, diversos núcleos de batalha haviam se formado. Amigos e inimigos caídos, banhados em seu próprio sangue, ao mesmo tempo em que amigos e inimigos permaneciam em pé, banhados pelo sangue dos outros. Um verdadeiro caos bélico.

Com todos ocupados em suas pequenas batalhas, voltei a atenção para a que estava prestes a cair sobre mim. Ainda com a espada do guerreiro caído na mão, corri na direção dos meus adversários, os olhos recheados de pura ira.

– Não! – Uma voz eclodiu do lado direito da escada tortuosa. – Você não pode enfrentá-los! Sua missão é outra, Seppi!

– O Chanceler está lá em cima. Eu tenho que subir! – respondi a Lamar.

– Não se preocupe, você irá subir!

Ao lado de Lamar estava Ravar e outro homem. Os três urraram, partindo na direção dos oficiais que bloqueavam a passagem, sem temerem por suas vidas. O barulho bélico do metal colidindo no ar anunciou uma disputa acirrada.

– Corra! Agora!

Obedeci ao comando, passando imaculada pela pequena disputa que tomava os degraus da escada. No topo, um pequeno *hall* de pedra servia como antessala para uma enorme porta de madeira com formato de ferradura. Trancada. Não levou muito tempo para que Lamar estivesse ao meu lado.

– Onde estão os outros? – Uma feição amarga postou-se no rosto dele. Nada mais precisava ser dito. – Oh, Deus! O que estamos fazendo aqui? Todos estão morrendo. E por quê?

Lamar pegou-me pelo braço, chacoalhando toda e qualquer dúvida para longe dali.

– Você sabe muito bem o porquê. Todos que estão aqui sabiam do risco que corriam. Vieram dispostos a dar a própria vida para que sua missão fosse cumprida. Agora, afaste-se. Vou arrombar a porta.

Encostei na parede ao lado, testemunhando cada golpe de espada na madeira maciça da porta. Lá embaixo, os gritos ecoados pelo salão borbulhavam meus pensamentos, atormentando-me para encontrar uma solução rápida e, assim, acabar com aquelas mortes desnecessárias.

Seria a violência a melhor forma de conseguirmos o que queríamos? Ou estávamos cometendo os mesmos erros de nossos antepassados quando a humanidade quase se extinguira?

Espantei o pensamento ao perceber que a dezena de golpes de Lamar havia causado pouco mais que leves arranhões na madeira da porta. Sabia que o inimigo tinha o tempo jogando a seu favor. Quanto mais demorássemos, mais cresceriam as chances de insucesso. Empurrei-o para o lado antes que mais um golpe inócuo fosse desferido.

– Deixe comigo! – ordenei, fechando os olhos e me concentrando.

– Não! Você não pode fazer isso! – ele gritou.

– Olhe lá para baixo. Quanto tempo acha que temos? Quanto tempo acha que eles têm?

Ele pareceu compreender meus motivos, mas, ainda assim, ofertou uma última tentativa.

– Você pode morrer se usar demais o seu poder, Seppi. Não sabemos o que nos espera lá dentro. Você tem que economizar cada pingo de força que ainda tem – ele advertiu.

Abri os olhos, aproximando-me dele. Coloquei a mão em seu rosto com uma ternura que jamais imaginaria poder sentir por alguém. Estar com Lamar me fazia bem, elevava meu espírito e, apesar de todas as dificuldades e provações, não me recordava de um único momento em que estivesse tão plena quanto agora.

– Minha vida não vale mais do que a de ninguém – disse apontando para os companheiros caídos no *hall* do andar de baixo. – Vocês me tratam como algo superior, Lamar, mas, no fundo, eu sou igual a vocês. Muitos perderam suas vidas aqui hoje e seria uma honra juntar-me a eles. – Minha mão tocando o calor do seu rosto.

– Tenha cuidado – ele murmurou. Os olhos inundados. – Demorei muito para encontrar você.

Aproximei meus lábios dos dele, colando-os por não mais que um segundo. Não sabia qual seria o resultado daquela noite, se, ao final dessa batalha, estaríamos vivos ou não, Lamar e eu. Apenas torci para que esse beijo, apesar de breve, ficasse eternizado em sua memória.

– Não se esqueça de mim, OK?

– Nunca, Seppi. Nunca!

Sorri ao perceber que meu peito se enchia de um amor que nunca pensei ser possível. Sem dizer mais nada fechei os olhos. Em pouco tempo, meus cabelos voavam para trás, acompanhando o vento circular que vinha de lugar indefinido. Meu corpo tremia como se estivesse congelando às margens do Rio Poke durante o inverno rigoroso dos Confins. Aos poucos a consciência foi dando espaço a um vazio escuro que me jogou em uma espécie de limbo mental. Isso durou até que a porta do quarto se abriu, lentamente, estendendo a mim um convidativo tapete vermelho. Lá dentro, o Chanceler estava sentado na cama, vestido com uma túnica dourada, coberta por um manto vermelho. Na cabeça, uma longa coroa de tecido ornamentada por pedras preciosas e pérolas.

Entrei no quarto, olhando para Lamar uma última vez. Ele tentou se jogar para dentro do aposento ao perceber a porta se mover. Mas já era tarde demais.

Eu estava sozinha. E, do meu nariz, já escorria um filete de sangue.

A porta bateu atrás de mim, deixando para fora toda a sensação de caos e destruição. Curiosamente, dentro daquele quarto, meu coração foi invadido por uma sensação contraditória de paz e tranquilidade, como aquele que caminha na direção de um furacão apenas para descobrir a serenidade que existe dentro do turbilhão que o envolve. O que sentia tinha um motivo muito simples. Esse era o meu destino. O momento que havia moldado toda a minha vida – e a vida de tantos outros. Desde o segundo em que aquele cognito apropriara-se do meu futuro, todas as atitudes e ações que cercaram minha existência ocorriam com dois únicos propósitos: impedirem-me de chegar aqui ou conduzirem-me até aqui.

E, agora, ali estava eu, cumprindo a profecia sentenciada anos atrás, radiante pelo simples fato de que, dali por diante, nem eu, nem qualquer outra pessoa, tinha noção do que meu futuro reservava a mim. Recebia, de bandeja, a benção da imprevisibilidade. E essa era a melhor parte. Eu passava a ser pessoa normal, assim como todas as outras – deixando de lado alguns "pequenos" detalhes, claro. E assim era a vida. Muitos normais desejando ser especiais, enquanto especiais buscavam apenas a normalidade. Eu que o diga. Os garotos alterados como Esperanza também. A normalidade, assim como nossa respiração, não passava de um dom despercebido, só valorizado quando perdido. Mas nada disso importava naquele momento. Enfim, havia chegado a minha chance de *respirar*.

Levei um tempo para notar que não estávamos sozinhos. No canto direito do aposento, sentado em uma cadeira preta ao lado de um longo espelho, estava o Yuxari. O corpo e o rosto cobertos pelo longo manto negro, apenas olhos e parte do nariz em evidência. Seu cognito particular junto a ele. Os dois me fitavam com a mesma serenidade que havia sentido ao entrar na sala, o que não impediu a temperatura da minha espinha de cair alguns graus.

– Seja bem-vinda! – o Chanceler disse. O sorriso escancarado na face e uma pele lisa ausente de preocupações. – Suponho que esteja aqui para me matar. – Ele completou com descaso, levando um cálice de bebida para Yuxari.

Eu não disse nada. Ele voltou a falar.

– O que é isso? Está surpresa, menina? Realmente achou que eu não sabia de nada, garota? – O Chanceler deu uma longa gargalhada, fechando a expressão do rosto logo em seguida. Seu olhar parecia revolto como as águas de um mar tempestuoso.

– Eu poderia tê-la matado durante sua primeira visita, garota. E teria feito isso, não fosse pela intervenção do nosso querido Yuxari. Ele me explicou a razão pela qual a ajudou a fugir, e a importância de seu destino ser selado aqui, neste lugar e neste momento. Parece-me, minha cara, que você tem um fã. – O Chanceler bebeu o líquido em seu cálice. – Tudo indica que sua menina prodígio perdeu a língua na batalha, meu caro Yuxari.

– Eu posso falar, só não tinha visto motivo para desperdiçar palavras com alguém como você. Agora, já que insiste tanto, vou aproveitar para responder à pergunta que me fez há pouco. Sim, eu estou aqui para acabar com a sua vida, seu verme!

A expressão do Chanceler fechou-se enquanto o peso de minhas palavras martelava seus ouvidos. Depois, um novo sorriso artificial, de quem tenta passar um estado de espírito fingido, formou-se em seu rosto.

– Uau! Agora eu entendo o que vê nela. – O Chanceler virou-se para o Yuxari. – Ela é realmente especial. A escolhida, certo? A cumpridora do destino, como muitos insistem em chamá-la. Mas em meio a toda essa orgia de violência, uma pergunta me aflige desde que essa história toda rompeu a superfície do nosso conhecimento. Se ninguém falasse sobre seu futuro, estaria você aqui na minha frente agora?

– Do que você está falando? – perguntei.

Ele riu.

– Eu sei que pode parecer confuso, mas é bastante simples. Você acha que estaria frente a frente comigo, neste exato momento, se inúmeras pessoas não a tivessem conduzido para cá acreditando que este encontro era inevitável? – Ele olhou para o lado, aparentemente orgulhoso de sua pergunta idiota.

Eu sabia que iria me atormentar muito dali em diante...

– Você tornou esse encontro inevitável na hora em que decidiu transformar crianças em monstros para sua própria diversão – retruquei, não dando o braço a torcer. Meu rosto fervia a ponto de quase cuspir lava.

– Você é atrevida, hein, garota? Tenho que dar esse crédito a você – o Chanceler falou. – Todavia, devo dizer, estou me cansando um pouco da sua cara e de todos os contratempos que você trouxe para minha cidade. Pelo Ser Superior, parte da minha casa está em chamas! Chegou a hora de você pagar por todos os problemas que causou!

– O Chanceler deu dois passos na direção do Yuxari, fazendo um sinal de positivo com a cabeça. Ele colocou-se de pé, encarando seu cognito. Fácil ver como palavras tornavam-se desnecessárias entre eles, assim como Diva e eu. Eu me preparei para o combate, mas algo muito estranho aconteceu. O cognito fixou os olhos no Chanceler que, imediatamente, levou as mãos ao pescoço, lutando por ar. Seu rosto foi ficando rubro e as veias de seu pescoço e testa saltaram para fora, marcando a pele.

– O... que... é... iss... O... que... está... fazendo? Você prom... eteu...

– Cale a boca! Por todos os deuses de helvetti, ao menos morra com dignidade já que sua vida foi ultrajante! – o Yuxari gritou, cuspindo na direção do Chanceler. – Só um idiota para acreditar que a cidade soberana abraçaria de volta alguém como você!

O Yuxari disparou mais um olhar para o seu cognito. Ele fez um rápido movimento com as mãos e eu pude ouvir um estalo, como se alguém partisse um galho seco. Quando olhei para o Chanceler, seu pescoço tinha dado um giro de 180 graus e sua nuca ocupava o espaço onde, há pouco, estava seu rosto.

Pude ver a satisfação brotando na face do homem coberto de preto.

– O que está acontecendo? – Minha voz veio ofegante.

– Eliminando os intermediários – o Yuxari disse, enquanto tirava o pano preto que o cobria. À medida que ele escorregava por seu rosto, tornando sua fisionomia tangível aos meus olhos, meu coração passou a trabalhar em um ritmo frenético, elevando meus batimentos quase ao ponto da exaustão. Braços e pernas pesaram, rígidos, doloridos. O cérebro, ainda inebriado pelo que a retina mostrava, tentava processar a nova informação de forma racional, deixando toda e qualquer emoção fora do processo. Sem sucesso.

O rosto do Yuxari era tomado por um enorme cavanhaque e bigode, metade preto, metade branco.

– Você! Foi você quem tomou minha mãe dos andrófagos! – A ansiedade exalando por todos meus poros.

Ele sorriu.

– Tomou é um termo injusto. Um jeito melhor seria dizer que eu a "peguei de volta", afinal de contas, há tempos que eu a procurava. Para ser mais preciso, desde o dia em que você nasceu.

Meu rosto se perdeu em interrogações, nada fazia sentido.

Ele percebeu isso.

– E aí, querida? Vai ficar parada aí na porta ou vai dar um abraço carinhoso no seu velho pai?

O mundo sumiu por alguns segundos. Um vazio sem perguntas e respostas, apenas dor e lembranças ruins. Uma sequência cronológica de fatos da minha vida passou pela minha cabeça, formando um longo e tedioso filme. Todo sofrimento, dor e angústia acumularam-se de uma só vez, em um só lugar. O gosto acre daquelas memórias deixando minha saliva ácida, impossível de engolir. Meu estômago entrando em erupção, prestes a expelir bile em forma de lava vermelha. Pássaros revoltos embaralhavam minhas entranhas em busca de uma saída que os levasse à liberdade. Só que não havia saída alguma. Apenas calafrios e tremores banhados por um suor gelado que tentava aplacar a fúria dos olhos. Meu sistema nervoso ditando a cada célula do meu corpo um único e impiedoso comando: mate-o! Mate-o! Mate-o!

Mate-o!

Só que eu não podia obedecer a tais ordens. A parte do meu cérebro ausente de emoção raciocinava um pequeno detalhe. Na verdade, a massa cinzenta dentro do meu crânio apontava para a coisa mais importante de todas – algo que no meio do ódio e da fúria momentâneos tinha ficado esquecido.

– Onde está minha mãe?

– Não se preocupe com isso. Ela está bem, confie em mim.
– Eu não confio em você.
– Entendo, mas você não tem outra escolha neste momento.
– Sempre temos outra escolha – filosofei.
– Nem sempre, garota. Nem sempre.
– Por isso que você nos abandonou? Ou melhor, por isso que você tentou nos matar? Sua esposa e sua própria filha? Por falta de escolha? – As palavras saíram chorosas, pesadas. Ainda assim, não o suficiente para tocar seu coração de pedra.

– Eu nunca quis matar sua mãe, apenas você, menina. Se sua mãe sofreu todos esses anos a culpa é sua, é dela, que fez a escolha errada. Talvez você tenha razão. Talvez sempre haja uma segunda escolha a ser tomada. Exceto que essa outra escolha servirá apenas para destruir nossa vida, complicar mais as coisas. Para nós e para os outros. O egocentrismo da sua mãe prejudicou não apenas ela, mas outras pessoas também. Mais precisamente, PREJUDICAR A MIM!

Sua expressão modificou-se ao terminar a frase. Seu corpo enrijeceu e suas sobrancelhas colaram uma na outra, levando ao seu rosto uma expressão atormentada. Era como se todas as células do seu corpo acessassem suas memórias ao mesmo tempo, focando, exclusivamente, em tudo de ruim que havia acontecido. Isso não me assustou. Também tinha minha parcela de más recordações que poderia ajudar a me fortalecer.

– Como ousa chamar minha mãe de egocêntrica? Ela abandonou tudo o que tinha e conhecia para me salvar. Ela é a pessoa mais entregue e corajosa que conheci na minha vida. Ela é um exemplo vivo de que o ser humano é capaz de atitudes extraordinárias e altruístas. Ela é o oposto de você.

– Altruísta? Ela destruiu a minha vida! Eu a amava e ela escolheu você, uma aberração, a mim, seu marido. Sempre soubemos das regras. Esse é o preço para manter Prima Capitale um lugar habitável e civilizado, evitando todos os erros do passado. Você não deveria estar viva. Enquanto estiver, apenas morte e destruição a seguirão. Você é uma falha do sistema e sua mãe errou ao não enxergar isso, garota. Acontece que o erro dela também acabou com a minha vida! – Seu rosto fechou-se ainda mais, os olhos ficando agressivos. Ele deu dois passos para a frente e, por um segundo, achei que fosse me atingir com um soco. Ele parou antes, respirando fundo. Logo depois, pareceu um pouco mais controlado. Então prosseguiu.

– Se ela preferiu viver no meio do mato ou seja lá onde ela se enfiou todos esses anos para poder ficar com você, não deveria ser problema meu, menina. Mas foi. As atitudes de Appia se refletiram em mim. Como pai, eu acabei sofrendo todas as sanções que haviam sido reservadas a ela. Fui humilhado, expulso da minha casa, banido da minha cidade. Procurei vocês por anos, garota. Anos! Não por querer juntar-me a vocês, mas para arrastar ambas de volta e mostrar a todos a injustiça que fizeram comigo. Perambulei pelo mundo por muito tempo. Contratei caçadores de recompensa, dormi ao relento, fiz tudo o que podia para encontrá-las. Nunca consegui. Até que um dia, enquanto refletia sobre o que minha vida se transformava, tive um momento de clareza: *"Opa! Posso não saber onde elas estão, mas sei onde estarão".* Claro, era lógico. O cognito havia nos dito na câmara do adiantamento. Um dia, quando estivesse para completar sua transição, você chegaria aqui. Bastava, então, ter paciência. Ah e como fui paciente, menina. Esperei muito tempo por esse momento. Então voltei a Prima Capital e contei ao Supremo Decano meu plano. Ele gostou da ideia, nomeando-me Yuxari e me indicando um cognito. Disse a mim que se voltasse para lá com você teria meu nome e posição limpos. Não é irônico? A mesma pessoa responsável por tirar tudo de mim me possibilitaria reconquistar tudo de volta. Por isso comprei sua mãe daqueles animais. Aliás, de nada por isso. Finalmente tenho a chance de ter minha vida de volta e quero tudo o que me foi tirado. Incluindo ela.

As palavras secas e firmes. Jonah Devone podia ter todos os defeitos do mundo, falta de determinação certamente não era um deles.

– Como você a encontrou? Se nunca foi capaz de encontrá-la antes, como conseguiu agora?

– Desde que você deixou seu ninho, garota, o seu paradeiro continuou desconhecido. Não posso dizer o mesmo de sua mãe. Pedi a certas pessoas, que trabalham para mim, que mantivessem os olhos atentos nela. Depois, foi só agir quando a oportunidade apareceu.

– E agora? O que acontece? – Infelizmente, eu já sabia a resposta para essa pergunta.

– Por causa deste momento tive que aguentar esse homem idiota. – Ele apontou para o corpo do Chanceler. – Sua voz, sua visão, seu cheiro. Sua idiotice, principalmente. Como alguém pode achar que você seria um bom cognito? E acreditar que abrindo mão dessa ideia teria autorização para voltar à cidade soberana quando tudo isso acabasse? A única recompensa adequada para a estupidez é a morte. – Jonah deu uma gargalhada que parecia estar há anos entalada em sua garganta.

Depois, retomou seus pensamentos.

– Bom, agora meu amigo aqui vai cuidar de você, *filhinha*. Seus poderes podem até impressionar, mas não são nada perto do que ele é capaz de fazer. Aliás, muitos dos seus sucessos apenas ocorreram por causa dele. A bala que não acertou seu rosto em cheio naquele dia no meio da rua? O temperamento explosivo do kraken? Se podemos chamá-lo assim. Ou você realmente acredita que derrotou aquela criatura sozinha? De forma alguma. A verdade, menina, é que você tem que morrer para equilibrar as coisas, e tudo deve ser feito do jeito certo. Sua morte tem que servir de exemplo para quem burla as regras do sistema, para quem ferra comigo. E para que não diga que nunca fiz nada por você, aqui vai um conselho: não resista ao poder dele. Ele pode tornar tudo muito rápido ou muito doloroso. A decisão é sua.

Ele fez um sinal com a cabeça e o cognito caminhou para o centro do quarto. O corpo do Chanceler entre nós. Meu adversário possuído por uma confiança inabalável. Dentro de mim, um turbilhão de emoções remexendo todos os meus órgãos. Medo, raiva, ódio, na maior parte.

– Quando eu acabar com seu amiguinho aqui vou retirar o paradeiro de minha mãe de dentro da sua cabeça e vou fazê-lo sentir cada minuto de sofrimento que causou a nós duas. Eu juro isso a você!

Ele apenas olhou para o cognito, dando o sinal. O meu adversário fechou os olhos, e eu fiz o mesmo.

Que a disputa comece.

Tudo a nossa volta começou a chacoalhar. O chão tremia sem parar e um vento gelado cortava nossa pele como afiadas navalhas. Olhei para o lado, surpresa, enquanto as paredes do quarto começavam a se dissolver, desintegrando-se no ar. Tijolos, pedras, cimento, tudo transformado em pó num piscar de olhos. O teto também começava a ceder, mas em vez de cair sobre nossas cabeças, explodiu para cima, perdendo-se de vista no azul-escuro do céu, virando pó. Meu corpo descolou-se do chão com a força cíclica do vento e eu tentei encontrar algo que me segurasse no lugar. Nada restava ali. Somente o cognito e eu, sugados para o céu pela vontade eólica. Ele se mantinha imóvel, concentrado; eu girava os braços de forma desesperada enquanto meu corpo rodopiava sem parar à mercê do vento.

Subimos, subimos e subimos. E depois, subimos mais um pouco. Sem parar. Até que o ar ficasse escasso, rarefeito, como se tivéssemos sido sugados para dentro do espaço sideral. Encontrei equilíbrio quando meus pés finalmente descobriram solidez. Não havia nada ali além do espaço. Ainda assim, podia caminhar, como se estivesse tocando o chão firme. Alguns metros à minha frente, o cognito fazia o mesmo. Estávamos um de frente para o outro. Um legítimo duelo. Dúzias do que pareciam ser pequenas estrelas aproximaram-se de mim, brilhantes, radiantes. Seus núcleos cintilantes compostos por uma massa disforme contendo um círculo violeta no centro. Dessa massa, dúzias de pequenos tentáculos formavam-se, criando dezenas de pontes que ligavam uma estrela à outra, como se cada uma se alimentasse da energia da outra, formando uma enorme rede coesa e conexa.

Um gigantesco e iluminado exército.

Do outro lado, encarando-me com segurança, outro exército particular também se formava atrás do cognito. Talvez pelo fato de conseguir manter sua concentração apesar de tudo o que ocorrera, o número de estrelas amontoando-se em sua rede de suporte tinha pelo menos três vezes o tamanho da minha. Vendo aquilo, algo que Jonah havia me dito pouco antes de toda essa loucura começar retornou à minha mente: *"Não resista. Ele pode tornar tudo muito rápido ou muito doloroso. A decisão é sua"*. Agora entendia sobre o que ele se referia. Aquela não parecia uma batalha possível de ganhar. Especialmente após ter descoberto que muitas das minhas conquistas não tinham sido propriamente minhas. Teria eu chegado aqui não fosse pela ajuda invisível daquele que agora se tornara meu algoz?

A pergunta ficou sem resposta quando pequenos pontos vermelhos se acenderam sobre os tentáculos ondulantes atrás do cognito. Olhos demoníacos fitando cada detalhe, cor, forma, volume. Uma sensação ruim explodiu em meu estômago, algo invasivo, penetrante.

Continuei encarando-o, tentando – sem sucesso – esconder o medo que me dominava. Suei frio quando meia dúzia daqueles pontos vermelhos foram arremessados na minha direção. Eles flutuavam pelo ar rarefeito, bailando com graça pelo vazio sideral. Moviam-se de um lado para o outro, cheios de vida e leveza. Hipnotizantes. E como descobriria logo a seguir, macabros.

Todos os pontos rubros seguiram na direção do meu exército, assumindo, em certo ponto, uma velocidade quase imperceptível a olho nu. Cortavam o ar feito relâmpagos de sangue, deixando um lastro vermelho. Acertaram, cada um, um alvo distinto. Em menos de um segundo, seis massas disformes que estavam atrás de mim explodiram. Seus tentáculos movendo-se aleatoriamente, perdidos, assustados. Um rombo foi criado na rede atrás de mim, até que os tentáculos restantes cobriram o espaço aberto, formando uma nova ligação, agora mais curta. Mas o ataque apenas começara e, assim como a chuva, primeiro chegaram os raios.

Ainda faltavam os trovões.

A cada explosão, a cada massa disforme aniquilada, uma pontada insuportável estralava em minha cabeça. Batidas frenéticas que pareciam comprimir meu cérebro, apertando-o, sugando-o, reduzindo-o. Imagens pulavam em frente aos meus olhos. Lembranças antigas, boas e ruins, tornando-se vívidas o suficiente para trazer de volta a dor ou o êxtase daquele momento apenas para, depois, de forma morosa e prolongada, desaparecerem, quadro a quadro, como se nunca tivessem existido. Aquelas simpáticas bolinhas vermelhas estavam destruindo minhas lembranças, minhas memórias, minha própria identidade!

Ah, não ser que... Pelo Ser Superior! Não... Isso não pode ser verdade!

Apesar do vácuo estelar, uma risada ecoou pelos ares, invadindo meus ouvidos na forma de um parasita invisível. Uma voz que eu reconhecia, que já havia me ajudado outras vezes, porém, agora, visualizava planos mais obscuros.

– Finalmente você está entendendo, escolhida. Não lutamos aqui por nossas vidas, muito menos estamos flutuando em meio às estrelas do espaço. Você já sabe onde estamos, não é mesmo? Já entende o que compõe essa rede atrás de você, certo?

A resposta tornara-se óbvia. E, para falar a verdade, muito mais plausível do que a versão em que tudo a nossa volta se desintegrara, lançando nossos corpos aos confins do espaço. A escuridão que nos envolvia não tinha nada a ver com o cosmos nem com o universo. Aliás, de certo modo, tinha um pouco a ver com o universo. Meu universo. Afinal de contas, eu estava dentro do meu cérebro, e as estrelas com tentáculos que me cercavam e me abrigavam nada mais eram que minha rede particular de neurônios. O mesmo ocorria com o cognito. Nossa batalha não era física, mas, sim, mental. E nada mais justo que acontecesse justamente onde nossos poderes tinham sua nascente.

– Como... Como isso é possível?

– Menina, da mesma forma que somos capazes de fazer cabeças explodirem, liquefazer corpos, influenciar o que os outros veem, nós temos o dom de manipular células, mexer com as estruturas físicas e mentais dos outros. E, também, claro, com a nossa. Continuamos no mesmo quarto, da mesma forma, só trouxemos a nossa parte mental para outra dimensão, um cenário menos mundano e mais digno para uma batalha épica como esta, não concorda?

– Então você está mesmo tentando me matar? Por quê? Por ele? – O desprezo enraizado na última palavra.

– Se por ele você estiver se referindo ao seu pai, saiba que eu não recebo ordens dele, independentemente do que ele possa acreditar. Jonah Devone é apenas um imbecil covarde. Não necessariamente nessa ordem. Seu pai é fraco, garota. E inocente. Tanto quanto o Chanceler que tanto despreza. Um espécime repugnante. Jamais seria permitido a ele retornar à Cidade Soberana. Por mais razões que você poderia compreender, menina. Agora, respondendo à sua pergunta, eu não quero matá-la. Nunca foi essa a minha intenção. Pretendo, apenas, apagá-la, deixá-la livre de suas memórias, lembranças e, principalmente, seus poderes. Não seria bom? Viver livre de todo esse peso que carrega? Todas as expectativas, todas as cobranças? Poder se esquecer, por exemplo, desse seu pai que um dia a abandonou. Não seria ótimo poder acordar e refazer sua vida do zero? Ganhar uma segunda chance de verdade?

Continuei encarando-o, absorvendo suas palavras. Sentia os ombros carregados, pesados, cansados. A essa altura, vendo o tamanho do poder que se impunha contra mim, a ideia de uma segunda chance, de um recomeço, tornava-se tentadora. Meus olhos brilharam e lágrimas desceram do meu rosto, tocando o chão no mesmo momento em que meus joelhos. Com as mãos sobre as coxas, baixei a cabeça, entregue. Podia ver o sorriso elástico de vitória no rosto do cognito. Os neurônios atrás dele começando a pipocar, fervilhando milhares de novos pontos vermelhos. Ele desceu o braço, dando o comando. E a chuva de meteoros lançou-se na minha direção.

O cheiro de comida permeou o ar, aguçando meus sentidos e fazendo minha saliva borbulhar. Sempre fora assim quando minha mãe cozinhava. Eu a amava com todas as forças. O calor do seu abraço, a visão do seu sorriso, o gosto do seu beijo, a doçura de sua voz. Tudo nela era marcante. Mas nada – nada mesmo – superava o cheiro convidativo da sua comida. De todos os sentidos, o olfato, sem dúvida alguma, era o que mais me arremessava nas lembranças de Appia Devone. Da cozinha, ela veio até mim, carregando o corpo besuntado e assado de um delicioso fasianídeo, o cheiro me deixando cada vez mais inebriada e ansiosa – se uma contradição como essa fosse, sequer, possível.

Ela colocou a comida sobre a mesa e aproximou-se do meu ouvido.

– Não desista, minha querida. Ou acabará sendo servida em uma bandeja como este animal. Levante-se e LUTE!

Meus olhos se abriram à medida que as primeiras bolas rubras atingiram o exército atrás de mim. As explosões consecutivas iluminavam o cenário como os fogos de um festejo noturno. Ergui meu corpo, esticando braços e pernas. Meus neurônios voaram na minha direção, os tentáculos tomando conta da minha pele, absorvendo e sendo absorvidos, conectando-se comigo. Peito, braços e pernas foram tomados por uma armadura viva de células nervosas. Na cabeça, um belo elmo brilhante cobria grande parte do meu rosto. Nas mãos, uma enorme espada celular, enviando impulsos nervosos a todos os poros do meu corpo. Senti-me poderosa, titânica...

Invencível!

Os pontos vermelhos continuavam chovendo na minha direção. Em um único movimento da esquerda para a direita, dizimei dúzias deles, transformando-os em nada mais que pó escarlate. O cognito levou as mãos às têmporas em dor, acusando a eficiência do meu golpe. Um grito fino e aflitivo escorreu por seus lábios enquanto tentava entender o que estava acontecendo. Ele mexeu as mãos, levando uma de encontro com a outra, em um movimento que parecia esmagar algo. Duas mãos celulares gigantescas formaram-se ao seu lado, compostas por milhares de neurônios. Tudo foi muito rápido. Virei meu corpo para a frente em uma cambalhota desajeitada, fugindo do impacto fatal do golpe. Virei até onde estava uma das mãos, acertando-a com um golpe de cima para baixo. Os dedos gigantes caíram no chão, decepados pelo mesmo ataque, um lastro de pó vermelho ainda ligando-os à sua antiga forma, até que todos eles também se transformaram em poeira. A outra mão tentou me atacar de surpresa. Fugi para o lado, desviando do ataque e penetrando sua massa celular com minha espada bem no centro, dividindo-a, logo em seguida, ao meio.

O cognito berrou, ajoelhando-se no chão.

– Você... é muito... forte... – Ele cuspiu. Eu o encarei com superioridade. Ele não era o primeiro a pagar por me subestimar. De repente, seus olhos deixaram o chão, fitando os meus com firmeza. – Mas eu sou mais forte que você!

O cognito deu um salto para o alto, quase desaparecendo na escuridão do cérebro. Por alguns segundos, eu o perdi completamente de vista. Um silêncio aflitivo imperando no ar. Centenas de bolinhas vermelhas cortaram o breu do céu, caindo na minha direção. Só tive tempo de me jogar no chão, desviando-me de algumas, enquanto várias delas metralhavam diversas partes do meu corpo. A cada acerto, uma potente carga elétrica espalhava-se pelo meu sistema nervoso, provocando um mega curto-circuito. A dor contínua lembrando-me das palavras de meu pai. Nada podia ser mais doloroso que aquilo. O cognito ressurgiu no céu com duas enormes asas em suas costas, dando a ele um tom angelical que não combinava em nada com suas recentes ações. Ele flutuava sobre mim, nas mãos uma enorme arma formada por neurônios apontada para mim.

– Você nunca deve subestimar seu adversário, menina. Autoconfiança é importante, porém péssima conselheira. Você irá à bancarrota – ele sentenciou.

Meu oponente disparou mais uma dúzia de tiros. Muitos deles foram absorvidos por minha armadura, mas outros penetraram os buracos feitos nela pelos ataques anteriores. Cada choque parecia castrar minhas forças, deixando-me cada vez mais vulnerável. A dor pungente cutucando cada poro fazendo-me gritar como um bebê faminto sem a presença da mãe. A imagem de Esperanza voltou à minha cabeça, mais forte e poderosa que qualquer um daqueles ataques.

Eu tinha que voltar para ela! Tinha que salvar minha mãe!

Falhar, simplesmente, não era uma opção.

Visualizei um enorme escudo, postando-o na minha frente e assegurando que os novos disparos vindos da arma não me atingissem. A ação não parou a investida, mas deu a mim tempo necessário para pensar no que fazer. Mentalizei uma imagem e centenas de neurônios dispararam para onde o cognito se encontrava. Ele se preparava para um ataque explosivo quando a minha primeira leva de neurônios seguiu na direção do seu corpo. Ele não percebeu, no entanto, que uma parte deles deu a volta por trás, formando uma enorme tesoura de células. Ele despencou lá de cima quando suas asas foram cortadas, estatelando-se no chão. Antes que pudesse se reerguer, seus braços e pernas foram presos ao chão por argolas de neurônios. Meus neurônios.

– Mate-me, garota – ele disse dominado por um estranho orgulho. – Eu sei que é isso o que você deseja.

A proposta soava tentadora – ainda mais depois da quantidade de dor que ele acabara de me infligir. Entretanto outro pensamento veio até mim. Se ele realmente havia me ajudado ao longo da minha trajetória, isso significava duas coisas: que nossos poderes podiam trabalhar em conjunto e que, juntos, ficávamos mais poderosos. O que criava uma possibilidade bem mais tentadora que a primeira.

Eu não iria destruí-lo. Eu iria absorvê-lo!

Imaginei nós dois como uma única pessoa. Nossos poderes se fundindo em um único ser luminoso, vibrante, pulsante. Luzes azuis acenderam ao longo de toda a rede de neurônios que me protegia. Linhas quase invisíveis saíram de dentro dela, arremessando-se ao ar até onde se encontrava o cognito. Seu sistema nervoso era o alvo. As linhas enrolaram-se às diversas células, como uma teia, trazendo-as até mim. Dúzias por vez. A cada absorção, uma força interna crescia dentro de mim, formigando cada parte do meu corpo. Os segundos passavam, deixando um legado de força, poder, bravura. À medida que o cognito definhava, eu evoluía, consumida pela nova energia que me banhava por inteiro. Não havia mais dúvida alguma. Tudo ficara claro. Finalmente, tornava-me aquela versão temida por tantos. E, pelo Ser Superior, eles tinham razão em me temer. Afinal de contas, eu havia cumprido meu destino. E isso não passava do começo.

Tudo pareceu durar uma eternidade. Tinha a impressão de que, uma a uma, todas as células do meu corpo se despedaçavam para estudar e absorver o que havia de novo, para, depois, recriar-me. A dor, apesar de excruciante, representava o que havia de mais belo no mundo: progresso. Apesar de valer a pena, o sofrimento parecia congelar o tempo, eternizando sua passagem.

Até que algo inesperado aconteceu. De uma hora para a outra, tudo ficou claro, límpido. Toquei meu rosto, soltando um suspiro aliviado ao sentir meu toque na pele. Estava refeita, reorganizada, redefinida. Uma nova pessoa vivendo um novo momento. O passado era só um resquício sobrevivente e que não voltaria a me atormentar.

Vislumbrada pela vastidão de um poder que eu jamais imaginaria ter, abri meus olhos e vi a imagem confusa de meu pai. O homem que me sentenciara a viver escondida, reclusa, impossibilitada de assumir sequer minha verdadeira sexualidade, condenando-me a uma vida clandestina por dentro e por fora. Por outro lado, responsável, também, por desencadear a série de eventos e acontecimentos que me conduziram até ali, tornando-me diferente, especial e, agora, finalmente capaz de fazer frente ao meu inimigo.

Jonah manteve-se em silêncio, tentando absorver o que via. O rosto pálido, assustado. Deu um passo na minha direção, depois outro. Apesar do medo, parecia dominado por uma curiosidade impulsiva. Seus olhos me pesquisavam, procurando por indícios, sinais. Fiquei firme, impassível. Lembrei-me das palavras de minha mãe certa vez, logo após eu queimar meu dedo ao tocar uma tigela de comida dentro do forno. "A curiosidade é a mãe do progresso", ela disse, "mas também da destruição", ela alertou. O significado? Curiosidade tinha hora e lugar certos. Talvez, se meu pai soubesse disso, teria agido de forma diferente.

– Seppi? É você, minha filha? – A voz melosa e preocupada não combinava com todo resto.

– Eu não sou sua filha. – Limitei-me a dizer.

– Oh, Ser Superior! Obrigado! Obrigado por proteger minha menina! – Jonah Devone colocou seus braços em volta de mim, como se aquela fosse uma relação normal entre pai e filha.

– Eu não sou sua menina – disse outra vez.

– Você conseguiu! Eu sabia que venceria aquele monstro! Esperei tanto por isso. Você não imagina como foi difícil ter que fingir que não me importava com você, refém dos poderes daquela coisa. Mas não mais! – Ele me abraçou novamente. – Agora poderemos voltar a viver como uma família. Eu, você e sua mãe, minha filha.

– Onde está ela? – perguntei.

– A salvo, minha filha. A salvo.

– Eu... disse... para... você... não... me... chamar... de... *FILHA!*

Girei meu dedo no ar e o pescoço de Jonah Devone acompanhou o movimento, dando uma volta de 360 graus, até voltar ao mesmo lugar, ausente de qualquer força óssea ou muscular. Seu corpo despencou no chão, feito fruta madura caindo do pé. Eu o encarei ali, sem vida, inofensivo.

– Agora eu posso ler você como um livro aberto. Você não tem a menor ideia de onde minha mãe está.

Eu me virei e segui para fora do quarto.

A porta se abriu sem que eu precisasse tocá-la. Caminhei para o pequeno *hall* existente à frente, chegando próximo à pequena mureta que separava meu corpo de uma dura queda até o andar de baixo. Dali, conseguia ter uma visão privilegiada da batalha que continuava ocorrendo lá embaixo. Podia ver dezenas de corpos caídos, enquanto outros tantos se mantinham firmes, em pé, inebriados pela disputa. Entre os sobreviventes, poucos eram aliados. Além da desvantagem numérica, havia também a questão bélica. Nossos adversários tinham armas melhores e vestiam armaduras mais imponentes. Simples assim. Não obstante, um punhado de bravos guerreiros da Fenda resistia. Entre eles, Foiro, Petrus e Diva. Lamar, nessa minha primeira varredura superficial, não aparecia nem entre os vivos, nem entre os mortos.

Apesar de difícil, não haveria uma situação melhor que aquela para mostrar a todos a minha força recém-adquirida. Coloquei ambas as mãos na mureta, concentrando-me em uma chuva de meteoros. Sabia que eles não seriam verdadeiros aos olhos de qualquer outra pessoa além de mim, ainda assim, produziriam os mesmos resultados. Imaginei cada telha e pedaço de cimento do teto despedaçados por pedras radiantes do tamanho de uma cabeça humana, surfando o ar com seu lastro de fogo e atingindo em cheio seus pré-designados alvos. Um a um, os oficiais foram caindo, vítimas dessa chuva invisível aos olhos normais e que formava um cenário tão espetacular para mim.

Ao abrir os olhos, restavam apenas oito dos meus aliados. Ao lado deles, as recém-libertadas crianças especiais também me encaravam assustadas. Quase nenhum deles parecia ter perdido a vida durante o confronto. Tinham sido essenciais para manterem meus amigos vivos.

Será que Lamar também?

A luta que parecia perdida havia sido vencida com extrema facilidade com o uso do meu poder. Os pares de olhos grudados em mim, desconfiança e medo emanando de cada um deles, exceto de um. 50%, o garoto com garra demoníaca, parecia orgulhoso, com os pés sobre uma pilha de corpos de oficiais caídos, na imagem típica de um conquistador. Um breve silêncio tomou conta do mesmo recinto que, segundos antes, era tomado pelo som de metais em disputa, carne rasgada, brados de dor e de conquista, choro e lamento. Até que um grito grave e imponente despedaçou a tranquilidade, trazendo à tona a balbúrdia da celebração. Com o corpo coberto por ferimentos, Foiro ergueu seu machado para o alto, comemorando a vitória que parecia impossível com todo o ar que lhe cabia nos pulmões.

– Seppi! Seppi! Seppi! – ele começou a bradar, enquanto abaixava e erguia a sua arma tingida de vermelho. Na outra mão, a cabeça decepada do General. Seu ânimo não demorou muito para contagiar seus companheiros, transformando o grito solitário em um acúmulo de vozes em uníssono reverenciando o meu nome. O medo e a desconfiança deram lugar à esperança e à gratidão.

Não podia esperar por um melhor momento para intervir e posicionar alguns pensamentos novos. Com a mão, pedi para que todos se calassem. Levou algum tempo até que percebessem meu sinal. O salão foi invadido por um silêncio sepulcral.

– Meus amigos e amigas, irmãos em armas, bravos e leais companheiros. Todos nós vivemos uma realidade parecida. Cada um de nós, em algum ponto de nossas vidas, foi considerada uma pessoa imprestável, sem valor algum, descartável. Alguns, depois de adultos, banidos por um sistema injusto e cruel, tiveram suas vidas brutalmente despedaçadas, privados de tudo aquilo que conheciam e jogados para fora de sua realidade como se fossem nada mais que lixo. Outros, como eu e as crianças ao seu lado, tiveram negada até a chance de uma vida normal desde o primeiro minuto de nossas existências, condenados ao fim ou a algo muito pior, como vocês mesmo podem ver. – Apontei para as crianças especiais abaixo de mim. Esperei que todos passassem alguns segundos olhando para eles, depois continuei.

– E o que isso trouxe de comum para cada um de nós? Sombra. Desde o segundo em que alguém decidiu que não prestávamos mais, fomos sentenciados a viver uma vida oculta, marginalizada, esquecida. Deixados de lado como insetos sujos e indesejáveis. Privados de direitos, recheados de medo. Condenados à escuridão do esquecimento, encurralados no beco sujo e sem saída que acostumamos chamar de vida – alguns apoiavam meu discurso, concordando com a cabeça; outros se mostravam espantados com a minha eloquência.

Eu mesma estava espantada comigo. E parecia me deliciar com esse momento.

– Por causa dessas pessoas passei meus dias enfiada no meio do mato, escondendo minha própria identidade, temendo o dia em que chegariam para me buscar, terminando de vez o que haviam planejado para mim quando bebê. Durante anos vivi sob o breu do medo e da incerteza, vendo o sofrimento de minha mãe, uma mulher que abriu mão de todo luxo e segurança para me assegurar apenas mais um dia de vida. Mas eles nunca vieram. No lugar deles, vocês apareceram, dispostos a arriscarem suas vidas por alguém que mal conheciam. Destemidos o suficiente para lutarem por algo incerto, hipotético. Determinados a fazerem de tudo para que *eu* tivesse a chance de ser o que pensavam que eu poderia ser. Agora, aqui estou eu, em pé neste mezanino, grata por tudo o que vocês fizeram por mim e orgulhosa em dizer que posso retribuir tudo isso sem exigir nada em troca. Não os considero corajosos. A coragem nada mais é que um ato solitário, isolado. Vocês são mais do que isso. O que os define é a bravura. Pois a bravura é a coragem em movimento, ininterrupta, orgânica e perene. Meus bravos guerreiros, eu os aplaudo!

De cima, passei a bater palmas na direção de cada um deles. A atitude causou confusão no início, virando, logo depois, uma grande celebração. Conseguia ver o brilho de orgulho permeando seus olhos, radiantes pela certeza de que, talvez, não precisassem mais viver sob a coberta da escuridão, sob a manta do esquecimento. A melhor forma de domar o ser humano é dar a ele o básico para uma sobrevivência tranquila, pacata, e privá-lo, aos poucos, de qualquer chance de progresso. É assim que sempre fomos escravizados em nossa história, de acordo com os livros anciãos. Cabia a mim, então, mostrar aos que me seguiam que nossa vida poderia ser e render muito mais. Se fizéssemos as coisas da forma certa, teríamos muito espaço para crescer e progredir. Minha maior retribuição a eles seria dar a todos a verdadeira esperança, aquela tangível, possível, visível. Daria a eles novas possibilidades.

– Meus irmãos e irmãs, quando iniciamos essa jornada buscávamos duas coisas indispensáveis na vida do ser humano: sobrevivência e justiça. Não há qualidade de vida quando vivemos sob o domínio do perigo o tempo inteiro, com medo e receio de falar, agir ou pensar. Quando punições são impostas a nós de forma unilateral, sem chance de defesa.

Quando algo tão frágil e valioso quanto nossas vidas pode ser ceifado de nós dependendo do humor e das crenças dos nossos julgadores e dominadores. Sim, esses eram nossos objetivos desde o começo.

– Infelizmente, os acontecimentos aqui provaram uma coisa. A única forma concreta de alcançarmos nossa sobrevivência é por meio da força. Provamos isso aqui, hoje. Só através dela e da dizimação dos nossos adversários conseguiremos, de fato, sobreviver. Não há espaço para dois opostos neste mundo. Nossa história provou isso. Temos instintos violentos por uma razão: só assim podemos nos impor para evitarmos ser suprimidos pelos outros. *Eles* condenam o passado humano por temerem nosso potencial. Dizem querer extinguir a violência da sociedade, porém usam a violência como principal mecanismo para atingir seus objetivos. E eu pergunto a vocês: qual a lógica disso tudo? Nenhuma! Não há nada que justifique o que fazem! Matar bebês baseados exclusivamente em previsões e profecias? Explorar e torturar crianças para aperfeiçoar sua Medicina e modificar seus corpos como forma de entretenimento?

Fui interrompida por novos urros e mãos ao alto em celebração e concordância.

– Não há justiça real em uma sociedade se um indivíduo tem que ser sacrificado em benefício de muitos. Por isso buscamos justiça. Não aquela preconceituosa e unilateral, mas, sim, aquela que oferece a todos as mesmas oportunidades, as mesmas possibilidades. E a única forma de conseguir isso, meus queridos, é pelo poder! Somente os poderosos podem distribuir a real e igualitária justiça que tanto sonhamos!

– Por isso digo, aqui, em voz alta, para que todos possam me ouvir: o tempo da injustiça e do medo acabou! A época das diferenças e perseguições é parte do passado! Chegou o NOSSO momento! A NOSSA hora! A NOSSA vez! Agora é tempo de buscarmos aquilo que nos pertence e foi arrancado de nós. Nós somos o belo jardim e eles a erva daninha que corrói a nossa paisagem! E sabem qual a única forma de manter um jardim belo e seguro? Extirpando de vez aquilo que o danifica! Chegou o momento de erguermos as armas e acabarmos com todos aqueles que disseram que não éramos capazes, competentes, aptos. A hora da retribuição chegou! Quem está comigo?

Todos eles gritaram a plenos pulmões, vibrantes, energizados, invencíveis. Em meio à loucura que tomava conta do ambiente, Petrus subiu as escadas até o terraço onde eu me encontrava. Seus olhos invadidos por um receio que não combinava com o momento de júbilo. Não sabia exatamente o que, mas não precisava de meus poderes para deduzir que se tratava de más notícias.

– O que o incomoda, meu amigo?

– É Lamar, Seppi. Eles o levaram.

– Eles quem? *Para onde?*

– Eu não sei. Vi um grupo de oficiais agarrando-o e o conduzindo para fora. Quando me desvencilhei dos meus adversários e segui atrás deles, todos já tinham sumido.

Olhei para cima, como se as respostas estivessem penduradas no teto. Mas aquela não era a direção certa. Pelo contrário. Se houvesse respostas para a situação em que nos encontrávamos, elas estariam lá embaixo, na empolgação e na bravura de cada uma daquelas pessoas que depositavam em mim toda a sua confiança.

Meu peito apertou, porém o tempo para vitimização tinha ficado para trás. Eu havia cumprido meu destino e, agora, poderia fazer qualquer coisa.

Qualquer coisa!

Eles haviam tirado tudo de mim? Agora eu faria o mesmo com eles!

Olhei para baixo, focando toda a minha energia nas pessoas dentro do salão.

– Eu perguntei: quem... está... comigo?

Todos ergueram suas armas mais uma vez. O barulho de metal encontrando metal ecoando pelo salão. Os gritos de guerra em uníssono celebrando com força. Fiz a pergunta mais uma meia dúzia de vezes, a resposta vinha mais acalorada a cada uma delas.

Eles estavam prontos. Eu estava pronta. Adeus, sombras. Bem-vinda, luz!

FIM
(OU RECOMEÇO)

PRIMA CAPITALE

O vitral localizado na parte posterior da parede ao fundo cumpria bem seu papel de iluminar o vasto recinto e tentar amenizar o clima apreensivo instalado pelo salão. Dezenas de pessoas permaneciam caladas, dedicando cada segundo de atenção ao homem sentado no trono central. Receio misturando-se ao oxigênio da sala, invadindo pulmões e enraizando-se dentro de cada um ali presente. O motivo não parecia claro, mas o fato de o homem estar sentado sobre um trono de vidro preenchido por braços e pernas decepados embebidos em algum tipo de líquido incolor possivelmente devia ter algo a ver com isso. Ele trajava uma roupa escura de mangas largas coberta por um longo manto vinho, que ia dos ombros até os pés. Ao seu lado, dois guerreiros vestindo armaduras espessas, um branco, outro vermelho, atenção fixa em todos no salão. As espadas afiadas recordando a todos que aqueles braços e pernas não tinham se *autodecepado* sozinhos.

Um homem surgiu do outro lado do salão, seguindo apressado pelo longo tapete vermelho rodeado por candelabros acesos em toda a sua extensão até aproximar-se do homem no trono.

– Todo Poderoso, ele está aqui – o cidadão disse, fazendo uma reverência.

– Mande-o entrar – o homem respondeu, seco e autoritário.

O homem fez o caminho de volta, deixando o salão para logo retornar acompanhado de dois guardas uniformizados cercando um rapaz. Eles seguiram até o meio do salão, parando e reverenciando o homem no trono. O Supremo Decano acenou para que chegassem mais perto, e assim eles fizeram até que estivessem a centímetros dele. O rapaz parecia surrado, cansado, o corpo coberto por hematomas e ferimentos. A respiração ofegante indicando que há tempos não tinha um descanso apropriado. Os lábios secos evidenciando um princípio de desidratação.

– Sirvam-lhe água, pelo Ser Superior! – o Supremo Decano ordenou, erguendo-se do trono.

Os homens o obedeceram sem questionamento algum. Mesmo depois de algumas longas goladas, o rapaz manteve uma aparência desidratada.

– Deixem-nos a sós! – o homem no trono ordenou mais uma vez.

Todos no salão começaram a se mover, expressões aliviadas de quem não aguentava mais a incerteza daquele lugar sombrio.

– Todo Poderoso, o senhor tem certeza? O garoto ficou muito tempo fora e nunca podemos saber...

– O que você insinua, Kaishi? – o Decano o interrompeu, elevando o tom de voz.

O homem encolheu o corpo, temendo ter dito algo errado.

– Nada... É que ele... Bem, todo esse tempo fora... Isso pode mexer com a cabeça de qualquer um...

O Supremo Decano fez um sinal com as mãos, interrompendo a fala do homem mais uma vez.

– Não acredito nisso, Kaishi. E mesmo que suas suspeitas tivessem algum fundamento, ele não teria forças para sequer vencer *você* em uma batalha neste momento. Além disso, tenho *Brilo Tago* e *Ruga Sango* ao meu lado. E, como bem sabe, seria necessário um exército para derrubá-los – o Decano disse, apontando para os guerreiros branco e vermelho. – Agora, deixe-nos.

Kaishi saiu pela porta, fechando-a. O Supremo Decano voltou seus olhos para o rapaz ainda caído.

– Espero que esses machucados não tenham sido responsabilidade dos meus guardas. Ordenei que o trouxessem para cá, mas, por cautela, não disse a nenhum deles quem você realmente era.

O rapaz colocou-se em pé.

– Não fizeram nada que eu não pudesse suportar, Soberano.

– Ótimo. Agora, conte-me. Estou tão curioso quanto um adolescente. Como foram as coisas?

– O cognito foi destruído.

– E a garota?

– Absorveu seus poderes. Da forma que você previu.

– Perfeito. Tudo corre conforme planejado. Anos esperando por isso e, agora, o momento finalmente se aproxima.

– E agora, senhor? Qual o próximo passo?

– A única coisa que podemos fazer. Esperar.

– Pelo quê?

– Que ela venha até mim.

– Perdoe minha ousadia, senhor. Não quero parecer rude, mas o que o faz pensar que ela faria isso?

– Posso sentir seu ódio crescendo.

– Senhor, convivi algum tempo com ela e posso dizer que ela é mais esperta do que parece. Além do mais, a mulher costurada não a deixaria fazer algo impulsivo assim.

– Pode ser, meu garoto. Exatamente por isso que encontrei a forma ideal de atraí-la para cá. Algo que fará com que ninguém possa impedir a garota de vir até mim. Nem mesmo minha *irmã*.

O rapaz o encarou com olhos curiosos.

– O que seria, meu senhor?

O Supremo Decano estalou os dedos e Brilo Tago, o samurai branco, seguiu até um cômodo, retornando com uma mulher acorrentada pelo pescoço. A expressão cansada e abatida parecendo não afetar o longo cabelo negro e encaracolado.

– Sra. Devone? – o rapaz sussurrou.

– Lamar? O que está fazendo aqui? – ela falou, surpresa.

O Decano fez um movimento rápido com as mãos. Brilo Tago deu mais uma volta com a corrente em torno do pescoço de Appia. Depois, espremeu-o até a mulher engasgar.

– Como pode ver, tenho a isca perfeita em mãos. A menina não poderá resistir e, cedo ou tarde, virá até mim. E quando isso acontecer... – O Decano esfregou as mãos uma na outra, a língua circulando toda a boca enquanto seus pensamentos antecipavam algo – ... seus poderes se tornarão *meus*!

– E como ela saberá que a mãe está aqui? – Lamar perguntou.

O Decano desceu do trono, andando de forma pomposa até o garoto. Colocou as mãos em seus ombros e voltou a falar.

– Aproveite sua noite aqui, garoto. Você parte ao nascer do sol.

Compartilhando propósitos e conectando pessoas

Visite nosso site e fique por dentro dos nossos lançamentos:
www.novoseculo.com.br

facebook/novoseculoeditora
@novoseculoeditora
@NovoSeculo
novo século editora

gruponovoseculo.com.br

1º edição
Fonte: Crimson